AMAR
E REFORMAR

LAUREN ASHER

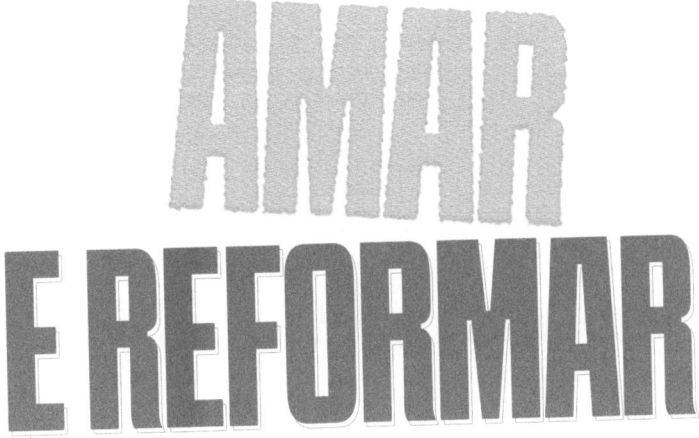
AMAR E REFORMAR

Tradução de
Carol Christo

Título original
LOVE REDESIGNED
LAKEFRONT BILLIONAIRES

Copyright © 2023 *by* Lauren Asher

O direito moral da autora foi assegurado.

Todos os direitos reservados.
Nenhuma parte desta obra pode ser reproduzida ou transmitida
por meio eletrônico, mecânico, fotocópia ou sob
qualquer outra forma sem a prévia autorização do editor.

Direitos para a língua portuguesa reservados
com exclusividade para o Brasil à
EDITORA ROCCO LTDA.
Rua Evaristo da Veiga, 65 – 11º andar
Passeio Corporate – Torre 1
20031-040 – Rio de Janeiro – RJ
Tel.: (21) 3525-2000 – Fax: (21) 3525-2001
rocco@rocco.com.br
www.rocco.com.br

Printed in Brazil/Impresso no Brasil

Preparação de originais
MARCELA ISENSEE

CIP-BRASIL. CATALOGAÇÃO NA PUBLICAÇÃO
SINDICATO NACIONAL DOS EDITORES DE LIVROS, RJ

A852a

Asher, Lauren
    Amar e reformar / Lauren Asher ; tradução Carol Christo. - 1. ed. - Rio de Janeiro : Rocco, 2024.   (Bilionários de Lakefront ; 1)

    Tradução de: Love redesigned Lakefront billionaires - 1
    ISBN 978-65-5532-446-4
    ISBN 978-65-5595-269-8 (recurso eletrônico)

    1. Ficção americana. I. Christo, Carol. II. Título. III. Série.

24-91365   CDD: 813
                             CDU: 82-3(73)

Gabriela Faray Ferreira Lopes - Bibliotecária - CRB-7/6643

Este livro é uma obra de ficção. Nomes, personagens, organizações, lugares, acontecimentos
e incidentes são produtos da imaginação da autora, foram usados de forma fictícia.

O texto deste livro obedece às normas do
Acordo Ortográfico da Língua Portuguesa.

PLAYLISTS

Leia o QR code para escutar

Love Redesigned
Playlist

Fuck Love Songs
Playlist

Stressed and Depressed
Playlist

Get Hammered
Playlist

Duke Brass: Greatest Hits
Album – Duke Brass

AVISO DE CONTEÚDO

Esta história de amor apresenta conteúdo explícito e assuntos que podem ser sensíveis para alguns leitores. Para informações mais detalhadas, por favor use o QR code ou visite https://laurenasher.com/lrcw.

LAGO AURORA
CASA DOS FUNDADORES
CANTEIRO DE OBRAS DA LOPEZ LUXO
MANSÃO DO JULIAN
LAGO WISTERIA
PARQUE PROMENADE
FAMOSAS DUNAS DE AREIA
MANSÕES DE LAKEFRONT
MARCENARIA
RUA LOPEZ
CASA DOS MUÑOZ

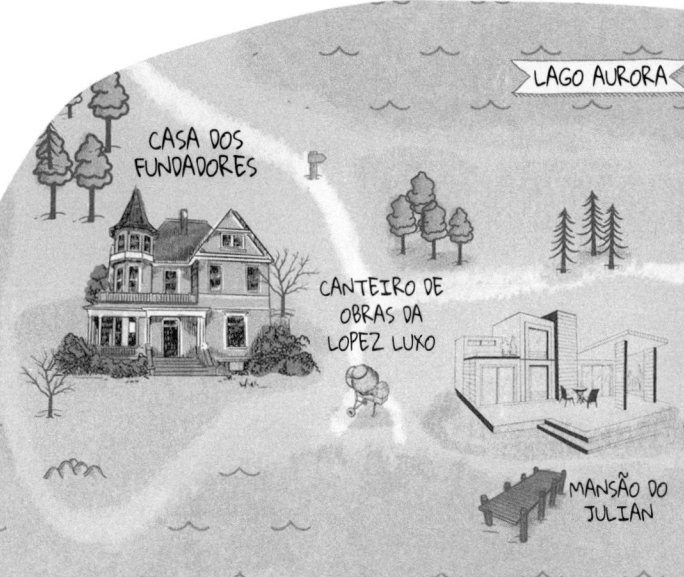

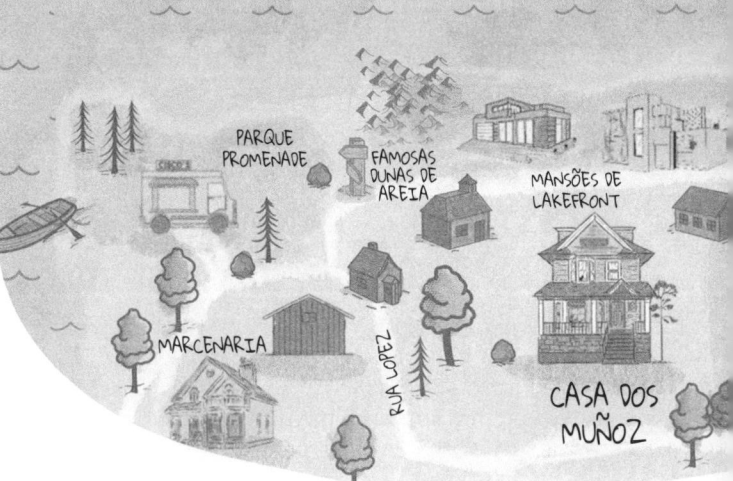

*Para aqueles cuja linguagem do amor é feita de palavras motivacionais.
Seu fetiche por elogios está seguro comigo (e Julian Lopez).*

CAPÍTULO UM
Julian

Estou a dez segundos de perder completamente a minha paciência, e a culpa é de um motorista extremamente lento que está bloqueando a única estrada para a cidade.

O sol se pôs há vinte minutos, e não há nada no que me concentrar além da placa do carro da Califórnia iluminada pelos meus faróis. Resisto à vontade de piscar os faróis altos e buzinar, mas quase mudo de ideia quando o sedã Mercedes-Benz preto oscila ligeiramente para o lado antes de voltar para a pista.

Cálmate. São só mais oito quilômetros até a rua Principal.

Embora eu esteja tentado a ultrapassar o outro motorista para chegar a tempo para o show de talentos do meu afilhado, não quero arriscar danificar minha nova McLaren saindo da pista. Não passei os últimos anos da minha vida me convencendo a comprar meu carro dos sonhos só para estragar a suspensão uma semana depois de ele ter sido entregue.

O toque estridente do meu celular me assusta quando o nome do meu primo aparece na tela. Respiro fundo antes de apertar o botão no volante.

— Onde você se meteu? — O som do sussurro ríspido de Rafael enche o carro.

— Chego em dez minutos. — Ouço um som de desaprovação.

— Mas o show começa em cinco.

— Não se preocupe. Vou chegar antes do Nico subir ao palco.

— Não sei como isso é possível, já que ele está no ato de abertura.

Mierda.

— Eu não fazia ideia.

— A ordem das apresentações foi alterada no último minuto depois que algumas crianças ficaram doentes. Eu te mandei uma mensagem hoje de manhã sobre isso. — Ele não se preocupa em esconder sua irritação.

Minhas mãos agarram o volante de couro macio.

— A reunião em Lago Aurora demorou muito mais do que eu esperava.

— Claro que sim.

— As coisas devem ficar mais tranquilas em breve.

— Claro que vão. — Seu tom ríspido só aumenta minha irritação.

Antes de a esposa dele pedir o divórcio há dois anos, as pessoas diziam que Rafael era o primo descontraído da família Lopez, sempre se esforçando para colocar um sorriso no rosto de todos.

O suspiro profundo de Rafael corta o silêncio.

— Está tudo bem. O Nico vai entender.

Meu afilhado pode ser uma criança madura de oito anos, mas não é *tão* maduro assim. E depois de tudo pelo que ele passou com o divórcio dos pais, me recuso a me juntar à sua crescente lista de decepções familiares.

— Sua mãe reservou um lugar para você no fundo do auditório, no caso de você chegar a tempo.

— Rafa, eu vou...

Ele desliga antes de ouvir o resto da minha frase.

Pendejo.*

Rafa e eu estamos tendo mais desentendimentos do que acordos nos últimos tempos, principalmente devido à sua postura e à minha agenda agitada, porque comando a empresa de construção do meu falecido pai. Enquanto dou o meu melhor para equilibrar minha vida pessoal e a expansão da Lopez Luxo para além dos sonhos mais loucos do meu pai, continuo deixando a desejar.

Examino o espaço estreito ao lado da estrada. O declive está lamacento, mas ainda dá para dirigir pelos poucos segundos que preciso para ultrapassar o carro na minha frente.

Pare de pensar demais e faça isso.

O terço que minha mãe pendurou no retrovisor gira enquanto viro o volante em direção ao acostamento e piso forte no acelerador. O motor ronca enquanto troca de marcha, e os pneus guincham.

Meu coração se aloja na garganta quando o outro veículo vira para a direita e bloqueia meu caminho aberto.

Droga. Droga. Droga!

O tempo parece acelerar enquanto nossos carros colidem. O farol se despedaça e o metal se contorce quando a frente do meu carro se choca com o para-choque

---

* Pendejo: Idiota.

traseiro do outro. Sou impulsionado para a frente, apenas para ser empurrado na direção oposta enquanto o cinto de segurança trava no lugar.

Felizmente, os airbags não são ativados, embora meu alívio dure pouco à medida que qualquer faísca de esperança que eu tinha de chegar à apresentação do Nico se apaga, deixando-me apenas com o desejo de gritar com o motorista imprudente.

Respira fundo. A lembrança da voz do meu pai puxa os fios invisíveis ao redor do meu coração até que a tensão pareça insuportável. Posso imaginá-lo claramente enquanto me ajudava a me acalmar de outro pesadelo noturno, uma respiração profunda de cada vez.

Nunca pensei que estaria usando a mesma estratégia vinte e cinco anos depois, mas aqui estou eu, com os olhos bem fechados enquanto me forço a contar minhas respirações até que a dor no peito diminua e eu não esteja mais tremendo de raiva.

Sou atingido por uma brisa de outubro ao caminhar em direção ao outro carro. A motorista está curvada sobre o volante, seus cabelos escuros e compridos bloqueando a visão de seu rosto.

Estendo a mão para bater no vidro, mas um grito agudo vindo dos alto-falantes do carro me impede.

— Não se preocupe! Estou a caminho! — A ligação é interrompida após dois bipes.

A respiração aflita da mulher torna-se mais evidente a cada subida e descida rápida de suas costas.

— Ei. — Bato meu punho contra a janela para que ela note minha presença. — Você está bem?

Ela levanta um dedo trêmulo até o vidro enquanto mantém a cabeça baixa.

— Um segundo. — Sua voz vacila.

Os músculos do meu estômago se contraem.

— Você precisa de uma ambulância?

— Não! Estou bem! — Ela vira a cabeça na minha direção.

*Vete a la chingada.**

— *Julian?* — Meu nome escapa dos lábios rosados e entreabertos de Dahlia Muñoz em um sussurro rouco.

Já faz anos desde que ouvi Dahlia dizer meu nome com aquela voz suave dela, e isso me atinge mais forte do que um martelo no peito.

A última vez que a vi foi no batismo de Nico, há oito anos, quando nos tornamos padrinhos dele. Ambos mantivemos uma expressão feliz para nossas famílias, mas

---

* Vete a la chingada: Vá se foder

a tensão e o silêncio constrangedor entre nós quase me sufocaram, especialmente porque não tínhamos nos falado desde o funeral do meu pai, um ano e meio antes.

Ela ficava em Stanford o ano todo, inclusive nas férias de verão, enquanto eu mantinha distância porque era um covarde.

Um covarde que ficou chocado quando ela apareceu com Oliver, meu ex-colega de quarto e seu novo namorado. Não achava que eles se tornariam amigos, muito menos um casal, embora fizesse sentido, dada a implicância de Oliver em relação à minha paixão por Dahlia e a maneira como ele a olhava mesmo sabendo como eu me sentia.

Desde o batismo, ambos fizemos um trabalho excepcional evitando um ao outro, ou pelo menos *tínhamos* feito, até ela estragar todos os nossos esforços com a visita surpresa desta noite.

— Dahlia. — Uma necessidade intensa de fugir me domina quando seus olhos deslizam sobre mim.

Escondo meu choque enquanto ela sai do carro com a cabeça erguida, apesar do rímel escorrendo pelas bochechas e do leve tremor no queixo. Dahlia só havia chorado duas vezes nos trinta anos que a conheço — uma vez quando quebrou o braço tentando me vencer em uma competição de escalar árvores e a outra no funeral de seu pai.

Assim como a maré em relação à lua, sou incapaz de resistir à atração gravitacional de Dahlia enquanto meu olhar segue a extensão de seu corpo. A camiseta branca simples que ela veste complementa sua pele dourada e os cabelos castanhos ondulados, enquanto a calça jeans rasgada parece mais estilosa do que funcional, com os joelhos aparecendo pelos grandes buracos. Suas curvas equilibram perfeitamente as maçãs do rosto marcantes e o queixo pontiagudo, criando a melhor combinação de suavidade e sedução.

A base do meu pescoço fica arrepiada, e olho para cima para encontrar os olhos vermelhos e inchados de Dahlia estreitados para mim. A maquiagem borrada não tira sua beleza, embora as olheiras sob os olhos me façam falar antes que meu cérebro acompanhe.

— Sua cara está horrível.

Pinche estúpido.[*] Ao contrário da minha mãe e do meu primo, não sou uma pessoa sociável, e isso é bem evidente.

Os anéis dourados de Dahlia brilham à luz da lua enquanto ela enxuga as bochechas com uma expressão de desagrado.

---

[*] Pinche estúpido: Maldito idiota.

— Tinha alguma coisa no meu olho.

— Nos dois? — Eu ajusto minha postura enquanto cruzo os braços.

Ela dá batidinhas nos cantos dos olhos com seus dois dedos médios.

— Uma pessoa decente não me chamaria de mentirosa nesta situação.

— Desde quando somos decentes um com o outro?

— Nunca é tarde para começar.

Devido à nossa pequena diferença de altura, ela é obrigada a inclinar a cabeça para trás para me ver melhor. Seus olhos cor de noz me lembram de madrugadas, há muito tempo, passadas na marcenaria, em que eu estava meticulosamente obcecado em tingir meu mais recente projeto de carpintaria.

Qualquer determinação que eu tinha desmorona rapidamente quando ela parece *chorar*.

— Alergias. — O tom defensivo, combinado com seu nariz tremendo, faz meu peito contrair, revelando minhas verdadeiras emoções.

O que está acontecendo aqui, e como faço parar?

Mantenho a expressão facial neutra apesar das batidas rápidas do meu coração contra o tórax. Ela não suporta muito tempo o meu olhar, então se inclina contra a porta com um suspiro.

Sou atingido pela compulsão de dizer algo, mas as palavras me falham.

O toque do meu celular interrompe o momento.

— Merda!

As sobrancelhas dela se erguem em direção à linha do cabelo.

— O que aconteceu?

Você. Sempre você.

Sirenes estridentes encobrem minha resposta. Cada músculo do meu corpo fica rígido à medida que vejo os veículos fazendo seu caminho ao redor da curva, em uma fila única. Um caminhão de bombeiros e uma ambulância lideram a brigada de segurança, seguidos pelo xerife, seus auxiliares e o bonde de Lago Wisteria.

Só pode ser brincadeira.

Dahlia xinga Deus e o mundo.

— *Dios, dame paciencia con mi mamá.*[*]

Meu olhar se fixa nela.

— Era com ela que estava falando?

— Infelizmente.

---

[*] Dios, dame paciencia con mi mamá: Deus, me dê paciência com a minha mãe.

Tinha que ser Lago Wisteria para transformar uma batida de carros em uma crise comunitária.

Não é com os carros que estão preocupados. É com ela.

Dahlia é mais do que minha rival de infância. Ela é a Miss Morango de Lago Wisteria, que finalmente está voltando para casa depois de anos vivendo seu sonho na Califórnia.

E você é o cabrón* *que quase a jogou na cova.*

Eu massageio minha têmpora latejante.

— Você acha que podemos escapar antes que eles cheguem? — O olhar de Dahlia vai de mim para o meu carro.

— É tudo culpa sua. — As palavras escapam.

Alguns minutos na presença de Dahlia já me fazem voltar ao péssimo hábito de falar sem pensar.

Adicione isso à longa lista de razões pelas quais você deveria evitá-la.

Ela coloca uma das mãos no quadril.

— *Minha culpa?* Não estaríamos nessa confusão se você não tivesse tentado me cortar.

— Eu precisava chegar em um lugar...

Ela joga os braços para cima.

— Bem, eu estava...

Normalmente eu anseio pelo silêncio, mas algo sobre Dahlia se calando ao primeiro sinal de oposição me frustra.

As luzes piscantes nos envolvem em tons de vermelho, branco e azul, enquanto alguns bombeiros saem do caminhão para avaliar o ocorrido, e dois paramédicos determinam rapidamente que tanto Dahlia quanto eu estamos bem.

O chefe dos bombeiros mais velho puxa Dahlia para um abraço.

— Sua mãe fez parecer que você estava morrendo.

Os olhos dela reviram.

— Você sabe como ela pode ser superprotetora.

O chefe dos bombeiros bagunça o cabelo de Dahlia.

— Ela tem boas intenções.

— Lúcifer disse a mesma coisa sobre o inferno — diz Dahlia, forjando uma expressão tensa.

— Dahlia! — Rosa sai do bonde e corre em direção à filha com um terço em uma das mãos e uma garrafa de água benta na outra. Minha própria mãe sai do

---

* Cabrón: Idiota.

bonde com um grupo de pessoas seguindo atrás dela, transformando nosso acidente de carro em uma reunião da cidade.

— *Mami.* — Dahlia dá uma olhada na multidão se formando atrás da fila do policial. — Precisava envolver todo mundo?

— Não comece. ¿*Qué pasó?*[*] — Rosa examina a filha dos pés à cabeça antes de arrancar a tampa da água benta.

Pela primeira vez nesta noite, os olhos de Dahlia brilham mais do que as estrelas acima de nós.

— Julian bateu no meu carro.

Essa garota irritante.

Rosa me encara como se eu tivesse cometido um crime.

Eu me irrito com a voz da minha mãe enquanto ela se aproxima de nós.

— Julian? Me diga que isso não é verdade.

— Ma.

Ela arranca a garrafa de água benta das mãos de Rosa e me abençoa rapidamente antes de borrifá-la em mim.

— O que passou pela sua cabeça ao tentar jogar Dahlia para fora da estrada?

— Que é uma pena eu ter falhado.

O chefe dos bombeiros disfarça a risada com uma tosse.

O olhar furioso de Dahlia ameaça queimar um buraco no meu rosto.

— Não me diga que você passou todos esses anos planejando meu assassinato apenas para falhar agora?

— Confie em mim. Não vou cometer o mesmo erro novamente.

Ela me mostra o dedo do meio.

— Dahlia Isabella Muñoz! — Rosa puxa a mão da filha enquanto minha mãe sussurra gritando:

— Luis Julian Lopez Junior!

Minha mãe só usa meu primeiro nome oficial em ocasiões raras — e muito irritadas —, então é melhor eu me controlar antes que ela perca a paciência.

Dahlia e eu suspiramos ao mesmo tempo, e nossos olhares se encontram, dispersando meus pensamentos até que eu fique apenas com um.

Ela.

O xerife se aproxima da cena, me salvando de me envergonhar ainda mais. Felizmente, o delegado que tem uma questão pessoal contra mim fica longe, uma bênção, dada a minha má sorte de hoje.

---

[*] ¿Qué pasó?: O que aconteceu?

Conhecendo Dahlia, ela faria amizade com ele só para me provocar.

O xerife, um homem mais velho, envolve Dahlia em um abraço rápido.

— Então, o que aconteceu aqui?

— Você deveria prender o Julian por tentativa de assassinato. — O sorriso malicioso de Dahlia dispara um alarme estridente na minha cabeça. Memórias que passei anos apagando surgem na minha mente, passando por mim como um rolo de filme assombrado.

O jeito como o sorriso dela aumentava sempre que eu ficava desconcertado e falava fora de hora.

Os olhos brilhantes direcionados para cima enquanto nós — não, *eu* nos movia sem jeito pela pista de dança durante sua festa de quinze anos.

A expressão semelhante durante seu discurso como oradora da turma quando me agradeceu, o orador, por me esforçar durante o ensino médio.

É patético como um sorriso dela pode despertar inúmeras memórias, todas melhores se deixadas no passado, junto com qualquer sentimento que eu já tive por ela.

A verdade é que não tenho certeza de por que Dahlia Muñoz voltou, mas nada de bom pode resultar disso.

Nada de bom mesmo.

CAPÍTULO DOIS
Dahlia

Se soubesse que meu retorno a Lago Wisteria incluiria um ataque de pânico, um acidente de carro e um bonde cheio de moradores esperando para me cumprimentar, eu teria ficado em San Francisco. Acontece que meu plano de fugir dos meus problemas tinha algumas falhas importantes, começando pelo homem que passou a maior parte da vida tornando a minha impossível.

As luzes de emergência piscam no rosto bronzeado e angular de Julian, lançando um brilho vermelho sobre ele como um halo diabólico enquanto ele conversa com o xerife.

Estava tão envolvida em evitar Julian ao longo dos anos que deixei de notar o quanto ele amadureceu durante esse tempo.

Deixei de notar? Está mais para como estava determinada a ignorar.

As luzes vermelhas piscantes desviam meus olhos para sua mandíbula marcada, apenas para roubar minha atenção novamente ao destacarem seus lábios suaves e a barba por fazer.

Com base no meu olhar para roupas de luxo e meu faro para couro italiano legítimo, posso dizer que o traje de Julian hoje à noite deve facilmente custar dez mil dólares, uma avaliação chocante por si só. Mas, apesar do terno impecável, o cabelo escuro perfeitamente cortado e os elegantes mocassins de marca, pedaços do Julian rústico que eu conhecia aparecem.

A leve saliência em seu nariz depois que eu acidentalmente o quebrei com meu cotovelo.

Uma fina cicatriz branca atravessando sua bochecha, de quando pensamos que era uma boa ideia competir para ver quem conseguia pular mais alto de um balanço.

A pressão firme de seus lábios sempre que alguém fala com ele — um hábito que ele pegou quando éramos crianças para evitar falar fora de hora.

Como se ele sentisse meu olhar fixo nele, Julian olha na minha direção. O gesto desdenhoso de seus olhos castanhos sobre meu corpo deveria me irritar mais do que qualquer coisa, mas os arrepios se espalhando pela minha pele mostram que tem o efeito oposto.

Eu me afasto de Julian em um impulso de autopreservação e permito que sua mãe, Josefina, e a minha me papariquem. As duas melhores amigas têm cabelos e olhos castanhos, mas a altura, o rosto e a personalidade as diferenciam.

Embora nossas mães tenham se tornado melhores amigas crescendo juntas no México, Julian e eu definitivamente não somos. Na melhor das hipóteses, somos amigos da família, enquanto na pior das hipóteses, somos rivais de infância que transformam tudo em uma competição.

— Você emagreceu. Tem certeza de que tem comido o suficiente? — Mamãe belisca minhas bochechas com uma sobrancelha escura franzida. — O que você acha? — Ela me vira na direção de Josefina.

Sua expressão azeda confirma a observação da minha mãe.

— Nada que uma boa comida não possa consertar. Você sabe, *panza llena…*

— *… Corazón contento**** — minha mãe completa.

Pena que a comida caseira só vai encher o buraco vazio no meu estômago, não o que está no meu peito.

Mamãe inspeciona meu cabelo, que chega até os ombros.

— *¿Y qué pasó con tu pelo?***

— Cortei.

— Mas por quê? — ela lamenta.

Só consigo soltar um longo suspiro exagerado.

— Adoro, especialmente por causa do motivo pelo qual você fez isso. — Josefina pisca.

Um corte de cabelo foi o que o médico receitou depois do meu coração partido, juntamente com um frasco de Zoloft para manter a tristeza à distância.

Mamãe segura meus ombros enquanto me examina da cabeça aos pés.

— Estou feliz que você está em casa. Com o resto, a gente lida depois.

— Eu também. — Minha voz falha. Não havia nada que eu quisesse mais do que os abraços da minha mãe e sua crença inabalável de que Vicks VapoRub cura tudo, incluindo um coração partido.

---

* Panza llena, corazón contento: Barriga cheia, coração feliz.
** ¿Y qué pasó con tu pelo?: E o que aconteceu com seu cabelo?

Josefina coloca as mãos nos meus ombros e aperta.

— Não se preocupe. Vamos resolver tudo, começando com um pouco do meu *pozole*.

O que minha mãe tem de preocupada, Josefina tem de solucionadora, assim como o filho dela.

Se ao menos Julian tivesse herdado também a empatia dela.

O xerife interrompe nossa reunião ao pigarrear.

— Dahlia.

— Sim?

— Julian quer manter isso fora dos registros oficiais e pagar pelos reparos dos dois carros.

— Então ele não vai receber uma multa ou ter que fazer serviço comunitário obrigatório por bater no meu carro?

O xerife ri.

— Você quer que isso aconteça?

— Só se você puder garantir que ele tenha que catar lixo na beira da estrada por horas. — Estalo os dedos. — Melhor ainda, *dias*.

— *Mi hija* — minha mãe adverte enquanto Josefina ri.

— Como ele vai aprender a lição? Alguém poderia ter se machucado sério.

O xerife me lança um olhar cúmplice.

— Para ser justo, se o carro estava com problemas, você deveria ter encostado em vez de continuar dirigindo como fez.

Eu franzo as sobrancelhas.

— Carro com problemas?

— Julian já explicou tudo. Se você tiver problemas com o motor novamente, encoste e peça ajuda.

Por que Julian Lopez inventaria uma história em vez de dizer ao xerife que eu estava ocupada demais chorando para dirigir adequadamente?

Talvez porque ele planeja chantagear você depois.

Minha mãe aperta minha mão, demonstrando que me compreende, e a tensão nos meus músculos se dissipa.

— Vou fazer isso.

O xerife tira o chapéu.

— Agora que está tudo resolvido, é melhor levar todos de volta ao auditório da escola para o show de talentos. Algumas dessas pessoas deveriam estar na cama antes que os remédios façam efeito às dez da noite. — Ele assobia e aponta para o bonde. — Vamos liberar isso!

— Vamos pegar uma carona com nossos filhos. — Josefina acena para o xerife.

Os auxiliares do xerife conduzem a multidão, que reclama, para o bonde, enquanto os primeiros socorristas vão para a cidade, deixando as famílias Muñoz e Lopez sozinhas.

— De que show de talentos ele está falando? — pergunto.

— Do que a escola primária faz todo outono.

Josefina passa a garrafa de água benta de volta para minha mãe.

— Falando nisso, seria tão bom se você fosse com a gente! O Nico adoraria te ver, e então todos nós podemos sair para jantar depois.

Minha garganta fica seca. Por mais que eu queira ver meu afilhado e dar um grande abraço nele, jantar com aqueles que mais me conhecem parece ser outra situação estressante que eu preferiria evitar hoje à noite.

— Tenho certeza de que Dahlia está cansada — diz Julian com aquele tom entediado dele.

Ou minha aparência está tão ruim quanto eu me sinto, ou Julian está deixando claro que não me quer lá.

Fico com a última opção.

Penso em ir ao show de talentos para provar que ele está errado, mas depois penso no que isso implicaria.

Está pronta para ver todo mundo da cidade?

Não. Definitivamente não. Foi uma pequena bênção ser poupada da festa de boas-vindas nesta noite, então é melhor não abusar da sorte.

Depois de dois anos ausente, vou ter que enfrentar todos, em algum momento, mas hoje não é o dia.

— O Julian está certo. — As palavras deslizam pela minha língua como facas, e o idiota tem a audácia de se sentir superior com a afirmação. — Estou bem abalada com tudo o que aconteceu, e depois de passar o dia inteiro dirigindo, tudo o que quero é descansar um pouco.

— Ah. — O sorriso de Josefina desaparece, e ganho outro olhar de reprovação de seu filho.

— E se o Julian te levar para casa no caminho para o show e a Josefina e eu dirigirmos o seu carro até o auditório? — sugere minha mãe.

Meu olho direito treme. Se essa mulher não tivesse passado toda a minha vida me criando, nunca mais falaria com ela. Ela sabe que Julian é meu inimigo declarado, juntinho com comer *pan dulce* à meia-noite e dirigir no trânsito pesado da Califórnia.

— Mas... — Meu protesto é interrompido quando minha mãe me lança um olhar. — Tudo bem.

Os olhos de Julian se estreitam enquanto ele pega a chave do carro.

— Vamos lá. Não quero me atrasar para a apresentação do Nico.

Os dedos de Josefina voam pela tela do celular.

— Sem problemas. Estou mandando mensagem para o diretor agora e pedindo para mudarem o horário da apresentação do Nico.

A cabeça de Julian se vira na direção de sua mãe.

— Você não podia ter feito isso antes de eu sofrer um acidente tentando chegar lá correndo?

Sua mãe dá de ombros enquanto digita.

— Você não pediu.

Eu mordo minha língua para me impedir de rir. Tenho certeza de que Julian preferiria morrer a pedir ajuda a alguém, incluindo a mãe dele. É uma condição crônica que ele herdou de seu falecido pai.

Pego minha bolsa da mão da minha mãe e dou um beijo nela e em Josefina antes de seguir para o carro de Julian. Parece uma nave espacial com formas pontudas e detalhes cromados, e tenho certeza de que voa como uma quando levemente acelerado.

Tenho dificuldade para entender como o cara que considerava comprar um novo videogame um luxo se tornou o bilionário na minha frente com um McLaren azul. Minha mãe jura que Julian nunca deixou o dinheiro subir à cabeça, mas aposto que ele luta contra um ego insuportável e um complexo de Deus.

Enquanto tive muito sucesso com minha empresa de design de interiores e com o programa de reforma de casas, Julian encontrou o dele depois de ajudar seu primo gênio e programador de computadores, o Rafa, a criar o Dwelling, o mais popular mecanismo imobiliário de busca, respectivamente, aos vinte e três e vinte e cinco anos.

A ideia pode ter começado como mais uma das tentativas loucas e malsucedidas de Rafa de criar o próximo melhor aplicativo, mas depois evoluiu para uma empresa bilionária com investidores, um conselho de administração e os primos Lopez garantindo um lugar na cobiçada lista Forbes *30 Under 30*.

Julian e eu chegamos à porta do passageiro. Sua mão toca as costas da minha e acende uma centelha de reconhecimento.

O cheiro do perfume de Julian — leve e caro — invade meu nariz, que se contrai antes que um espirro saia de mim. Dou um pulo, e minha bunda encosta na parte da frente de Julian.

Ah, meu Deus.

Ele abre a porta.

— *Salud*.

— Que cavalheiro — respondo com uma voz seca.

Ele segura a porta com mais força até que sua pele dourada fique branca.

— Não posso deixar sua mãe pensar que não sou um cavalheiro.

— Não precisa se esforçar tanto. Ela acha que você é a última bolacha do pacote.

Sua risada profunda, suave e quase inaudível por sobre uma rajada de vento, tem um nível inaceitável de influência sobre o ritmo do meu coração.

Eu me jogo no banco do passageiro e bato o cotovelo na alavanca de câmbio enquanto tento evitar Julian, o que me faz estremecer.

— *Nos vemos allá** — grita minha mãe antes de sair pela estrada ao som de "Mi primer millón", uma das músicas favoritas do meu pai.

Eu afundo no banco de couro macio assim que Julian fecha minha porta. A vibração faz alguma coisa ranger perto do capô do carro, então ele contorna a frente do veículo e se ajoelha.

Ele encara o para-choque por uma eternidade antes de entrar no carro com uma expressão irritada e postura rígida. Nenhum de nós diz nada enquanto ele volta para a estrada e coloca o pé no acelerador.

No passado, eu preencheria o silêncio com perguntas para irritá-lo, mas esta noite, volto-me para mim mesma.

Outro aspecto que você mudou por causa do Oliver e de sua família.

O silêncio me consome enquanto alcançamos meu carro, e observo os danos do acidente. Exceto por meu para-choque parecer uma lata de refrigerante amassada e da lanterna traseira ter sido deslocada, o resto do carro parece estar bem.

Sua terapeuta ficaria orgulhosa de você por notar os lados positivos.

Depois de perder o depósito do local do meu casamento e meu novo agente me informar que a mídia descobriu sobre o fim do meu noivado hoje, preciso de todas as vitórias que possa conseguir.

— Você está muito quieta. — A voz grossa de Julian corta meus pensamentos alguns minutos depois.

Minhas unhas pressionam minhas palmas de tão forte que as aperto.

— Isso não deveria te deixar feliz, depois de todas as vezes que você me implorou para parar de falar?

Isso o silencia, embora o silêncio só dure um minuto antes que ele fale *novamente*.

— Você sempre soube como chamar atenção. — Seu olhar permanece fixo na estrada.

Talvez eu tenha batido a cabeça afinal, porque devo estar alucinando. Julian acabou de tentar iniciar uma conversa *duas vezes* sem estar influenciado pelo álcool ou por sua mãe.

---

* Nos vemos allá: Vemos vocês lá.

Eu me afundo mais no banco.

— Acredite ou não, eu queria passar despercebida por um tempo.

— Isso é impossível.

Depois de hoje à noite, estou preocupada que ele possa estar certo. Se eu pudesse evitar todo mundo por algumas semanas enquanto me reorganizo, seria um milagre.

— Não é como se eu gostasse de toda essa atenção. — Tudo o que eu quero é desaparecer e fingir que minha vida na Califórnia não está desmoronando.

— Diz a mulher que tem o próprio programa de televisão e a própria marca de decoração em lojas por toda a América. — Ele afrouxa o aperto no volante.

Eu finjo arfar.

— Julian Lopez, você é um fã secreto do meu programa?

Seu rosto permanece inexpressivo.

— Tenho coisas melhores para fazer com o meu tempo.

Ai.

— Tenho certeza de que passar todas as noites com sua mãe consome boa parte dele.

Qualquer coisa que tenha levado Julian a tentar falar comigo acaba quando meu comentário rude atinge seu alvo.

Alguns minutos depois, passamos pela placa de *Bem-vindo a Lago Wisteria*, com morangos desenhados, que anuncia nosso famoso Festival do Morango e um novo slogan que diz *Lar de Dahlia Muñoz, designer de interiores, celebridade e estrela de reality shows.*

Eu deixo minha cabeça cair nas mãos, soltando um gemido.

E eu que queria passar despercebida...

A placa neon do Madrugadão Lanches brilha como a Estrela do Norte, me guiando para casa quando chegamos à esquina da rua Principal. Desde a alegre decoração de outono no centro da praça até as faixas nos postes de luz promovendo o próximo Festival da Colheita em novembro, tudo em Lago Wisteria é caloroso e acolhedor.

Dá para entender por que nossa pequena cidade cresceu em popularidade, tanto entre os turistas de verão que visitam nossa praia quanto entre moradores ricos de Chicago que desejam uma escapada de fim de semana. O charme único da era vitoriana à beira-mar pode transportar qualquer pessoa para o final do século XIX, e o sinal instável do celular com certeza fará com que eles se sintam assim também.

Depois de passar dois anos fora, eu deveria estar morrendo de emoção e nostalgia, especialmente com toda a decoração de Halloween, mas meu corpo fica entorpecido quando passamos pela área onde as pessoas tiram fotos com abóboras, pela gigantesca fonte em formato de morango iluminada por luzes laranja e roxas e pelo parque onde meu pai sempre levava minha irmã e eu.

Julian faz uma curva na modernizada rua Principal e segue para o sul. A parte mais baixa ao sul da cidade, onde nossas famílias cresceram, não tem propriedades de milhões de dólares à beira do lago nem uma escola particular de elite como o lado sul mais acima ou os prédios modernos e comodidades da rua Principal e no quadrante leste. Nem temos a rica história associada ao Distrito Histórico do norte, mas *temos* a melhor pizzaria da cidade, então quem precisa de uma mansão chique ou de um apartamento moderno com academia quando posso ter a Pedaço Pizza entregue em dez minutos ou menos?

O único semáforo no caminho para chegar à casa da minha mãe pisca de amarelo para vermelho. À medida que o tempo passa, sou deixada com o lembrete sombrio de como as coisas estão tensas entre mim e Julian.

No passado, éramos amigos com um saudável espírito competitivo. Então, a puberdade chegou, no fim do ensino fundamental, e uma nova rivalidade foi formada, impulsionada por hormônios e imaturidade.

Mas agora, não somos nada além de estranhos um para o outro.

Uma mão invisível se enrola em torno da minha garganta e aperta até que eu fique sem ar. Luto contra o peso que ameaça me consumir, apenas para falhar quando dou uma olhada no primeiro homem que partiu meu coração. Levou dezenove anos para ele conquistá-lo e apenas seis palavras para aniquilá-lo.

E eu não pretendo esquecer isso.

CAPÍTULO TRÊS
Julian

Dahlia fica boquiaberta diante da placa da rua.

— Rua Lopez?

Eu fico em silêncio enquanto passo pela rua onde cresci, antes de virar na dela.

— Por que dariam seu nome a uma rua?

A reação de Dahlia é exatamente o motivo pelo qual fui contra o prefeito querer honrar publicamente minhas contribuições monetárias. Embora eu não me arrependa da doação de dez milhões de dólares, gostaria de ter feito isso anonimamente.

Dahlia solta o cinto de segurança enquanto eu paro em frente à casa estilo rancho de sua infância. Ela guarda muitas lembranças para nossas famílias, incluindo meu pai e eu trabalhando na reforma juntos quando eu era adolescente. Embora as flores e decorações mudem conforme a estação, a pintura azul-clara e a moldura branca permanecem as mesmas desde a reforma.

A casa pode estar bem longe de ser um dos meus projetos atuais, mas ainda representa tudo o que eu amo na construção. Foi durante o projeto de renovação da casa dos Muñoz que percebi que, assim como meus pais, tenho paixão por consertar coisas.

Casas. Problemas. *Pessoas*.

É um defeito de caráter que passei anos tentando erradicar, apenas para vê-lo ressurgir nos momentos mais inconvenientes.

Como agora.

Minha incapacidade de ignorar o silêncio incomum de Dahlia é a única explicação razoável para eu ter tentado iniciar uma conversa com ela *duas vezes*.

E veja como isso deu certo.

Puxo o freio com força suficiente para fazê-lo tremer.

A tensão nos músculos de Dahlia combina com a minha enquanto ela alcança a maçaneta da porta.

— Obrigada pela carona. — Seu peito sobe e desce com um longo suspiro. — E sinto muito pelo seu carro. — O pequeno franzir de seu nariz me faz conter uma resposta sarcástica. — Eu deveria ter parado e esperado as coisas se acalmarem.

— Está tudo bem? — A aspereza na minha voz desaparece, substituída por algo muito pior.

Ela balança a cabeça.

— Só estou cansada.

— Manter falsas aparências deve ser exaustivo.

— Tem mais alguma coisa que quer me perguntar?

Um feixe de luz da varanda reflete em seu enorme anel de noivado, quase me cegando.

Como o Oliver está? Quero perguntar com toda a minha revolta em relação ao meu ex-colega de quarto.

Já escolheu a data do casamento, já que está noiva há dois anos?

Por curiosidade, ele admitiu ter me apunhalado pelas costas ao ir atrás de você?

Perguntas pairam na ponta da minha língua como flechas envenenadas.

— Não.

— Perfeito. Agora, se não se importa, tenho um encontro com o seriado *The Silver Vixens* e não quero me atrasar.

The Silver Vixens?

Merda. As coisas devem estar piores do que eu pensei. Dahlia só reserva maratonas de *The Silver Vixens* para as piores ocasiões, como quando o pai dela morreu ou quando aquele idiota jogador de futebol em quem ela estava interessada a chamou de vadia puritana quando ela não quis fazer sexo com ele depois do primeiro encontro.

Antes que ela consiga abrir a porta, seguro a mão dela. O contato físico faz minha palma formigar, então a solto como uma dinamite acesa.

Nós dois falamos ao mesmo tempo.

— Umm, eu deveria...

— Você precisa...

— É melhor eu ir para você não perder a apresentação do Nico. — Ela se apressa em falar antes de sair correndo do meu carro.

Ajudo a retirar sua bagagem do porta-malas. Com um "obrigada" resmungado, parte em direção à casa, sua mala de marca levantando poeira atrás dela.

Não tenho certeza do que me leva a falar novamente, mas não consigo me conter ao perguntar:

— Te vejo por aí? — Meu coração martela contra o peito enquanto espero a resposta.

Ela para nas escadas que levam à varanda.

— Por quê?

— Estou curioso.

— Espero que já não esteja planejando todas as maneiras de me torturar. — Falta energia na provocação dela, meio sem graça.

— Torturar você é meu passatempo favorito.

Uma faísca brilha em seus olhos antes de ser apagada como fogo no meio de uma tempestade de neve.

— Você já investigou sua necessidade de transformar tudo em uma competição para compensar seu enorme complexo de inferioridade?

Dahlia me faz sentir mais exposto em um terno feito sob medida do que quando estou nu. Onde a maioria das pessoas vê um cara reservado a um passo de se tornar o idiota da cidade por conta de uma interação social ruim, ela enxerga a mim.

O verdadeiro eu.

O acanhado.

O eu que passei os últimos dez anos odiando porque ele representa tudo o que detesto em mim mesmo. Ele era fraco, tímido e orgulhoso demais para fazer qualquer coisa além de sofrer em silêncio enquanto tropeçava pela vida.

É melhor eu lembrar que ela sabe tudo sobre mim, incluindo as partes de mim mesmo que passei uma década apagando.

Imediatamente eficaz.

Os murais temáticos de outono se tornam um borrão enquanto passo apressado pelas salas escuras da minha juventude e entro no auditório recém-renovado.

De alguma forma, chego a tempo de ver Nico sair usando um fraque e um de seus mais coloridos pares de óculos de grau. A multidão aplaude alto o suficiente para abafar o resmungo do meu primo enquanto me acomodo na cadeira vazia entre ele e minha mãe.

Com o cabelo desgrenhado de Rafa, jeans surrados e camisa de botão amarrotada, eu não diria que o homem é podre de rico. Ele ainda dirige a mesma caminhonete desde o ensino médio e se recusa a trocar seu celular desatualizado, apesar de ser um geek da tecnologia. Ele só esbanja no Nico, mas mesmo isso tem um limite rígido porque ele não quer mimar o garoto.

Toda a tensão no corpo de Rafa desaparece assim que Nico assume seu lugar na frente do piano de cauda e passa as mãos sobre as teclas de marfim. Não gosto de me gabar, mas meu afilhado vai estar lá em cima com todos os músicos mais renomados um dia. O garoto tem só oito anos e já consegue tocar três instrumentos diferentes, um dos quais aprendeu sozinho assistindo a tutoriais no YouTube.

Uma salva de palmas, em pé, segue a performance de Nico, e meu primo exibe um sorriso raro enquanto assobia e grita o nome do filho.

Presumo que o bom humor de Rafa vá desaparecer assim que as cortinas se fecharem, mas ele permanece depois que as luzes se acendem e minha mãe desaparece na multidão em busca de Nico.

— Fico feliz por finalmente nos brindar com sua presença, dada sua agenda de trabalho agitada e tudo mais. — Rafa dá um aperto no meu ombro.

— Você não é aquele cara que passa todos os dias na frente do computador, programando até ficar vesgo?

Ele dá de ombros.

— Não mais. Ao contrário de você, agora arrumo tempo para outras coisas além do trabalho.

Não é como se eu *quisesse* passar a maior parte dos meus dias trabalhando, mas o que mais eu deveria fazer com meu tempo livre? Sair para os encontros que minha mãe arranja?

Não, obrigado. Já passei por isso, já fiz isso e já ganhei um auxiliar do xerife como inimigo depois que a minha mãe tentou me juntar com a ex dele.

Levantamos de nossos lugares, e meu primo me dá um cutucão em direção à saída.

— Lembra quando ficamos bêbados naquela cabana em Lago Aurora?

— Qual vez?

Seu sorriso só aumenta.

— No fim de semana em que a Dahlia ficou noiva.

De alguma forma, meus passos continuam firmes.

— Não estou lembrando.

Ele me cutuca nas costas.

— Provavelmente é por causa de toda a bebida.

— Um bom primo teria ficado bêbado comigo.

— E correr o risco de você morrer dormindo depois de se engasgar com o próprio vômito? De jeito nenhum. Sua mãe nunca teria me perdoado.

— Tenho certeza de que você ficaria feliz em assumir como meu substituto.

Ele revira os olhos castanho-escuros.

— De qualquer forma, nunca vou esquecer o que você disse naquela noite.

Meus pulmões falham.

Ele aperta meu ombro.

— Você não parava de falar sobre como, se tivesse uma segunda chance com a Dahlia, faria as coisas diferente.

Eu me esforço muito para manter minha voz neutra ao dizer:

— Eu estava bêbado.

— *E?*

— Ela está noiva.

— De acordo com sua mãe, não mais.

Mierda.

— Como ela descobriu?

— Como você acha? Rosa contou pra ela.

— E assim começa o *chisme*.* — Não espero nada menos das duas melhores amigas que estão grudadas desde o jardim de infância.

Ele franze ainda mais o cenho.

— É difícil manter isso em segredo quando está por toda parte nas redes sociais hoje à noite. Dahlia tem a própria hashtag e tudo.

Meu estômago revira enquanto perguntas saltam em minha cabeça, tornando impossível encontrar uma resposta.

Por que terminaram?

Existe alguma chance de voltarem?

Era Oliver o motivo pelo qual Dahlia estava chorando hoje mais cedo antes de eu bater no carro dela?

Rafa me lança um olhar.

— Não.

Eu pisco.

— O quê?

— Seja lá o que estiver pensando, não faça isso.

— Foi você quem mencionou ela.

— Porque eu queria ser o primeiro a dar a notícia, antes que sua mãe começasse a sussurrar no seu ouvido sobre como agora é a sua chance.

— Minha mãe sussurra muitas coisas no meu ouvido sobre quem eu deveria namorar, mas você não me vê acatando nada.

---

* Chisme: Fofoca.

— Dahlia é diferente, e você sabe disso.

— Não importa mais, porque qualquer sentimento que eu tinha pela Dahlia não é mais relevante. — Algo se retorce em meu peito.

A resposta de Rafa é interrompida pelo grito de Nico.

— *Papi!* — Nico abandona minha mãe e dispara pelo corredor.

Meu primo se ajoelha a tempo de Nico se lançar em seus braços abertos.

— Estou muito orgulhoso de você. — Rafa ajeita os óculos de Nico para que fiquem no lugar certo.

A testa de Nico enruga com sua careta.

— Mas você não me ouviu errar?

Rafa resmunga.

— Você foi perfeito como sempre.

Nico, que deve ter herdado suas tendências perfeccionistas de mim, tenta contar sobre sua escorregada, apenas para ser interrompido por Rafa fazendo cócegas nele.

— Não! — Nico se contorce no abraço do pai.

— Desculpe. Não consigo te ouvir. O que estava dizendo? — Rafa estica a mão para embaixo do braço de Nico, fazendo-o dar gritinhos e se debater.

Apesar de ser fechado para o resto do mundo, Rafa é só carinhos com o filho. A maneira como ele age com meu afilhado, apesar de todos os seus problemas, me dá esperança de que meu primo vá se curar um dia.

Eu posso não ter passado por nada parecido com o que Rafa passou, mas sei que não é fácil superar alguém. Dahlia me ensinou essa lição há muito tempo, e é uma que não pretendo esquecer tão cedo.

CAPÍTULO QUATRO
Dahlia

Meu primeiro dia oficial de volta foi tranquilo, provavelmente porque não fui para o centro da cidade. Com minha mãe e minha irmã, Liliana, ocupadas trabalhando na loja de flores, não fiz nada além de ficar olhando para o teto.

É estranho ir de não ter tempo suficiente nem para almoçar ou usar o banheiro para, de repente, mal sair do quarto, a menos que seja absolutamente necessário. Minha mala, repleta de roupas caras e modernas, permanece intocada no chão, um sinal de alerta por si só.

Embora eu sempre tenha tido tendências à ansiedade e ao perfeccionismo desde o ensino médio, a depressão é uma luta mais recente e uma batalha solitária que enfrentei por meses antes de procurar ajuda.

Minha terapeuta, Dra. Martin, é uma mulher maravilhosa que cobra uma pequena fortuna por sessão. Embora dinheiro não seja um problema para mim agora, eu estava relutante com o comprometimento emocional, mas ela foi altamente recomendada pelo meu agente, então, há oito semanas, me arrisquei e não me arrependi.

Não tenho certeza de onde estaria sem a Dra. Martin. Ela tem uma paciência infinita, a voz calma e termina cada sessão com um provérbio jamaicano que eu não entendo até pesquisar depois.

Hoje, ela mal fala na primeira metade da nossa sessão de telemedicina, permitindo que eu desabafe sobre meus erros e defeitos.

Ela junta as mãos, fazendo os braceletes Cartier de ouro tilintarem contra a pele marrom escura.

— O que fez você ficar com o Oliver por tanto tempo?

Sua paciência interminável é posta à prova enquanto eu penso. Já me fizeram essa pergunta antes, mas, na época, minha visão da vida estava tingida de amargura, autoaversão e uma espessa nuvem de depressão.

— Durante muito tempo, foi bom. — *O que tornou a perda ainda mais difícil.*

Seu breve aceno com a cabeça me dá coragem.

Levo mais sessenta segundos para encontrar cinco palavras.

— Ele me fazia sentir especial.

Ele nunca te mereceu. Oliver me abraçou depois que desatei em lágrimas ao guardar as coisas do quarto de Julian, algo pelo qual nunca recebi nem mesmo um simples agradecimento por mensagem de texto.

Eu gosto de você... muito mais do que um amigo deveria, Oliver me disse antes das férias, durante o nosso segundo ano, depois de passarmos um ano mantendo as coisas platônicas.

Antes disso, era fácil mantê-lo como apenas um amigo depois que Julian me magoou, mas seus olhos azuis, cabelo loiro e sorriso fácil começaram a me conquistar.

Você é muito talentosa e merece ser valorizada. Ele me incentivou a postar minha primeira foto no perfil da Designs by Dahlia nas redes sociais. Era uma imagem granulada do meu primeiro apartamento, e eu a mantive fixada no topo da página até hoje por tudo que ela representa.

Eu estava vulnerável e em busca de reafirmação nos lugares errados, incluindo a família de Oliver, que se envolveu nos meus negócios quando começaram a ajudar a produzir nosso programa de TV.

— Sempre foi assim? — pergunta a Dra. Martin.

— Antes de ficarmos noivos, tivemos sete anos de coisas típicas de um relacionamento. Muitos momentos bons misturados com alguns ruins. Ele fazia parecer que era a ovelha negra mal compreendida da família, e eu percebi que, na verdade, ele era o lobo.

Se a Dra. Martin ficou surpresa, ela não demonstra.

— Ele fazia parecer que poderíamos realizar qualquer coisa juntos, mas quando finalmente fomos testados, falhamos.

Eu falhei. Em vez de me valorizar o suficiente para ir embora, fiquei porque, por idiotice, não queria desistir de um relacionamento no qual investi tanto tempo. Mas, de toda forma, não fez diferença, porque pouco a pouco Oliver se afastou, me deixando lidar com a dor de nunca poder gerar um filho.

Eu cutuco minhas cutículas.

— As coisas pioraram depois do contrato pré-nupcial e do exame médico, embora eu tenha colocado uma expressão corajosa no rosto e guardado minha dor enquanto as câmeras estavam gravando, porque amo meu trabalho e as pessoas com quem trabalho, e a última coisa que eu queria fazer era desistir de tudo por causa dele.

Ainda assim, você perdeu tudo.

Não tenho mais o programa, nem amigos (fora alguns membros da equipe) e nem esperança de que alguém me queira depois de ser dispensada porque "eu não era a mulher que ele queria".

Oliver poderia muito bem ter admitido que eu não tinha o *útero* que ele queria, mas deixo isso de lado.

A Dra. Martin inclina a cabeça em compreensão.

— É da natureza humana evitar qualquer coisa que nos cause dor.

— Foi tão fácil me jogar no trabalho, mas enquanto meu negócio prosperava, uma parte da minha alma morreu.

A pele ao lado dos olhos dela fica mais suave.

Vou dizer aos meus pais que você não vai. De novo, Oliver enfatizou, com um suspiro, antes de sair para a mansão dos Creswell, me deixando encarar uma parede por horas até que eu chorasse até dormir.

Não é tarde demais para terminar e encontrar alguém mais adequado para o seu futuro, a mãe de Oliver sussurrou para ele enquanto achava que eu ainda estava no banheiro.

Felizmente, alguém irá carregar o nome dos Creswell, disse o pai de Oliver enquanto sua esposa passava as fotos da ultrassonografia da filha aos que estavam à mesa de jantar.

Depois do meu exame, parecia que nosso relacionamento tinha levado um tiro no coração, e eu era a única tentando consertá-lo.

A Dra. Martin encerra nossa sessão com outro provérbio jamaicano que não conheço, e passo os próximos dez minutos pesquisando *Rockstone a riva bottom nuh know sun hat*[*] em vez de chorar até dormir, o que é uma vitória.

🏆

Meu segundo dia na cidade segue da mesma forma, embora minha consulta com o psiquiatra tenha me submetido à outra experiência emocional intensa. Esperançosamente, o aumento da dosagem dos meus antidepressivos e meu novo compromisso em me envolver em atividades mais prazerosas ajudarão a melhorar

---

[*] Rockstone a riva bottom nuh know sun hat: Quem vive em uma redoma não conhece as adversidades.

meu humor, embora ainda esteja um pouco cética, já que mal quero sair de casa, quanto mais decorar uma.

Espero que meu terceiro dia de volta a Lago Wisteria siga o mesmo padrão de ser deixada sozinha, mas quando finalmente saio da cama às duas da tarde em busca de comida, me assusto ao encontrar a família Lopez espalhada pela nossa casa para o encontro dominical de nossas famílias.

Minha irmã digita no celular como se a tela a tivesse ofendido pessoalmente, enquanto minha mãe e Josefina se ocupam cortando legumes na cozinha. Rafa ignora completamente "Robarte un beso" explodindo no alto-falante portátil ao seu lado enquanto assiste a um jogo da Liga Mexicana na TV.

— ¿*Madrina?* — Nico me nota primeiro e sai correndo na minha direção. Já se passaram alguns anos desde a última vez que o vi, exceto por chamadas de vídeo, e ele cresceu uns sessenta centímetros. — Você voltou!

Ele envolve com os braços as minhas pernas.

— Oi. — Não tinha percebido o quanto precisava de um dos abraços esmagadores de Nico até agora.

Meu afilhado me olha com seus grandes olhos castanhos.

— Estava com saudade.

— Eu também. — Luto contra a escuridão ameaçadora que tenta se infiltrar novamente. — Como está meu afilhado favorito?

Ele ri.

— Sou seu único afilhado.

— Por enquanto.

— Não! Você não está autorizada. — Ele aperta minhas pernas com mais força, e um riso suave escapa de mim quando ele me solta às pressas.

— Tenho tocado a bateria que você me deu no meu aniversário! É ótima! — Nico simula batidas no ar com um par invisível de baquetas.

— Sim, obrigada por isso. — Rafa me lança um olhar.

— Talvez eu precise dar a ele uma guitarra elétrica e um amplificador no Natal.

O olho de Rafa treme enquanto Nico ergue o punho no ar e diz:

— Sim!

Mimar meu afilhado é algo natural, embora meus últimos presentes tenham sido entregues por correio em vez de pessoalmente. Sei que uma bateria cara ou uma guitarra sofisticada não compensarão minha ausência, mas Nico merece o melhor, especialmente depois de tudo pelo qual ele e Rafa passaram.

Eu não conhecia bem a ex-mulher de Rafa, e não foi por falta de empenho da minha parte, mas sei que ela não se esforçava para se integrar à nossa família.

Rafa se levanta do sofá e me abraça.

— Todos estávamos com saudade.

Minha primeira tentativa de uma resposta honesta falha, então me limito ao humor.

— Pelo menos, suas maneiras não desapareceram junto com sua noção para se vestir.

Meu comentário rende um revirar de olhos do homem mal-humorado vestido com camisa xadrez, jeans azul desbotado e boné desgastado. Em qualquer outra pessoa, eu acharia horrível o traje inspirado em lenhador, mas em Rafa, funciona, graças à sua boa aparência e massa muscular.

Rafa é praticamente meu irmão mais velho, então eu preferiria ter uma gastroenterite a chamá-lo de atraente, mas isso não impede todas as mulheres da cidade de afirmarem isso em voz alta.

Ele me solta.

— Por quanto tempo você planeja ficar por aqui desta vez?

— Não tenho certeza. Depende de algumas coisas com o trabalho e tal.

— Você vai ter que ir à nossa casa e ver a bateria do Nico.

Nico irradia alegria.

— Sim! Você pode me ver tocar, e então podemos montar aquele Lego especial que você me deu. Ah! Você também pode conhecer a Ellie. Ela é tão legal, e bonita, e a mais legal.

— Quem é a Ellie? — A falha em minha voz trai minhas emoções. Por mais que eu *queira* passar um tempo com meu afilhado, não me sinto nem remotamente pronta. Porque estar perto do Nico sempre me fez desejar ter minha própria família um dia, e agora...

— Ela é minha melhor amiga! — Os olhos de Nico se iluminam.

— Ela é a *babá* dele. — Algo sombrio passa pelo rosto de Rafa antes de ele controlar sua expressão.

Minha mãe disse que o Rafa mudou desde o divórcio e com o diagnóstico de retinose pigmentar de Nico, e a verdade não poderia ser mais óbvia diante da expressão severa de Rafa e dos olhos sombrios.

Nico sorri para mim de uma maneira que me lembra muito seu pai, exceto pelo dente que falta.

— É, claro. Enfim, você quer jogar um jogo comigo e *Tío*?

Sou atingida diretamente no peito por uma explosão de ansiedade.

— Eu...

— Por favor! — Ele junta as mãos.

— Bem... — Engasgo com minha resposta.

Rafa inclina a cabeça.

Nico puxa minha mão.

— Vamos lá. Precisamos de mais uma pessoa, já que meu pai não quer jogar com a gente.

Rafa bagunça o cabelo de Nico.

— Só porque o Julian sempre ganha.

Nico me arrasta em direção à caixa de Banco Imobiliário ainda fechada, esperando na mesa do café da manhã da cozinha, enquanto seu pai volta a assistir ao jogo. Meu afilhado puxa a cadeira para mim como um cavalheiro e espera.

Quando não me mexo, ele dá um tapinha no assento com a testa franzida.

— Senta.

O pedido dele aumenta a rachadura no meu peito até ficar difícil respirar.

— Não posso. — A dor no meu coração fica mais forte a cada batida.

Nico franze as sobrancelhas.

— Por quê? Vai ser divertido!

Envolvo os braços ao redor de mim mesma e dou um passo largo para trás. O olhar confuso em seu rosto aumenta seu carisma e o meu desconforto.

— Você está bem? Parece triste. — Seu lábio inferior treme.

Rafa olha por cima do ombro.

— Tudo bem aí?

— Eu preciso ir ao banheiro. — Saio rápido para o corredor com a visão embaçada. Estou desorientada enquanto passo pelo meu quarto em direção ao banheiro de hóspedes que eu e minha irmã compartilhamos.

Parece que os antidepressivos não estão fazendo o trabalho deles.

Lágrimas caem em um ato frustrante de traição. Fui de sofrer com esse entorpecimento interminável, há dois meses, para passar a sentir muito de uma vez agora, chorando mais nos últimos dias do que em toda a minha vida.

Tenha paciência consigo mesma e confie no processo.

Dane-se o processo. Não planejo sair do meu quarto até...

Alguém puxa meu cotovelo, e dou um suspiro enquanto sou puxada para trás.

— É melhor ter uma boa razão para deixar meu filho chateado.

A voz séria de Rafa me assusta.

Eu recuo.

— O quê?

— Você... está chorando? — Ele franze o cenho, me lançando de volta ao passado.

Estou tão cansado de você ficar sentindo pena de si mesma. Os lábios de Oliver se curvaram com nojo.

Você pode fingir bem para as câmeras, mas quando se trata de mim, você não se dá ao trabalho de fazer o mínimo. Suas palavras eram venenosas, me inundando com uma autodepreciação paralisante e desespero.

Me chame quando a Dahlia por quem me apaixonei estiver de volta, ele me mandou por mensagem naquela noite, e voltou uma semana depois para me informar que havíamos terminado.

— *Dahlia.* — A voz grossa de Rafa me chama de volta ao presente.

Eu limpo o rosto com a manga do meu suéter.

— Peço desculpas por chatear o Nico. Você sabe que nunca faria isso de propósito.

A aspereza de Rafa desaparece.

— O que aconteceu?

Não tenho certeza do que me faz me abrir para o Rafa dentre todas as pessoas, mas não posso deixá-lo pensar que fiz Nico ficar chateado sem um bom motivo.

— Eu... Você... — *Droga.* — Eu tenho evitado ficar perto de crianças desde que descobri que não posso ter uma.

Ele pisca algumas vezes.

— E aí você viu o Nico...

Eu balanço a cabeça, incapaz de terminar a frase dele, principalmente devido à tensão em minha garganta.

— Só se passaram alguns meses desde que recebi a notícia... — Sou interrompida por meu soluço.

Rafa me puxa para seus braços como meu pai fazia sempre que eu me machucava ou estava doente.

— Sinto muito.

Eu não sabia o quanto precisava ouvir essas duas palavras até as lágrimas começarem a rolar pelo meu rosto. Não tenho certeza de quanto tempo Rafa fica me abraçando enquanto eu choro, mas ele não me solta até minha respiração se estabilizar e minhas lágrimas não molharem mais sua camisa.

— Você... — Eu fungo. — Pode deixar isso entre nós, por favor?

Ele se afasta com uma careta.

— Ninguém sabe?

Eu balanço a cabeça.

— Só o Oliver e a família dele.

— Seu segredo está seguro comigo.

Meus ombros se curvam.

— Obrigada.

Com um último olhar de despedida sobre o ombro, Rafa me deixa parada sozinha no corredor.

Eu vou para o banheiro, e o estridente clique da porta se fechando aumenta o vazio que cresce dentro de mim.

Já se passaram dois meses, e estou tão mal quanto no dia em que Oliver terminou nosso relacionamento de nove anos. Ele não se importava com nosso programa ou a vida que construímos juntos. Merda. Ele não se importava com nada além do que *ele* queria. A esposa perfeita. Uma casa pitoresca com vista para a baía. Dois filhos e um cachorro, todos brincando juntos atrás de uma cerca branca, como algum sitcom dos anos 1950.

Era o futuro esperado por ele e que eu ameaçava estragar.

Ao contrário do luto que enfrentei depois de perder meu pai, isso é diferente. *Eu* estou diferente.

Seguro a borda da pia de porcelana e me forço a encarar a pessoa que me tornei. Desalinhada. Danificada. *Deprimida.*

É difícil admitir o quanto me deixei levar nos últimos meses. A pessoa machucada que me tornei está longe da mulher que acordava todas as manhãs cheia de energia, animada para escolher suas roupas e fazer sua maquiagem, independentemente de ter ou não planos de aparecer na câmera.

Sinto falta da pessoa que eu era. Sinto tanta falta dela que estou disposta a me esforçar para trazê-la de volta, mesmo que isso signifique participar de sessões extras de terapia e seguir em frente com tarefas difíceis que eu preferiria evitar.

— Você vai se recuperar. — Meu sussurro preenche o silêncio. — Você vai provar para ele e todos os outros que eles não te derrubaram. — Eu falo com uma voz mais forte desta vez, deixando as palavras serem digeridas. — E você pode enfrentar essa batalha contra si mesma e sair mais forte por causa disso — acrescento com uma sensação de conclusão enquanto levanto os ombros, corrijo minha postura e passo os dedos pelo meu cabelo bagunçado.

De agora em diante, vou começar a viver novamente. Só preciso lembrar *como*.

CAPÍTULO CINCO
Julian

— Legal de sua parte aparecer uma hora atrasado — sussurra minha mãe enquanto me encurrala na sala de jantar vazia.

Eu devia ter percebido que o pedido dela para me ajudar a arrumar a mesa era uma armadilha.

— Eu estava terminando uma coisa do trabalho.

— No domingo?

Fico em silêncio enquanto arrumo os talheres.

Ela balança para a frente e para trás.

— Estava querendo te perguntar...

— Você demorou um minuto a mais do que eu esperava.

Toco o meu relógio de um milhão de dólares. É a coisa mais cara que eu tenho, tudo porque apostei com o Rafa, que acreditava que nos tornaríamos bilionários depois que nosso aplicativo Dwelling foi listado na Bolsa de Valores de Nova York.

Estou feliz pelo Rafa estar certo desde o início, ainda que eu quase tenha chorado depois de comprar relógios combinando, para nós dois, no valor de mais do que a minha casa e meu carro juntos.

Os lábios de Ma formam uma linha reta.

— *Mi hijo.*

— O quê?

— Queria conversar com você sobre a Dahlia.

— O que tem ela? — Minha voz sai sem entonação.

— Eu sei que vocês têm suas diferenças, mas você pode deixar isso de lado e ser legal enquanto ela se recompõe? Dahlia está passando por uma situação delicada agora.

— Eu notei. — É óbvio para qualquer pessoa com olhos que Dahlia está a um passo de desabar, mas quero saber o *porquê*. Oliver era um idiota pretensioso, mas parecia respeitá-la, de acordo com minha mãe, então por que terminar um relacionamento bem-sucedido depois de nove anos?

A voz de Ma fica mais baixa enquanto ela diz:

— Rosa quer que a Dahlia fique aqui por um tempo.

Eu fecho os olhos.

Ela continua:

— Estou pensando que seria legal vocês trabalharem juntos em um projeto para distrair a cabeça dela.

Eu balanço a cabeça.

— Dahlia e eu não trabalhamos bem juntos.

Qualquer que fosse a atividade, era certo que tomaríamos lados opostos. Dias de campo. Clube de debate. Modelo das Nações Unidas. Se havia uma oportunidade de competir um contra o outro, nós fazíamos o que era preciso e brigávamos todas as vezes.

— Por favor, pense sobre isso. — Ma pressiona as palmas das mãos uma na outra.

Eu paro por três segundos.

— Pronto. Continua sendo não.

Ter Dahlia por perto novamente já é difícil depois de ter passado anos evitando-a. Trabalhar com ela abriria um leque de problemas os quais não tenho interesse em revisitar nesta vida.

Ela leva os braços para o peito.

— *Mi hijo*.

— Não estou tentando ser difícil, mas pensamos completamente diferente quando se trata de design.

— E daí? Acho que agitar as coisas será bom para ela. A Rosa diz que Dahlia está em um bloqueio criativo nos últimos dois meses, então talvez assumir um tipo diferente de trabalho a inspire — insiste ela.

— Exceto que você parece ter esquecido a vez em que Dahlia chamou um dos meus projetos de uma caixa cinza feia.

Ma faz uma careta.

— Para ser justa, ela não estava totalmente errada.

É a minha vez de encarar.

— Você me disse que gostou.

— Eu disse isso porque você fez, *mi amor*. Como sua mãe, é impossível não amar tudo o que você faz. — Ela afaga minha bochecha com olhos brilhantes.

Faço um som no fundo da garganta.

— Imagine o que poderia acontecer se vocês dois colocassem suas mentes brilhantes juntas, pelo menos uma vez.

Só existe uma mulher na minha vida por quem eu faria qualquer coisa para agradar, e ela estava me olhando como se eu pudesse salvar o mundo sozinho se concordasse com o pedido dela.

— Por favor? — ela pede com aquela voz esperançosa dela.

Eu balanço a cabeça, esperando recobrar algum senso dentro do meu cérebro enquanto isso.

Ela encolhe os ombros.

— Ah.

Você pode usar o pedido dela a seu favor...

Um plano se forma.

— Na verdade, vou considerar sob uma condição.

O humor dela melhora instantaneamente.

— O quê?

— Quero que você pare de tentar me juntar com as filhas de todas as suas amigas.

— Como você vai conhecer alguém especial com seu horário maluco de trabalho?

— Isso é um problema meu.

— Pensei que você estivesse interessado em se casar e começar uma família.

Eu seguro minha língua.

Ela franze a testa.

— Não me diga que o Rafa te assustou em relação ao casamento.

— Não. — O que era surpreendente, dada a visão atual dele sobre a vida e tudo mais.

— Gostaria que você tivesse um filho enquanto ainda sou jovem o suficiente para correr atrás dele.

— Sobre isso... — Enquanto o casamento é parte do meu plano, ter um filho não é, um fato que afastou metade das mulheres que namorei.

Crescer com pais que lutaram anos contra a infertilidade teve um grande impacto em mim, e não espero que muitas pessoas entendam como foi assistir a meu pai sofrer silenciosamente enquanto minha mãe passava por depressão, abortos espontâneos e a morte de um recém-nascido que a enviou para uma mesa de cirurgia.

Já que minha mãe quase morreu no processo de tentar me dar um irmão, não pretendo ter filhos a menos que a mulher com quem eu me case esteja disposta a adotar.

Minha mãe respira fundo.

— ¿*Qué?*

Esfrego a parte de trás do meu pescoço.

— Você sabe que não sou fã de crianças.

— Mas e o Nico? — O tom dela fica mais alto.

— Uma exceção à regra.

— Isso é por causa do que eu...

— *Não.*

O olhar vidrado dela passa pelo meu rosto antes de ela se afastar.

— Certo. Vou respeitar seus desejos.

Um peso no meu peito se alivia.

Ela morde o lábio inferior.

— Vou concordar com o seu pedido, mas você precisa me prometer uma coisa.

— O quê?

— Por favor, torne esse processo agradável para a Dahlia. Você pode não estar interessado em me fazer sogra tão cedo, mas a Dahlia, e a Lily também, são o mais próximo que tenho de filhas, e não vou tolerar que você a aborreça quando ela já está para baixo.

Minha mãe consegue fazer com que eu me sinta como se tivesse dois centímetros de altura, apesar de eu ser bem mais alto que ela.

Eu abaixo o queixo, envergonhado.

— Eu não vou.

Ela junta as mãos, fazendo um barulho alto.

— Ótimo! Agora, faça parecer que isso foi ideia sua quando abordar a Dahlia sobre isso.

— *Ma.*

— Melhor eu dar uma olhada na Rosa antes que ela queime a casa. *¡Te quiero!** — Ela beija minha bochecha antes de correr em direção à cozinha.

♟

Os domingos na casa dos Muñoz não mudaram desde que eu nasci, embora algumas pessoas tenham ido e vindo ao longo dos anos, como o Sr. Muñoz e meu pai, que faleceram com poucos anos de diferença um do outro. Rafa tornou-se um membro permanente à mesa depois de ser adotado informalmente pela minha mãe quando éramos mais jovens, logo após a morte do meu tio.

---

* ¡Te quiero!: Eu te amo.

Meu afilhado se sai bem mantendo a conversa com histórias sobre sua fantasia de Halloween e o aniversário de um amigo. Lily, a irmã de Dahlia, de vinte e sete anos, acompanha as histórias de Nico, enquanto o resto de nós facilmente se distrai com a cadeira vazia e o prato intocado ao meu lado.

Em certo momento, Lily leva uma bandeja para o quarto de Dahlia, mas volta quinze minutos depois com a maior parte ainda intocada.

— Ela não estava com fome? — Rosa se levanta e pega a bandeja das mãos de Lily.

Lily balança a cabeça.

— Ela comeu um pouco.

Todos olham para as sobras como se fosse uma peça crítica de evidência. Dahlia cresceu como o resto de nós, seguindo três regras principais: não mentir, não trapacear e não deixar comida no prato.

Ma chuta minha cadeira. *Vá falar com ela*, ela sussurra.

Eu me levanto da cadeira.

— Volto daqui a pouco.

As rugas no rosto de Rosa se suavizam enquanto eu repasso mentalmente uma lista de prós e contras.

Pró: Você está fazendo a coisa certa.

Contra: Não parece exatamente isso.

O rápido balançar de cabeça de Rafa e seu olhar severo fazem com que eu me questione.

Pró: Sua mãe não vai mais te arranjar encontros.

Contra: Vai ficar preso trabalhando com a Dahlia.

Digo a mim mesmo para calar a boca e respirar fundo.

Obrigada, minha mãe diz levantando os dois polegares no ar.

Afasto-me antes de perder a coragem. O som do meu coração batendo enche meus ouvidos quando paro em frente à porta de Dahlia. Levanto o punho para bater, apenas para pairar acima de uma flor pintada à mão.

Descrever Dahlia como talentosa seria um insulto. Ela tem um dom divino para transformar os objetos mais mundanos em obras de arte, embora eu nunca tenha saído da minha zona de conforto para elogiá-la por isso.

Assim que levanto o punho para bater, a porta se abre.

— Julian? — Dahlia me encara com olhos inchados e o nariz vermelho.

Coloco minhas mãos fechadas nos bolsos.

— Oi.

— Tem algum motivo para você estar rondando do lado de fora do meu quarto? Ela olha o corredor vazio.

— Preciso falar com você.

Ela franze a testa.

— Desde quando você quer conversar por vontade própria?

— Desde que minha mãe pediu.

Sua risada vazia é arrepiante.

— Ainda fazendo tudo o que sua mãe pede? Não é de admirar que você ainda esteja solteiro.

— Sabia que vir aqui seria um erro — resmungo para mim mesmo. Dahlia nunca vai concordar com a ideia de trabalhar em um projeto juntos se eu perguntar.

Minha armadilha se forma mais rápido do que minha boca é capaz de mexer.

— Fique à vontade para dar o fora. — Ela estende a mão em direção à porta.

Eu a impeço de batê-la com força.

— Espera.

Uma ruga desce pelo meio de sua testa.

— O quê?

— Você e o Oliver terminaram?

Seus olhos se estreitam.

— Você só está me perguntando para poder se vangloriar?

— Não. — Embora a falsa acusação dela me faça querer.

Não seja mesquinho, Julian.

Ela quebra o contato visual primeiro.

— Sim. Terminamos.

— Seria bom se livrar desse anel, então. — Não consigo deixar de olhar para a joia cafona com uma careta.

— Eu tentei. — Sua mão forma um punho trêmulo.

— Claramente, não o bastante.

Algo reluz atrás de seus olhos.

— Eu estava esperando um retorno do advogado dos Creswell antes de me livrar dele.

Pessoas ricas e seus advogados. Ainda que eu fosse uma delas agora, nunca teria um advogado para cuidar dos meus negócios pessoais assim. Meus pais me ensinaram que pessoas que querem respeito precisam se esforçar por ele primeiro, e nada é tão covarde quanto depender de um advogado para fazer o meu trabalho sujo.

— E o que esse advogado disse? — pergunto antes de pensar melhor.

— Recebi a notícia uma hora atrás de que posso fazer o que quiser com isso.

— Que conveniente. — Minha voz permanece neutra, embora minhas palavras atinjam o alvo.

Suas narinas se dilatam.

— Você está insinuando que estou mentindo?

O silêncio que se segue à sua pergunta responde por mim.

— Sabe de uma coisa? Estou com vontade de provar que você está errado.

Algumas coisas nunca mudam.

Enquanto estou ocupado lembrando das inúmeras vezes em que tentou fazer isso, ela me pega de surpresa ao deslizar o anel pelo dedo e estendê-lo para mim.

— Aqui.

Dou um passo largo para trás.

— O que eu deveria fazer com isso?

— Sei lá, mas tenho certeza de que você ficaria mais do que feliz em se livrar do anel, dado o quanto olha pra ele.

Droga. Enquanto eu estava ocupado catalogando o próximo movimento dela, ela estava ocupada fazendo o mesmo.

Xeque-mate.

Estendo a mão para o anel sem o menor tremor, embora meu coração bata loucamente quando nossos dedos se encostam.

Pego o anel e avalio a ostentação brega de riqueza que se adequa a qualquer pessoa, menos à mulher diante de mim. Embora Dahlia ame joias — isso é óbvio com base em seu interminável rodízio de anéis, brincos e colares —, ela detesta anéis de casamento bregas que podem ser encontrados em qualquer joalheria local.

Quero um anel vintage, igual ao da mamãe, ela disse uma vez para a irmã enquanto olhavam boquiabertas o anel de noivado de uma prima durante uma festa de aniversário.

De jeito nenhum! Quero um anel igual ao da esposa do prefeito, Lily disse.

Mas é tão simples. Dahlia torceu o nariz.

Quem se importa, contanto que seja grande, Lily resmungou.

Dahlia pigarreia, me arrancando da minha lembrança.

— Quer que eu me livre disso? — pergunto.

Ela assente.

Não gostaria de nada mais que isso. Ainda que...

Uma ideia surge. Uma ideia terrível e estúpida que me faz agir primeiro e pensar nos arrependimentos depois.

— Está bem, contanto que você participe do processo comigo. — Tirá-la de casa provavelmente faria bem a ela. Meu pai sempre pressionava minha mãe a fazer o mesmo toda vez em que ela estava afundada em uma de suas depressões, então sei que funciona.

Além disso, tenho a sensação de que ela será mais propensa a concordar com uma parceria de trabalho se eu agir corretamente.

O olhar dela pula entre mim e a tela da TV pausada em seu quarto.

— Não sei. Estou um pouco ocupada no momento.

— Ah, desculpe. Continue aí nesse coitadismo.

Exagero ao olhar a bagunça em sua cama. O edredom roxo mal pode ser visto sob a montanha de lenços usados e embalagens de chocolate descartadas.

Ela arregala os olhos.

— Como é?

Eu guardo o anel no bolso.

— Vou enviar um vídeo mostrando o que eu fizer com isso. Espero que você consiga arrumar um tempo para assistir entre os episódios de *The Silver Vixens* e chorar até não poder mais.

— Eu *não* estou chorando até não poder mais.

Meus olhos percorrem seu rosto por um segundo a mais antes de eu me virar.

— Às vezes, você é um verdadeiro idiota — ela grita.

— Até domingo que vem. Ou não. Tenho certeza de que você estará muito ocupada e tudo mais. — Não me dou ao trabalho de olhar para trás, embora lance um último aceno de despedida por cima do ombro.

Ela murmura algo inaudível antes de dizer:

— Sabe de uma coisa? Vou com você.

Te peguei.

Apago meu sorriso antes de me virar.

— Não estava ocupada?

— Considere minha agenda liberada.

Espero que isso não sobre pra mim.

Famosas últimas palavras.

♧

— Você renovou o interior — Dahlia passa a mão pelo painel de couro da velha caminhonete do meu pai.

— Uhum. — Coloco minha mão no encosto do banco dela e dou ré na entrada da casa dos Muñoz.

Meu pai era meu herói, melhor amigo e futuro parceiro de negócios. Eu não tinha ideia do que fazer com meu luto quando ele se foi. Restaurar sua caminhonete acabou sendo uma das melhores maneiras de processar a perda, embora tenha acontecido alguns anos tarde demais.

Dahlia desliza a palma da mão pelo banco de couro liso.

— Quantas vezes ele disse que faria isso? Cem?

Talvez mil, mas ele não viveu o suficiente para concretizar.

Meu pai teve muitos sonhos em sua curta vida, inclusive reformar a caminhonete, mas ele morreu antes de realizá-los.

A mesma dor ressurge no meu peito, como uma ferida que nunca cicatrizou completamente. Por sorte, Dahlia para de falar sobre meu pai, me dando espaço para pensar sem que a lembrança dele me distraia.

Infelizmente, todas as coisas boas têm um fim, incluindo o silêncio dela após cinco minutos.

— Espera! Para! — Dahlia quase arranca minha mão do volante.

— Não. — Eu continuo dirigindo passando pelo food truck de *nieve de garrafa** localizado perto do parque Promenade em Lago Wisteria. Ajudá-la a se livrar do anel é uma coisa, mas parar para *nieve* no caminho? Absolutamente fora de cogitação.

— Por favor? — Ela realmente junta as mãos. — Eu não como no Cisco's há anos!

— Estamos em outubro.

— E daí? Poderia estar nevando lá fora, e eu ainda iria querer.

Meus músculos ficam ainda mais tensos.

— Isso não é parte do plano.

— Juro por Deus, vou literalmente pular deste carro agora se você não parar.

— Pelo menos me deixe acelerar primeiro, para valer a pena arrumar outro registro na polícia. — Pressiono o acelerador com mais força. Ao contrário do meu McLaren, a velha caminhonete do meu pai geme ao trocar de marcha.

O olhar de Dahlia rapidamente se transforma na pior arma que ela carrega em seu arsenal.

Olhos de cachorrinho inocente.

— Por favor, Julian. Eu não me importo de implorar por sorvete.

Droga. Cada célula do meu corpo é ativada ao som do meu nome naquela voz.

— Eu faço qualquer coisa. *Por favor.*

Boa sorte. Tente dizer não à Dahlia quando ela fala assim.

— Vamos começar ficando em silêncio. — Eu diminuo a velocidade e faço um retorno.

— É isso aí! — Ela faz um pequeno movimento com a mão, comemorando.

Eu reprimo a vontade de sorrir enquanto dirijo de volta para o parque e paro na frente da sorveteria. Algumas famílias estão sentadas nos bancos, enquanto

---

* Nieve de garrafa: Sorvete artesanal original do México.

algumas crianças correm por aí, provavelmente aproveitando as últimas semanas de clima agradável.

— Seja rápida. — Eu pego meu telefone e começo a ler os trinta e-mails que recebi no curto período de tempo desde a última vez que verifiquei.

Ela estende a mão para a maçaneta da porta, e hesita.

— Na verdade, você está certo. Está muito frio para sorvete.

Paro de rolar a tela do celular.

— Está falando sério?

— Sim. Vamos continuar. — Ela aponta para o volante enquanto observa o parque. A tensão em seus ombros, combinada com seus olhos inquietos, denuncia seu nervosismo.

Embora Dahlia sempre tenha lutado contra a ansiedade desde que éramos mais jovens, isso parece diferente.

Ela está diferente.

Com um suspiro, abro minha porta.

— Aonde você está indo? — O pânico se infiltra em sua voz.

Indo fazer algo absurdamente gentil.

— Estou com vontade de tomar sorvete.

Eu me afasto antes que volte à razão e me lembre de todos os motivos pelos quais Dahlia significa problema.

CAPÍTULO SEIS
Dahlia

A primeira etapa do meu plano para superar meu ex-noivo inclui *nieve de garrafa* com sabor de manga da Cisco's, também conhecida como o melhor food truck por aqui. Devoro minha sobremesa enquanto Julian tecla freneticamente no telefone, fazendo seja lá o que bilionários fazem em uma noite de domingo. Em certo momento, ele sai da caminhonete para atender uma ligação, deixando sua *nieve* de limão sem supervisão e disponível para ser pega.

Não posso ser responsabilizada por minhas ações. Talvez esteja fazendo um favor ao abdome de Julian ao pegar sua sobremesa.

Depois que termino ambos os copos, ele os joga fora antes de dirigirmos para longe do parque com Morat no volume máximo. Embora Julian e eu sejamos muito diferentes, temos o mesmo bom gosto musical, um fato que eu nunca admitiria na frente dele.

Ao contrário da minha primeira noite aqui, observo a cidade e como ela cresceu durante o tempo em que estive longe. Enquanto alguns negócios fecham durante a lenta temporada de inverno, já que poucas pessoas querem ficar à beira do lago quando está frio lá fora, a maioria permanece aberta o ano todo desde que foram fundadas no final do século XIX.

Algumas das minhas lojas favoritas, como a Ferragens Ponto do Parafuso, a Churrascaria Fogo & Fumaça e a Casa de Carnes Terra & Mar, foram passadas de geração a geração, enquanto algumas lojas mais recentes, como a Confeitaria Doces & Gostosuras, chamam minha atenção.

— Pra onde estamos indo? — pergunto depois de um minuto.

Ele abaixa o volume.

— Para um dos meus canteiros de obras.

— Juro que vou te assombrar para sempre se eu acabar sendo enterrada sob metros de concreto esta noite.

— Fico lisonjeado que queira ficar perto de mim por toda a eternidade. — Seus olhos cintilam.

Os meus se estreitam.

Ele levanta a mão direita.

— Não precisa se preocupar. Enquanto minha mãe te amar, vou deixar você viver.

— Não sei se devo ficar horrorizada com a ameaça ou impressionada por você estar disposto a me aguentar apenas porque sua mãe me ama.

Ele responde à minha pergunta aumentando o volume da música.

Cabrón.

Quando Julian sugeriu se livrar do meu anel, visitar um canteiro de obras não era o que eu tinha em mente.

— Vamos lá. Vem. — Julian troca seus tênis por botas de trabalho gastas antes de me obrigar a calçar um par horroroso de botas grandes de plástico que fazem barulho a cada passo que dou em direção à cerca.

Ele pega um capacete branco de trás da barreira e coloca na minha cabeça.

Eu torço o nariz.

— Sério?

— Segurança em primeiro lugar. — Ele liga a minha lanterna antes de ajustar a dele.

Que se danem os caras com bonés virados para trás e moletons cinza. Homens de capacete e botas de trabalho são meu novo crush, graças ao Ken construtor parado na minha frente com braços musculosos e maçãs do rosto lindas de morrer.

Eu já sei que minha terapeuta vai mergulhar nesse tópico durante a sessão da próxima semana.

— Tudo bem? — A voz de Julian me assusta.

— Sim — consigo dizer.

Ele abre o portão e segue em direção ao quintal da casa semiacabada. Eu o sigo enquanto observo ferramentas e materiais espalhados ao redor.

Julian para ao lado de uma betoneira vazia perto da parede externa no fundo, com vista para o lago.

— Você está brincando. — De todas as coisas que Julian poderia ter sugerido, eu nunca teria adivinhado isso.

— Você tem uma ideia melhor?

— Não, mas isso soa criminoso.

Ele fica em silêncio enquanto recolhe suprimentos. Sua camiseta branca rapidamente perde a cor nítida à medida que a poeira da construção gruda no tecido. Suas calças sofrem um destino semelhante, com a cor azul virando cinza quando ele despeja a mistura seca dentro da máquina.

Embora Julian provavelmente não tenha tocado numa pá desde que começou a construir seu escritório chique na esquina da rua Principal, ele exala confiança enquanto trabalha.

Se ao menos o pai dele pudesse vê-lo agora.

Era difícil separar os dois, especialmente quando estavam imersos em um projeto juntos. Mas então, Luis Pai faleceu subitamente de um ataque cardíaco, deixando um Julian de vinte anos para lidar com o negócio da família e sua mãe em luto.

Eu posso não gostar de Julian por cem razões diferentes, mas sempre vou respeitá-lo e os sacrifícios que fez pela família, incluindo largar Stanford.

Julian pragueja consigo mesmo pela segunda vez enquanto encara o painel elétrico.

— Você tem certeza de que sabe o que está fazendo? — pergunto.

— Só porque não trabalho mais em canteiros de obras não significa que sou incompetente.

— Acho que me enganei por causa da forma como você chutou a máquina quando achava que eu não estava prestando atenção.

Ele coça o nariz com o dedo médio, espalhando poeira cinza por toda a ponte. Eu estendo a mão e limpo sem hesitar.

Ele me encara como alguém encara o sol, com dor e admiração em partes iguais. Dou um longo passo para trás e escondo as mãos nas costas.

— Então, qual é o sentido de ser bilionário se você não tem pessoas à sua disposição prontas para lidar com tarefas sujas como essas?

— Quem disse que eu não tenho?

— Então, por que não chama alguém para vir nos ajudar com esse seu plano?

Seus olhos se estreitam.

— Porque se meu pai ainda estivesse por aqui, ele me daria uma surra se eu pedisse ajuda para fazer concreto. Ele me ensinou essas coisas quando eu tinha a idade do Nico.

Uma dor surge no meu peito com a menção casual ao pai dele. Quantas vezes implorei para que Julian se abrisse comigo depois que o pai dele faleceu? Dezenas? Centenas? Ele ergueu um muro ao seu redor para efetivamente manter todos afastados, inclusive eu.

Ele tenta acionar o botão de ligar e xinga quando nada acontece.

— Precisa de ajuda?

As costas dele ficam tensas.

— Eu consigo.

Ficamos em um silêncio confortável enquanto ele desmonta a máquina. Sou distraída pelas estrelas piscando na superfície do lago enquanto Julian lê o manual do usuário no celular.

— ¡*Chingada!**

Meu olhar se volta para ele.

— O que aconteceu?

Ele solta o cabo como se fosse uma cobra viva.

— Nada.

— Por favor, me diga que você não esqueceu de olhar se estava ligado.

— Claro que eu olhei. — A lua acima de nós destaca o leve rubor subindo pelo pescoço dele.

A ideia de Julian checar obsessivamente tudo, *menos* se a máquina estava conectada, me faz dobrar de rir até meus pulmões doerem.

— Esta é a última vez que faço algo legal para você. — Ele resmunga algo mais entre os dentes.

— Desculpa! — Minha voz sai rouca.

— Não.

— Me perdoa? Por favor? — Eu pisco os olhos.

Ele olha com desagrado.

— Só se você não contar essa história para ninguém. *Especialmente* para o Rafa.

— Juro pela minha vida. — Faço um X invisível sobre o peito.

— Conte para alguém e eu compartilho aquele vídeo do vinho de caixa que tenho de você.

Arregalo os olhos.

— Você guardou isso?

— Chantagem não tem data de validade.

A ideia de ele guardar vídeos engraçados de nós da nossa época em Stanford não deveria me causar uma sensação calorosa e aconchegante, sobretudo em relação ao Julian, mas sinto um frio traiçoeiro na barriga.

Mantenho minha voz normal quando digo:

— Não se preocupe. Seu momento de incompetência está seguro comigo.

Ele sai bufando com o cabo de extensão e a promessa de voltar em um minuto.

---

* ¡Chingada!: Ah, merda!

Sem o Julian aqui para me distrair, fico lidando com minhas emoções confusas. Esfrego a leve marca branca no meu dedo anelar como se fosse uma mancha, desejando que ela desapareça junto com a dor do meu relacionamento.

Antigo relacionamento.

Para seguir em frente, preciso começar a deixar o passado para trás e qualquer coisa que me lembre do meu noivado desfeito, começando pelo anel.

É tudo o que eu queria e mais ainda, menti enquanto mostrava minha mão trêmula para a equipe de filmagem contratada pelos Creswell para registrar nosso noivado divulgado publicamente.

Muitas mulheres adorariam um anel assim, disse Oliver quando me pegou sem usar o trambolho uma vez depois de fazer exercícios.

— Mudando de ideia? — A voz profunda de Julian me faz virar.

— Você tem certeza de que a habilidade de ler mentes não foi adicionada durante a sua última atualização de software?

O olhar dele perde sua intensidade habitual.

— Você sempre foi expressiva.

— Nem todos nós nasceram com a capacidade de não sentir nada.

— Eu sinto coisas — ele zomba.

— Como o quê?

— Animação. — Ele tira meu anel do bolso com um sorriso desequilibrado que só vi em outras duas ocasiões: quando convidei Julian para o baile da escola como punição por ele ter pontuado mais alto do que eu no ACT, e quando um jogador de futebol americano da escola, que me chamou de cadela puritana, foi pego em um escândalo envolvendo traição.

Nunca perguntei a Julian sobre isso, mas suspeitei que ele tivesse algo a ver com o jogador de futebol sendo pego e afastado do time pelo resto do ano.

— Você está bem? — ele pergunta com a mesma voz suave que reserva para a mãe.

Minhas botas rangem quando balanço para trás.

— E se isso não for uma boa ideia?

— Você planeja voltar com ele?

— Não. Definitivamente não.

— Você quer vender?

Considero a opção por alguns segundos antes de balançar a cabeça.

— E passar essa energia negativa para outra pessoa? Não.

— Eu poderia comprar de você.

Engasgo com meu suspiro.

— O quê?

Ele avalia o anel.

— É horrível, então eu não pagaria mais de cem por ele.

— Dólares? Mas vale...

Ele me interrompe.

— Cem *mil*.

Arregalo os olhos.

— Isso é muito dinheiro.

Ele *dá de ombros*.

Idiota. Ao contrário dele, eu ainda me lembro dos dias antes de Julian se tornar um bilionário, quando pedir pizza com molho extra era considerado um luxo nas nossas famílias.

Ele gira casualmente o anel em torno do dedo mindinho.

O suor se prende à minha testa.

— Mas...

Tomar cem mil dólares dele até que parece bom.

— A oferta expira em três...

Espera um minuto. Primeiro, por que ele quer comprar o anel?

— Dois...

Quem se importa? Aceite!

— Okay! — grito.

— Você aceita?

— Claro.

— Ótimo. Agora, com isso resolvido... — Ele atira o anel na betoneira. O diamante é engolido pela mistura espessa enquanto a máquina gira e gira.

— Julian! — Eu pulo para pressionar o botão de emergência vermelho, mas ele me puxa antes que eu consiga. Todo o ar é expelido dos meus pulmões quando eu bato em seu corpo.

Nossos capacetes duros batem um no outro, e o meu cai e aterrissa aos nossos pés durante a minha luta para me soltar. Ele envolve com o outro braço a minha cintura e aperta, tornando qualquer fuga impossível.

— O que está fazendo? — Eu sibilo como um animal ferido.

— Te salvando de você mesma. — Ele me arrasta para longe sem que meus pés toquem o chão.

— Você está falando sério? Qual era o sentido de oferecer pagar todo aquele dinheiro por um anel que você planejava jogar fora? — grito enquanto empurro os músculos de aço apertados ao redor do meu corpo.

— Vai valer cada centavo.

— Mas... — Minha resposta se perde em algum lugar no caos da minha mente.

— Você não gostava do seu anel.

Eu recuo.

— O quê?

— Aposto que odiou desde o momento em que Oliver se ajoelhou e abriu aquela caixa clichê da Cartier.

Uma pancada na cara seria menos surpreendente do que o comentário dele. Meu coração acelera.

— Por que você acharia isso?

— Porque, assim como ele, era desinteressante, irritante e representava tudo o que ele e sua família pretensiosa e sem graça defendem. — As palavras de Julian atingem forte o suficiente para fazer minhas pernas tremerem.

Julian enxergava Oliver e sua família exatamente como eles eram.

Uma fachada elegante.

Eu me sentia confortável com isso porque Oliver fazia parecer que ele era diferente, mas, na realidade, era apenas mais um clone dos Creswell desesperado por uma herança e pela aprovação de seus pais.

E eu era a mulher que estava impedindo isso.

Julian me solta quando meu corpo relaxa, e minha mente vagueia enquanto a máquina gira.

O declínio do meu relacionamento começou com um acordo pré-nupcial, e as coisas rapidamente se deterioraram a partir daí, enquanto eu era bombardeada com tarefas como aconselhamento pré-nupcial e exames de saúde.

É um protocolo padrão para pessoas como nós, disse Oliver, enquanto me entregava uma pilha de documentos pré-nupciais mais grossa que minha coxa. Embora eu esperasse um, dada a situação financeira dos Creswell, seu conteúdo me chocou.

Um exame genético?, perguntei fazendo uma careta, e Oliver apenas desconsiderou minha preocupação. *É uma formalidade.* Ele pegou minha mão e a apertou. *Pense nisso como uma medida protetora,* acrescentou.

Eu recuei. *Medida protetora contra o quê?*

São termos padrão. Ele passou rapidamente para a próxima seção, ditando como eu seria paga por cada filho que eu desse à luz. Dinheiro extra se eu amamentasse.

Deus, eu deveria ter fugido depois dessa reunião, mas, em vez disso, confiei nele. Minha garganta se aperta até eu ficar ofegante por ar.

— *Mírame** — Julian ordena.

Eu não consigo. Pelo menos não quando me sinto *assim*.

---

* Mírame: Olhe para mim.

— Eu te encontro no carro.

— Se você quiser o anel, eu vou pegá-lo. — Ele fala para as minhas costas.

Eu balanço a cabeça com força o suficiente para abalar meu cérebro já disperso.

— Não. — Lágrimas se acumulam no canto dos meus olhos, a cerca de um segundo de cair.

Você não pode chorar na frente do Julian, então se recomponha e saia daqui.

— Venha me encontrar quando terminar. — Eu luto contra o impulso de me encolher quando aceito que aquela parte da minha vida acabou.

— Tudo bem.

Meus pulmões desinflam com meu suspiro pesado quando viro. Cada passo longe da betoneira parece uma pequena vitória, e estou orgulhosa de mim mesma por chegar ao carro sem derramar uma única lágrima, embora o buraco crescente no meu peito ameace me consumir.

Mas, ao contrário de antes, eu reajo. Não quero mais chorar por um homem que me descartou como lixo.

Eu *me recuso*.

A partir de agora.

CAPÍTULO SETE
Dahlia

Um flash de algo vermelho e branco chama minha atenção.

— Pare o carro!

Ele pisa no freio, e nós dois somos lançados para a frente. Eu suspiro enquanto o cinto de segurança se trava no lugar e comprime meu peito.

— O que foi? — Seus olhos se movem pelo meu rosto.

Eu pressiono a mão contra o peito.

— Além do fato de que você quase me causou um ataque cardíaco?

— Você me pediu para parar.

— Não desse jeito!

— Desculpa.

— Tudo bem. Espera um segundo. — Solto o cinto de segurança.

— Onde você vai? Está tudo escuro lá fora.

— Quero ver uma coisa. — Eu saio do carro e volto para o lugar que chamou minha atenção.

A placa de *Vende-se* na frente do portão parece ilegal, e sinto vontade de roubá-la para evitar que alguém mais faça uma oferta pela casa dos meus sonhos.

Os postes de luz ao longo da entrada iluminam a mansão no estilo Rainha Anne, situada no topo da pequena colina. Apesar da madeira deformada e da falta de manutenção, a casa que já pertenceu a um dos fundadores de nossa cidade é linda, com seus detalhes feitos à mão, vista incomparável do lago e conexão histórica com a cidade.

Não é apenas uma casa de Fundador qualquer, mas aquela que um dia sonhei em renovar. Desde que eu era criança, costumava dizer que, se tivesse três desejos, um deles seria ser dona desta casa azul em particular.

Agora você tem o dinheiro e a oportunidade de tornar isso realidade.

A súbita onda de empolgação faz minha cabeça girar, me fazendo sentir embriagada com a ideia de restaurar uma casa como essa.

Seria tolice não aproveitar essa rara oportunidade. Eu sou obcecada pelas casas dos Fundadores desde muito antes de seguir uma carreira em design de interiores. A história, a estética, a vista para o Lago Wisteria e a floresta ao redor as tornaram fáceis de se apaixonar e impossíveis de esquecer.

Uma casa não vai te salvar da sua depressão. A voz da razão se manifesta.

Não, mas minha terapeuta disse que eu deveria me envolver em atividades que me façam feliz, e esta casa seria um bom começo.

— Isso é verdade? — Eu bato na placa para ter certeza.

— Parece que sim. — Julian para ao meu lado e tira o celular do bolso.

— O que está fazendo?

— Quero saber quanto estão pedindo por ela.

— Não! — Eu tomo o celular dele.

— Você não pode me impedir de ser curioso.

— Você não pode tocar nesta. — As cinco casas originais dos Fundadores raramente estão à venda, então de jeito nenhum vou deixar Julian comprá-la.

— Seu nome está no contrato?

— Ainda não. — Eu juro que não vou deixar esse projeto escapar. É exatamente o tipo de casa que poderia ajudar a reacender minha criatividade, enquanto me impulsiona a dar os passos necessários que minha terapeuta vem recomendando há meses.

Julian arranca o telefone de minha mão.

— Então é justo.

— Justo? Como isso é possível quando você é praticamente o dono do Banco Imobiliário?

— Fico lisonjeado com o raro elogio. — Sua voz seca não condiz com as palavras.

— Aff. *Lo juro por Dios...*

Ele toca na tela antes de colocá-la encostada na orelha.

— Sam. Ei. Desculpe pela ligação tão tarde, mas é importante. Preciso que você entre em contato com um vendedor logo amanhã cedo.

Eu pego o telefone de volta e saio na direção oposta.

— Oi, Sam. Aqui é Dahlia Muñoz. Como você está?

— Eu-hum-desculpe, você disse *Dahlia Muñoz*? — Uma voz masculina ofega no final da pergunta.

— Sim.

— A Dahlia Muñoz, fundadora da Designs by Dahlia?

— Eu mesma.

— Caraca — Sam sussurra para si mesmo.

Eu mostro a língua para Julian enquanto aperto o botão de viva-voz.

— Sou seu maior fã! — Sam grita. — Espera. O que *você* está fazendo com o Julian?

— Infelizmente, nós nos conhecemos.

Julian lança olhares mortais para mim.

— Não acredito que o Julian nunca disse nada. Ele sabe como sou obcecado por tudo o que você faz!

— Ah, é? — pergunto.

— Claro! Pergunte ao Julian. Ele sempre fica irritado quando assisto ao seu programa na minha mesa durante o intervalo do almoço.

— Por que você acha que ele fica irritado?

Sam faz um som de desdém.

— Não faço ideia.

Eu rio.

— Ele até poderia aprender algumas coisas com você. Sério. Adorei o que você fez na última temporada com a Mansão. É um dos meus designs favoritos e é ele que eu sempre revejo toda vez que preciso de inspiração.

— Com os designs do Julian, deve ser frequentemente.

Sam solta uma gargalhada enquanto Julian me lança um olhar fulminante.

Eu viro e tiro Sam do viva-voz.

— Sam, ouça. Me desculpe por interromper você, mas tenho um pedido especial e pouco tempo.

— Diga — responde Sam com convicção.

— Não importa o que Julian mandar você fazer, não faça. Pelo menos não com a casa dos Fundadores.

— Mas ele é meu chefe.

— Está procurando um novo emprego? Porque eu vou te contratar...

— Já deu. — Julian arranca o celular da minha mão. — Sam, vou te ligar amanhã. Desculpe novamente por te incomodar tão tarde.

— Mas... — A voz de Sam em pânico desaparece quando Julian desliga.

— Cara legal. Por curiosidade, quanto você paga pra ele?

Seus olhos se estreitam.

— Você não vai roubar meu assistente.

— Quer dizer, é considerado roubo se ele quiser sair?

Julian franze a testa ainda mais.

— Se você gostar da casa, terá que fazer uma oferta competitiva.

— Mas você é um bilionário.

— E daí?

— *E daí* como é que vou bancar uma oferta sua?

Ele acaricia o queixo como um vilão malvado.

— Entendi seu ponto.

— Ótimo. Agora, se fizer um favor para mim e fingir que nunca viu a casa, eu ficarei eternamente grata a você.

— Eternamente grata a mim? — Sua voz fica mais baixa, despertando centenas de borboletas de seus casulos.

Não. De jeito. Nenhum.

Inclino minha cabeça para trás.

— Me deixa ficar com essa. *Por favor.*

— Eu não estou no ramo de caridade.

— Como é? — Eu enfatizo cada sílaba.

— Não é nada pessoal. Eu preciso de terra, e este lugar tem. Uma dessas propriedades poderia acomodar facilmente dez das minhas casas.

Eu jogo as mãos para o alto.

— Veja só! Essa razão é exatamente por que *eu* deveria ser a compradora.

— Porque você não quer capitalizar uma oportunidade? Isso é burrice, não merecimento.

Meus punhos se fecham nas laterais do meu corpo.

— Não é burrice valorizar a história de uma casa.

— Eu valorizo mais o tipo financeiro.

— E você acha que eu não? Uma casa histórica pode render tanto dinheiro quanto uma nova construção se você a reformar da maneira certa.

— Não estou dizendo que não pode, mas a matemática sempre estará a meu favor, não importa o quanto você tente.

Eu resmungo.

— Por quanto você vende uma de suas casas?

— Por três milhões, mais ou menos.

Arregalo os olhos.

— Três. Milhões. De dólares? — As casas ao redor do lago costumavam valer menos de um quarto de milhão quando eu era criança.

Ele desvia o olhar primeiro.

— Sim.

— E quantas casas você demoliu?

— O bastante.

— Cinquenta? — Ele fica em silêncio. — Cem? — pergunto, recebendo nada mais do que um piscar de olhos. — Duzentas?

Ele permanece em silêncio.

Eu balanço a cabeça.

— Nossa. Nesse ritmo, você ficará sem casas nos próximos anos.

— É exatamente por isso que preciso de uma propriedade como esta para resolver nosso problema de oferta e demanda.

Hora de mudar de estratégia.

— Quer que eu implore? — Minha voz fica mais baixa.

Eu mordo a bochecha para evitar sorrir quando ele pisca duas vezes. Embora Julian e eu tenhamos travado muitas táticas de guerra psicológica ao longo dos anos, a sedução nunca foi uma delas. Mas, droga, se isso significa garantir minha casa dos sonhos, estou disposta a flertar para fechar o acordo com o diabo.

— Não. — Sua mandíbula fica tensa.

— Não me importo de ficar de joelhos.

Seus olhos vão para os meus lábios antes de desviar o olhar.

— Cale a boca.

Eu seguro o queixo dele e o forço a me olhar.

— O que você quer?

Ele retira a cabeça de minha mão e dá um passo para trás.

— Qualquer coisa que seja o oposto disso.

— Eu te deixo em paz se você desistir dessa casa. — Passo o dedo pelo meio do peito dele.

Ele estremece.

— Eu sabia que trabalhar com você era um erro.

— O quê?

— Nada. — Seu olhar oscila entre mim e o imóvel por um minuto inteiro antes de ele falar novamente. — E se dividirmos?

— O quê?

— Você quer a casa, e eu quero o terreno. Tenho certeza de que podemos trabalhar juntos para conseguir o que ambos queremos.

— Quem garante que a cidade vai permitir que você construa outra casa aqui?

— Isso é um problema meu.

— Você quer que a gente se comprometa juntos, na esperança de lotear a propriedade e construir algumas casas extras nela?

— Exatamente.

Eu balanço a cabeça.

— Isso nunca vai funcionar.

Suas rugas de preocupação voltam com força.

— Por que não?

— Porque só um de nós tem estilo, e uma dica: não é você.

Diferente do comprometimento de Julian com designs modernos de meados do século, meu estilo de design rústico moderno é o oposto completo. Eu entro em cada casa com o objetivo de enfatizar sua arquitetura original ao combinar diferentes estilos de design de interiores.

Uma das maiores razões pelas quais comecei a ganhar popularidade foi que minha abordagem era diferente de todas as outras. Eu não tinha medo de misturar estilos, incluindo o amado estilo moderno de meados do século de Julian, o que me ajudou a me destacar.

Ele belisca a ponte do nariz com força suficiente para deixar uma marca.

— Você está testando minha paciência.

— Estou surpresa que você ainda tenha alguma quando se trata de mim.

Ele resmunga consigo mesmo antes de falar novamente.

— Você pode ter controle criativo total da casa.

— Sério?

— Sim.

— E se a prefeitura negar seu pedido?

— Então precisaremos vender a propriedade e revendê-la por um preço que valha o meu investimento de tempo e recursos — diz ele.

— Que recursos?

— Se você planeja restaurar aquela casa nos próximos três anos, vai precisar da minha empresa para fazer o trabalho.

— Por quê?

— A única outra empresa de construção na cidade tem uma lista de espera de um ano porque está ocupada reformando o hotel.

Merda. Eu não quero esperar um ano quando este é o projeto perfeito para me ajudar a sair do meu bloqueio de design.

Ainda assim, apesar da minha empolgação, fazer parceria com Julian me preocupa. Só trabalhamos em um projeto juntos na faculdade e, no fim, acabei criando expectativas irreais para mim mesma.

De forma nítida, consigo imaginar Julian destruindo a casa para construir seu bairro ideal de casas brancas e cinza feitas de partes iguais de concreto e vidro. A história da propriedade seria apagada e substituída por linhas frias e pontudas para combinar com o homem diante de mim.

Afasto a imagem com um arrepio.

Não importa o quanto eu não goste da ideia de trabalhar com Julian, detesto ainda mais a ideia de ele demolir esta casa.

Falo antes que eu tenha a chance de me convencer do contrário.

— Eu topo.

CAPÍTULO OITO
Julian

Rafa e eu caminhamos até as poltronas de couro desocupadas no fundo do Café Galo Doido. Passaram-se semanas desde a última vez em que ficamos um tempo juntos a sós. Com ele gerenciando o aplicativo Dwelling e eu lidando com os desafios do crescimento da Lopez Luxo para novas cidades vizinhas ao lago, nós dois temos estado ocupados.

Há dias em que eu gostaria de voltar no tempo e reviver os momentos em que acordava às cinco da manhã para trabalhar em uma construção com meu pai, em vez de dirigir para um escritório. Foram alguns dos meus dias mais felizes, e tenho pensado mais neles ultimamente.

Não sou como meus concorrentes, e isso fica evidente em cada interação que tenho. O desejo de contratar alguém para administrar o lado corporativo do negócio me pressiona mais do que nunca ultimamente, mas não tenho ninguém de confiança a quem delegar esse tipo de responsabilidade.

Rafa afunda na poltrona de couro.

— Vi algo interessante hoje no caminho até a cidade.

— O quê?

— Alguém colocou uma das casas dos Fundadores à venda.

— Hum. — Dou um gole no meu café gelado com caramelo extra, cobertura de caramelo e um toque de creme. A doçura quente e açucarada atinge minha língua, elevando instantaneamente meu humor, apesar do homem severo sentado à minha frente.

Ele inclina a cabeça.

— É a mesma que você estava vendo alguns anos atrás.

— É.

— Bem... você vai comprá-la desta vez?

O café doce desliza pela minha garganta como ácido.

— Por quê?

Ele franze a testa.

— Porque você não é do tipo que deixa uma oportunidade como essa escapar. O próprio terreno a torna uma das propriedades mais valiosas ao redor.

Meu estômago revira.

— Vou fazer uma parceria com Dahlia nisso.

Ele arqueia uma sobrancelha de forma condescendente.

— E você achou que essa era uma boa ideia *porque...*?

— Minha mãe me pediu.

— É claro que sim. Ela está planejando o casamento de vocês desde que estavam no útero.

O copo de plástico sob meus dedos se curva sob a pressão.

— Ela está preocupada com a Dahlia.

— Assim como o resto de nós. — Sua cara fechada suaviza. — Mas isso não significa que você precise ser o cavaleiro dela com um cinto de ferramentas brilhante.

— Se um cinto de ferramentas é brilhante, claramente é só para a aparência.

— Essa não é a questão, e você sabe disso.

Meus ombros ficam tensos.

— Eu sei, mas isso não será um problema.

— O que você está pensando? Comprar uma casa com ela e reformá-la juntos, assim como ela fez tantas vezes com Oliver?

Tensão percorre meu corpo.

— Não é assim.

Ele encara.

— Você tem algo para desabafar? — Minha pergunta sai afiada.

— Você está cometendo um erro — ele resmunga.

— Não espero que você entenda. — Ninguém consegue entender, não importa o quanto tentem.

Dahlia e eu temos uma história complicada de nos antagonizar para sermos as melhores — e às vezes piores — versões de nós mesmos. Esse tipo de conexão não desaparece, não importa quantos anos eu passe desejando que desapareça.

— Eu entendo o suficiente para recomendar que você não faça uma parceria com a mulher por quem já foi apaixonado.

Esfrego minha bochecha com a barba cerrada.

— Eu sei o que estou fazendo.

— Eu sei o que você *pretende*, mas a vida tem uma maneira engraçada de acabar com nossos planos mais bem elaborados. — Ele me dispensa com um olhar.

— Vamos trabalhar em um projeto juntos, não nos apaixonar.

Dahlia se certificou de que isso não fosse possível quando começou a namorar meu ex-colega de quarto depois que larguei Stanford.

Ele resmunga.

— Porque trabalhar juntos deu tão certo da última vez.

Meus dentes rangem enquanto me lembro da única vez em que Dahlia e eu estabelecemos uma parceria: em um projeto de Psicologia na faculdade. Foi uma decisão tomada por ciúmes e se tornou o primeiro em uma longa lista de erros que cometi quando se tratava dela. Flertar. Beijar. Afastá-la porque eu não tinha habilidades para processar meu medo de perder mais alguém que eu amava depois da morte do meu pai.

— É exatamente isso que me preocupa. — Rafa aponta para mim.

Eu pisco algumas vezes.

— O quê?

— Essa expressão no seu rosto.

— Do que você está falando?

Ele reproduz uma expressão que com certeza não pode ser minha.

Eu jogo um guardanapo amassado nele.

— *No mames.**

— Pensei que você tivesse superado ela.

— Eu superei. Só estava...

— Recordando?

— *Pensando* — corrijo.

— Por favor, considere fazer mais isso, porque claramente você não tem feito nos últimos tempos.

— Ajudar a Dahlia a superar o Oliver é a coisa certa a fazer. — Afinal, fui eu quem os apresentou.

Você vai voltar logo, certo? Oliver perguntou enquanto comprava, em pânico, uma passagem de avião para casa depois de ficar sabendo sobre o ataque cardíaco do meu pai.

Dahlia veio me ajudar a empacotar suas coisas e enviá-las, já que você está ocupado demais para responder a uma única mensagem, ele me enviou um mês depois de eu largar Stanford. *E obrigado por nos avisar que não volta, babaca. E a nossa amizade já era,* ele acrescentou.

---

* No mames: Para de fazer graça.

Em seguida, soube que Dahlia estava em um relacionamento com o idiota que tinha um ego tão inflado que fiquei surpreso por ele não ter explodido ainda.

Não há uma única semana em que eu não me arrependa de ter me tornado amigo de Oliver e dos erros que cometi, que fizeram os dois se aproximarem.

🏆

Meus dedos estão doendo de tanto tempo que passei tamborilando-os na mesa da sala de conferências. É difícil não sentir inquietação depois de um dia cheio de reuniões com gerentes de projeto, arquitetos, engenheiros e designers de interiores.

Meu gerente geral, Mario, mexe em alguns papéis à sua frente.

— Todos os pedidos de licença para nossos projetos foram pausados devido à licença-paternidade do responsável.

Franzo a testa.

— E ninguém mais pode assumir por enquanto?

— Não. A mesma coisa aconteceu há dois anos quando a Abbie saiu para ter os gêmeos.

Solto um suspiro frustrado. Se eu trabalhasse em uma cidade maior como Detroit ou Chicago, não enfrentaria esse tipo de problema. Minha vida seria muito menos estressante se as operações diárias não parassem porque algumas pessoas pegaram gripe ou alguém estava fora tendo um bebê.

E mais solitária. A ideia de me mudar novamente para longe da minha família me faz desconsiderar esse pensamento.

Eu falo.

— Reajuste os cronogramas para que todos os nossos caras tenham trabalho consistente nas próximas semanas. Não deveria ser tão difícil, já que a prefeitura aprovou nossas licenças para os sobrados. — Eu me viro para Ryder. — Alguma novidade?

Ryder, meu gerente de projeto, para de bater a caneta contra a prancheta. Ele trabalha comigo há sete anos e chegou à posição atual antes de completar trinta e oito anos. Graças a ele, consigo dormir mais tranquilo à noite sabendo que ele pode gerenciar minha equipe como um sargento disciplinado.

Ele se inclina para trás e coloca as mãos atrás da cabeleira escura.

— Acho que não precisamos mais nos preocupar com o Sr. Vittori.

Meus dedos param de bater na mesa.

— Por quê?

— Ele retirou todas as ofertas nas casas disponíveis na área.

— Por quê?

— Não tenho certeza. Segundo a prefeitura, ele não comprou nenhuma propriedade ou lote, então talvez tenha se mudado para outra cidade. Não é como se você tivesse dado a ele muita escolha. — Seus olhos castanhos escuros se iluminam.

— Não gosto disso. — *Nem dele*.

Desconfio de Lorenzo Vittori desde que ele voltou aleatoriamente para Lago Wisteria vinte e três anos depois da morte de seus pais, e não é porque ele deu lances contra mim em propriedades à beira do lago ou pelos boatos espalhados pela cidade sobre ele querer se candidatar a prefeito.

A cidade pode tê-lo recebido de volta, mas eu não confio nele ou em seus atos falsos de altruísmo. Não importa quantas vezes ele frequente a missa aos domingos ou quantas horas passe como voluntário no abrigo de animais. Pelo que eu saiba, ele está lavando o dinheiro sujo do tio através de diferentes empresas e organizações de caridade, tudo sob a aparência de ser um bom samaritano que quer fazer a diferença.

Ele pode ter passado os primeiros dez anos de sua vida aqui, mas muita coisa aconteceu desde então. Meu assistente de vinte e cinco anos, Sam, entra na sala de conferências armado com seu headset, tablet e um sorriso radiante que alcança seus olhos castanhos.

— A equipe de arquitetos está esperando na sala de conferências B para revisar os planos das casas geminadas. Também organizei a equipe de design na sala C, então, depois que terminar, vá até lá para que possam apresentar suas ideias para a rua sem saída.

— Ótimo.

Ele ajusta o fone de ouvido sobre seu cabelo loiro-escuro.

— Ah, e depois, quando tiver um tempo livre, ligue para o prefeito de Lago Aurora. Ele tinha algumas perguntas sobre a infraestrutura da cidade e queria compartilhar uma ideia com você.

— Obrigado.

Eu esfrego os olhos. Apesar de ter dormido oito horas na noite passada, ainda me sinto cansado. Quando as ações da Dwelling foram listadas na Bolsa de Valores de Nova York e nossa empresa abriu o capital há alguns anos, eu estava revigorado pelo meu recém-descoberto status de bilionário e pela perspectiva de transformar a construtora em dificuldades do meu pai na Lopez Luxo. Mas agora que alcancei tudo o que meu pai sonhava e mais um pouco, estou desanimado, exausto e cada vez mais ressentido com cada projeto que assumo.

Já considerei diferentes opções para reacender minha paixão, como assumir um projeto individual novamente ou mudar minha equipe de designers, mas parece que nunca sigo em frente. Parte de mim tem medo de nunca mais voltar ao escritório, uma vez que eu me lembre de como é investir meu sangue, suor e lágrimas em um projeto.

A noite passada provou isso. Dahlia não foi a única que estava com um brilho nos olhos diante da perspectiva de reformar a casa do Fundador.

Eu também.

♟

Depois de um longo dia cheio de reuniões, estou aliviado por voltar à minha mansão isolada na margem norte do lago, longe dos restaurantes, parques e casais que me lembram do que eu quero, mas não tenho.

Nos últimos quatro anos, tive outras três casas que ficavam na parte sul da cidade. Embora as dunas de areia e a vista para a praia fossem muito melhores do que na margem norte, que era menor e mais rochosa, eu não suportava estar cercado por turistas, casais e famílias.

Jogo minhas chaves e carteira na bandeja de vidro ao lado da porta da frente antes de virar à esquerda em direção à cozinha do chef, com janelas voltadas para o Distrito Histórico, embora eu seja rapidamente distraído das vistas panorâmicas por meu estômago roncando.

Fileiras arrumadas de refeições prontas ocupam a prateleira central da minha geladeira, cortesia da minha governanta. Eu aqueço a primeira que está ao alcance e me sento na ilha da cozinha antes de conectar meu telefone ao sistema de som.

Mesmo com a música ecoando pela casa, o ruído dos meus talheres contra o prato parece pior do que ligar uma serra de concreto à meia-noite.

Eu não aprecio o silêncio tanto quanto as pessoas pensam. Na verdade, aprendi a odiá-lo ao longo dos anos porque me lembra do que me falta.

Um lar em vez de uma casa.

Uma esposa para amar, cuidar e apoiar.

Uma razão para acordar todas as manhãs que não seja meu trabalho ou as pessoas que dependem de mim para ter um salário estável.

O dinheiro pode me comprar muitas coisas, mas não pode preencher o buraco enorme no meu peito que só aumenta a cada ano que passa. O que costumava me satisfazer mal faz cócegas agora. Trabalhar demais. Encontros casuais que nunca levam a nada. Passar todo o meu tempo livre com a família enquanto ignoro o desejo de começar a minha própria.

Nada disso tem o mesmo apelo, e estou ficando preocupado.

Mejor solo que mal acompañado,* meu pai disse com aquela voz profunda e retumbante depois que peguei meu grupo de amigos zombando de mim pelas costas.

O sofrimento invade meu peito. Quando eu era mais jovem, reviraria os olhos e perguntaria de qual site meu pai havia roubado sua última frase pronta, mas agora aprecio como ele tinha a frase certa para cada situação. Deus, perdi a conta de quantas vezes desejei que ele estivesse aqui, soltando provérbios sempre que eu precisasse deles.

Quando a pessoa certa aparecer, você vai saber, digo a mim mesmo.

Mas e se a pessoa certa esteve lá o tempo todo e eu estraguei tudo porque era um jovem estúpido de vinte anos que não tinha juízo?

Essa pergunta tem me mantido acordado desde que Dahlia voltou na semana passada, junto com os cenários do que poderia ter acontecido se eu tivesse lidado com meu luto da maneira certa em vez de me isolar.

---

* Mejor solo que mal acompañado: Antes só do que mal acompanhado.

CAPÍTULO NOVE
Dahlia

—Tem sinal de celular naquela sua cidadezinha natal? — pergunta minha agente, Jamie, assim que atendo o telefone.

Eu franzo o cenho.

— Desculpe por não ter retornado suas ligações.

Evitar Jamie foi fácil depois de ouvir sua primeira mensagem de voz, quando ela perguntou como estava indo o planejamento para o lançamento da minha próxima decoração, mas escapar das mensagens e ligações dos meus outros amigos tem sido mais desafiador. Reina, Hannah e Arthur, os três membros da equipe de TV que se tornaram meus amigos no *Renova Bay Area*, enviam mensagens diárias no nosso grupo, apesar de eu compartilhar apenas um ocasional *ainda estou viva* de vez em quando.

Embora essa afirmação seja verdadeira, não estou exatamente *vivendo*, então, até que eu esteja, pretendo me manter afastada de todos.

Jamie faz um som suave de desaprovação.

— Estou só brincando com você. Como está indo o descanso e a recuperação?

Já que saí da cama antes do meio-dia, dei uma volta pelo bairro e ajudei minha mãe a preparar o café da manhã, eu contaria hoje como uma vitória, apesar de serem apenas dez da manhã.

Olha só você encontrando o lado positivo.

— Bem. Eu precisava dessa pausa — respondo.

— Depois de encerrar aquela última temporada, não te culpo.

— É.

— Como você está mentalmente?

Eu afrouxo o aperto firme no telefone.

— Alguns dias são bons, e alguns dias são...
— Uma merda total? — ela termina por mim.
— Exatamente.
— Eu sei que a vida está difícil agora, mas as coisas vão melhorar. Eu te prometo isso.

O nó na minha garganta fica maior.
— Espero que sim.

Ela fala após uma breve pausa.
— Eu odeio trazer más notícias, mas um repórter entrou em contato com perguntas sobre o seu término.

Meu corpo se transforma em pedra.
— Ah.
— Minha equipe deu a eles a resposta que aprovamos juntas.

O ácido do estômago borbulha, subindo pela minha garganta apertada.
— Certo.

Além de Oliver e sua família, Jamie é a única pessoa que sabe a verdadeira razão pela qual meu noivado terminou, e espero manter assim, independentemente de quantas vezes Lily e minha mãe tentem arrancar as respostas de mim.

— Reenviei o contrato de confidencialidade assinado para Oliver e seu ex-agente, apenas por precaução.

Minha risada soa vazia.
— Você é a melhor.
— Acho que não vai dizer isso daqui a um minuto.

Eu engulo meu medo.
— O que está acontecendo?
— Não sou o tipo de agente que quer incomodar você durante uma pausa muito necessária, mas a equipe da *Vida Selecionada* tem feito várias perguntas sobre os planos para a coleção do próximo outono, e eu só consigo desviar delas algumas vezes.

Minha respiração acelera.
— Certo.
— Eles relataram números recordes do seu último lançamento, então estão animados para começar a planejar o próximo.
— É claro. — Eu fecho as mãos para impedi-las de tremer.
— A equipe quer saber quando você vai enviar os esboços preliminares. Se quiser lançar em setembro e aproveitar o impulso, eles precisarão começar a produção antes do final de fevereiro.

Eu mal sobrevivi durante este outono, muito menos comecei a pensar no próximo, mas sem problema.

Mentirosa.

O pânico cresce no meu peito. Toda vez que abro meu tablet para começar a esboçar, meus níveis de energia caem, me fazendo sentir derrotada antes mesmo de ter a chance de começar.

— Se precisar parar por uma temporada...

— Não — eu disparo. Tenho trabalhado com a *Vida Selecionada* nos últimos anos, e me recuso a perder a última parceria que me resta. — Vou enviar os esboços iniciais antes do final do ano, para que você possa agendar nossas reuniões para janeiro.

— Você tem certeza?

— Sim.

Eu esfrego minha têmpora.

— Ótimo! Vou avisá-los.

— Maravilhoso.

Meu coração bate forte contra o peito enquanto pergunto:

— Aliás, você tem alguma atualização sobre o pitch para o novo programa?

Eu estava originalmente cotada para filmar mais uma temporada de *Renova Bay Area* com Oliver, mas nosso noivado desfeito arruinou qualquer chance de isso acontecer, então estou esperando que a Jamie possa garantir um novo contrato para mim. Eu amo meu trabalho, e não passa um dia sem que eu sinta falta dele e das pessoas que ajudei.

— Não, ainda não recebi resposta, mas é apenas questão de tempo antes de eu te ligar com um novo contrato de TV. — Sua voz parece excepcionalmente animada.

— Ah. — Eu me sento de volta na minha cama. — Você acha que ninguém está interessado porque o pitch é diferente do meu último programa?

Eu gostava dos Creswell e seus contatos, que me ajudaram a conseguir um programa no início, mas o controle rígido deles sobre o processo de produção me deixou querendo mais. Mais controle sobre a narrativa do programa. Mais clientes de *todas* as origens socioeconômicas. E mais liberdade para discutir temas como luto, perda e grandes mudanças de vida, como o divórcio.

Embora eu não esperasse que as empresas de produção corressem para assinar comigo, já se passaram algumas semanas sem reuniões.

O que você espera quando sua vida pessoal se tornou um meme na internet?

Meus olhos ardem, mas pisco as lágrimas para longe.

Depois que Jamie desliga, sinto a tentação de voltar para debaixo das cobertas e dormir, mas em vez disso, faço uma escolha consciente de me levantar, abrir minha mala e procurar minha nécessaire.

Un Muñoz nunca se rinde,* meu pai sempre dizia.

E é hora de eu lembrar como viver assim.

Não *quero* sair de casa, mas escolho fazer isso de qualquer maneira porque minha mãe e minha irmã precisam da minha ajuda com um grande pedido de arranjos de casamento.

A loja da minha mãe, Rosa & Espinho, está localizada no famoso Distrito Histórico no lado norte da cidade. A área foi adequadamente nomeada devido aos prédios de tijolos e ao bairro circundante no estilo cottage, que remonta à fundação da cidade no final do século XIX.

O Distrito Histórico constitui o coração de Lago Wisteria. A maioria dos prédios originais está localizada nos cinco quarteirões, incluindo a biblioteca, o banco, a prefeitura, o correio, que costumava usar pombos-correios, e uma minúscula escola do tamanho de uma caixa de sapatos. Não éramos ricos o suficiente para morar lá, mas minha mãe conseguiu abrir uma pequena floricultura há trinta e cinco anos, quando meus avós se mudaram para cá por causa de um emprego.

Seria difícil não notar a Rosa & Espinho com a tinta rosa cobrindo as paredes externas de tijolos e a vitrine de outono cheia de flores vermelhas, laranja e amarelas de todas as formas e tamanhos.

Você consegue fazer isso, repito para mim mesma ao sair do carro e caminhar em direção à calçada.

Pelo menos você está bonita, acrescento. Para honrar a tentativa de colocar minha vida nos eixos, escolhi minha melhor roupa, esperando que o toque de cor e os acessórios impulsionassem meu humor.

Você não precisa chamar a atenção de todos o tempo todo; esse velho comentário sobre minhas roupas feito pela mãe de Oliver ressurge.

Eu quase torço meu tornozelo com a lembrança.

Espero que um dia você se sinta confortável o suficiente na própria pele para parar de cobri-la, ela disse antes de me entregar um pote de creme anti-idade.

Você deveria parar—

— Dahlia? É você? — uma mulher fala atrás de mim.

Minha mãe para ao meu lado e se vira com um sorriso.

Não. Não consigo. Danem-se os remédios e o conselho da minha terapeuta para sair de casa. Ajudar minha família com flores é uma coisa, mas ter que enfrentar pessoas é um problema completamente diferente com o qual não estou pronta para lidar agora que as notícias sobre o fim do meu noivado vazaram.

---

* Un Muñoz nunca se rinde: Um Muñoz nunca desiste.

Minha mãe segura meus ombros para me impedir de fugir.

— Vai ser bom para você encontrar velhos amigos.

Só que eu não tenho mais amigos em Lago Wisteria. As duas amigas mais próximas que fiz na escola primária moram em outros estados agora, e embora a gente converse de vez em quando para colocar o papo em dia, não tenho conseguido falar muito desde que descobri sobre meu exame genético. Ambas estão grávidas e animadas com a chegada dos bebês, o que me deixa me sentindo a estranha.

Minha mãe me vira antes que eu consiga correr para dentro da loja.

— *Nos vemos adentro.* — Ela beija minha testa antes de trancar a porta da loja.

— Sabia que era você! Só você conseguiria transformar a rua Principal em sua própria passarela de moda. — Alana Castillo, uma das minhas colegas de escola, acena.

De todas as pessoas do meu passado com quem eu poderia ter me deparado, Alana é a melhor opção. Ela não só é simpática, mas nós realmente nos dávamos bem no ensino médio, apesar de sermos de grupos de amigos diferentes.

O cabelo escuro de Alana brilha sob o sol, realçando os diferentes tons de castanho. Um homem alto, bonito e loiro ao lado dela sussurra algo em seu ouvido antes de sair em direção ao Pink Tutu com sua filha, que está vestida com collant, saia de balé verde neon e coturnos.

Luto contra a habitual tristeza opressiva enquanto forço um "Ei" casual.

Você pode pelo menos tentar parecer animada em vê-la.

Alana me envolve em seus braços e pressiona a bochecha contra a minha.

— Como você está?

— Bem.

Ela me prende no lugar com um único olhar perspicaz.

— Estou vendo.

Eu chuto uma pedra invisível com a ponta da minha bota.

— Já tive dias melhores.

— É por isso que você voltou para a cidade?

— Isso e a comida da minha mãe.

Ai. Eu me arrependo das palavras assim que as digo. Embora não tenha conseguido comparecer ao velório que a cidade organizou para a mãe de Alana por causa do meu cronograma de filmagens, eu deveria ter discernimento sobre mencionar mães e culinária.

Seu sorriso caloroso alivia minha ansiedade.

— Todo dia eu desejo comer os *pandebonos* da minha mãe, então, eu entendo.

— Eles eram os melhores! Minha mãe ainda se culpa por nunca ter pedido a receita dela.

— Se quiser, posso ensinar vocês duas um dia desses.

Levanto as sobrancelhas.

— Sério?

Depois de morar em San Francisco, esqueci como era ser cercada por pessoas que se importam. Eu tinha sorte se o barista soletrasse meu nome corretamente na cafeteria; imagina alguém perguntar como eu estava porque realmente queria saber.

A risada melódica de Alana pode aquecer até os corações mais frios.

— É claro. Qualquer pessoa é bem-vinda na minha cozinha, desde que não seja a Missy.

— Não me diga que ela ainda está tentando roubar suas receitas depois de todo esse tempo.

Ela solta um suspiro.

— Essa garota tem sido um problema desde o ensino médio. Ela tem boas intenções e tudo mais, mas não vai descansar até ganhar um Concurso de Confeitaria do Dia da Independência.

— Dahlia! — Lily aparece na porta da loja. — Precisamos da sua ajuda aqui dentro!

Lanço um olhar de desculpas a Alana.

— Me desculpe. Preciso ir.

— Sem problemas. Tenho que encontrar o Cal e a Cami antes que eles se metam em confusão.

— Isso acontece com frequência?

— Só quando os deixo sozinhos por mais de cinco minutos. — Seus olhos brilham.

Eu a abraço.

— Foi bom te ver.

— Digo o mesmo. E lembre-se de que você é bem-vinda para me visitar e cozinhar comigo qualquer dia.

— Acho que vou ter que aceitar o convite.

♟

Depois de um inventário que deu errado, minha mãe correu para a fazenda de flores de Lago Aurora, deixando Lily e eu sozinhas para terminar o maior número possível de arranjos com as flores que temos.

— Então... — minha irmã interrompe minha missão de terminar o dia sem pensar ou falar.

Eu olho por cima do meu buquê parcialmente montado. Os olhos de Lily me lembram nosso pai, com a cor castanha quase se mesclando às pupilas. Enquanto sou parecida com minha mãe, com estatura mais baixa, olhos castanho-claros e traços mais suaves, Lily herdou a altura, traços mais fortes e o pavio curto de nosso pai. Com genes como os dela, poderia ter estrelado capas de revistas se não quisesse passar toda a vida em Lago Wisteria, administrando a floricultura.

Lily continua quando eu não respondo.

— Notei algo interessante.

— O quê?

— Você não está mais usando seu anel de noivado.

Eu engulo o nó espesso em minha garganta.

— Não.

— Onde está?

— Você teria que perguntar ao Julian.

— Como assim? — ela grita.

— Eu não faço ideia do que ele fez com o anel depois de jogar na betoneira.

Seu olhar passa pela leve linha branca no meu dedo.

— Uma betoneira?

Não consigo não rir.

— É.

— Uau.

— Eu sei. Loucura, né?

— Com certeza. Mas é legal que o Julian tenha te ajudado a se livrar dele.

— Não me diga que agora você está chamando Julian de *legal*.

Ela levanta as mãos.

— Para ser justa, ele amadureceu bastante desde quando vocês estavam na faculdade.

Eu pressiono os dedos contra os ouvidos.

— Não consigo te ouvir.

Ela revira os olhos.

— Você é muito infantil.

— O que aconteceu com a irmã que me ajudava a descobrir os pontos fracos dele para conseguir algo com o que chantageá-lo?

— Ela cresceu.

Eu lanço um olhar a ela, que ela devolve.

— Sério. Por que ele é o inimigo? E não me dê uma desculpa boba sobre vocês dois serem rivais desde a infância, porque eu sei que é mais que isso.

Eu recuo.

— O quê?

— Posso fingir que não sei, mas isso não me torna burra. Algo aconteceu entre vocês dois enquanto estavam na faculdade, então, o que foi?

— Nada.

— Você é uma péssima mentirosa.

Eu me concentro no arranjo de mesa.

— Não quero falar sobre isso.

— Você sabe que pode me contar qualquer coisa. Minha boca é um túmulo.

Um minuto inteiro se passa antes de eu falar novamente.

— Nós nos beijamos.

Ela grita como uma criança no parque de diversões.

— Eu sabia!

Eu a olho fixamente.

— O que mais? Me conte mais!

Todo o meu rosto parece que pode pegar fogo.

— Não.

Os olhos dela quase saltam para fora.

— Vocês transaram, não foi?

Um caule de flor se parte entre meus dedos.

— Lily!

Ela levanta as mãos.

— Ah, vamos! Eu esperei *anos* para te fazer perguntas sobre isso. Pelo menos tenha piedade de mim e responda algumas.

— Por que você não me perguntou antes?

— Você estava evitando Julian por algum motivo, então eu não queria mencionar isso.

— Sim.

— Então, o que aconteceu? Tenho minhas suspeitas e tudo mais, mas não tenho certeza.

Desvio o olhar.

— É complicado.

— Quando você percebeu que gostava dele?

— Provavelmente no final do nosso primeiro ano na faculdade. — A saudade de casa e um projeto de Psicologia nos forçaram a depender um do outro como nunca, e aos poucos, nos tornamos amigos.

— E depois? — pergunta minha irmã.

Eu o beijei algumas semanas antes de tudo na vida dele desmoronar.

Meus ombros caem.

— O pai dele morreu.
— Ah.
— *É.*
— Faz sentido. Eu achei que o sexo tinha sido ruim ou algo do tipo...
Eu me engasgo em uma risada, e Lily arfa.
— Ahh! Foi bom?
Consigo sentir o calor se espalhando pelas minhas bochechas.
— Ótimo? — ela dá um gritinho.
— Me recuso a falar sobre isso com você. — Principalmente porque não há nada *para* falar. Julian se certificou disso durante uma ligação de cinco minutos que destruiu qualquer esperança de termos um futuro juntos.

Você é uma distração que eu não preciso, ele me disse ao telefone quando ofereci para trancar o semestre e voltar para Lago Wisteria depois que o pai dele morreu.

Foi só um beijo, ele falou sem emoção, me fazendo sentir a garota mais boba do mundo depois que quis ajudá-lo com a empresa do pai porque eu também era apaixonada por design.

Sinto muito, mas não me sinto da mesma forma, ele disse depois que abri meu coração e admiti que gostava dele de uma maneira real, verdadeira e assustadora.

Eu preciso de tempo, ele respondeu antes de encerrar a ligação.

Foi a última vez que falei com ele pelo telefone. Todas as minhas outras chamadas foram para a caixa postal, mesmo depois de ajudar Oliver a empacotar suas coisas no dormitório.

É engraçado como a confiança pode levar anos para ser construída e apenas algumas interações para ser destruída.

Minha irmã interrompe as lembranças ao falar.
— Tudo bem. Posso respeitar seus desejos. Só estou feliz que vocês dois possam estar no mesmo cômodo novamente.
— Eu também — admito.
— Josefina e nossa mãe nunca disseram nada, mas sei que sentiram falta de ter todo mundo sob o mesmo teto. As coisas nunca foram as mesmas depois que você... — ela se interrompe.
— Se mudou para San Francisco? — Eu completo o pensamento para ela.
Ela se encolhe.
— Sim.
— Pensei que você gostasse de passar as festas de fim de ano lá.
— Gostava, mas não vou mentir. Nada supera todos nós juntos no Natal, e nenhuma quantidade de feriados na cidade grande poderia substituir como é bom estar em casa.

Eu abaixo a cabeça.

— Sinto muito.

Ela anda ao redor da mesa e me puxa para um abraço apertado.

— Estou feliz que você voltou. Pelo menos por enquanto.

— Eu também.

Minha mãe e minha irmã me deixam perto do cemitério com a promessa de voltar em trinta minutos. Nós três já visitamos esse canto sombrio da cidade várias vezes ao longo dos anos, embora tenha passado um tempo desde a última vez que vim até aqui.

O buquê de rosas amarelas treme em minhas mãos enquanto passo pelo portão principal.

Poucas pessoas amam rosas amarelas tanto quanto meu pai amava, e todos que conviveram com ele ouviram a história de como ele conheceu minha mãe enquanto procurava flores na Rosa & Espinho antes de um encontro com outra mulher.

A lembrança dele deixa meu coração pesado de tristeza. Perder um pai nunca é fácil, mas presenciar, com apenas dezesseis anos, o coração do meu parar de bater numa ambulância foi devastador.

Felizmente, tive uma orientadora na escola que se importou o suficiente para me ajudar no processo de luto, e eu canalizei o restante da minha energia para conseguir uma bolsa de estudos integral para a faculdade, como meu pai e eu sempre conversávamos.

Eu me inclino e coloco o buquê na frente da sua lápide.

Hector Muñoz. Marido dedicado. Pai orgulhoso. Amigo amado.

— *Hola, Papi.* — Meu queixo treme. — *Ha pasado un tiempo desde la última vez que hablamos.*[*] — Pássaros cantam ao longe enquanto uma rajada de vento me atinge. Fecho o zíper do meu casaco antes de me sentar no chão. — Mais do que nunca, eu queria que você estivesse aqui.

Arranco uma folha de grama e a enrolo no dedo.

— Mas acho que talvez seja melhor que você não esteja aqui. Eu odiaria que você reagisse de forma exagerada sobre o fim do meu noivado e que fosse parar na cadeia acusado de agressão por causa do Oliver. — Minha risada sai totalmente errada graças à tensão na minha garganta.

---

[*] Ha pasado un tiempo desde la última vez que hablamos: Faz um tempo desde a última vez que nos falamos.

Algumas folhas ao longe são levantadas por outra brisa.

— Cometi um grande erro. — Minha voz falha. — Eu fui tão burra, *Papi*. — Lágrimas inundam meus olhos, embora eu me esforce para evitar que caiam. — Eu sabia disso também, mas ainda continuei tentando fazer as coisas funcionarem porque *un Muñoz nunca se rinde*.

Meu pai nos ensinou a seguir seu lema de *ser fiel a ti mismo* — ser fiel a si mesmo —, e eu fiz o melhor que pude para seguir os valores dele.

E mesmo assim você falhou.

— Mas o problema foi que, ao tentar manter meu relacionamento intacto, esqueci de mim mesma. Abri mão de todas as coisas que me tornavam especial porque achava que era o certo a fazer para deixar feliz a pessoa que supostamente me amava.

A dor no meu peito se torna insuportável, mas continuo:

— Agora eu percebo que a única pessoa que eu estava decepcionando era eu mesma. Parei de confiar em mim e no instinto que me dizia que eu merecia algo melhor. — Abaixo a cabeça. — Sinto muito por não ter estado por perto nos últimos anos. Aqui entre nós, eu estava meio perdida.

Eu rasgo a folha de grama em pedaços antes de arrancar outra do chão e completar:

— Mas vou me encontrar. Porque os Muñoz nunca desistem, nem de si mesmos.

E até ir embora de Lago Wisteria depois das festas, espero que minha alma esteja completamente curada.

CAPÍTULO DEZ
Dahlia

Eu me esforço para ignorar o celular vibrando, mas depois da oitava vez, desisto. O grupo de bate-papo da família Lopez-Muñoz continua movimentado antes que eu consiga ler a primeira mensagem. Rolo a tela até o início das novas mensagens.

> **JOSEFINA**
> Por que estou descobrindo através de alguém que não é meu filho que ele e Dahlia estão renovando uma casa juntos?

> **MAMI**
> O quê? Os NOSSOS Julian e Dahlia?

Não é difícil concluir, visto que somos as únicas duas pessoas na cidade com esses nomes, pelo menos por enquanto. O censo de Lago Wisteria do ano passado registrou números recordes por causa das nossas praias à beira do lago, das nossas enormes dunas de areia e do aumento da demanda pelos serviços de Julian, sempre em evidência na mídia.

Não é de admirar que ele queira maximizar as oportunidades e lotear propriedades para acomodar mais casas, já que transformou nossa cidade em seu próprio jogo de Banco Imobiliário.

> **JOSEFINA**
> Sim, todo mundo da cidade está falando sobre eles comprarem uma casa juntos.

Enviei mentalmente um emoji de "joinha".

RAFA

Julian foi mantido sob a mira de uma arma?

LILY

Ou foi chantageado?

SEGUNDO MELHOR

...

O nome de Julian no meu celular fez meus lábios se curvarem.

JOSEFINA

E pensar que passei vinte e sete horas em trabalho de parto para esse tipo de desrespeito.

RAFA

É por isso que sou o filho favorito.

Rafa fazendo uma piada? Talvez eu deva comprar um bilhete de loteria hoje.

LILY

Questionável, já que Julian comprou uma casa para a sua mãe.

RAFA

Só porque ele foi mais rápido depois de dizer que a gente poderia dividir o custo.

LILY

Você está me dizendo que o Julian foi pego agindo de forma suspeita pra caramba de novo? Considere-me chocada.

MAMI

> LILIANA!

Todos nós crescemos sem muito dinheiro, então passar de lutar para pagar a hipoteca em alguns meses para conseguir pagá-la com um único cheque me deixa atordoada.

Ainda é difícil entender o fato de que Rafa e Julian são bilionários. Embora eu tenha dinheiro suficiente para comprar o que minha família e eu quisermos sem me sentir culpada, nunca alcançarei o nível de sucesso deles.

Pego meu celular e penso em uma resposta.

EU

> Josefina está certa. Julian e eu estamos fazendo uma parceria.

JOSEFINA

> Oba!

MAMI

> Casal poderoso!

Eu ignoro a última mensagem da minha mãe porque não acho que ela entenda o rótulo. Ela disse a mesma coisa sobre minha irmã e eu quando redecoramos juntas a loja de flores dela alguns anos atrás.

LILY

> Sou a única que fica assustada com a ideia desses dois largarem os objetos cortantes e trabalharem juntos?

RAFA

> Não.

Meu telefone vibra com uma mensagem privada de Julian.

SEGUNDO MELHOR

> A casa é nossa, se você quiser.

Fico boquiaberta. Não se passaram nem duas semanas desde que tínhamos concordado com o plano.

EU

Por quanto?

SEGUNDO MELHOR

1,2 milhão

SEGUNDO MELHOR

Precisamos decidir agora porque tem outra proposta.

EU

Quem?

SEGUNDO MELHOR

Algum idiota de Chicago. Ele está querendo pagar mais, mas tenho uma boa relação com o vendedor.

EU

Explorando os outros para ganho pessoal? Legal.

SEGUNDO MELHOR

....

EU

Só por curiosidade. Eu conheço o vendedor?

SEGUNDO MELHOR

Declan Kane.

Meus dedos voam através da tela.

EU

O QUÊ?

SEGUNDO MELHOR

Sabe quem é ele?

EU

Sei SOBRE ele. A família dele é o maior nome da indústria de entretenimento.

SEGUNDO MELHOR

Bem, a única coisa que ele está entretendo hoje à noite é um ego ferido.

Minhas bochechas doem de tanto tempo que estou sorrindo.
Pare com isso. É o Julian!
Eu jogo meu celular para o lado oposto da cama.
Consigo lidar com o Julian reservado. Até mesmo o Julian competitivo pode ser frustrantemente engraçado às vezes, mas eu não diria isso a ele porque seu ego não precisa de mais elogios.
Mas um Julian *brincalhão*? Não tenho certeza de que teria alguma chance contra esse tipo de comportamento. A última coisa que preciso é reacender sentimentos antigos só porque ele me faz sorrir de verdade pela primeira vez em meses com algumas piadas.
Deus te ajude se seu gosto para homens tiver piorado tanto assim.
Meu telefone vibra com outra mensagem de Julian. Como sofro de uma mente inquisitiva e de falta de autocontrole, eu o pego e leio a última mensagem.

SEGUNDO MELHOR

Temos um acordo?

EU

Sim.

Meu coração dispara enquanto "digitando..." aparece e desaparece quatro vezes antes que eu receba a próxima mensagem.

SEGUNDO MELHOR

> A casa é nossa. Vou te enviar os detalhes sobre uma visita depois de cuidar dos papéis.

EU

> Eu não deveria estar lá pra isso?

SEGUNDO MELHOR

> Você tem um advogado de plantão que possa revisar todos os contratos até amanhã?

Nós dois sabemos a resposta óbvia.

EU

> Pensando bem, vou deixar essa pra lá.

SEGUNDO MELHOR

> Sam vai enviar um contrato padrão da empresa que vai honrar a sua porcentagem depois de vendermos a casa.

Pressiono o celular contra o peito e encaro o meu quadro de sonhos de quando eu era criança. Embora meu estilo de design tenha mudado ao longo dos anos e eu não tenha mais uma obsessão por estampas florais, minha paixão por casas históricas nunca mudou.

Muitas propriedades em Lago Wisteria chamaram minha atenção, mas as casas dos Fundadores roubaram meu coração no primeiro dia em que meu pai me levou para vê-las. Há algo sobre as vistas deslumbrantes, propriedades isoladas e a visão do lago e do Distrito Histórico que me fascina.

Parece que passei anos esperando por uma oportunidade como essa, e pretendo aproveitar tudo o que Julian e sua empresa têm a oferecer assim que eu assinar na linha pontilhada.

♦

Minha irmã entra correndo no meu quarto uma hora depois, usando um chapéu de cowboy rosa e um vestido com brilhos demais.

— Pegue seus sapatos mais confortáveis e seu batom favorito porque as irmãs Muñoz vão sair.

Eu pauso o programa de TV e me sento na cama.

— O quê? Desde quando?

— Tem uma festa à fantasia no Última Chamada, e a nossa presença é obrigatória.

— Eu não sei...

Ainda que o meu humor tenha melhorado graças aos meus antidepressivos e às sessões de terapia, não quero exagerar, pois há uma linha tênue entre sair da minha zona de conforto e ser sugada por um buraco negro de pânico.

— Vai ser bom pra você sair, mesmo que seja por pouco tempo.

Minha irmã revira minha mala, jogando roupas de marcas caras por todo lado. Enquanto sou organizada ao extremo, Lily é o equivalente humano a um tornado, destruindo em poucos segundos meu sistema de bolsas de armazenamento e roupas separadas por cores.

Sinceramente, é impressionante, considerando quanto tempo levei para arrumar tudo.

Lily olha por cima do ombro.

— O que está fazendo sentada aí? Levanta, vai arrumar seu cabelo e fazer maquiagem. — Ela bate palmas e grita: — Anda, anda!

Eu coloco um cobertor em volta dos ombros.

— Ainda não quero ver as pessoas da cidade.

Ela faz uma careta.

— Por quê?

Eu fico em silêncio.

Ela revira os olhos.

— Você se importa demais com o que os outros pensam de você.

— Não, não me importo. — Meu tom soa irritantemente defensivo.

— Então, por que você passou a última semana trancada aqui, encontrando toda desculpa para evitar ir ao centro da cidade?

Eu coço o nariz com o dedo médio.

Lily ri enquanto joga um casaco na minha cama.

— Está tudo bem. A irmãzinha está aqui para salvar o dia.

— Como?

Ela segura um vestido brilhante no ar, entorta o nariz e o joga no topo da pilha ao lado dela que só aumenta.

— Considere esta noite sua primeira lição na sutil arte de não dar a mínima.

— Mas...

Lily levanta a mão.

— Me dê trinta minutos. Se você não gostar, pode voltar para casa.

— Qual a segunda opção?

Ela estala os dedos.

— Vou trocar as senhas do Wi-Fi e do streaming, esconder sua coleção de DVDs de *Silver Vixen* e roubar todos os seus produtos supercaros de skincare.

— Você não teria coragem.

— Estaria disposta a apostar aquela sua escova de cabelo elétrica de última geração?

— E as pessoas pensam que as irmãs mais velhas são as valentonas na relação. — Eu mostro a língua.

Ela puxa o cobertor até que ele escorrega das minhas mãos e cai no chão.

— Vamos lá. A noite vai ser divertida, eu juro. Além disso, mulheres bebem de graça.

Eu mexo em um dos meus anéis.

— Eu realmente não deveria beber por causa dos remédios que estou tomando.

— Não vou contar a ninguém que você está tomando drinques sem álcool, se não quiser. — Ela pisca.

Por mais que eu queira dizer não, a empolgação da minha irmã não permite.

— Ok. Tudo bem. Mas só uma bebida.

— Claro. Sim. O que você quiser.

Ela tira um vestido vermelho do fundo da minha mala.

— Sim! Isso é perfeito.

— E que fantasia é essa?

Ela tira um pedaço triangular de papel do bolso do casaco e o prende na alça do vestido.

— Eu prefiro que você seja surpreendida por quem acertar. — Ela joga o vestido em mim.

— Lily!

Ela sai correndo do meu quarto, gritando:

— Você tem quinze minutos para se arrumar, então anda logo!

CAPÍTULO ONZE
Dahlia

O Última Chamada não mudou desde que fui embora, mas no momento está com decoração barata de Halloween para celebrar o feriado. A multidão aumentou desde a nossa chegada, muito provavelmente porque pais e crianças não estão mais perambulando pelas ruas atrás de doces.

A princípio, eu estava suada e quase em pânico com a ideia de falar com alguém, mas ninguém menciona a notícia do término do meu noivado ou o Oliver, provando correta a teoria da Lily.

Eu *realmente* me importo demais com o que os outros pensam. Seja sobre minha maquiagem, roupas ou escolhas de vida, deixei as opiniões dos Creswell comandarem minha vida, transformando-me em uma versão de mim mesma que passei a desprezar.

Você faz parte da nossa família agora, então deve se vestir adequadamente, disse a mãe do Oliver ao me presentear com um lindo vestido de marca dois tamanhos menores.

Ninguém gosta de gente exibida. A irmã dele me lançou o sorriso mais falso depois que venci todos durante uma noite de jogos em família.

Não podia nem deixar eu ganhar essa, Oliver sussurrou no meu ouvido antes de beijar minha bochecha para a plateia ver depois de eu ter ganhado o prêmio de Melhor Apresentadora de TV na categoria reality show.

— Voltei. — Lily me arranca das lembranças ao me passar um outro daiquiri de morango sem álcool. Embora não seja a minha bebida preferida, eu aceito porque o Última Chamada não é conhecido por seus mixologistas de primeira classe.

Pego o copo de plástico e dou um gole.

— Sou a Jessica Rabbit?

— Quem? — Ela faz careta.

Eu balanço a cabeça.

— Deixa pra lá. E a Julia Roberts em *Uma linda mulher*?

Ela ri antes de virar o shot dela.

— Bom palpite, mas não. Seu vestido está curto demais, e você está sem as luvas icônicas. Agora, vamos dançar!

Lily pega minha mão e me puxa em direção à pista de dança lotada. Depois de algumas músicas para dançar fazendo passinhos, minhas preocupações desaparecem à medida que me solto e me divirto.

Sempre amei dançar, tudo por causa dos meus pais e do hábito deles de transformar a sala de estar em uma pista de dança sempre que suas músicas favoritas tocavam. Quando eu era criança, era constrangedor nas festas da família, mas agora anseio por esse tipo de relacionamento.

Enquanto Lily me gira com uma risada, a parte de trás do meu pescoço fica arrepiada. Eu viro nos calcanhares e encontro Julian me encarando.

Não. Não encarando.

Devorando.

Arrepios se espalham pelos meus braços enquanto seus olhos escuros saem do meu corpo para meu rosto. Levanto uma sobrancelha quando o olhar ardente dele se conecta ao meu, e ele o desvia com a mandíbula cerrada e um punho tenso pressionado contra a coxa.

Aproveito a timidez dele e dou uma boa olhada. Desde a quantidade moderada de antebraço exposto até o par de jeans que destaca suas pernas musculosas, Julian é cem por cento o meu tipo.

Puxa, ele *redefiniu* completamente o meu tipo na faculdade, e fiz tudo que era humanamente possível para evitar a verdade.

Julian é gostoso. Tipo, *realmente* muito gostoso, de um jeito olhe-mas-não-toque.

Meus dedos formigam com a ideia, e eu os junto, apertando até que fiquem dormentes.

Você precisa de uma sessão de terapia de emergência.

Eu me viro para chamar a atenção de Lily, esperando que ela possa me salvar dos meus pensamentos, mas a encontro ocupada dançando com um cara usando uma daquelas máscaras assustadoras que acendem.

Ótimo.

Termino o resto da minha bebida e vou até o bar, escolhendo um local fora da linha direta de visão de Julian. Antes de eu ter a chance de levantar a mão para chamar um bartender, alguém toca no meu ombro.

— Dahlia? É você? — Uma voz profunda me faz girar nos meus saltos.

— Evan! — Sorrio para o velho rei do baile do ensino médio, amado capitão do time de natação e a primeira pessoa que beijei. Nada aconteceu depois do nosso jogo de verdade ou consequência em uma fogueira à beira do lago, mas eu me lembro distintamente de estar nas nuvens por algumas semanas depois.

— Estou surpreso por ainda se lembrar de mim.

— Seria impossível não lembrar depois que você conseguiu me convencer a emprestar os meus trabalhos de química durante todo o segundo ano. — Evan era um dos caras mais bonitos da nossa turma, e todos, incluindo eu, eram obcecados por ele e por toda a personalidade de bom moço quando ele foi transferido para o Colégio Wisteria.

No entanto, avance dez anos depois, e eu não sinto a menor emoção.

Luto contra minha decepção enquanto pergunto:

— Como você está?

— Muito melhor agora que te encontrei.

A estranha sensação de estar sendo observada me faz olhar por cima do ombro. Eu esperava encontrar Julian me encarando, mas, em vez disso, ele está lançando olhares furiosos para o homem em pé na minha frente.

— Então, como tem passado? — A pergunta de Evan rouba minha atenção de volta.

— Estou bem, agora que voltei para casa.

Seus olhos verdes traçam o contorno do meu rosto, e isso me faz sentir absolutamente nada.

— Você gostava de San Francisco?

— Sim, embora seja muito diferente daqui.

— Imagino. Não existem muitos lugares como Lago Wisteria.

— E como *você* está?

Ele se apoia no balcão do bar.

— Nunca estive melhor. Assumi a loja de conveniência dos meus pais, que tem uma prateleira dedicada à sua linha de decoração, aliás. Não conseguimos mantê-la abastecida por mais de uma semana.

O sangue sobe às minhas bochechas.

— Sério?

Ele assente com a cabeça.

— Os moradores e os turistas adoram a ideia de comprar seus produtos na sua cidade natal, então continue produzindo. — Ele pisca.

Não sinto nada além de apreensão e aquela mesma sensação sufocante de quando sou lembrada das minhas responsabilidades.

— Sim, vou continuar. — Os olhos de Evan percorrem meu corpo, mas meu coração não deixa de bater, o que me diz tudo o que preciso saber.

— Olha. — Sou interrompida quando algo firme e quente pressiona minhas costas. Viro e vejo Julian parado atrás de mim, as narinas dilatadas, prestes a soltar fumaça.

— Evan. — A voz profunda e rouca de Julian provoca um arrepio pela minha espinha.

— Julian. — Evan inclina o queixo.

— Como você está? — A veia acima do olho direito de Julian pulsa.

Os olhos de Evan se fixam nos meus.

— Melhor agora que descobri que a Dahlia está aqui.

— Por quê? — A voz fria de Julian me faz franzir a testa.

Por quê? Eu piso na ponta do sapato de Julian com o salto afiado do meu sapato. O idiota não pisca, muito provavelmente porque é feito de gelo.

Os olhos de Evan brilham.

— Porque sempre achei ela uma graça.

Ugh. Graça?

Julian bufa.

— Certo.

A expressão contraída de Evan provavelmente combina com a minha.

— Aliás, como está seu irmão? — A pergunta de Julian surge do nada.

Evan inclina a cabeça.

— Ele está bem.

Eles trocam um olhar que não consigo decifrar.

— O que aconteceu com seu irmão? — interfiro.

Evan olha ao redor.

— Ele estava andando com a turma errada quando morava em Nova York, mas agora está no caminho certo e recebendo a ajuda que precisa.

Eu pressiono a mão sobre o peito.

— Bom saber disso.

Julian interrompe a competição de olhares mortais para me dar um olhar indecifrável e desfaz o contato visual primeiro.

— Ele está se adaptando bem ao novo emprego?

— Sim. Obrigado por ajudá-lo a se reerguer. Foi difícil para ele encontrar trabalho novamente com antecedentes criminais, e a sua foi a primeira empresa disposta a dar uma chance.

— Fico feliz por poder ajudar. — Julian diminui a distância entre nós até que não tenho certeza de onde meu corpo termina e o dele começa.

Dou um pequeno passo à frente, que Julian corresponde com outro passo. Quando levanto o pé para pisar no dele novamente, Julian prende a mão ao redor da minha cintura, me impedindo de fazer isso.

O calor de sua mão queima minha pele. Os olhos de Evan se movem de Julian para mim antes de pousarem novamente no homem imprevisível atrás de mim.

— Bem, Dahlia, foi bom matar as saudades de você, mas tenho que ir embora. O dia começa cedo pra mim amanhã.

— Sem problemas. Foi bom te ver. — Contenho minha irritação com um sorriso.

Julian fica tenso atrás de mim. Evan não me olha de novo enquanto desaparece na multidão.

Escapo das mãos de Julian e viro na direção dele.

— O que diabos foi isso?

Julian me ignora enquanto termina o restante de seu uísque.

— Eu fiz uma pergunta. — Cutuco o peito dele.

— Ele não é o seu tipo.

— E como você sabe disso? — deixo escapar.

— Eu apenas sei.

— Sinta-se à vontade pra compartilhar, já que aparentemente eu não sei. — Julian estar tão ciente das minhas necessidades me irrita.

Julian torce o nariz com desgosto.

— Ele é bonzinho demais.

— Tenho certeza de que isso parece uma característica negativa para você, mas para o resto de nós, ser bonzinho é bom. Na verdade, é o mínimo aceitável.

Seus olhos passam pelo meu rosto por um segundo a mais. Enquanto a análise de Evan nem me fez piscar duas vezes, a de Julian faz minha temperatura corporal subir.

— Você ficaria entediada em um mês.

— Como você saberia? Nunca teve um relacionamento.

— Isso pode ser verdade, mas eu conheço *você*.

Meus pulmões param.

— Ah, é mesmo?

Ele permanece em silêncio enquanto levanta o copo vazio em direção ao barman. Não tenho certeza do que me torna mais corajosa, se é a irritação pulsando pelo meu corpo ou minha insaciável necessidade de espiar por trás da cortina da mente de Julian.

— Talvez eu precise de alguém como o Evan — digo. — Alguém gentil, atencioso e disposto a me tratar bem.

— Isso é bom, mas você também quer alguém para desafiá-la, e Evan, o maior bajulador da cidade, não vai fazer isso.

O choque é rapidamente substituído pelo horror.

Ai, meu Deus. Será que Julian e eu nos prejudicamos tanto que não conseguimos encontrar felicidade com outras pessoas porque estamos sempre procurando uma briga?

Eu balanço a cabeça.

— Não estou procurando por um parceiro de luta.

— Não foi isso que eu disse.

— Então o quê?

Ele fica em silêncio por alguns momentos antes de falar novamente.

— Tem uma diferença entre alguém desafiando você a ser a melhor versão de si mesma porque *se importa* — ele zomba — e alguém procurando uma briga.

Eu prendo a respiração.

Ele pigarreia.

— Aceita. Você pisaria nesse cara com suas botas vermelhas brilhantes, e ele provavelmente agradeceria por isso.

— Ele com certeza deveria. Essas belezinhas são lindas e caras. — Eu bato os calcanhares juntos.

— Só esse comentário já faz de você digna da sua fantasia, porque só um sinal vermelho ambulante sorriria *assim*.

Eu me libero de sua atração gravitacional.

— O quê?

— Sua fantasia. — Seu olhar viaja lentamente pelo meu corpo, enfatizando seu ponto.

— *La voy a matar** — sussurro para mim mesma.

— Você não sabia? — Julian passa o dedo na ponta do pedaço triangular de papel.

— Não. Lily fez isso. — Eu inspiro com força quando a ponta do dedo dele provoca o ponto sensível entre a alça do meu vestido e meu ombro.

— Hm. — Ele se afasta rápido demais, a mão dobrando antes de se fechar em um punho.

Um arrepio percorre todo o meu corpo apesar do ar quente que se agarra à minha pele.

---

* La voy a matar: Vou matar ela.

Droga. Como um simples toque do dedo dele contra a minha pele pode ser tão bom?

Estou grata pela falta de iluminação, senão ele teria notado o quanto o toque me afetou.

Um bartender coloca um copo cheio de uísque na frente de Julian, e eu o pego antes que ele tenha a chance de tomar. Consigo dar apenas um gole antes de devolvê-lo, tossindo.

— Isso é nojento.

É o que você ganha por roubar a bebida do Julian.

— A você. — Julian coloca a boca exatamente sobre a marca que meu batom deixou e dá um gole.

Os músculos da minha barriga se contraem enquanto ele espalha metade da marca enquanto faz isso. É a coisa mais próxima que seus lábios estiveram dos meus desde a faculdade e faz meu corpo vibrar da mesma forma.

Não ficaria surpresa se tivesse que pagar crédito de carbono por conta da quantidade de pensamentos poluídos que eu tenho.

Desvio meus olhos para os dele.

— Desde quando você bebe uísque?

— Desde que posso pagar o tipo caro.

— Quanto você pagou por isso?

— O suficiente para apreciar até a última gota. — Ele dá outro gole, enviando um arrepio pela minha espinha enquanto me observa com o fascínio de um falcão.

Que se dane o meio ambiente. Eu vou direto para o inferno pela maneira como pressiono minhas coxas juntas.

— Por favor, me diga que você não pagou mais de cem dólares por isso.

Ele franze a testa.

— Duzentos?

Minha pergunta se mistura com a música alta ao nosso redor.

— Mil? — Minha voz falha no final.

— Não espero que alguém que pede daiquiris de morango entenda.

Eu pisco os olhos.

— Sabe, talvez se você passasse menos tempo me observando e mais tempo procurando ativamente uma namorada, não estaria cronicamente solteiro e trabalhando oitenta horas por semana para preencher o vazio da sua existência.

Sua careta revela coisas demais.

— Pelo que eu saiba, nós dois estamos solteiros.

— Eu sou a que namorou um homem tóxico e controlador por muitos anos. Qual a sua desculpa?

Eu encaro sua expressão vazia como um desafio.

— Você é incapaz de fazer uma mulher chegar lá? — provoco.

Seus olhos se estreitam em duas fendas.

— Talvez você seja um homem de um minuto?

Sua respiração profunda diz mais do que qualquer palavra é capaz de dizer.

— Existem coaches e remédios para esse tipo de coisa, então não precisa deixar isso impedir você de encontrar o amor.

Julian inverte o jogo ao colocar a mão no meu quadril e apertá-lo. Antes que eu consiga, a palma dele sobe pela lateral do meu corpo, tocando minhas costelas.

Eu paro de respirar quando a mão dele envolve a parte de trás do meu pescoço. A maneira firme como ele me segura não é desconfortável, mas eu me mexo no lugar mesmo assim.

— O que está fazendo? — Eu empurro o peito dele, o que é inútil.

Os dedos de Julian se contraem, aplicando a menor quantidade de pressão contra meu pulso enquanto ele se inclina e sussurra no meu ouvido

— Só porque sou seletivo com quem namoro não significa que não sei foder.

— Devo acreditar em você?

Os dedos dele apertam mais forte, interrompendo minha respiração por um segundo.

— Você prefere que eu demonstre?

— Está sugerindo que eu faça sexo com você?

— Claro que não. Sexo com você seria...

Cada centímetro do meu corpo fica arrepiado com a imagem dele sobre mim, o olhar intenso queimando em mim no momento em que a boca dele se aproxima da minha...

Eu balanço a cabeça, e ele franze a testa.

— Não precisa ficar tão horrorizada com a ideia.

— Enjoada é mais apropriado.

O polegar dele traça sobre o meu pulso acelerado.

— *Mentirosa.*

— Continue se iludindo.

Ele encara meus lábios com todo ódio que consegue reunir.

— Ainda me lembro da vez em que você implorou que eu te beijasse.

Julian e eu dizemos muitas coisas horríveis um para o outro, mas trazer esse tópico à tona parece golpe baixo, e, francamente, ele deveria saber disso.

Eu me solto de seu aperto.

— Também implorei para o Oliver, então não deixe isso subir à cabeça. E, sinceramente, ele era muito melhor nisso.

Minhas palavras atingem o alvo, aniquilando o que quer que estivesse se desenvolvendo entre nós.

Deveria ter seguido o caminho da dignidade e sido a pessoa madura? Talvez. Me arrependo de ter escolhido fazer exatamente o oposto? De jeito nenhum.

Julian sabia o que estava fazendo quando usou nosso beijo como uma arma. Talvez, da próxima vez, ele pense duas vezes antes de mencionar a única fraqueza que tenho.

Ele.

CAPÍTULO DOZE
Julian

Depois do encontro com Dahlia na quinta-feira no Última Chamada, eu sabia que o domingo seria desagradável. Quando tentei cancelar os planos do jantar, minha mãe não aceitou minha desculpa, alegando que a Rosa precisava de ajuda para consertar algo na cozinha.

Dahlia declara guerra no momento em que eu piso na soleira da porta dos Muñoz. Em vez de agir como um homem maduro de trinta anos e amenizar a situação, combino suas observações maldosas com as minhas durante a tarde e o jantar em família.

Nossas famílias observam nossas trocas como em um campeonato de tênis, as cabeças virando de um lado para o outro a cada provocação calculada.

Em algum momento, nossos parentes assumem a conversa, e minha mãe se vira para mim com *aquele* olhar.

— Eu estava conversando com a mãe da Annabelle outro dia.

Meu corpo fica tenso, chamando a atenção de Dahlia para meus ombros rígidos.

Droga.

— Ma — eu aviso. Tínhamos um acordo sobre esses encontros arranjados dela, e se ela não cumprir, acaba a ideia de ajudar Dahlia com a casa.

Isso é tão ruim assim?

Pensando melhor, espero que minha mãe não honre a palavra dela. Assim, tenho a desculpa perfeita para desistir do plano de reforma e deixar Dahlia se virar sozinha.

Seria bem feito, depois da hostilidade de hoje.

Não seja mesquinho, Julian. Foi você quem falou sobre o beijo.

A princípio, me senti validado na decisão de ir contra ela, especialmente depois que ela fez o comentário sobre beijar Oliver só para me irritar. Mas quanto mais eu penso na reação de Dahlia, mais culpado me sinto sobre nossa conversa no Última Chamada e a maneira como agi hoje.

Porque uma Dahlia magoada é uma Dahlia malvada, e eu estava muito irritado para entender a reação dela.

Uma forma de proteger sua vulnerabilidade.

Está claro que ela está lidando com uma tristeza avassaladora, e não estou ajudando tratando-a da maneira como tratei.

Não é tarde demais para se desculpar pelo que você disse.

Minha mãe me dispensa com um gesto.

— Eu sei. Eu sei. Deixa pra lá.

— Quem é Annabelle? — Dahlia não consegue esconder aquele brilho especial nos olhos.

— É nova na cidade, a família se mudou de Chicago. Julian saiu com ela alguns meses atrás, mas o relacionamento terminou de maneira bastante abrupta.

— É mesmo? — Dahlia responde secamente.

— Annabelle Meyers? — Lily franze a testa. — Não fazia ideia de que vocês saíam. — A expressão desgostosa em seu rosto provavelmente combina com a minha.

Puxo a gola da minha camisa.

— Não valia a pena mencionar.

— Julian! — minha mãe adverte.

— Por quanto tempo eles saíram? — Dahlia pergunta com a voz suave e falsa.

Minha mãe coloca a mão no peito.

— Não muito, mas isso não impediu meu filho de partir o coração dela.

— Estou surpresa que ela tenha achado que ele valia a pena. — Dahlia sorri.

Ela não achou. Eu mordi a língua em uma admirável demonstração de autocontrole.

— Não comece, *mi hija* — Rosa adverte a filha.

— Desculpa, *Mami.*

Minha mãe balança a cabeça.

— Está tudo bem. Eu deveria ter avisado a mãe dela antes de começarem a namorar.

— Avisado sobre o quê? — Dahlia fica animada.

— Julian deixa um rastro de mulheres tristes por onde passa.

— Não, eu não deixo. — Não sei por que sinto a necessidade de me defender, mas continuo. — E eu não parti o coração da Annabelle. — Ela precisaria ter um para começo de conversa, e nossa troca provou o contrário.

— Como você sabe? — Lily pergunta.

— Porque saímos apenas três vezes. — Todos os encontros terminaram comigo educadamente acompanhando-a até a porta a cada noite e dando-lhe um beijo na bochecha.

Não houve nada. Nenhuma química. Nenhuma faísca especial que fizesse meu sangue correr e minha cabeça girar.

Para começar, era difícil achá-la atraente por causa da maneira como ela maltratava os outros ao seu redor, incluindo garçons e aqueles que ela considerava abaixo de seu status.

Apesar das deficiências de Annabelle, sei que o problema está em mim, em vez de nas mulheres com quem me arranjam encontros. Elas esperam um bilionário carismático que as leve para jantar ao redor do mundo, mas não sou esse cara. Prefiro ouvir a falar, ações silenciosas em vez de exibições elaboradas de afeto, e trabalhar duro para compartilhar meu dinheiro com os outros em vez de encontrar uma maneira de gastá-lo todo comigo mesmo.

E embora algumas estivessem dispostas a aceitar isso sobre mim no início, todas tiveram a mesma reação quando eu disse que não estava interessado em ter filhos, pelo menos não da maneira que elas queriam.

Minha mãe franze a testa.

— A mãe dela disse que Annabelle sentiu algo especial entre vocês dois.

— Melhor se casar com ela antes que ela caia em si — Dahlia acrescenta.

Eu a encaro.

— Ela não estava pensando claramente.

— Obviamente não, se ela achava que vocês dois tinham algo especial. *Lembra daquela desculpa que você treinou? Esqueça.*

— Dahlia! — Rosa repreende.

Ela faz uma careta.

— O quê?

Sua mãe lança um olhar.

— Você sabe o *quê*.

— *Perdón*. — Ela afunda mais na cadeira da sala de jantar.

Eu seguro um sorriso.

Dahlia coça a ponta do nariz com o dedo médio.

— Basta. — Rosa joga seu guardanapo na mesa e aponta um dedo para a filha. — Você está encarregada da louça.

— Mas fiz as unhas ontem. — Ela levanta as mãos, exibindo as unhas decoradas.

— Use minhas luvas de borracha, então.

— Aqui estão. — Eu coloco meu prato em cima do prato limpo de Dahlia, fazendo-a franzir a testa.

Minha mãe joga o guardanapo na mesa com um suspiro dramático.

— Já que está com vontade de ajudar, pode lavar a louça também.

— O quê?

— Dahlia não estaria encrencada se você não ficasse incomodando ela o dia todo.

— Foi ela que começou.

— E eu estou encerrando. Vão.

Afasto minha cadeira e me levanto com a cara fechada.

— Está bem.

Dahlia e eu coletamos silenciosamente os pratos de todos antes de entrarmos na cozinha.

— Você lava e eu seco? — ela pergunta quando a porta se fecha.

— Você não tem uma lava-louças?

— Ela quebrou ontem à noite.

Ótimo.

— Vou dar uma olhada quando terminarmos. — Eu coloco os pratos sujos na pia antes de arregaçar as mangas.

Dahlia acompanha cada um dos meus movimentos com fascinação, fazendo meu estômago se contrair.

Merda.

— Você tem luvas? — pergunto.

Ela desperta do transe em que meus braços a envolveram.

— Hum, sim. — Ela revira o armário sob a pia e tira um par grande de luvas cor-de-rosa.

Eu as pego, ignorando a sensação de formigamento dos dedos dela encostando nos meus. Ambos nos afastamos um pouco rápido demais. Coloco as luvas com muita força, quase rasgando uma delas.

Dahlia procura uma toalha limpa na lavanderia enquanto eu me ocupo com a louça.

Ela volta e para no meio do caminho para tirar uma foto minha lavando um prato.

— Ah. A cor das luvas realça mesmo suas bochechas.

— Apaga isso.

— Não. — Ela guarda o telefone no bolso de trás e se apoia contra o balcão ao meu lado.

Deixo o prato cair na água suja. Espuma de sabão e gotas d'água voam com o grande respingo, caindo sobre nós dois.

— Ei! — Ela enxuga algumas gotas do rosto.

Aproveito a distração para roubar o celular do bolso de trás dela.

— Devolve isso! — Dahlia tenta pegar o telefone, mas eu o seguro acima de sua cabeça.

Tiro uma das luvas de borracha com dificuldade devido ao sabão que a cobre, mas de alguma forma consigo morder a ponta de um dedo e puxar.

— Julian! — Ela arranha meu braço com as unhas recém-feitas.

Consigo ouvir vagamente a voz de Rosa vindo da outra sala, perguntando se deveria ir nos fiscalizar, e depois minha mãe a tranquilizando de que tudo está bem.

— Qual é a sua senha? — pergunto enquanto tento algumas combinações de números por conta própria.

— Vai se foder. — Ela direciona sua atenção para o ponto entre minhas costelas que me faz dar um pulo.

— Devolve. — Ela me cutuca novamente e o celular escorrega da minha mão.

Ah, droga.

O celular cai na pia cheia de água e atinge o fundo com um baque.

— Meu Deus! Eu vou te matar! — Ela mergulha a mão na água para pegar o telefone e o tira da pia. Água pinga por toda parte enquanto ela faz de tudo para ligá-lo novamente.

Eu arranco a outra luva e passo os dedos pelo cabelo.

— Merda. Desculpa mesmo.

Ela franze a testa com força o suficiente para me fazer dar um passo para trás.

— Desculpa?

— Escorregou.

— Não estaria nas suas mãos se você não tivesse me atacado.

— Atacado? Um pouco dramático, não acha? — Um risinho escapa da minha boca.

Minha reação parece alimentar o fogo nos olhos dela.

— Eu vou te mostrar o que é drama.

Com uma explosão de velocidade impressionante, ela pega meu celular do meu bolso de trás e o lança como uma bola de futebol na pia. A tela de vidro atinge uma panela de metal pesada antes de afundar.

Nós dois ficamos boquiabertos quando a tela rachada pisca uma vez antes de ficar preta.

— Não acredito que fiz isso. — Ela me encara com olhos arregalados.

— Eu acredito — digo, fervendo de raiva.

Cinco respirações profundas.

Mas cinco não são suficientes. Vinte respirações depois, ainda estou lutando contra a vontade de surtar com a mulher ao meu lado.

El que se enoja pierde,[*] o provérbio preferido do meu pai, ecoa na minha cabeça, amenizando um pouco da minha irritação.

— Me desculpa mesmo. Não sei no que eu estava pensando. — Ela esfrega os olhos.

— Desculpa? — pergunto com a voz fria.

— Sim.

Não consigo explicar o que me leva a reagir da maneira como reajo, mas pego a mangueira lateral e esguicho água em Dahlia como fizemos inúmeras vezes quando éramos crianças.

— Julian! — Ela levanta as mãos, fazendo a água espirrar para todo lado.

Ignoro o grito enquanto encharco o rosto dela com água fria, arruinando a maquiagem e o cabelo dela. Uma mistura de rímel, delineador e blush escorre pelas bochechas.

Solto a mangueira.

— Agora aceito suas desculpas. — Meu olhar se volta para a camiseta encharcada. O tecido preto se agarra às curvas dos seios dela como uma segunda pele, enfatizando o...

— O que é isso? — Eu cuspo enquanto me engasgo com a água.

— Parece que você precisa se refrescar. — Dahlia me esguicha com água suficiente para ensopar meu cabelo, minha camisa social e a parte da frente das minhas calças. A água está fresca na minha pele, mas uma explosão de calor percorre meu corpo quando o olhar dela segue a água que escorre pelos meus braços.

A língua de Dahlia percorre seu lábio inferior enquanto ela se concentra no meu abdome grudado no tecido molhado.

Sigo o olhar dela.

— Gostou do que viu?

— Saiba que não estou nem um pouco impressionada. — Embora o leve rubor subindo pelo pescoço dela a entregue.

Pego minha camiseta pela bainha encharcada e a levanto para enxugar o rosto pingando. Dahlia arregala os olhos com a visão completa do que está sob o tecido encharcado.

— O que está fazendo? — ela sibila.

— Limpando a bagunça que você fez.

---

[*] El que se enoja pierde: Apelou, perdeu.

O olhar dela se move sobre o meu abdome antes de seguir os músculos que desaparecem sob a borda da minha calça jeans.

— Ainda nada impressionada?

Ela franze o cenho.

— Muito menos agora que dei uma olhada melhor.

— Você sempre foi uma péssima mentirosa.

— E você sempre péssimo em flertar.

— Tem uma coisa... — Eu passo o polegar no canto da boca de Dahlia. Sua inspiração aguda é alta o suficiente para ser ouvida sobre a batida acelerada do meu coração.

Ela inclina a cabeça para trás, me dando uma visão melhor dos olhos semicerrados.

Meus dedos formigam quando seguro o queixo dela e me aproximo até que nossos lábios pairem a alguns centímetros de distância.

— Para alguém determinada a agir como se não me achasse atraente, parece que você está desesperadamente querendo ser beijada.

Os olhos dela se abrem abruptamente enquanto ela me empurra para longe.

— Deus! Eu não suporto você.

— O sentimento é mútuo.

Ela joga um pano de prato em cima de mim. Eu pego um segundo antes de cair na poça se formando aos nossos pés.

— Vou pegar um saco de arroz para colocar nossos celulares, e o esfregão para limpar essa bagunça — ela anuncia com as bochechas coradas.

— Isso é uma boa ideia depois do quanto você babou pelo chão. — Eu sorrio.

Você está brincando com fogo, minha mente avisa.

Errado. Estou brincando com algo muito mais perigoso.

Dahlia Isabella Muñoz.

CAPÍTULO TREZE
Dahlia

Quando Julian me enviou uma mensagem há alguns dias para agendar uma visita à casa do Fundador, pensei que significava que eu me encontraria com sua equipe para verificar o trabalho que precisava ser feito e compilar uma lista de todas as tarefas pendentes.

Em vez disso, me surpreendo ao encontrar a velha caminhonete de Luis estacionada na entrada e Julian de pé no varandão ornamentado. Ele se apoia em uma das vigas intricadamente esculpidas que sustentam o teto revestido em formato de escamas de peixe sobre sua cabeça.

— Pensei que já tivesse consertado o McLaren — comento.

— Está pronto, mas de jeito nenhum vou dirigir aquele carro durante o inverno, especialmente depois do nosso pequeno incidente. — Ele enfia as mãos nos bolsos da frente da calça.

Minha atenção é rapidamente desviada para a mansão. Ela parece muito majestosa à luz do dia, com torres se projetando em direção ao céu e uma torre na ala oeste tão alta que lança uma grande sombra pelo gramado. O vitral acima da porta e o desenho colorido, embora desbotado, adicionam um toque pessoal.

A casa é deslumbrante, apesar da evidente negligência e falta de manutenção. Estou sobrecarregada por ideias de como poderia atualizar a parte externa...

— Dahlia.

Levanto os olhos e vejo Julian me encarando com uma expressão estranha.

— Onde está o restante da equipe?

— O Ryder e a equipe estão dando um jeito em uma fossa séptica que estourou em um dos nossos terrenos.

Entorto o nariz.

— Nojento.

— Pela primeira vez, estou feliz por não ser eu. — Seus olhos percorrem a extensão do meu corpo. — Você está... interessante.

Minhas mãos se fecham ao lado do corpo.

— Entendi por que você não elogia os outros com frequência.

Ele franze o cenho.

— Por quê?

— Você realmente é péssimo nisso.

Ele franze a testa enquanto um leve rubor sobe pelo pescoço.

— Estava tentando ser legal.

— Por quê?

— Porque sou um idiota — resmunga.

— Só levou trinta anos para finalmente admitir o que estou tentando provar o tempo todo.

Ele franze a testa com força o suficiente para revelar algumas rugas.

Eu tenho um impulso extra nos meus passos enquanto me aproximo da casa com minhas botinhas normais.

O celular dele toca antes que ele consiga dizer algo. Ele verifica a tela antes de me mostrar o identificador de chamadas.

— Você se importa se eu atender?

— Diga oi para sua mãe por mim.

Julian faz o que eu peço. O que quer que a mãe dele diga o faz se afastar de mim. Sou curiosa, então me mata só pegar pedaços da conversa, sobretudo quando a mãe dele o faz rir.

Meu Deus. As risadas de Julian não acontecem com frequência, mas quando acontecem, meu mundo todo para por alguns segundos para processar o som.

O afeto dele pela mãe é não apenas genuíno, mas irritantemente cativante. Meu estômago pesa enquanto ele ri e promete passar na casa da mãe depois do trabalho porque a torneira da cozinha dela está com problemas.

Julian tem mais dinheiro do que poderia gastar nesta vida e uma lista de pessoas que poderiam consertar uma torneira em dez minutos, no entanto, ele se oferece para ajudar.

Você está surpresa depois que ele passou uma hora consertando sua lava-louças porque se recusou a desistir e chamar alguém?

— Tchau, Ma. *Nos vemos luego.* — Julian desliga antes de descer as escadas barulhentas. — Ei. Desculpe por isso.

— Está tudo bem?

Ele coloca o telefone no bolso de dentro do terno cinza.

— Exceto pela pia, tudo bem. Ela não resistiu a falar sobre algumas coisas relacionadas ao Festival da Colheita também.

— Ah, é? Está chegando logo, não está? — Finjo ignorância.

Suas sobrancelhas se juntam.

— Você ficou fora por um tempo, mas não tanto assim.

— Hum.

Lago Wisteria tem quatro grandes eventos todo ano para celebrar as diferentes estações: o Festival da Colheita no outono; as Festas do Lago; o Fim de Semana de Vinhos e Flores na primavera; e o famoso Festival do Morango no verão. A cidade inteira se envolve para ajudar a organizar cada evento, e pessoas de todo o estado vêm visitar.

Tenho me esforçado ao máximo para bloquear dos meus pensamentos o iminente Festival da Colheita, mas meus dias de ignorante felicidade logo chegarão ao fim, já que é apenas questão de tempo até que minha mãe me peça para ajudar no estande dos Muñoz.

Até agora, todos foram amáveis.

Isso não significa que todos os visitantes das cidades vizinhas serão.

O olhar dele fica mais sério.

Caminho ao redor de Julian e vou em direção à escadaria da frente. Ele destranca a porta, e as dobradiças rangem quando ela se abre e bate contra a parede, fazendo poeira voar para todos os lados.

Julian e eu começamos a tossir.

Eu balanço a mão no ar e respiro fundo.

— Será que precisamos de máscaras ou algo assim?

— Deixa eu ver se tenho algumas por aí. — Julian corre para a caçamba da caminhonete.

Raios de luz cortam a nuvem de poeira, chamando minha atenção para a fonte.

— Minha nossa. — Eu entro, ignorando a objeção de Julian atrás de mim.

A escadaria dupla que leva ao segundo andar parece algo de um filme. Balaustradas de madeira detalhadamente esculpidas e o carpete bordado à mão de maneira elaborada, estendendo-se ao longo da escada, me impressionam pela quantidade de detalhes concentrados em uma única peça. Quem projetou a entrada tinha um olho para detalhes e luxo.

— Que droga, Dahlia! Você deveria ter esperado por mim.

Julian não me dá a chance de arrancar a máscara da mão dele. Em vez disso, cobre a metade inferior do meu rosto antes de ajustar as alças atrás para que meu cabelo não fique arrepiado.

E pensar que eu disse que o romance não existe mais.

— Você está vendo isso? — Eu aponto na direção da escadaria com a voz abafada.

— Tenho certeza de que estou sentindo o cheiro.

— Onde está sua máscara?

— Eu só tinha uma.

Seu nariz se enruga novamente antes de ele espirrar.

Tento tocar minha máscara, mas Julian empurra minhas mãos para baixo. O toque de seus dedos contra os meus provoca um formigamento agradável pela minha espinha.

Ah, Dahlia. Você é um caso perdido.

— Estou bem — ele diz, fungando.

— Não precisa agir como um cavalheiro sem uma plateia.

Ele me lança um olhar antes de caminhar em direção ao saguão sob a escada.

— Primeira impressão do lugar?

— Estou apaixonada.

Sua sobrancelha direita se levanta.

— Simples assim, é?

— Simples assim — repito enquanto observo os detalhes nas molduras de madeira em todo o espaço. — Sabe, olhe para todos os detalhes.

— Seja lá qual carpinteiro contrataram, fez um ótimo trabalho. Deixando de lado os danos dos cupins à estrutura, a qualidade do serviço é impecável. — Ele passa a mão sobre o balaústre.

— Acha que conseguiria replicar isso? — pergunto sem pensar muito.

Sua mão congela.

— Não faço mais carpintaria.

— O quê? Desde quando?

Pela forma como ele fica absorto com um interruptor de luz, alguém poderia pensar que nasceu antes da invenção da eletricidade.

— Faz um bom tempo.

— Por quê? — Minha voz aguda ecoa ao nosso redor. Julian tinha o talento de transformar um bloco de madeira em uma obra de arte com apenas algumas ferramentas e uma ideia.

Pensar que ele parou...

Ele dá de ombros.

— Estive ocupado.

— Eu me recuso a acreditar nisso.

Ele verifica o relógio.

— Tenho uma reunião em trinta minutos, então vamos continuar.

Meus olhos se estreitam.

— Ainda não terminamos essa conversa.

— Tudo bem. Lembre-se de trazê-la à tona de novo quando estiver pronta para falar sobre por que você e Oliver terminaram — ele retruca.

Eu dou um pulo para trás.

Ele fecha os olhos.

— Merda. Desculpe, Dahlia. Foi injusto da minha parte.

A frieza em meu peito, que parece desaparecer na presença de Julian, retorna com a força de uma tempestade de neve.

— Sem problemas. Já lidei com comentários piores. — Eu contorno Julian, ignorando a faísca que se acende entre nós quando sua pele encosta na minha enquanto me dirijo para o próximo cômodo.

— Espera! — Ele puxa meu braço.

— O que está fazendo? — Eu me desvencilho dele.

Ele aperta ainda mais meu braço, fazendo meu estômago revirar.

— Você quase entrou em uma teia de aranha.

Eu olho do braço dele, que está em volta da minha cintura, para a enorme teia pendurada como uma cortina sob o arco.

— Ah, Deus. — Eu estremeço.

Eu *odeio* aranhas.

Julian me solta, levando seu calor consigo.

— Eu vou na frente.

Eu aceno com a mão trêmula em direção à teia de aranha.

— Vai lá.

— Você poderia pelo menos tentar brigar para ficar no comando.

— Desculpe. O feminismo deixou meu corpo no momento em que você mencionou aranhas.

Seus lábios se curvam nos cantos.

— Algumas coisas nunca mudam.

Basta um único sorriso dele para eu esquecer que estava brava.

Ele usou seu relacionamento com Oliver como uma arma. Aja como tal!

Eu ignoro qualquer animação que senti enquanto Julian lidera o caminho.

🏆

Julian e eu percorremos toda a casa, catalogando cada cômodo e todo o trabalho que precisa ser feito. Ele faz anotações diligentemente em seu telefone enquanto eu tiro fotos de cada ambiente.

A tensão entre nós aumenta a cada passagem da fita métrica, me deixando irritada e desesperada para ir para casa quando chegamos ao sétimo quarto. Assim que estendo a mão em um pedido silencioso, Julian segura a fita, mantendo-a refém.

— O quê? — digo entre os dentes.

— Eu tenho pensado.

— Deveríamos marcar essa ocasião especial?

Uma ruga corta sua testa devido ao quanto ele a franze.

— Me desculpe pelo que eu disse lá embaixo.

— Tudo bem.

Eu o perdoo por perder a paciência? Sim.

Isso significa que eu não estou irritada com o que ele disse? Não, já que esta é a segunda vez que ele usa meu antigo relacionamento como uma arma contra mim.

Eu mordo minha língua com força o suficiente para sentir o gosto de sangue.

— A fita, por favor.

Ele não faz menção de entregar, então levanto a mão e mexo os dedos.

Seu suspiro profundo de resignação ecoa no teto alto.

— Não consegui entrar na oficina de marcenaria do meu pai desde que ele morreu.

Meu braço cai como um peso morto.

Julian continua:

— Não sei bem por que estou te contando isso. — Ele para de falar por um breve segundo. — Quer dizer, eu sei *por quê*. Eu me sinto péssimo por ter sido grosseiro com você mais cedo, e esta é a minha maneira de compensar.

— Eu agradeço a intenção, mas sinta-se à vontade para parar de se abrir a qualquer momento. — Mantenho minha voz neutra apesar da minha frequência cardíaca ter aumentado. Julian confessando seus sentimentos mais profundos não faz parte do nosso acordo.

Nem você sentir pena dele por isso.

A ruga entre as sobrancelhas desaparece.

— Então estou perdoado?

— Eu te perdoei depois que você me impediu de pisar em uma teia de aranha, então, sim, estamos bem, desde que você não faça isso de novo.

— Combinado. Agora, você vai explicar o que disse mais cedo?

— Sobre abrir a cozinha para que mais luz natural entre?

Ele faz uma careta.

— *Déjate de tonterías.*[*] O que você quis dizer com ouvir comentários piores?

---

[*] Déjate de tonterías: Deixe de bobagens.

— Ah. Deixa pra lá.

Ele faz um som na garganta.

— Não me faça recorrer a medidas extremas para arrancar essa informação de você.

Eu bufo.

— Nada do que você disser ou fizer vai me convencer a falar sobre essa parte da minha vida.

— Quer apostar?

É engraçado como duas palavras podem abrir uma comporta de memórias que eu bloqueei. De dinheiro ao direito de se gabar, Julian e eu passamos anos fazendo apostas.

O telefone de Julian toca. Ele olha para a tela antes de praguejar consigo mesmo.

— Preciso atender isso.

Eu aceno, dispensando-o.

— Sem problema. Eu posso terminar o último cômodo sozinha e trancar tudo depois.

— Você tem certeza?

Eu luto contra a secura na minha garganta enquanto concordo com a cabeça.

— Sim.

Ele ignora o toque irritante do celular.

— Vou passar suas informações para o Sam, e ele pode coordenar as reuniões.

— Você está disposto a deixar eu falar com seu assistente depois da última vez?

— Claro. Eu fiz o Sam assinar um novo contrato com um bom aumento de salário e a promessa de nunca trabalhar para você enquanto ele viver.

— Eu odeio como você está sempre um passo à frente de mim.

Ele ri pela segunda vez hoje, me desconcertando.

— Há uma razão pela qual eu sempre te vencia no xadrez.

Eu mostro o dedo do meio para ele, e Julian se despede com um sorriso no rosto que permanece comigo muito depois de ele sair.

CAPÍTULO CATORZE
Dahlia

Embora eu planejasse voltar para casa depois de terminar com o último quarto, mudei rapidamente de ideia ao encontrar uma escada que levava ao sótão.

Eu amo explorar sótãos, apesar de poucas pessoas entenderem, graças à má reputação que eles têm de serem assustadores e assombrados. Há algo especial em apreciar a história de uma casa, seja por meio de diários antigos, cartas de amor ou um baú abandonado, cheio de tesouros.

— Uau. — Dou uma olhada na janela redonda com vista para o vale e o lago. O próprio tamanho do cômodo é incrível, com espaço suficiente para criar uma suíte completa para hóspedes, se eu quiser.

As tábuas de madeira rangem sob mim enquanto procuro em todos os cantos por algo que valha a pena ser salvo. Infelizmente, não encontro nada de valor durante a minha varredura.

— Argh. — Dou uma volta. Normalmente, encontro algo, mesmo que seja um diário aleatório ou um presente de Natal esquecido juntando poeira.

O toque alto do meu celular ecoa. Uma foto de Julian segurando seu troféu de Segundo Melhor no dia da formatura cobre a tela iluminada, junto com seu apelido em negrito abaixo.

Deslizo o polegar pela tela e atendo.

— Julian.

— Você trancou tudo? — ele pergunta enquanto uma porta fecha ao fundo.

Eu resmungo.

— Você acha que não consigo fazer isso direito?

Não é difícil imaginá-lo franzindo a testa enquanto responde:

— Os Muñoz não se dão ao trabalho de trancar a porta da frente à noite, então me perdoe por verificar.

— Eu tranco as portas desde a faculdade, então não se preocupe. Farei isso quando terminar.

— Você ainda está aí?

— Sim. Tem problema?

O silêncio dele dura apenas um instante.

— O que você está fazendo?

— Explorando.

— Não poderia ter esperado até o Ryder estar aí amanhã?

As tábuas de madeira gemem com o meu caminhar de um lado para o outro.

— Tem algumas coisas que gosto de fazer sozinha.

Ele faz uma pausa.

— Como o quê?

— Você vai achar bobo. — Pelo menos é o que os produtores pensavam sempre que eu arrastava uma equipe de filmagem durante minhas buscas.

— O que é bobo é você fazer suposições sobre mim sem perguntar.

— Humm. — Quando foi que Julian se tornou tão assertivo, e por que estou achando isso meio excitante?

Ele resmunga algo para si mesmo antes de falar mais alto desta vez.

— Tenha cuidado.

Duas palavras fazem meus pensamentos girarem e meu pulso disparar.

Merda. Não estou preparada para lidar com sentimentos agora. Na verdade, eu gostaria de substituir meu coração por um motor que funcione com café gelado e cheiro de tinta enquanto resolvo meus problemas.

Brigo com o nó na minha garganta.

— Quando começamos a nos importar com o bem-estar um do outro?

— Desde quando você não está coberta pelo meu seguro de responsabilidade.

Eu finjo fungar.

— Por um segundo, pensei que você tivesse sentimentos por mim.

— Só do tipo negativo.

— Por favor, pare agora antes que eu desmaie.

Seu suspiro poderia ser interpretado como um riso.

— Brincadeiras à parte... — Ele é interrompido por alguém ao fundo chamando seu nome. — Desculpe. Preciso ir.

— Tudo bem. Eu também tenho.

— Dah...

— Vou ter cuidado. Tchau! — Eu desligo antes que Julian tenha a chance de desenvolver o que queria dizer.

É melhor assim. Eu suspiro para o teto.

E pisco.

Isso é...

Eu esfrego os olhos para ter certeza de que eles não estão me enganando.

Meu coração dispara enquanto desço os degraus em busca da escada que Julian deixou para mim. Oscilo e quase perco o equilíbrio duas vezes ao carregar a coisa pesada pela escada, mas persisto e chego ao sótão sem nenhum contratempo.

Coloco a escada sob a viga de madeira e subo os degraus em direção aos rolos de papel encaixados entre duas vigas de suporte.

Te peguei. Com rapidez, os alcanço antes de começar a descer.

Uma leve sensação de formigamento na minha mão direita me faz olhar para cima e encontrar uma aranha cinza rastejando em direção ao meu cotovelo.

— Ah! — grito quando meu pé escorrega. Os rolos de papel voam junto com a aranha, enquanto faço todo o possível para me segurar.

Movimento errado.

Meus braços se agitam em uma tentativa inútil de garantir meu equilíbrio. Caio com um suspiro, e todo o ar é expulso dos meus pulmões quando bato no chão em cima do meu braço esquerdo.

Quase desmaio com a dor aguda que dispara. A ideia de rolar para trás e verificar os danos parece impossível, especialmente quando o choque entra em ação e meu corpo fica dormente.

Você precisa pedir ajuda.

Minha visão embaça e meu corpo treme enquanto tateio o bolso com meu braço direito, só para lembrar que coloquei meu telefone, agora consertado, no parapeito da janela antes de pegar a escada.

— Merda. — Uma lágrima escapa. A ansiedade cresce dentro de mim como uma bomba nuclear prestes a ser detonada.

Por favor, não tenha uma crise de pânico agora.

Meu cérebro ignora minha súplica à medida que perguntas atravessam meus últimos vestígios de sanidade.

Como vou pedir ajuda se não estou com meu celular?

Quantas horas vai levar para alguém perceber que estou desaparecida?

Eles saberão onde me encontrar?

A cada pergunta não respondida, minha ansiedade cresce. Manchas pretas preenchem minha visão, e minhas respirações profundas pouco funcionam para deter o pânico que me rasga o peito como uma fera selvagem.

Pense.

Essa é a questão. Não *consigo* pensar quando me sinto assim. Sou feita refém pelos meus pensamentos, e não há nada que eu possa fazer além de desejar que esse sentimento termine logo.

Tente se acalmar.

Começo o exercício que minha terapeuta me ensinou, mas sou interrompida pelo meu irritante toque de chamada. Como diabos posso alcançar a droga do telefone para pedir ajuda quando mal consigo me mexer?

Pense. Pense. Pense.

— Oi, Siri. Atenda a ligação. — Copio a maneira como minha mãe fala no telefone sempre que suas mãos estão ocupadas na loja. — Socorro! Estou machucada e não consigo alcançar meu telefone para chamar alguém. Ligue para o Julian e diga a ele que estou presa no sótão da casa do Fundador. Ele sabe onde é. — Repito o número que sei de cor duas vezes na esperança de que a outra pessoa entenda.

Embora eu não possa receber nenhuma confirmação da outra pessoa, sei que eles vão entender ou ligar para alguém que vai. Me recuso a acreditar no contrário.

CAPÍTULO QUINZE
Julian

Não pensei quando saí do escritório.

Ou quando quebrei cinco regras diferentes de trânsito durante o meu pânico de voltar à casa do Fundador.

Na verdade, meu corpo está funcionando puramente com adrenalina e um único neurônio quando me apresso para dentro da casa, gritando o nome de Dahlia enquanto procuro o sótão.

Ela grita de um lado da casa, e corro para as escadas. Meus sapatos batem contra a madeira, acompanhando o batimento do meu coração enquanto subo os degraus.

A visão de Dahlia segurando o braço esquerdo junto ao peito quase me faz cair de joelhos.

Isso é tudo culpa sua.

— O que aconteceu? — Eu me esforço para conter a aspereza em minha voz.

— Ah, graças a Deus que você veio sozinho. Acho que não conseguiria lidar com minha mãe ou minha irmã hiperventilando e rezando para afastar a dor agora. — A voz de Dahlia falha, traindo o semblante calmo que ela estava lutando para manter.

Meu olhar se move entre ela, a escada e os rolos de papel a alguns metros de distância.

— O que diabos estava pensando?

— Você pode me ajudar primeiro e dar sermão depois? Tenho certeza de que quebrei meu braço. — Ela aponta para o membro pendurado.

— Vou chamar uma ambulância. — Ajoelho-me ao lado dela e procuro meu telefone.

— Não!

— Por que não?

— Não precisa desse show todo.

Examino o braço dela novamente.

— Podemos piorar tudo movendo você.

— A ideia de estar em uma ambulância... — Sua voz treme.

Merda. No meu pânico, quase esqueci como Dahlia teve uma visão de primeira fila de seu pai morrendo na parte de trás de uma ambulância devido a um derrame.

— Pode me levar? *Por favor.* — Ela tenta se sentar.

Eu a seguro pressionando seus ombros enquanto avalio a situação.

— Vou ter que te carregar.

— Eu consigo andar! Olha. Mas me ajude a ficar de pé primeiro. — Ela tenta se sentar com um gemido.

— Pare de se mexer ou vou chamar uma ambulância.

— Espera! Você pode pegar meu telefone primeiro? Está na beirada da janela.

— Tudo bem. — Pego o telefone dela e o enfio no meu bolso de trás. Ajoelho-me e deslizo meus braços por baixo dela. Seus olhos lacrimejam enquanto a seguro contra o meu peito e me levanto, fazendo o possível para evitar piorar a lesão.

Minhas mãos se apertam em volta dela.

— Você está bem?

— Nunca estive melhor. — Sua voz excessivamente alegre irrita meus nervos frágeis.

Quando ela atendeu o telefone, minha mente saltou para a pior conclusão com base na voz abafada e apavorada de Dahlia. Não consegui impedir as imagens de passarem pela minha cabeça depois de anos trabalhando na construção.

Crânio fraturado.

Coluna quebrada.

Paralisia.

Você já viu de tudo, mas nunca reagiu assim antes.

Afasto o pensamento, e ele volta com força total quando Dahlia esconde o rosto contra a minha camisa, umedecendo o tecido com suas lágrimas.

Você ainda se importa com ela.

Mierda.

Não tenho mais do que um segundo para processar o pensamento antes de Dahlia falar novamente.

Ela funga.

— Isso é tudo tão idiota.

Eu me dirijo para a saída.

— O que é idiota?

— Quebrar o braço assim.

— Como aconteceu? — Eu caminho em direção à escadaria, fazendo o possível para mantê-la firme.

— Encontrei uma aranha.

— *Uma aranha?*

— Eu sei o que você está pensando. Mas aquela criatura era do tamanho de uma tarântula e tinha um par de presas como as de uma cobra. — Ela treme encostada em mim quando dou o primeiro passo para descer as escadas.

Você deveria estar aqui.

Eu sabia que deixar Dahlia para trás para terminar o que começamos não era educado, mas eu tinha uma ligação importante e uma reunião que não podia perder.

Não podia ou não queria?

A melhor parte do meu dia foi andar pela casa com ela — uma anomalia em si — e a última coisa que eu queria fazer era voltar para o escritório.

A artéria em meu pescoço pulsa com cada batida irritante do meu coração.

Perdi parte do desabafo de Dahlia, mas é fácil acompanhar enquanto ela continua.

— A criatura era um pesadelo. Tenho sorte de estar viva agora para contar a história.

Dahlia só fala comigo assim quando está ansiosa ou com dor. Então, para mantê-la ocupada, eu a entretenho com conversa enquanto caminhamos pela mansão.

— Devo contatar o controle de pragas? — pergunto.

— Controle de pragas? De jeito nenhum. Você precisa que o Departamento de Recursos Naturais venha aqui e solte bombas de fumigação, porque tenho a sensação de que essa criatura era apenas uma entre muitas.

— Você acha que tem mais?

— Claro. Talvez centenas. — Ela olha para o teto. — Na verdade, não. Milhares. Certifique-se de que o DRN saiba disso quando ligar para eles amanhã. Quando se trata do governo, você precisa exagerar as coisas para chamar a atenção de alguém.

— Mas quando eles finalmente lidarem com o caso, a propriedade estará infestada de aranhas do tamanho de pessoas.

Ela afunda o rosto contra o meu peito em uma tentativa falha de esconder o sorriso e se afasta depois de fungar.

— O que aconteceu com o seu perfume?

Eu quase tropeço nos meus próprios pés.

— O quê?

— Aquele que você usou no dia do acidente de carro?

De todas as perguntas para fazer...
— Ah, é. Acabou. — *Bom trabalho, colocando esse único neurônio para trabalhar.*
— Hum. — Ela fica calada.
— Eu tenho uma ideia. — Falo um pouco rápido demais.
— O quê?
— E se a gente demolir a casa?
Ela segura o tecido da minha camisa com a mão boa.
— Não!
— Mas poderíamos estar salvando o mundo de superaranhas.
— E irritar os fantasmas que vivem aqui? De jeito nenhum! Já vi filmes de terror o suficiente para cometer um erro desses.
Eu franzo as sobrancelhas.
— Que fantasmas?
— Você não pesquisou sobre a casa antes de assinar os documentos?
Não tenho certeza de que estava pensando direito quando comprei a casa, quanto mais pesquisado os antigos proprietários.
Ela olha ao redor antes de sussurrar:
— Você não pensou em perguntar por que uma casa tão valiosa como esta estaria à venda?
— Resposta fácil. É um saco consertar.
Com base no cabeamento elétrico centenário, canos antigos e fundação defeituosa, os reparos custariam a qualquer pessoa centenas de milhares de dólares.
Os olhos dela se fecham, por dor ou frustração, não tenho certeza.
— Estou surpresa por você não ter ouvido falar dos fantasmas. Todo mundo sabe sobre eles.
— Provavelmente porque, para começar, eu não acredito em fantasmas.
Ela me faz sinal para parar de falar.
— Você vai deixá-los zangados.
— *Eles* não existem.
— Tudo bem. — Exceto que tudo em seu tom sugere o completo oposto.
O som suave dos meus sapatos contra o chão de madeira preenche o silêncio entre nós. Em um movimento bobo para abrir a porta da frente, acabo empurrando Dahlia na parede.
— Desculpe.
O queixo dela treme, me fazendo sentir ainda pior.
— De qualquer forma, não podemos demolir a casa. Se você fizer isso, nunca vou te perdoar.
— Devo acrescentar isso à lista de razões?

Ela corta meu comentário com um único olhar.

— *Julian*.

Uma sensação incomum de agitação surge em meu estômago. Eu chuto a porta da frente mais forte do que o pretendido, fazendo tanto Dahlia quanto o vidro tremerem enquanto ela se fecha.

Merda.

Ela olha para mim com olhos lacrimejantes.

— Talvez a gente possa fazer as pazes com a aranha. Não é como se ela tivesse tentado me morder ou algo assim, o que poderia ter acontecido. Eu que entrei no território dela.

— O sótão está proibido então?

— Claro, contanto que você volte para pegar os rolos de papel que deixei cair.

— É claro, você quer que *eu* entre lá.

— Você vai ser meu herói. Eu vou te arranjar uma medalha personalizada e tudo mais. — Seus olhos se iluminam apesar das lágrimas se acumulando perto dos cílios inferiores.

Eu ajudo Dahlia a entrar na caminhonete com apenas alguns chiados de dor antes de sentar no banco do motorista e dar a partida.

— Vou te levar para Lago Aurora.

— Por quê? — ela reclama. — O médico é aqui na rua.

— De jeito nenhum.

Ela resmunga.

— Qual é o seu problema com o Dr.? Ele tem consertado braços quebrados desde antes de a gente nascer.

— *Exatamente.* Tenho quase certeza de que o homem trabalhou nas linhas de frente durante a última Guerra Mundial.

— Desde quando ter experiência é um crime?

— Desde que essa experiência signifique ainda usar prontuários de papel e um espelhinho de cabeça. — Eu a encaro pelo canto do olho.

— Nem todo mundo sabe como usar prontuários eletrônicos.

— Não vou parar até encontrar alguém que saiba. Fim da discussão.

Ela resmunga algo entre dentes enquanto eu dirijo pela entrada de cascalho em direção à estrada principal. O caminho irregular a sacode, o que só me irrita mais.

— Você pode colocar música? — Sua voz corta minha respiração barulhenta.

— Claro. — Eu pego o celular e coloco no modo aleatório na minha playlist favorita.

Dahlia fica quieta enquanto eu a levo para longe da casa e para fora de Lago Wisteria. A tensão em seus ombros desaparece a cada música. Olho para ela algumas vezes durante a viagem de trinta minutos até Lago Aurora, mas ela permanece na mesma posição, com os olhos fechados e a cabeça apoiada no vidro.

Apesar da minha hesitação em acordá-la, estaciono a caminhonete na área de emergência e abro a porta para ela.

— Vamos lá.

Ela levanta uma única sobrancelha atrevida.

— Preciso que você saia do caminho primeiro.

— Prefiro te carregar.

Ela arregala os olhos.

— Pra quê?

— Você quebrou o braço.

Ela franze a testa.

— Engraçado. Eu não sabia que precisava de um braço para andar.

Eu resisto à tentação de apertar a ponte do meu nariz.

— Eu prefiro que você não tropece e caia, já que nem conseguiu ficar em pé mais cedo.

— Estou surpresa que você se importe com isso.

— Só em certas circunstâncias.

Os olhos dela brilham.

— Como quando estou prestes a processar sua empresa por danos?

— Não esperaria menos. Devo ligar para o meu advogado como cortesia?

— Claro. Ouvi de uma boa fonte que você tem uma boa apólice de seguro de responsabilidade.

Eu engulo uma risada.

— Pare de enrolar, e vamos.

— Espera.

Eu me apresso e a pego antes que ela possa argumentar para escapar.

Ela fica quieta enquanto a levo para a sala de espera e a coloco no chão antes de seguir para a área das enfermeiras. Após uma rápida avaliação, Dahlia é levada para triagem.

Passo os próximos vinte minutos ao telefone com a mãe de Dahlia, tranquilizando Rosa de que a filha está segura e recebendo atendimento médico. Rosa se oferece para dirigir até lá, mas recomendo não fazer isso.

— Devemos sair logo. — Na pior hipótese, Dahlia precisará de cirurgia, mas duvido que a lesão seja algo que um gesso não possa consertar.

— Graças a Deus que você estava lá para ajudá-la — diz a mãe dela.

Meus dedos cravam nas minhas coxas. A questão é que eu *deveria* ter estado lá mais cedo para que isso nunca tivesse acontecido.

Meu celular vibra repetidamente com as mensagens do grupo da família, querendo saber como Dahlia está. Não parou desde que contei a eles sobre a visita dela ao hospital, embora Dahlia tenha permanecido em silêncio até agora.

LILY
Como tá indo?

M.M.
Melhor que nunca.

Dahlia anexa uma foto do seu braço quebrado, o que faz meu estômago revirar.

ROSA
Dahlia!

LILY
Coloca um aviso de conteúdo na próxima, sua esquisita.

Ela adiciona três emojis com carinhas verdes depois.

MAMI
Como está escrevendo mensagens agora?

M.M.
Com uma das mãos.

LILY
Um talento.

M.M.
Está mais para tédio.

RAFA
Nico quer saber se ele pode desenhar alguma coisa no seu gesso no domingo.

M.M.
Claro.

A noite passa dolorosamente devagar enquanto espero por Dahlia, dando-me bastante tempo para refletir sobre minha decisão egoísta de deixá-la sozinha.

Disse a mim mesmo centenas de vezes que não me importo com Dahlia, que qualquer sentimento romântico que tive por ela acabou há muito tempo, mas aqui estou eu, me sentindo mal por ela ter se machucado por minha causa.

A verdade é que eu *me importo* com Dahlia, independentemente de querer ou não.

Se importar com alguém não é o fim do mundo, eu digo para mim mesmo.

Só que Dahlia não é apenas alguém.

Ela é muito *mais.*

O pensamento me faz levantar da cadeira. Em vez de ficar sentado remoendo meus pensamentos, acabo saqueando a máquina de venda automática e comprando alguns lanches na cafeteria. Gosto de ser útil, e tudo sobre hoje me faz sentir exatamente o oposto.

Depois de mais uma hora, Dahlia sai pelas duas portas com o braço esquerdo envolto em um gesso roxo e um cartão de lembrete para uma consulta daqui a quatro semanas.

O alívio me atinge instantaneamente como uma bola de demolição no peito.

Ela está bem.

É claro que ela está bem, seu idiota. É um braço quebrado, não uma cirurgia do coração.

— Ei. — Ela mexe em um fio solto em sua tipoia.

— Cor bonita.

— Minha favorita.

Eu sei. Pego o saco plástico do chão e ofereço a ela.

— O que é isso? — Ela olha como se fosse uma bomba armada.

— Comida. — Meu olho direito tremendo fala mais alto do que qualquer palavra.

Ela vasculha o saco.

— Por que você me trouxe... Mini M&M's! — O gritinho infantil que sai dela faz minha missão valer totalmente a pena. — Não como esses há anos.

— Por que não? — Não consigo imaginar ela passando uma semana sem eles, quanto mais *anos.*

Suas bochechas ficam vermelhas.

— Dieta para filmagem e todas essas coisas divertidas.

— Isso é uma idiotice.

Com base no peso que perdeu, ela poderia comer todos os M&M's que o dinheiro pode comprar.

Ela revira os olhos.

— Não esperaria que entendesse.

Dahlia tenta rasgar o lacre de plástico que cobre o tubo. Apesar da dificuldade, ela se recusa a me pedir ajuda, então pego o recipiente de sua mão.

— Devolve! — Ela tenta pegá-lo de volta com o braço bom.

Eu o seguro acima de sua cabeça e arranco o plástico. Para contrariá-la por ser difícil, eu abro a tampa e despejo alguns na boca antes de devolvê-lo.

Ela olha dentro do tubo.

— Você comeu quase metade!

Eu coloco a mão dentro do saco e puxo o segundo tubo escondido sob o wrap de peru e um pacote de batatas fritas.

Seu suspiro de surpresa parece uma vitória.

— Você trouxe dois? Por quê?

— Estavam em promoção. — A mentira sai facilmente.

— Se continuar fazendo coisas assim, vou acabar pensando que você é um cara legal ou algo do tipo.

— Não podemos permitir isso. — Eu estendo a mão para pegar o saco, mas ela se esquiva de mim.

— Deixa pra lá. Sua reputação de idiota está bem viva.

— E não se esqueça disso. — Eu viro e me dirijo para a saída enquanto escondo meu sorriso da única mulher que sempre encontra uma maneira de trazê-lo à tona, quer ela saiba disso ou não.

CAPÍTULO DEZESSEIS
Julian

Estaciono minha caminhonete ao lado do carro surrado do Rafa e pulo para fora. Ao contrário de mim, meu primo não mora à beira do lago. Em vez disso, depois do divórcio, ele optou por comprar terras no topo da colina mais distante da cidade, onde poderia ter um novo começo longe de olhos curiosos.

Minha mãe costumava dizer que as pessoas fazem coisas estranhas quando ganham muito dinheiro, e eu nunca entendi o que ela queria dizer até que o Rafa começou a cuidar de animais de fazenda abandonados e praticamente se fundiu à terra depois que Hillary foi embora.

Juro, o cara está a um passo de se inscrever para um daqueles programas de competição de sobrevivência na natureza.

— A Fina me disse que você levou a Dahlia para o hospital ontem. — Rafa vai direto ao ponto assim que entro pela porta da frente.

— Você me convidou aqui para me divertir ou para um interrogatório?

— Um pouco dos dois. — Ele enfia as mãos nos bolsos da frente.

— Pelo menos você é sincero.

Ele me lança um olhar antes de se afastar.

O estilo da casa dele é completamente diferente do meu. Parece acolhedor e habitado, com pisos de carvalho e as obras de arte de Nico penduradas em todas as paredes. As cores das paredes foram escolhidas por Nico, com cada cômodo combinando com um par diferente de óculos do meu afilhado.

Não foi a escolha mais inteligente do meu primo em termos de design, no entanto, foi feita com amor.

Eu o sigo e depois faço um desvio em direção à sala de música, de onde se ouve uma composição clássica. Nico está sentado ao piano com sua babá e professora de música, Ellie. Eles tocam em conjunto, perfeitamente sincronizados enquanto seus dedos voam pelas teclas.

O corpo de Ellie balança ao ritmo da música, fazendo com que seu cabelo loiro se mova com a melodia.

— Você se perdeu a caminho da cozinha? — Rafa diz.

Ellie erra as teclas, fazendo o som mais horrível possível.

— Eu só queria dar um oi para o Nico.

— *Tío!* — Nico desliza do banco e corre em minha direção. Sua coordenação está um pouco prejudicada por causa do estado de saúde dos olhos, mas ele pula em meus braços com todo o impulso que consegue reunir.

— Olá. — Eu bagunço seu cabelo antes de inclinar meu queixo em direção a Ellie. — Bom te ver de novo.

Ela se levanta de seu assento.

— Igualmente.

— O Rafa está te fazendo trabalhar aos sábados agora?

— Normalmente não, mas ele *inconvenientemente* esqueceu de me dizer que precisava da minha ajuda hoje. — Ela não se preocupa em esconder sua irritação.

Ellie nunca fica desconsertada. Já vi o Nico doente vomitar nela, a vi ser chutada na barriga por uma das cabras do Rafa e torcer o tornozelo durante uma caminhada, mas nunca a vi assim.

Dou uma olhada rápida no meu primo e o vejo encarando Ellie. Não tenho certeza do que há de errado, mas ele precisa resolver as coisas e se controlar antes que assuste Ellie como fez com todas as babás anteriores. Seja tocando instrumentos juntos ou aprendendo a ler em braile, Ellie se destaca das outras pela forma como se esforça para ajudar Nico e apoiá-lo com o diagnóstico de retinose pigmentar.

Nico ainda valoriza sua independência como toda criança normal de oito anos, mas, infelizmente, é apenas questão de tempo até que ele perca completamente a visão, uma realidade que tem estressado Rafa conforme a situação do meu afilhado piora.

— Me desculpe por você ter que cancelar o encontro. — O rosto de Rafa pode estar neutro, mas seus olhos lembram duas brasas ardentes.

Ellie sorri.

— Sem problemas. Remarcamos para amanhã.

Meu primo emite um som que não parece humano.

Seus olhos cor de avelã se estreitam.

— Ainda com essa dor de garganta?

— Você está doente? — pergunto ao meu primo.

— Doente por conta das besteiras da Eleanor — ele murmura baixo antes de se virar em direção ao corredor.

Eu contenho uma risada.

— *Eleanor?*

— Não se atreva a me chamar assim. — Ela aponta um dedo para mim.

— O que há com ele? — pergunto assim que Rafa está fora de alcance auditivo.

— Ele ficou assim a semana toda por causa do *clima* — diz Ellie, desviando o olhar de mim para Nico.

Não há nada pior do que o Furacão Hillary influenciando o humor do meu primo muito tempo depois do divórcio.

Dou um passo em direção ao corredor.

— É melhor eu ir antes que ele venha me procurar.

— Tchau, *Tío!* — Nico me dá um último abraço antes de estender a mão para Ellie. Eles voltam ao piano e recomeçam a música.

Encontro Rafa sentado na ilha da cozinha, encarando o café como se ele pudesse revelar seu futuro.

— Você está bem? — Eu pego o café gelado que ele fez para mim. Rafa pode ser um idiota irritável na maior parte do tempo agora, mas ainda faz coisas gentis porque não consegue evitar.

Ele passa as mãos pelos cabelos, bagunçando ainda mais os fios já desarrumados.

— A Hillary ligou.

— Hum.

Ele encolhe os ombros.

— Ela está indo para Detroit e quer ver o Nico.

— Quando?

— No fim de semana do Festival da Colheita.

Levanto as sobrancelhas.

— Ela vai vir?

— Não.

— Chocante.

Depois que os papéis do divórcio foram assinados, ela reservou um voo só de ida para o Oregon para ficar com a família e nunca mais voltou para Lago Wisteria. Se não fosse por Rafa indo até lá para que Nico pudesse ver a mãe, não tenho certeza de que ela o teria visto até agora.

— O Nico está animado para vê-la. — Os dedos dele se apertam ao redor da caneca.

— Faz quanto tempo? Quatro meses desde que ele a viu pela última vez?

— Cinco — ele resmunga baixo.

— Eu esqueci que ela perdeu o aniversário dele.

— Eu certamente não esqueci. — Sua voz transborda desprezo por si próprio.

— Você tem que parar de se culpar pelas decisões dela.

— Fui eu quem a engravidou. Quem mais posso culpar além de mim?

— Você nem era direito um adulto quando tudo isso aconteceu. Não é como se você pudesse prever que as coisas terminariam assim.

— Não, mas isso não me impede de me sentir como um tolo idiota.

Eu balanço a cabeça.

— Você é muito duro consigo mesmo.

— Eu tenho pensado...

— Pare agora enquanto você está na frente.

— Você não vai gostar disso.

O vazio no meu estômago aumenta quando digo:

— Então vamos considerar isso uma perda de tempo e seguir para assuntos melhores, como apostar no jogo de futebol de amanhã. Tenho alguns caras do meu trabalho de pavimentação...

— *Julian.*

— Qual é o problema?

Ele encara a janela voltada para o celeiro.

— Eu tenho pensado em me mudar.

Eu pisco duas vezes.

— O que você disse?

— Com a Hillary morando tão longe, tenho me perguntado se seria melhor para o Nico morar mais perto da mãe dele.

— Isso é melhor para *você*? — Rafa passou toda a vida dentro da pequena fronteira de Lago Wisteria, então para ele se mudar...

Ele esfrega os olhos com as palmas das mãos.

— Esqueça o que eu disse.

Uma onda de náusea me faz afastar o café.

— Você está realmente pensando em se mudar para o outro lado do país?

— Só de vez em quando.

Perder Rafa e Nico seria devastador para a nossa família. Além da minha mãe, são os únicos entes queridos que me restam, então, de forma egoísta, não quero que eles se mudem.

Você poderia encontrar uma maneira de convencer a Hillary a se mudar para algum lugar a uma distância de carro, como Chicago ou Detroit...

— Não fala nada para sua mãe agora — ele diz, interrompendo meu raciocínio.

— Mas e se ela voltasse...

— *Para.*

— O quê? — Eu afasto minha confusão com um piscar de olhos.

— Este não é um problema que você pode resolver.

— Quem disse...

Ele me cala com um único olhar.

Eu levanto as mãos.

— Tudo bem. Mas converse comigo antes de tomar qualquer decisão importante.

— Justo. — Ele esfrega a bochecha. — De qualquer forma, me desculpe por te deixar sozinho para cuidar do estande sem mim.

Minha mãe tem muito orgulho em compartilhar a receita de *champurrado* de sua avó durante o Festival da Colheita. E desde quando tínhamos idade suficiente para lidarmos com a responsabilidade, Rafa e eu formamos uma equipe para administrar o estande Lopez juntos para deixar minha mãe feliz e compartilhar nosso chocolate quente mexicano com os visitantes.

— Josefina me disse que você consegue fazer isso. Ela me tranquilizou que seu estande vai ser ao lado do dos Muñoz esse ano, para que você tenha com quem conversar.

— Que atenciosa — respondo com um tom delicado.

— Eu disse a mesma coisa antes de pedir para ela trocar.

— E?

— Ela diz que seria burrice separar a barraca de *buñuelos* deles da nossa de *champurrado*.

Eu suspiro.

— Está tudo bem.

— Talvez se você conversasse com ela sobre como não tem interesse romântico na Dahlia, ela pararia de tentar dar uma de cupido.

— Conhecendo a Josefina, ela só veria isso como um desafio.

— Eu culpo as novelas por essa obsessão dela. — Ele dá um gole na bebida.

— Estou esperando que Ma perceba que Dahlia e eu não somos feitos um para o outro assim que ela deixar a cidade de vez.

Ele inclina a cabeça.

— E quando isso vai acontecer?

— Eu não faço ideia.

— Você realmente acha que ela terminou com o Oliver?

— Eu diria que sim, baseado em como ela me vendeu o anel de casamento antes de eu o enterrar em um túmulo de concreto.

A boca dele se abre.

Merda.

— Não é grande coisa.

— Você, o bilionário que considera jantar em uma churrascaria um luxo e desperdício, comprou o anel de noivado da Dahlia só para enterrá-lo em concreto?

— Primeiro, acho que churrascarias são superestimadas, já que posso cozinhar a mesma coisa na minha casa por metade do preço; e, segundo, valeu a pena.

Rafa coloca as mãos na cabeça.

— Não sei o que dizer sobre isso.

— Melhor não dizer nada.

— Quanto você pagou por ele?

Eu não respondo.

— Julian.

— Cem.

— Mil?

Eu esfrego a parte de trás do meu pescoço.

— Sim.

— Por quê?

— Eu queria enterrá-lo em concreto.

— Estou com dificuldade de acreditar que você é o mesmo cara que passou cinco anos tomando coragem para comprar uma McLaren pelo dobro do custo do que você pagou para a Dahlia por uma emoção barata.

Quando ele coloca dessa maneira, parece ruim. Eu não ajo de forma irracional, especialmente quando envolve dinheiro.

— Bem, eu sempre odiei aquele anel. — A desculpa soa fraca até para os meus ouvidos.

O suspiro profundo de Rafa faz meu estômago revirar.

— O quê?

— Você diz que superou ela, mas suas ações demonstram o oposto.

— Porque comprei o anel dela?

— Pelo *motivo* que te fez comprar o anel dela.

Franzo a testa.

— Eu estava fazendo um favor.

— Continue dizendo isso pra você mesmo.

CAPÍTULO DEZESSETE
Dahlia

— Estou tão feliz que você vai estar aqui para o Festival da Colheita este ano — diz Josefina. — Mudou muito desde a última vez que esteve aqui.

A mãe de Julian tem sido a coordenadora de eventos da cidade por duas décadas, e embora eu saiba que ela não tem favoritos, o Festival da Colheita continua sendo um dos que estão no topo da lista.

— Como assim? — pergunto.

— Tudo está diferente, e da melhor maneira possível; a comida, as atividades, os *brinquedos*. E este ano, contratamos a mesma empresa que faz os shows de fogos de artifício para o parque Dreamland!

Eu pisco algumas vezes.

— Isso não é... caro?

Josefina ri.

— *Claro que si*, mas Julian é nosso principal patrocinador.

— Por principal, ela quer dizer *único* — provoca Lily.

Arregalo os olhos. Todo mundo sabe que Julian é absurdamente rico, mas patrocinar todos os eventos parece excessivo.

— Ele só doa tanto porque você fica feliz em planejar tudo com um orçamento que não é apertado — diz minha mãe.

— Eu não vou reclamar. — Josefina dá de ombros.

Continuamos cozinhando e conversando até que a campainha interrompe a história de Josefina sobre o último contratempo no planejamento de eventos, dessa vez em relação ao labirinto de milho.

— Deve ser o Julian ou o Rafa. — Ela limpa as mãos cobertas de farinha no avental.

— Dahlia, você pode atender? — Minha mãe levanta os olhos da tábua de corte com o formato de Michigan e aponta para a porta com a ponta da faca.

— Claro. Seria uma pena a Lily sair do sofá e fazer algo útil hoje. — Eu pulo do banquinho.

Minha irmã mostra a língua antes de voltar a enviar mensagens para quem quer que seja que ela não consegue parar de conversar.

Eu ajusto a minha tipoia antes de abrir a porta. Julian está do outro lado com um rolo de papéis debaixo do braço e o telefone encostado na orelha.

— O que você quer dizer... — A voz de Julian para quando seus olhos percorrem meu corpo. Ele pisca duas vezes, o que é o código de Julian para *droga*.

Julian gostando dos meus esforços para parecer bem é uma vitória que eu não sabia que precisava depois de passar anos me encaixando em um molde para outra pessoa.

Ajeito meu cabelo atrás da orelha antes de mexer no meu brinco de acrílico.

— Sim, ainda estou na ligação. — Sua voz grave tem poder demais sobre minha frequência cardíaca.

Segura aqui, Julian murmura enquanto me passa os papéis do sótão. Ele poderia facilmente ter delegado a tarefa para qualquer outra pessoa, mas teve o trabalho de voltar antes do almoço de hoje e pegá-los pessoalmente.

Tento não dar muita atenção para o gesto, mas perco a batalha quando ele os coloca cuidadosamente na dobra do meu braço bom. O franzir de sobrancelha que ele direciona para o meu braço quebrado faz meus joelhos tremerem.

— Meu comprador não pode esperar mais um mês pelas bancadas. — Seus músculos se contraem quando ele passa a mão pelos cabelos, atraindo meus olhos para a veia grossa que percorre o lado do seu braço. Julian pode passar a maior parte dos seus dias em um escritório agora, mas ele ainda conseguiria me levantar junto com um saco de cimento até no seu pior dia.

Seu olhar se volta para mim, me pegando no ato. A sobrancelha direita se ergue em uma provocação silenciosa que faz meu estômago revirar.

Se achar Julian atraente é um crime, considere-me culpada.

Você não aprendeu nada desde a última vez que se apaixonou pela aparência dele?

Julian não me magoou quando estávamos na faculdade porque me rejeitou. Claro, isso feriu meu orgulho e me fez sentir como a maior perdedora depois do beijo apaixonado que demos, mas meu desgosto por ele é muito mais do que isso. Ele acabou comigo quando me excluiu de sua vida como se eu nunca tivesse existido.

Pensei que tivéssemos algo especial depois de passar um ano juntos em Stanford, com nosso relacionamento se transformando de amizade para algo completamente diferente, mas tudo foi uma mentira.

Embora eu adorasse bisbilhotar a conversa de Julian, fecho a porta atrás de mim, embora ela faça um péssimo trabalho em impedir o som de sua risada suave. Meu coração se contrai de uma forma estranha, o que só serve para me irritar ainda mais.

Em vez de voltar para a cozinha, viro em direção à sala de jantar vazia e coloco os três rolos de papel sobre a mesa antes de pegar o maior. Com um braço fora de combate, a tarefa de remover o elástico que o envolve se revela mais difícil do que o esperado, então o seguro entre minhas coxas.

— O que você está fazendo? — A voz rouca de Julian rompe o silêncio.

— O que parece? — Empurro o elástico em direção ao topo do rolo.

— Amassando o papel. — Ele não espera antes de pegá-lo. O papel roça contra o interior das minhas coxas antes de deslizar sobre um ponto que formiga. Ok, tudo bem, não tenho relações sexuais há um tempo, mas mesmo assim... que é isso?

Dou um passo largo para trás, embora o calor na minha barriga permaneça enquanto o olhar de Julian se alterna entre mim e o rolo de papel.

Ele balança a cabeça antes de remover o elástico e espalhar a planta baixa para ambos vermos.

— Olha que legal! — Eu me inclino sobre a mesa para dar uma olhada melhor na planta baixa, que remonta ao início do século XX.

Julian observa o rabisco ilegível perto da parte inferior do desenho.

— São exemplares originais.

— Gerald Baker. — Eu aponto o nome do arquiteto. — Você reconhece o nome dele?

Julian assente.

— Ele assinou a maioria das casas originais aqui.

— Quer dizer as casas que você derrubou?

Suas mãos se fecham brevemente.

— Ainda parece exatamente a mesma coisa. — Eu observo as linhas que dividem os vários cômodos.

Julian remove o elástico de um segundo rolo antes de abri-lo.

— Hum.

— O quê?

— Parece que vai poder derrubar aquela parede entre a cozinha e a sala de jantar como você queria afinal. — Ele aponta para os documentos estruturais.

Esfrego as mãos com um sorriso bobo.

— Nada me deixa mais animada do que descobrir que as paredes não são de suporte.

Seu olhar passa dos meus olhos para os meus lábios.

— O quê?

— Você parecia... — Ele balança a cabeça. — Deixa pra lá.

— Tudo bem então. — Eu alcanço o rolo menor, apenas para Julian retirá-lo da minha mão. Nossos dedos se encostam, e uma pequena faísca se acende.

Com um rosto irritantemente neutro que não entrega absolutamente nada, Julian abre cuidadosamente o último rolo. Este é diferente dos outros, com o papel amarelado parecendo fino o suficiente para se desfazer ao menor movimento errado.

— Isto é deslumbrante. — Quem desenhou o coreto pensou em cada detalhe. Desde as rosas esculpidas nas treliças até os postes intricados destinados a sustentar o telhado, é uma obra de arte. O artista por trás do desenho criou uma visão, com uma paisagem do Lago Wisteria antes da praça, da rua Principal e de todas as mansões ao longo da praia.

Eu me inclino mais para ter uma visão melhor do rabisco ilegível na parte inferior da página. Uma sombra chama minha atenção, e eu viro o papel.

— Meu Deus.

— O quê? — A respiração quente de Julian atinge meu pescoço, me fazendo arrepiar.

— É uma carta. — Eu contenho um gritinho.

Hesito entre ler ou não ler o papel endereçado a outra pessoa, mas a curiosidade vence.

— *Minha querida Francesca.* Ah! Para! Ele a chama de "querida". — A romântica secreta em mim já está vibrando de expectativa, e só li três palavras.

— Me deixe ver isso. — Ele rouba o papel diretamente das minhas mãos.

— Ei!

— Nesse ritmo, vamos ficar aqui o dia todo enquanto você suspira em cima de tinta no papel.

— Me desculpe por ter um coração. — Tento pegar a carta de volta, mas Julian prende minha mão.

O coração dele bate mais rápido sob a minha palma. Levanto os olhos e vejo os dele encarando nossas mãos. Eles se afastam lentamente, parando um pouco na minha boca antes de finalmente alcançarem meus olhos.

A mão dele aperta a minha antes de soltá-la por completo. Estou atordoada demais com tudo para fazer mais do que ouvir enquanto ele continua de onde eu parei.

— *Passaram-se três anos desde que te vi pela última vez, e embora muita coisa tenha mudado, meu amor por você nunca mudou. Nossas cartas mensais me mantêm firme apesar dos desafios pelos quais passei para transformar esta cidade em um lar adequado para você.*

Meu lábio inferior treme.

Julian me lança um olhar de soslaio antes de se concentrar novamente na carta.

— *Tenho trabalhado duro para conquistar sua mão em casamento, embora o caminho não tenha sido o mais fácil. Construir uma cidade inteira do nada leva tempo, e receio que esteja ficando sem tempo agora que seu pai começou a falar sobre casar você com outro.*

Eu respiro fundo.

— O quê? Como o pai pôde fazer isso?

— O feminismo não era algo conhecido naquela época.

— Argh. — Eu balanço a cabeça com força o suficiente para fazer meus brincos tilintarem.

Julian continua.

— *Pensei que teria mais tempo antes que ele começasse a considerar outros pretendentes, mas receio que ele possa tomar uma decisão antes que eu tenha a chance de lutar pela sua mão.*

Eu bato na página.

— O que está fazendo? Continue lendo!

Seu olhar volta para o papel.

— *Não vou parar por nada até que você seja minha.*

A parte de trás do meu pescoço arrepia quando seus olhos se fixam nos meus. Nos encaramos por um breve segundo, mas parece que uma eternidade se passou antes de desviarmos os olhares.

— *Assim que ele vir tudo o que fiz para tornar Lago Wisteria uma cidade adequada para você, ele irá concordar com meu pedido. Tenho certeza disso.*

— Será que as mulheres não podiam se casar sem a permissão dos pais naquela época? — pergunto.

— Provavelmente não sem sérias repercussões. — Julian continua: — *Nossa casa está quase pronta. Embora o processo tenha levado mais tempo do que eu gostaria, meu último plano está em andamento.*

— O gazebo? — Minha voz atinge um tom mais alto que o habitual.

Julian acena com a cabeça.

— *Você sempre sonhou em se casar sob um gazebo semelhante àquele em que nos conhecemos, e planejo fazer isso.*

Minha mão se fecha ao redor do tecido da minha blusa, logo acima do meu coração dolorido.

— Ele queria construir um gazebo para ela.

— Você está mesmo prestes a chorar por pessoas que não conhece?

— Claro que não — gaguejo.

Julian murmura algo para si mesmo antes de concluir o último parágrafo.

— *Voltarei por você em seis meses, quando meus negócios estiverem em ordem e a casa estiver pronta. Até lá, peço que faça tudo ao seu alcance para impedir que seu pai a case com outro homem.*

Esfrego meus olhos, que ardem.

— Por que ela não fugiu com ele?

— E correr o risco de perder tudo e todos que ela amava?

— Às vezes, as pessoas valem o risco.

Ele resmunga.

Ugh. Este hombre.

— Não espero que você entenda.

Ele cruza os braços.

— O que isso quer dizer?

— Você é a pessoa mais avessa ao risco que eu conheço, então não é como se você fosse tomar decisões baseadas apenas em sentimentos confusos e instinto.

— É exatamente por isso que ele me afastou e me chamou de distração em vez de reconhecer a verdade.

Ele franze as sobrancelhas.

— Eu não sou avesso a riscos.

— Você se preocupa com estatísticas de probabilidade e faz listas de prós e contras para tudo.

— O nome disso é tomar uma decisão consciente. Talvez você devesse tentar, dado o estado atual da sua vida.

— Vai se catar — sibilo enquanto pego os rolos. Criticar a mim mesma por minhas escolhas de vida é uma coisa, mas, quando o Julian faz o mesmo, é como se estivessem cravando uma faca no meu peito.

Ele arregala os olhos.

— Dahlia.

— O quê?

— Eu estava brincando, mas claramente não foi engraçado.

Eu franzo a testa. Julian raramente admite quando está errado, então dizer que estou chocada é um eufemismo.

Revolucionário.

Eu encaro. Ele faz uma careta. A velha história de sempre.

Ele fala primeiro, o que por si só é anormal.

— Você está certa.

— Desculpe, você pode repetir isso? Acho que meu cérebro parou de funcionar por um segundo.

Ele franze ainda mais a testa.

— Não deixe isso subir à sua cabeça.

— Você está brincando? Eu poderia tatuar as palavras e a data de hoje na testa só para você ficar olhando para o lembrete.

Ele passa a mão pelo rosto.

— Não acredito que eu disse isso.

Nem eu.

Ele continua falando sem sua inibição habitual.

— Eu não sou de correr riscos. Nunca fui e provavelmente nunca serei, mas isso não significa que eu tenha o direito de julgar as pessoas que são assim.

— Então por que você faz isso? — A pergunta escapa antes que eu tenha a chance de repensá-la.

— Inveja.

Não consigo encontrar palavras para responder isso em nenhum idioma, então me recosto na mesa em busca de apoio.

Ele passa as mãos pelo cabelo, despenteando os fios.

— Eu queria ser o tipo de pessoa que não se importa com estatísticas de probabilidade e cenários pessimistas, mas não sou assim.

A minha cabeça inclina, junto com todo o meu mundo. Julian e eu não lidamos com sentimentos. Diabos, nós também mal conversamos.

Brigar? Sim.

Provocar? Claro.

Mas confissões sinceras? De jeito nenhum.

Para falar a verdade, pode ser antinatural, mas também é meio... bom?

Droga. Parece que Julian envolveu o meu coração com sua mão gigantesca e o esmagou.

— Isso foi muito legal, mas... — Eu alcanço os rolos novamente com dedos trêmulos, e Julian agarra meu punho.

— Espera.

O som do meu sangue pulsando nos ouvidos me faz duvidar do que ouvi.

— O quê?

— Me desculpe.

Não tenho certeza de como mantenho minha voz neutra enquanto pergunto:

— Duas desculpas em uma semana? Você está morrendo ou algo assim?

— Às vezes, parece que sim — ele resmunga.

— Bem, descubra se essa porcaria é contagiosa antes de passar para outra pessoa. — Eu tento puxar meu punho da mão dele, mas ele aperta mais.

— Desculpas não são contagiosas, Dahlia.

Não, mas sentimentos são, e eu com certeza não sei o que esperar se Julian continuar sendo um homem decente. Posso lidar com ele ficando com raiva depois de passarmos a maior parte das nossas vidas trocando insultos. Mas pedir desculpas de forma madura depois de ferir meus sentimentos e admitir quando está errado?

É melhor eu não conhecer *esse* Julian, para o bem de nós dois.

Nico devora seu almoço a uma velocidade perturbadoramente rápida antes de ir à sala de estar para assistir ao seu programa favorito, deixando os adultos sozinhos.

— Como está a casa? — Josefina dá um gole em sua água.

— Dahlia e eu vamos nos encontrar com a equipe na segunda-feira — Julian se pronuncia.

— Qual casa dos Fundadores você comprou mesmo? — Lily pergunta.

Eu me viro para minha irmã.

— A azul.

— Ah. — Ela desvia o olhar.

— O que foi?

A pele entre as sobrancelhas dela enruga de tanto que ela franze a testa.

— Ouvi dizer que aquele lugar é assombrado.

— Eu também — diz Rafa.

Julian olha feio para o primo.

— Você também?

Ele dá de ombros.

— Eu disse que ouvi falar. Não que realmente acredito.

Eu levanto meu braço bom no ar.

— Viu! Eu disse que todo mundo sabe dos fantasmas de lá!

Julian revira os olhos de uma maneira que *quase* o faz parecer humano.

— Senhor. Será que já é tarde demais para vender o lugar? — Minha mãe faz o sinal da cruz enquanto Josefina ri.

— Dizem que há uma razão para ela ser colocada à venda novamente.

Lily apoia os cotovelos na mesa.

— É verdade. — Josefina concorda.

— Conta tudo o que você sabe. — Faço um gesto para ela continuar.

A voz da minha irmã fica mais baixa enquanto ela diz:

— Luzes piscando.

Julian a interrompe.

— Problemas elétricos são normais em uma casa tão antiga.

— Se vai me encher o saco, não vou falar mais nada — minha irmã resmunga.

Com meu braço bom, cutuco Julian com força o suficiente para fazê-lo grunhir.

— Deixa ela terminar.

Ele olha feio para mim pelo canto do olho.

Lily encara Julian por alguns segundos antes de se concentrar em mim novamente.

— *Enfim*, durante o ensino médio, algumas pessoas da minha turma passaram a noite lá por causa de um desafio.

— E?

Rafa e Julian trocam olhares de uma ponta da mesa para a outra.

Lily os ignora.

— Supostamente, um deles ainda dorme com a luz acesa até hoje. O outro se mudou e virou padre.

Arregalo os olhos.

— Você está brincando.

— Não. A mãe dele implorou para a cidade demolir o lugar, para que o filho pudesse voltar, mas obviamente isso não aconteceu.

Os olhos de Julian brilham mais do que uma placa de aviso neon.

— Talvez devêssemos fazer a cidade feliz e derrubar a casa.

— Pensei que não acreditasse em fantasmas. — Eu ranjo os dentes.

— Talvez eu possa ser convencido, afinal.

Imbecil. Piso no pé dele. À velocidade de uma víbora, a mão dele envolve minha coxa e aperta com força o suficiente para me fazer engasgar com a respiração.

— Você está bem? — minha mãe pergunta.

— Sim. Eu me engasguei com um pedaço de bife.

— Aqui. — A mão de Julian deixa minha coxa antes de empurrar meu copo de água na direção da minha mão boa.

Dou um gole lento enquanto o encaro. Depois que termino, traço meu lábio inferior com a ponta da língua para limpar qualquer gota remanescente.

Ele quebra o contato visual, embora a forma como ele engole em seco o entregue.

Homens.

Os olhos de Lily alternam entre nós antes de focar em mim.

— Você pode perguntar a qualquer pessoa na cidade sobre a casa, e todos terão uma história diferente para contar.

Eu me viro para encarar o descrente.

— Você acha que é o Gerald?

— Não. Provavelmente é encanamento antigo, fiação elétrica desatualizada e materiais em atrito à noite enquanto a casa esfria.

Lily revira os olhos.

— Claro que você diria isso.

— De toda forma, trabalhei em uma ou duas propriedades assombradas em San Francisco, então não tenho medo de alguns fantasmas — digo.

Ela ri.

— O que você vai fazer? Contratar um padre ou algo assim?

— Ou algo assim.

Julian olha para mim por cima dos cílios espessos.

— O que você está planejando?

— Nada com que você precise se preocupar. — *Ainda*.

CAPÍTULO DEZOITO
Dahlia

Depois de uma longa partida de Monopoly que terminou antes de um vencedor ser coroado, Rafa e Nico se despedem. Josefina e Julian seguem o exemplo cinco minutos depois, então decido sair com eles e peço a Josefina para me deixar na biblioteca.

— Aonde você vai? — minha mãe pergunta enquanto coloco meus tênis com dificuldade.

— Quero passar na biblioteca antes de fecharem.

Mamãe mexe no seu colar de cruz dourada.

— Precisa ir agora? Logo vai escurecer.

— São cinco da tarde — resmungo enquanto tento calçar os tênis sem sucesso. Julian, na exibição suprema de falso comportamento cavalheiresco, se ajoelha para me ajudar.

Mamãe solta um *awn* e Josefina parece estar com coraçõezinhos nos olhos. Nenhuma delas pode ver como ele sorri de maneira irritante para mim.

Julian tem feito essas manobras desde que éramos adolescentes, e nossas mães o mimam como um príncipe carregando um sapatinho de cristal.

A única coisa que ele consegue ser é um pé no saco.

Ele me ajuda cuidadosamente a calçar os tênis antes de amarrar os cadarços. O mais leve roçar de seus dedos sobre meu tornozelo causam arrepios que se espalham pela minha pele, o que faz a minha testa franzir profundamente.

— Obrigada. — A palavra sai apressada enquanto ele se levanta.

Eu ignoro o coração acelerado e viro para Josefina.

— Você se importa de me deixar na biblioteca no caminho para casa?

Ela faz uma careta.

— Eu adoraria, mas tenho que ir até a fazenda dos Smith para conferir algumas coisas para o festival.

— Sem problemas.

Todo o rosto dela se ilumina.

— Mas Julian pode te levar até o centro.

— Obrigada, mas acho que prefiro ir a pé. Vai ser bom tomar um pouco de ar fresco depois de passar o dia dentro de casa. — Eu abraço Josefina com um braço.

Josefina gesticula.

— Bobagem. A biblioteca fica no caminho de Julian pra casa.

— Já é uma viagem longa o suficiente para o inferno. Não precisa adicionar outra parada no caminho.

Julian resmunga enquanto os olhos da minha mãe se estreitam.

— Dahlia — ela adverte com aquela voz arrepiante dela.

— Estou tentando ser educada.

— Não tenho certeza de que você sabe o significado da palavra — Julian resmunga baixinho para que apenas eu ouça.

— Me desculpe. Não consegui entender isso direito. — Eu exagero, chegando ao ponto de piscar.

Ele fecha a cara.

— Julian não se importa de me fazer esse pequeno favor, certo, *mi hijo?* — Josefina estende a mão para apertar o bíceps dele.

— Qualquer coisa por você, mãe. — Julian beija o topo da cabeça dela e a bochecha da minha mãe antes de olhar para mim. — Estarei na caminhonete.

Minha mãe espera até que Julian feche a porta para falar.

— Vocês dois vão se dar bem algum dia?

— Rosa — Josefina adverte.

— O quê? Eu pensei que eles iam superar essa...

— Animosidade? — sugiro.

— *Imaturidade* — minha mãe termina.

Ui.

— Podemos ser maduros.

Ela e Josefina levantam as sobrancelhas.

— Quando queremos — acrescento.

Elas trocam um olhar.

— Deixa pra lá. Geralmente é ele quem começa.

Os olhos de Josefina se iluminam.

— Nico usa a mesma lógica.

Ser descrita como imatura é uma coisa, mas ser comparada a uma criança de oito anos?

Torço o nariz de desgosto.

— Entendi o que quer dizer.

Estar perto de Julian depois de quase uma década separados traz à tona o pior de mim. As coisas entre nós sempre foram tensas, e só se agravaram quando fomos para a faculdade e fomos apresentados a um tipo diferente de problema.

Tensão sexual.

Mamãe ajeita meu cabelo atrás das orelhas e arruma meu colar.

— Eu odeio ver vocês discutindo.

Às vezes, eu também. Em alguns breves momentos, desejo que pudéssemos voltar no tempo para antes de tudo mudar.

Antes do nosso beijo.

Antes de ele destruir meu coração e qualquer esperança para nós.

Antes de ele desistir de Stanford e se excluir da minha vida, me deixando lidar não apenas com a perda de Luis, mas também de seu filho.

Sinto um aperto no peito.

Eu nunca contei a Julian o quanto doeu ser dispensada como se eu não importasse.

E você nunca vai contar.

🏆

A viagem de carro até o Distrito Histórico é curta, com a playlist de Julian preenchendo o silêncio. Só quando ele para em frente à biblioteca é que finalmente fala.

— O que vai fazer?

Solto o cinto de segurança.

— Não se preocupe com isso.

— É impossível quando se trata de você.

Sinto meu estômago se agitar novamente.

— O que você está aprontando? — ele pergunta depois de um breve silêncio.

— Vou descobrir mais sobre a casa dos Fundadores. Talvez possa descobrir sobre Gerald e Francesca e por que o lugar é assombrado.

Sua mandíbula se contrai.

— Fantasmas não existem.

— Você não dormiu com luz acesa até os doze anos?

— Só porque eu tinha que levantar muito durante a noite para ir ao banheiro.

— Seu olhar furioso causa o efeito oposto em mim.

— Certo! Esqueci que você costumava fazer xixi na cama também!

Com um grunhido frustrado, Julian continua dirigindo.

— Aonde está indo? — A biblioteca se distancia no meu retrovisor. Ele vira na próxima rua.

— Vou parar no estacionamento atrás da biblioteca.

— *Por quê?*

— Porque não quero que ninguém testemunhe seu assassinato.

— Você vai mudar rapidinho de opinião sobre fantasmas se me matar hoje.

Seu rosto permanece neutro enquanto faz uma curva à direita e estaciona em uma vaga.

Saio do carro antes que ele tenha a chance de dizer algo e entro na biblioteca. O cheiro leve de livros antigos e café recém-preparado paira no ar enquanto vou até Beth, a bibliotecária, que está sentada atrás do balcão.

Estou tão focada na minha missão de obter a chave especial para acessar jornais antigos que não tenho a chance de ficar ansiosa com a ideia de vê-la.

Olhe só que progresso.

— Oi, Beth.

Apoio-me contra o balcão com um sorriso hesitante. Beth trabalha aqui desde que eu era criança, com um cabelo do tamanho do Texas e um guarda-roupa diretamente dos anos 1950.

— Dahlia! Ouvi dizer que você voltou! — Ela deixa cair um monte de livros antes de correr ao redor do balcão de braços abertos.

Levanto meu gesso para impedi-la de me puxar para um abraço. Ela franze a testa.

— O que aconteceu?

— Caí da escada. Como *você* está?

Ela me segura à distância e avalia.

— Melhor agora que você apareceu para visitar. Já faz um bom tempo desde a última vez que te vi.

— Eu sei. — Ficar longe foi fácil em comparação com a alternativa.

Enfrentar a pessoa ferida que me tornei.

— Se soubesse que você ia passar por aqui, teria trazido minha cópia do seu livro de design.

— Você comprou?

Ela sorri, radiante.

— Claro!

Algo no meu peito se infla.

— Tenho acompanhado todas as novidades e coisas incríveis que você anda fazendo. Time Dahlia para sempre, né? — Ela estende a mão para eu bater.

— Certo. — Mal consigo esconder meu espasmo enquanto fazemos um high-five.

— Você planeja ficar para sempre agora que você e aquele Olive terminaram?

Beth é a primeira pessoa na cidade que menciona meu ex, ainda que com nome errado. Mas, em vez de entrar em pânico, sou tomada por uma explosão de risada.

— Não tenho certeza. Duvido que Julian e eu consigamos ficar no mesmo lugar por mais do que alguns meses sem nos matarmos, então devo voltar para San Francisco até o Ano-Novo.

Beth olha por cima da minha cabeça com a sobrancelha arqueada.

— Julian Lopez? O que está fazendo aqui?

Meus músculos ficam rígidos enquanto viro para encontrar Julian me encarando.

— Estou com ela.

— Por quê? — disparo.

A veia em sua bochecha se contrai enquanto ele ignora minha pergunta.

— Eu preciso lembrar a vocês dois sobre as regras? — Ela aponta para a placa atrás do balcão. A maioria das regras da biblioteca foi acrescentada depois de alguns incidentes entre mim e Julian ao longo dos anos, envolvendo isqueiros, buzinas e pistolas que levam dardos.

— Não, senhora — ambos dizemos ao mesmo tempo.

— Bem, em que posso ajudar vocês? — Beth volta ao seu posto atrás do balcão.

— Estou procurando por alguns recortes de jornais antigos.

Beth abre uma gaveta e puxa um molho de chaves.

— Está procurando alguma coisa em particular?

— Qualquer coisa sobre a casa azul dos Fundadores.

— *Ah.*

— Você ouviu falar sobre isso?

— Seria difícil encontrar alguém que não tenha. — Ela estende o molho de chaves para mim. — Os recortes devem estar organizados em ordem cronológica com base no ano, e o projetor fica na sala ao lado do banheiro, se precisar.

— Obrigada! — Eu pego as chaves.

— A biblioteca fecha daqui a uma hora — ela acrescenta.

— Beleza! — Eu me dirijo para os arquivos no fundo.

Julian permanece em silêncio enquanto vasculho a primeira gaveta de jornais do *Gazeta Wisteria*, com edições datadas desde a fundação da cidade no final dos anos 1890. Eu leio as manchetes, procurando por qualquer informação que possa ser útil.

Meus olhos ficam embaçados após os primeiros cinquenta recortes. Nesse ritmo agonizantemente lento, só vou conseguir checar quatro anos do jornal antes de a biblioteca fechar.

O tamborilar incessante dos dedos de Julian contra a tela do celular não ajuda em nada, e me vejo franzindo a testa para ele.

— Eu sei que é difícil, mas pelo menos você poderia *tentar* ser útil?

— Você não pediu.

Quem é ele para falar isso? Tenho quase certeza de que se Julian estivesse pegando fogo, faria de tudo para se apagar antes de pedir ajuda a alguém, porque ele é assim, teimoso.

Isso não significa que você precise ser.

— Você pode, *por favor*, me ajudar?

— Adoro quando você diz *por favor*. — Sua voz grave faz coisas com a parte inferior do meu corpo que deveriam ser consideradas ilegais.

Eu fecho a gaveta com força o suficiente para fazer o armário tremer.

— Imbecil.

— *Querida.* — Ele joga o antigo apelido na minha cara.

Há muito, lá atrás, quando ganhei um concurso de beleza depois que ele apostou que eu não conseguiria ficar entre as três primeiras, "querida" era o apelido favorito de Julian para mim.

Ele não me chama assim desde a faculdade, logo depois de me beijar loucamente. Um beijo do qual ele se arrependeu na hora.

Que se dane.

Abro a primeira gaveta ao alcance da mão e aponto para o arquivo na frente.

— Procure nas páginas algo relacionado à casa, Gerald Baker ou alguém chamado Francesca.

🏆

— Acho que encontrei algo. — Os olhos de Julian passam rapidamente sobre o recorte em sua mão.

— O quê? — Depois de trinta minutos olhando jornais, não consigo conter a empolgação na minha voz.

— Vem cá. — Julian nos conduz em direção a uma mesa próxima.

Ele puxa a minha cadeira e espera. Eu deslizo para ela, e as pontas dos dedos dele roçam meus ombros enquanto ele me empurra para a mesa. Felizmente, meu suspiro audível não é ouvido sobre o arrastar das pernas da cadeira contra o chão.

O braço de Julian encosta no meu enquanto ele aponta para a manchete. Meu corpo se inclina para o toque antes que eu desperte do feitiço que ele tem sobre mim.

— Gerald morreu antes que a casa estivesse totalmente concluída.

Eu pisco.

— Não!

— Olhe. — Ele empurra o artigo na minha direção antes de afastar a cadeira.

Leio o artigo com o cenho franzido. Segundo o repórter, Gerald morreu de uma infecção bacteriana e deixou dois cachorros. Fontes da cidade próxima a Gerald mencionaram como ele se recusou a ir ao hospital porque queria morrer no conforto de sua casa ainda em construção.

Meus olhos ardem.

— Isso é triste pra caramba.

— Histórias assim me deixam feliz por ter nascido depois da invenção da penicilina.

Observo a imagem granulada de Gerald segurando uma pá diante de um terreno.

— Ele não viveu o suficiente para ver sua casa ser concluída.

— Parece que não.

— Ou se casar com seu verdadeiro amor.

— Poucos conseguem. — Há um tom estranho em sua voz.

— Ela deve ter ficado arrasada quando recebeu a notícia sobre a morte dele.

— Por quê?

Eu recuo.

— O que você quer dizer com "por quê"? Porque eles estavam apaixonados.

— Se ela realmente o amasse, teria ficado ao lado dele desde o início.

— Foi ele quem disse a ela para não vir até que a cidade estivesse terminada.

— Então foi erro dela ter obedecido.

Não consigo não ficar na defensiva em relação à Francesca e suas escolhas, especialmente quando vejo um pouco dela em mim mesma.

— Ela esperou por ele, escreveu cartas e manteve o sonho de que um dia se casariam, apesar das adversidades. É isso que as pessoas fazem quando estão apaixonadas.

— Se você diz.

A audácia desse homem.

— Para alguém que nunca esteve apaixonado, você certamente tem muitas opiniões sobre o assunto.

A veia em seu pescoço pulsa a cada batida errática de seu coração.

Eu continuo:

— E se era *ele* quem não queria correr riscos com *ela*? E se ela implorou para se juntar a ele, mas ele a rejeitou repetidamente? Ele poderia tê-la pedido em casamento a qualquer instante, e talvez o pai dela concordasse porque queria o melhor para sua filha.

— São muitas suposições.

— Você é quem está tirando conclusões precipitadas aqui, julgando a Francesca por não ter coragem de ficar com ele, quando talvez fosse *ele* que tivesse medo dos riscos. Talvez Gerald devesse ter construído uma vida com ela em vez de erguer uma parede para mantê-la longe.

Merda. Merda. Merda!

Seu punho se fecha e se abre contra a mesa.

— Dahlia...

Meu olhar volta para o jornal na pior tentativa de esconder meu rosto corado.

— Enfim, Gerald provavelmente é o fantasma, então o caso está resolvido.

— Eu nunca te julguei. — Apesar de sussurrar, ele poderia muito bem ter gritado as palavras.

— Eu estava falando sobre a Francesca. — Eu me levanto.

Ele faz o mesmo.

— Engraçado, porque por um momento parecia que você estava falando sobre *nós*.

Sinto como se ele tivesse envolvido minha garganta com as mãos e apertado.

— Essa é uma suposição narcisista da sua parte.

— *No mames. Háblame.**

Arrasto meus olhos para longe de seus punhos cerrados.

— Você está uns dez anos atrasado para essa conversa, não acha?

— Claramente isso é um grande erro.

— Não é a primeira vez que você diz isso.

Ele abre a boca e depois a fecha com força.

A verdade é que posso dar a Julian cem chances diferentes de explicar sua escolha de me afastar, mas não vai mudar a verdade que ele deixou dolorosamente óbvia.

Ele não me queria.

Um riso amargo sobe pela minha garganta.

— Está tudo bem.

— Eu nunca quis te machucar. — Ele expõe minhas inseguranças com uma única frase.

— Você não me machucou — minto.

— O que eu fiz... — Ele perde a voz, junto com qualquer coragem que tivesse encontrado inicialmente.

Ótimo. Eu prefiro assim.

---

* Háblame: Fala comigo.

— As coisas acontecem do jeito que devem acontecer — digo.

Ele dobra e desdobra o jornal, só para dobrá-lo novamente.

— Nunca imaginei que você também iria para a área do design.

Ele teria imaginado se tivesse me dado a chance de explicar minhas esperanças e medos, em vez de presumir que sabia o que era melhor para mim, me pressionando a ficar em Stanford para concluir um curso de ciência política que eu nunca quis.

Sempre me interessei por design; isso ficou óbvio quando meus pais estavam reformando nossa casa e confiaram em mim para escolher a maioria dos acabamentos e móveis. Mas nunca vocalizei isso, já que estavam decididos a me fazer obter algum tipo de diploma profissional.

— Fiz um ou dois cursos antes de você partir. — Além disso, entrei para um clube e consegui um mentor do programa de design de interiores porque queria aprender mais sem trocar de curso.

Ele levantou as sobrancelhas.

— Eu não tinha ideia.

— Ninguém tinha.

Passei a maior parte da minha vida jurando que me tornaria uma advogada incrível, em parte porque meus pais queriam que eu tivesse um emprego estável e bem remunerado. Então, a última coisa que eu queria era decepcioná-los desperdiçando uma bolsa integral em Stanford em uma carreira que não garantia sucesso.

Os fãs acham que minha história de mudança de curso de ciência política para design de interiores é encantadora, mas na verdade representa a luta ao longo da minha vida contra o medo do fracasso.

Ele permanece em silêncio enquanto parece trabalhar no quebra-cabeça mental das nossas lembranças.

— Quando você fez a oferta de vir trabalhar comigo na empresa...

— Não precisa remexer no passado. Não é como se pudéssemos voltar e mudar alguma coisa.

— Às vezes, eu gostaria de poder mudar.

Respirar se torna uma tarefa difícil com a intensidade da dor nos meus pulmões. Ele desvia o olhar.

— Sempre me arrependi de como lidei com as coisas entre nós. Eu não...

Sua resposta é interrompida por Beth surgindo de trás de uma estante de livros.

— A biblioteca está fechando, pessoal! Vocês terão que terminar isso e voltar amanhã, porque tenho um encontro marcado com um pote de sorvete que não pode ser adiado.

— Obrigada, Beth. — Eu ignoro a expressão contraída de Julian enquanto entrego a ela as chaves e volto para o arquivo com o jornal.

Julian não diz mais nada. Nem quando entramos na caminhonete. Nem durante a volta para minha casa e certamente não antes de eu entrar, com um pequeno fragmento de dignidade intacto.

Cometi um deslize antes. Estar perto de Julian novamente depois de todo esse tempo é como abrir uma ferida antiga, e em vez de permanecer com a cabeça no lugar, deixei minhas emoções tomarem conta de mim.

Apesar dos meus esforços para esquecer a conversa que tivemos, fico repetindo todo o diálogo depois de me deitar para dormir.

O que ele estava prestes a dizer antes de Beth nos interromper?

Ele quis dizer o que disse sobre não me julgar? Porque parece impossível depois de eu ter acabado namorando o colega de quarto dele, que ele já considerou um amigo.

E o que teria acontecido se eu tivesse confessado que ele não é o único que se arrepende de suas ações, porque eu também me arrependo?

CAPÍTULO DEZENOVE
Julian

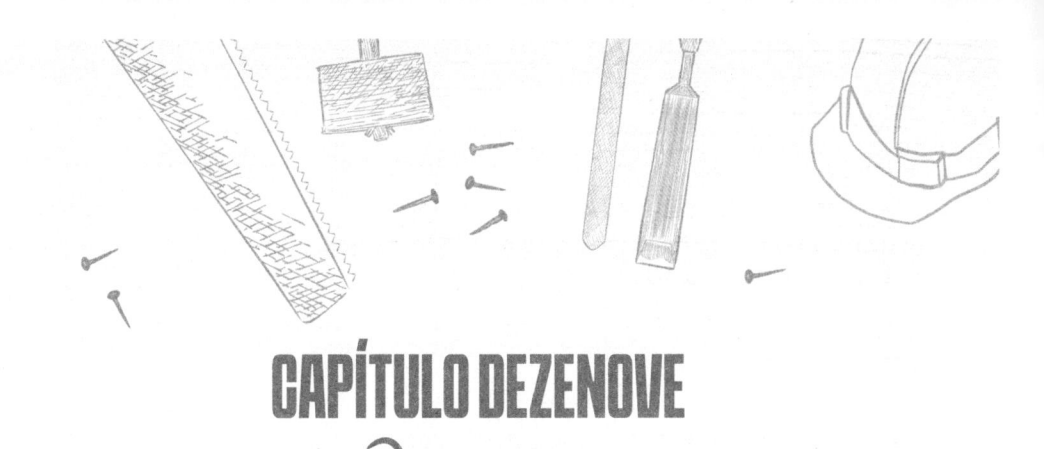

A ideia de voltar para minha casa vazia é tão atraente quanto uma cirurgia de canal sem anestesia, então eu vou em direção ao Última Chamada depois de deixar Dahlia em casa.

O bar está bastante vazio, com apenas alguns errantes de domingo ocupando os banquinhos e as mesas altas ao redor. Aceno para alguns conhecidos antes de escolher meu lugar costumeiro no final do balcão.

— Modelo? — Henry, o barman mais velho, coloca um guardanapo na minha frente. Eu aceno com a cabeça, e ele serve uma garrafa da minha cerveja favorita.

— Abre uma conta para mim. — Eu jogo meu Amex no balcão e tomo metade da minha bebida de uma vez.

— Dia difícil? — Um cara a algumas banquetas de distância fala comigo.

— Tipo isso. — Eu tento distinguir seu rosto, mas o boné de beisebol projeta uma sombra escura.

— Problemas no trabalho?

Silenciosamente, dou outro gole.

— Problemas familiares.

Meus olhos permanecem focados na prateleira de bebidas à minha frente.

— Problemas com mulheres.

Meus dedos se apertam em volta da garrafa.

— Ahh. Entendi. — Ele olha para mim com aqueles olhos escuros e miúdos que eu reconheceria em qualquer lugar.

Lorenzo Vittori.

Ele dá um longo gole de seu copo antes de colocá-lo no balcão.

— Julian Lopez, certo?

Meus músculos se contraem sob a camisa.

— Sim.

— Diria que é bom finalmente ver o homem que tornou o último ano incrivelmente difícil para mim, mas aí eu estaria mentindo.

Permaneço em silêncio. Competir com as ofertas imobiliárias de Lorenzo foi fácil, ainda mais com minhas profundas conexões com todos na cidade.

As pessoas aqui podem não gostar que eu esteja comprando propriedades antigas apenas para derrubá-las, mas confiam mais em mim do que em Lorenzo, que só morou na cidade até os pais morrerem.

Seu sorriso não alcança seus olhos mortos.

— Não é muito de falar, né?

Em vez disso, dou um longo gole na minha cerveja. A maioria das pessoas em Lago Wisteria me considera tímido. Reservado. *Quieto*. O que antes era uma fraqueza se tornou minha maior força, especialmente lidando com figuras rivais como Lorenzo.

Ele solta um suspiro longo e exagerado.

— Você costuma ser um chato ou guardou o estereótipo de quieto e estoico só para mim?

Henry resmunga.

Eu encaro.

Lorenzo ergue seu copo vazio com um sorriso sarcástico.

— Que tal mais uma rodada para mim e meu amigo aqui?

— Não somos amigos. — Mantenho minha voz neutra apesar da minha irritação.

— Você está passando o domingo à noite bebendo em um bar comigo, entre todas as pessoas. Se tem algum amigo, claramente eles são péssimos.

Ele acertou em cheio a minha fraqueza. Além do Rafa, não tenho amigos, já que metade dos homens da cidade trabalham para mim, enquanto a outra metade tem o dobro da minha idade.

Expandir o negócio do meu pai exigiu sacrifícios, e minha vida social acabou sendo um deles.

Mas não o maior.

As palavras de Dahlia me assombram.

Talvez fosse ele *que tivesse medo dos riscos. Talvez Gerald devesse ter construído uma vida com ela em vez de erguer uma parede para mantê-la longe.*

A questão é que, quando meu pai morreu, lidei com uma longa lista de problemas, o medo sendo apenas um deles. Orgulho. Raiva. *Luto*. Tudo na minha vida virou de cabeça para baixo, e minha personalidade foi junto.

Coisas que eu queria, como um diploma de Stanford e uma chance de algo especial com a Dahlia, não eram mais possíveis depois que minha vida mudou drasticamente da noite para o dia.

Eu mal havia me tornado um adulto quando tomei a decisão de afastar a Dahlia, e isso levou à minha escolha imatura de cortá-la da minha vida depois de nos tornarmos amigos durante o primeiro ano na universidade. Foi insensível e injusto da minha parte, e por isso Dahlia tinha todo o direito de encontrar alguém que a fizesse se sentir segura de uma maneira que eu não podia, sendo um cara de vinte anos enfrentando o luto enquanto salvava o negócio falido do meu pai.

Uma memória que mantive trancada ressurge, me puxando de volta para o meu tempo em Stanford.

— *Quando você planeja contar para a Dahlia que gosta dela?* — *Oliver me perguntou uma vez quando Dahlia saiu do nosso quarto depois da nossa sessão noturna de estudos.*

— *Quem disse que eu gosto dela?* — *Mantive meu tom indiferente apesar da minha pressão arterial aumentando.*

— *Você sorriu quando voltou do banheiro e pegou ela mexendo na sua mesa.*

Fiquei em silêncio. Rafa era a única pessoa com quem me sentia confortável o suficiente para falar sobre minha paixão, e planejava manter assim.

Ele deu de ombros. — *É melhor você contar logo antes que outra pessoa se aproxime dela.*

Sou puxado para fora do passado por uma dor aguda atravessando meu coração. Não importa quantas vezes eu diga que não poderia saber que o Oliver era um idiota, ainda me sinto parcialmente responsável por apresentar Dahlia a ele.

— *Se você não a tivesse afastado, ela nunca teria se aproximado dele.*

Dou um gole na minha cerveja, na esperança de tirar o gosto amargo.

Nenhuma quantidade de álcool vai mudar o fato de que você se importa com ela o suficiente para se ressentir consigo mesmo.

Merda. Passo uma das mãos pelo rosto. Beber em um bar deveria me fazer parar de pensar na Dahlia por um tempo.

Eu termino o resto da minha cerveja e me levanto.

— Henry, a conta, por favor?

— Para onde você está indo? — O sorriso de Lorenzo rapidamente se transforma em uma cara fechada.

Eu ignoro o homem que parece não entender a dica. Henry é rápido ao pegar o meu cartão, inseri-lo na máquina e pedir a senha.

— Pensei que íamos ter um verdadeiro momento de união aqui. — O gelo no copo de Lorenzo treme com um longo gole.

— Quanto vai me custar tirar você desta cidade?

— Eu não tenho interesse em ganhar mais dinheiro.

Faço uma pausa por um momento.

— Então o que você quer?

— Só os amigos ficam sabendo disso. — Ele levanta o copo em um brinde irônico antes de tomar o resto da bebida.

Deixo uma gorjeta decente antes de sair do bar. Meu alívio por escapar da falação incessante de Lorenzo é breve quando me lembro da dor maçante que não me deixou desde a biblioteca.

Esfrego o ponto sobre o meu coração e desejo que vá embora.

Boa sorte com isso.

A única maneira de se livrar da dor constante é remover a pessoa que a está causando.

Dahlia Muñoz.

Passo o resto da noite elaborando uma maneira de me livrar de Dahlia. Simplificando, se eu encontrar uma maneira de acelerar a reforma, então sua centelha criativa será reacendida, restaurando assim sua fé no design. Ela pode voltar para sua vida em San Francisco, me deixando seguir a minha como de costume.

O plano é infalível. Só preciso garantir que o Ryder e o resto da equipe estejam de acordo com as mudanças, já que teremos que adiar um projeto para assumir este.

Então, apesar das minhas ressalvas, apareço na segunda-feira de manhã na casa do Fundador para falar pessoalmente com o Ryder.

— E aí, chefe. Não esperava que viesse aqui hoje. — Ele fecha a parte de trás de sua caminhonete.

— Tivemos algumas mudanças de planos.

O sol reflete em seus olhos castanhos.

— Como assim?

— Precisamos que este projeto seja concluído nos próximos três meses.

Suas sobrancelhas se elevam em direção à borda de seu capacete de segurança.

— O quê?

— Você acha que pode ser concluído até o final de janeiro?

O olhar de Ryder salta entre mim e a casa deteriorada.

— Depende do que encontrarmos lá dentro.

— Podemos ajustar os cronogramas e adiar outros projetos se isso significar concluir este mais rápido. Quero todas as mãos na massa aqui.

— Se você não se importa de eu perguntar, qual é a pressa?

A resposta para a pergunta dele chega à casa, tocando Ozuna alto o suficiente para ser ouvido através das janelas fechadas.

Dahlia sai do carro de sua irmã usando um par de botas de couro, uma blusa fina, que não pode ser muito eficiente contra o frio de final de outubro, e uma saia feita sob medida para me enlouquecer.

Deus me dê a força para passar por esta reunião com minha equipe enquanto luto contra uma ereção.

Um lampejo de hesitação cruza o rosto dela antes de colocar seus óculos de sol na cabeça e estender a mão para o Ryder.

— Oi, sou a Dahlia.

— Ryder. Sou o gerente do projeto. — O olhar dele não desvia do rosto dela.

Dahlia se apresenta ao engenheiro e ao arquiteto, e ambos a observam.

Sério que você vai ficar com ciúmes dos próprios funcionários?

Com a forma como Dahlia olha para eles com seus grandes olhos castanhos e um sorriso largo, com certeza estou.

— Vamos começar — disparo, querendo encerrar este passeio antes de demitir alguém.

Inicialmente, Dahlia estava hesitante em falar, permitindo que eu liderasse, mas depois de dez minutos, ela se entrosou com a equipe e começou a agir como ela mesma.

Fico sem palavras ao vê-la colaborar com minha equipe como se tivesse passado anos trabalhando com eles em vez de uma hora. Estou impressionado com a riqueza de conhecimento, e Ryder parece igualmente surpreso com sua experiência em casas vitorianas.

Ele anota algo na prancheta.

— Com as mudanças que você quer, acho que definitivamente poderíamos concluir isso nos três meses que o Julian pediu.

— Três meses? — Dahlia olha por cima do ombro. — Pensei que tivesse dito que poderia levar de seis a oito.

Eu inclino o queixo.

— Mudança de planos.

Seus olhos se estreitam.

— Que sorte.

Exceto que, desde que Dahlia voltou à minha vida, tenho me sentido qualquer coisa, menos sortudo.

Ela continua, e meus homens fazem de tudo para apoiá-la. Eu me afasto deles para atender uma ligação e, quando volto, encontro a equipe rindo de algo que ela disse.

— O que está acontecendo?

Ryder sorri.

— Dahlia estava nos contando uma história sobre a diferença entre reformas de casas na vida real e as que ela fez na TV.

— E?

— Acontece que a produção filmou as mãos de outro trabalhador da construção para certas cenas, já que o noivo dela não tinha ideia do que estava fazendo.

— *Ex*-noivo. — Não sei por que escolhi esclarecer, mas me arrependo no momento em que digo a palavra.

As mãos de Dahlia se fecham ao lado do corpo.

— Julian. Podemos falar?

Meu estômago pesa enquanto ela se afasta em direção à cozinha, me deixando sozinho com minha equipe.

Ryder faz careta.

— Puxa. Foi alguma coisa que dissemos?

— Só eu sendo um idiota. Continuem. — Eu viro na direção para onde Dahlia foi. Levo um minuto para encontrá-la do lado de fora, olhando para o lago com o braço bom apoiado em sua tipoia.

— O que foi aquilo lá atrás?

— Um erro. — Eu tenho tropeçado em uma corda bamba de emoções, e uma menção ao Oliver me fez tombar diretamente em um poço de ciúmes.

Seus olhos permanecem focados na vista.

— Você gosta de tentar me diminuir?

Levanto a cabeça.

— Claro que não.

Dahlia se vira.

— Se este é o seu plano para me expulsar da cidade, é melhor você se esforçar mais. Não passei os últimos cinco anos lidando com trolls da internet e uma sogra monstruosa para desistir ao primeiro sinal de adversidade. Isso eu posso garantir.

— Eu não esto... — Eu tento me equilibrar. — Você entendeu tudo errado.

Embora eu queira que ela saia de Lago Wisteria, não a humilharia na frente da minha equipe para acelerar o processo, sobretudo quando vejo o quanto tem sido difícil para ela ficar perto das pessoas ultimamente.

Seus olhos se estreitam.

— Então, fique à vontade para explicar.

A questão é que eu não *quero* explicar, porque teria que admitir que ainda tenho ciúmes do Oliver depois de passar anos me convencendo de que tinha superado tudo que aconteceu entre mim, ele e Dahlia.

Então, em vez de admitir a verdade, me prendo à minha zona de conforto. Enfio as mãos nos bolsos.

— Eu poderia ter me livrado de você semanas atrás em vez de passar pelo esforço de trabalharmos juntos.

A cabeça dela se inclina para o lado.

— Ah, é mesmo?

— O prefeito ainda oferece uma recompensa por qualquer informação sobre quem jogou ovos no Jaguar dele doze anos atrás.

Dahlia arregala os olhos.

— Você não teria coragem.

— Continue presumindo o pior de mim e talvez eu tenha.

As narinas dela inflam.

— Se não quer que eu pense o pior, reduza a chantagem ao mínimo. Costuma passar a mensagem errada.

Eu seguro uma risada.

— Justo.

CAPÍTULO VINTE
Julian

Expandir minha empresa além das fronteiras de Lago Wisteria sempre fez parte do plano. Passei o último ano pesquisando cidades vizinhas ao lago, participando de reuniões na prefeitura e visitando inúmeras casas para garantir que escolhi o segundo local certo para a Lopez Luxo.

Eu deveria estar extasiado por comprar minha primeira casa em Lago Aurora, depois do quanto foi difícil fazer a cidade aceitar meu plano para impulsionar o turismo e triplicar os valores das propriedades. Em vez disso, estou preso a uma sensação de vazio enquanto minha assinatura seca na linha pontilhada.

Minha corretora de imóveis guarda o contrato em sua pasta.

— Entrarei em contato com seu assistente assim que os proprietários da mansão na rua Juniper concordarem em vender.

— Você está confiante de que irão?

Ela guarda a pasta em sua bolsa antes de colocar a alça no ombro.

— Ah, sim. É apenas questão de tempo. Além disso, já tenho mais duas famílias prontas para vender parte de suas terras. Parece que as pessoas estão mais dispostas a se desfazer de suas propriedades depois de verem o que você fez com a cidade.

— Ótimo. — Meu entusiasmo desaparece.

Ela franze as sobrancelhas cinzentas.

— Tem mais alguma coisa com que eu possa ajudar?

— Não. Mantenha Sam informado sobre as outras vendas. — Eu me levanto e a acompanho para fora do meu escritório particular.

Sam larga seu sanduíche e assume a tarefa de acompanhar a corretora de imóveis até o estacionamento.

— O piso precisa ser substituído — anuncia a voz de Dahlia.

O quê?

Eu examino a sala e o corredor em busca de Dahlia e os encontro vazios.

— Não temos orçamento pra isso — diz a voz animada de Oliver.

Um episódio do programa de Dahlia é reproduzido na tela do computador de Sam. Me aproximo para pausar o episódio e paro antes de tocar na barra de espaço.

Dahlia olha para Oliver com uma expressão de desagrado.

— Você me disse ontem que estávamos abaixo do orçamento e no caminho para terminar antes do prazo.

— Isso foi antes de descobrirmos sobre o problema no sótão. — Ele encaixa uma chave de fenda no cinto de ferramentas.

— Que problema? — Ela parece genuinamente confusa com a declaração dele.

— Dois dos três suportes têm danos causados por cupins, e o isolamento precisa ser refeito — ele enuncia com um sorriso falso.

— Quanto isso vai nos custar?

— Trinta mil, mais ou menos.

Os olhos de Dahlia se fecham por um breve segundo antes de ela se recuperar.

— Posso lidar com isso.

Oliver envolve com um braço o ombro de Dahlia, ignorando a forma como seu corpo se tensiona quando ele a puxa para um abraço.

— Será que agora é a hora errada para te falar sobre o porão?

O pequeno tremor no olho de Dahlia poderia ser confundido com um tique, mas eu sei o que é.

Eu mexo o mouse e verifico os detalhes do episódio. Foi gravado antecipadamente e lançado ontem, o que faz sentido, dado o cabelo mais longo e a forma mais cheia de Dahlia.

Outra coisa pela qual eu não me importaria de dar um soco em Oliver.

Eu me vejo preso, assistindo ao desastre de seu relacionamento. Oliver parece olhar *através* de Dahlia em vez de para ela enquanto ela fala com a câmera, e seu sorriso nunca chega até os olhos. Dahlia também não é muito boa em fingir afeto, com base em como ela se encolhe quando Oliver explica alguns problemas de construção como uma criança com um capacete.

Sam já se referiu a Dahlia e Oliver como *O casal das reformas de casas*, mas estamos assistindo ao mesmo programa?

Com base em uma rápida pesquisa na internet, a maioria dos espectadores concorda, descrevendo o programa como *desconfortavelmente irresistível* e o casal como *infelizmente condenado*.

— Ai, droga. Desculpe por isso. — Sam bate o polegar no teclado, pausando o vídeo.

— Aquilo foi... — Tenho dificuldade para encontrar a palavra certa.

— Desconfortável de assistir, né?

Cruzo os braços.

— Pode-se dizer isso.

— Dahlia é minha rainha e tudo mais, mas Oliver é péssimo. Não consigo acreditar que já achei que ele fosse legal e descontraído.

Eu também. Pelo menos, era assim antes de ele dar em cima da garota de quem eu gostava, sabendo muito bem como eu me sentia em relação a ela.

Eu me apoio no canto da mesa de Sam.

— O que mudou?

— Toda vez que Dahlia tem uma ideia inovadora, Oliver encontra uma maneira de atrapalhar com algum problema recém-descoberto. Era uma fórmula divertida nas primeiras vezes, mas agora é desconfortável ver Dahlia fingindo não ficar irritada com Oliver e ele fazendo de tudo para provocá-la.

Você é melhor do que ele?

— O programa costuma ser assim? — pergunto, ignorando a dúvida sobre mim mesmo.

— Não. Mas obviamente os problemas do relacionamento deles se infiltraram no programa.

— Eu vi. — *Desconfortável.*

— De acordo com alguns perfis de fofocas que eu sigo, a família do Oliver queria cancelar o programa, e como são os produtores executivos...

— Dahlia estava ferrada.

— A produção sacaneou a Dahlia na forma como editaram as cenas para pintá-la de maneira negativa. — Sam se senta antes de dar uma mordida em seu sanduíche.

— Eles podem fazer isso?

Ele resmunga.

— Claro. Reality Shows não são exatamente conhecidos por sua honestidade.

Eu balanço a cabeça.

— Qual é o sentido, então?

— Entretenimento.

Não é de se admirar que Dahlia esteja sofrendo. Se há uma coisa que ela valoriza mais do que sua carreira, é sua reputação, e Oliver nem mesmo deixou que ela mantivesse isso.

Sou atingido por um desejo sangrento de voar para San Francisco e apresentar Oliver ao meu punho. Meu advogado pode me odiar por isso, mas a satisfação de seu nariz se esmagando sob meus dedos valeria muito o dinheiro do acordo judicial.

— Quantos episódios faltam até o final da temporada?

— Oito? Talvez nove? Eu teria que conferir.

Pelo amor de Deus.

Ele dá um longo gole em seu canudo de papel.

— Mas a produtora ainda não cancelou a próxima temporada, provavelmente porque a audiência está mais alta do que nunca. As visualizações quase dobraram na noite passada depois que saiu um artigo sugerindo que Dahlia e Oliver terminaram por causa de outra mulher.

A voz desapegada de Dahlia interrompe Sam no meio da frase.

— Você não deveria acreditar em tudo que lê na internet.

— Dahlia! Você está aqui! — Sam pula da cadeira. Enquanto ele pega algumas pastas no armário atrás de sua mesa, eu dou uma olhada nela.

Além da raiva óbvia, ela parece melhor do que quando chegou a Lago Wisteria; ganhou um pouco de peso e dedicou tempo para arrumar o cabelo e a maquiagem como costumava fazer. As cores quentes de outono que ela escolheu para os olhos destacam as manchas douradas de suas íris, embora o batom vermelho chame minha atenção.

A cor me lembra a que ela usou durante uma festa de Halloween na faculdade. Seus lábios vermelhos eram um cavalo de Troia, e eu estava tão encantado com sua beleza que não a impedi de me beijar.

No início, fiquei surpreso com ela tomar a iniciativa, mas só me levou alguns segundos para jogar as inibições para longe e beijá-la de volta depois de passar três longos anos me ressentindo por sonhar com isso.

Dahlia não foi meu primeiro beijo, mas certamente parecia ser, pela forma como minha mente e meu corpo reagiram.

A lembrança se enrola no meu pescoço como uma âncora, me arrastando para baixo até que eu seja deixado com apenas um pensamento.

Ela.

Dahlia limpa o canto da boca.

— O quê? Estou com batom no rosto ou algo assim?

Não, mas gostaria que eu tivesse.

Um martelo pneumático no coração poderia ter sido menos chocante do que a visão dos lábios vermelhos de Dahlia pressionados contra os meus.

O que deu em você?

— Você está bem? — Seus olhos brilham mais do que a Praça da Cidade durante o Natal.

— Sam vai te ajudar a se instalar na sala de escritório vazia.

Eu escapo para minha suíte privativa antes que Dahlia tenha a chance de responder.

Você aprendeu alguma coisa desde a última vez? Começo a andar de um lado para o outro no perímetro do meu escritório como um animal enjaulado.

Obviamente não, e é exatamente por isso que você precisa manter o mínimo de contato com ela.

A ideia de me afastar do projeto me enche de apreensão, especialmente quando estava ansioso para sair mais do escritório e voltar às minhas raízes.

É melhor assim.

Se isso é verdade, por que parece que alguém transformou meus pulmões em uma almofada de alfinetes?

Porque você só está se punindo ao planejar evitá-la.

Estou? Porque eu não preciso de uma lista de prós e contras para determinar que trabalhar com Dahlia é um desastre prestes a acontecer. A melhor coisa que posso fazer para nós dois é me distanciar, especialmente quando meu controle é enfraquecido por nada mais do que lábios pintados de vermelho.

Eu me sento à minha mesa e envio um e-mail solicitando uma revisão de nossas agendas para garantir isso.

Crise evitada.

CAPÍTULO VINTE E UM
Julian

Desde que inaugurei oficialmente o escritório da Lopez Luxo, sempre fui a primeira pessoa a chegar e a última a sair. A reunião mensal do conselho do aplicativo Dwelling hoje à noite demorou mais do que o normal, graças ao último bug descoberto após as experimentações noturnas de Rafa.

Quando finalmente desligo o computador e saio do meu escritório, minha energia está esgotada, e meu estômago protesta a cada poucos minutos por algo melhor do que café e uma barra de proteína.

Sou surpreendido pelo som de um canto desafinado e música country ecoando pelo corredor. Depois de passar os últimos dias evitando Dahlia, parece contraproducente procurá-la agora, então não me dou ao trabalho de verificar como ela está.

Minha rota de fuga é bloqueada por um homem parado atrás da porta de vidro da frente, segurando uma sacola de comida para viagem da Churrascaria Fogo & Fumaça.

Minha boca saliva enquanto destranco o trinco e abro a porta.

— Sim?

— Tenho uma encomenda para Dahlia Muñoz. — O entregador estende a sacola para mim.

— Siga a música e a péssima cantoria até a fonte. — O telefone do homem toca.

— Merda. Normalmente, eu não pediria isso, mas você se importaria de levar até ela? Minha próxima entrega está pronta para ser retirada, e o sujeito tem sido um verdadeiro chato. — Ele não espera por uma resposta, colocando a sacola no chão e saindo correndo em direção à sua moto estacionada.

— É claro — resmungo para mim mesmo, inclinando-me para pegar a sacola do chão.

A irritação morde meus calcanhares enquanto me dirijo ao escritório que Sam preparou para Dahlia. Fica no lado oposto do prédio, longe do meu escritório e das salas de reunião que visito com frequência todos os dias.

Minha batida forte não recebe resposta, o que só aumenta minha irritação quando viro a maçaneta e abro a porta.

Dahlia dá um pulo.

— Deus. Você me assustou! — Ela estende a mão para pegar o telefone e pausa a música.

Eu esqueço completamente minha razão para visitá-la ao entrar no escritório, que foi transformado no curto período em que ela esteve aqui. A mesa de aço que ocupava originalmente metade do espaço foi substituída por uma mesa de madeira de demolição coberta com amostras de papel de parede, pedaços de piso e dez maçanetas diferentes.

Dahlia cobriu o carpete cinza simples com um tapete, adicionou luminárias no chão para substituir as de teto de luz fluorescente e instalou uma grande estante para organizar as cestas cheias de suprimentos. Ela removeu os quadros para abrir espaço para seus murais.

Dirijo-me para os painéis de cortiça de quase dois metros que cobrem a parede oposta à janela. Recortes de tecido, amostras de material bruto, opções de cores de tinta, imagens impressas de móveis e desenhos à mão estão fixados na superfície, proporcionando-me uma espiada na mente de Dahlia.

Eu sabia que Dahlia tinha um olho para o design moderno rústico — isso ficou óbvio durante as horas que passei pesquisando sobre sua carreira —, mas vê-la em ação me deixa sem fôlego. Pigarreio.

— Se adaptando bem?

— Sam disse que eu poderia fazer o que quisesse com a sala. — O tom de sua voz soa defensivo.

— Eu percebi.

Ela me olha por cima dos cílios escuros.

— Você odiou?

— Não acho que "ódio" seja a palavra certa. — Eu franzo a testa ao ouvir como a frase soa.

Você não acerta uma?

A realidade é que eu gosto mais do estilo dela do que estou disposto a admitir. Há algo nele que é caloroso. Acolhedor.

Caseiro.

— Perfeito. Agora, se não se importa, eu vou pegar isso... — Dahlia tira a sacola de comida da minha mão.

Ela procura o melhor lugar para comer antes de decidir se sentar de pernas cruzadas no tapete e usar uma caixa de papelão como mesa.

— Obrigada por pegar para mim. Acho que não escutei a ligação do cara. — Ela abre o primeiro recipiente de comida. O aroma de pão de milho recém-assado e carne de porco desfiada enche o ambiente, provocando outro grunhido perturbador do meu estômago.

O olhar dela se volta para a fonte do barulho.

— Você jantou?

— Ainda não. — Dou um passo em direção à porta.

Ela coloca a mão na sacola de papel para pegar outra caixa de isopor e a coloca ao lado da primeira.

Pego meu telefone para fazer um pedido na Fogo & Fumaça e descubro que o restaurante fechou há quinze minutos.

— Droga.

— O quê? — Ela retira a tampa do molho de churrasco e derrama um pouco sobre a carne de porco desfiada.

A saliva enche minha boca de forma constrangedora.

— Você tem uma chave para trancar?

— Não.

Ótimo.

— Você ia deixar a porta da frente aberta?

Ela dá de ombros.

— Pensei que poderia sair sorrateiramente por uma janela ou algo assim.

Eu inclino a cabeça em direção à tala roxa.

— A empresa de seguro de responsabilidade vai à falência por sua causa.

Sua risada suave me envolve com calor.

— Sam me deixou a chave, então você está seguro. *Por enquanto.*

Amanhã, pretendo conversar com Sam sobre chaves do escritório e convidados temporários.

— Certo. Não se esqueça de trancar.

— Tá bom. — Ela gesticula antes de abrir a caixa contendo uma quantidade generosa de brisket, macarrão com queijo, milho e uma salada de repolho.

Meu estômago ronca alto o suficiente para fazê-la olhar para cima. Seu olhar vai da comida para meu estômago.

— Você quer ficar e comer um pouco?

Eu pisco duas vezes.

— O quê?

— Eu pedi comida demais.

— Você está me oferecendo comida?

— Não precisa transformar isso em algo grandioso e tratá-lo como a Última Ceia ou algo assim. Você obviamente está com fome, e eu odiaria ver boa comida sendo desperdiçada. — Ela estende um conjunto de utensílios de plástico e o recipiente cheio de brisket, meu favorito.

— Estou surpreso que você esteja disposta a compartilhar.

— Você é quem sempre teve problema com isso. E é o mínimo que posso fazer depois de você me levar ao hospital e tudo mais na outra semana.

Tiro meu paletó e o jogo na mesa antes de sentar no chão de frente para ela.

— Você está certa. — Eu enfio o garfo na pilha de carne de porco desfiada e levo até a boca.

— Ei! — Ela bate com o talher na minha mão.

— Pensei que você não se importava em compartilhar — brinco antes de dar uma mordida. A explosão de sabor quase faz meus olhos revirarem.

— Você gostou?

— Não sabia que estava com tanta fome. — Eu não falo novamente até que metade do brisket tenha desaparecido.

— Você costuma trabalhar até tarde? — Ela engole uma garfada de macarrão com queijo.

— Sim. — Eu ataco o milho na espiga, já que Dahlia cortaria minha mão com uma faca de plástico antes de me deixar pegar um pouco do macarrão com queijo dela.

— Por quê?

— Não é como se eu tivesse muito mais o que fazer.

Ela me olha com uma expressão estranha.

— Ah, sei lá. Talvez você pudesse aproveitar um pouco a vida?

— Eu aproveito.

— Mesmo? Porque você é meio workaholic.

Franzo a testa.

— E daí?

— Não é necessariamente uma coisa ruim. — Ela olha para o teto.

— Você faz parecer uma coisa ruim.

— É triste pensar que você ganhou todo esse dinheiro tão jovem para facilitar a vida, mas mesmo assim tudo o que você faz é trabalhar.

— Gosto do meu trabalho.

— Mas você ama? — Ela fica quieta enquanto dá mais algumas mordidas na comida.

Não mais.

Como se pudesse ler minha mente, faz um som como se confirmasse isso.

— O quê? — pergunto.

— Você não parece feliz.

O entendimento dela me choca.

Ela balança a cabeça.

— Eu pensei que você estava aqui levando uma vida de bilionário, mas honestamente, tudo sobre isso é meio patético.

— Nossa, obrigado. — Eu roubo uma colherada de seu macarrão com queijo em retaliação, ganhando um pequeno sibilo de Dahlia.

Ela puxa o recipiente para longe do meu alcance.

— Não estou tentando ser rude.

— Mas essa parece ser a sua configuração padrão quando está perto de mim.

Meu comentário me rende um olhar de reprovação.

— Sua vida é... — Sua voz se perde.

— O quê? Triste? Patética? Miserável? Escolha.

— Não é o que eu esperava — sussurra.

Minha garganta fica apertada.

— O que você esperava?

— Ver você feliz, pelo menos.

— Você estava feliz antes de vir pra cá? — Meu tom sai mais acusatório do que neutro.

Seus ombros ficam tensos.

— Por um tempo, sim.

Meu guardanapo amassa em meu punho cerrado.

As sobrancelhas dela se franzem.

— Julian...

Eu me levanto apressadamente e jogo o guardanapo amassado e o garfo no lixo.

— Aonde você vai? — ela pergunta.

— Minha casa.

Ela não precisa se levantar para me fazer sentir pequeno enquanto pergunta:

— Você percebe como não considera lá um lar?

Merda. Tinha que ser a Dahlia para me chamar atenção para uma coisa dessas.

A verdade é que eu não tenho um lar, e não tenho ninguém para culpar além de mim mesmo. Passo tempo demais vivendo na minha cabeça, com medo de nunca ser bom o suficiente, sem sequer tentar provar a alguém que posso ser.

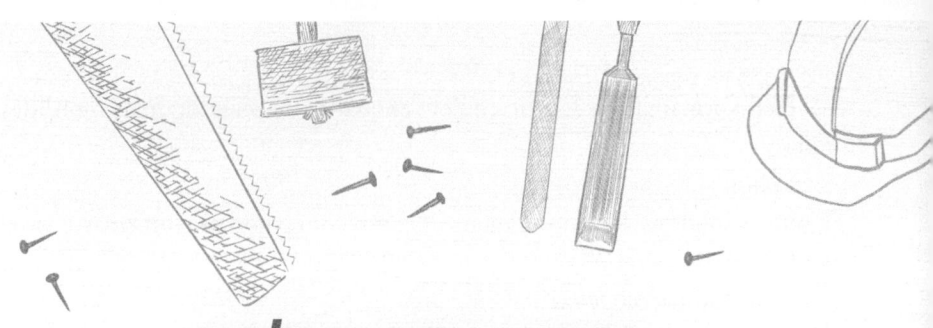

CAPÍTULO VINTE E DOIS
Julian

— Ei, chefe. Você tem um minuto? — A voz abafada de Ryder se infiltra pelas frestas da porta do meu escritório.

— Entre — digo antes de bloquear meu computador.

Ryder fecha a porta do meu escritório antes de se apoiar nela com os braços cruzados.

— Sua amiga da família tem um pedido especial que eu queria discutir com você.

Maravilha. Desde o desastre do jantar da semana passada, tenho feito o possível para evitar Dahlia, o que provavelmente explica por que ela recrutou Ryder para fazer o trabalho sujo.

Eu me inclino para trás na minha cadeira.

— O que a Dahlia quer?

— Ela quer combinar o gesso original e a marcenaria que vieram com a casa, mas estou tendo dificuldade para encontrar um carpinteiro local com esse nível de habilidade que possa trabalhar dentro do nosso prazo apertado.

— Podemos encontrar alguém de Detroit para ajudar?

— Ela sabia que você iria sugerir isso.

Eu lanço um olhar para ele.

— Previsibilidade é um sinal de estabilidade.

— E tédio. — Ele passa a mão pelo cabelo raspado. — Ela queria que eu perguntasse se você estaria disposto a fazer o trabalho em vez disso. Ela sabe que você está ocupado...

— Não.

Ele não perde tempo.

— Mas ela disse...

— Não importa o que ela disse. Ou ela trabalha com quem você contratar ou pode abandonar completamente a ideia. — Digito minha senha, mas erro duas vezes devido à minha agitação.

— Entendi, chefe. — Ele acena antes de sair do meu escritório, me deixando para descontar a irritação no teclado.

A dor no meu peito intensifica a cada minuto que passa, e sou rapidamente distraído do meu trabalho pelos pensamentos que rondam minha cabeça.

Quem Dahlia pensa que é, fazendo pedidos assim, mesmo sabendo que não faço carpintaria há anos?

Você está chateado por ela ter pedido sua ajuda, ou está com raiva de si mesmo por ter medo demais de atender ao pedido dela?

Afirmei ter processado a morte do meu pai e superado meus erros passados em relação a isso, mas, quando me é dada a oportunidade de provar, eu me esquivo, permitindo que o medo e o luto controlem minhas escolhas.

Você é quem tem todo o poder aqui.

E é isso que mais me assusta.

🏆

Por mais que eu quisesse evitar o local da construção e a mulher que está trabalhando lá, algumas coisas precisavam ser discutidas, incluindo uma apresentação formal ao novo membro da equipe que Ryder contratou.

Levou apenas um dia para ele encontrar um carpinteiro adequado para a tarefa de Dahlia e apenas um minuto para eu odiá-lo, quebrando um novo recorde da empresa.

Encaro o gigante loiro de olhos castanhos do outro lado do gramado, embora ele esteja ocupado conversando com Dahlia para me notar.

Primeira falta.

— Ei, chefe. — A grama faz barulho sob as botas de trabalho de Ryder.

— E aí. — Eu me viro para o meu gerente de projetos enquanto mantenho o carpinteiro no meu radar. — Onde você encontrou o cara novo?

— Ele foi muito bem recomendado por alguém que eu conheço de Detroit.

— Hum.

Ryder muda de posição.

— De acordo com meu contato, ele faz a melhor marcenaria deste lado do estado.

Segunda falta.

Esse fato, junto com a maneira como ele sorri para Dahlia, me faz franzir a testa.

Terceira falta.

— Livre-se dele.

Ryder congela ao meu lado.

— Desculpe, senhor. O quê?

— Não gosto dele.

Deus, soa tão idiota para os meus ouvidos quanto em voz alta.

— Você o conheceu?

— Visto que ele está ocupado flertando com a Dahlia e nem percebe o próprio chefe, não.

O olhar de Ryder vai de mim para o carpinteiro.

— Entendi.

— Ele parece muito... — faço uma pausa em busca da palavra certa — desconcentrado.

— Ele ainda não está em expediente.

— Perfeito. Menos papelada para o Sam.

Ele não tenta esconder seu divertimento.

— Chefe, se você não se importa que eu faça uma sugestão...

Trabalhar com o Ryder por sete anos tem muitas vantagens, mas também alguns inconvenientes, como sua habilidade de me entender melhor do que minha própria mãe às vezes. Culpo seu histórico militar e sua fascinação por programas de *true crime*.

— Fique à vontade. — Meu suspiro profundo não desencoraja seu sorriso perspicaz.

— Se você não quer ele por perto, então terá que encontrar alguém para substituí-lo.

— Você conhece alguma carpinteira aposentada?

Seu riso soa como um murmúrio baixo.

— Nunca pensei que veria o dia em que alguém mexeria com você.

Eu o espio pelo canto do olho.

— A Dahlia não precisa se esforçar muito.

— *Exatamente.*

— Você não tem trabalho a fazer ou alguém para gerenciar?

Ele ergue a prancheta.

— Não. Eu estava prestes a entregar alguns documentos para o Dan assinar antes de começar o trabalho.

Eu arranco os papéis de sua mão.

— Espera.

Seus lábios tremem.

— Algum problema, senhor?

O sorriso suave que Dahlia dirige a Dan responde à pergunta dele por mim. Como um tiro no coração, a dor irradia através do meu peito.

Sentir ciúmes de Oliver era compreensível, dada nossa história, mas ficar esmagadoramente frustrado com qualquer homem perto dela? Isso é um problema completamente diferente que eu nunca pensei que teria que enfrentar nesta vida.

Era fácil ignorar meus sentimentos por ela quando ela morava em outro estado, mas comecei a me sentir afundando nos "e se" quando ela voltou para Lago Wisteria.

E se eu não tivesse feito as escolhas que fiz depois da morte do meu pai?

E se eu tivesse processado meu luto de maneira diferente e assumido o papel da pessoa que Dahlia merecia?

Ela teria me ouvido e nos dado a chance de nos apaixonarmos? Ou teríamos ficado juntos apenas para perceber que era melhor ficarmos separados?

Meu mundo gira enquanto considero as possibilidades.

Tentar evitá-la claramente não tem funcionado, então o que você vai fazer agora?

— Eu tenho uma ideia. — Ryder mexe com o lápis enfiado atrás da orelha.

— O quê?

— Se não quer contratar o Dan porque ele parece *desconcentrado* — Ryder me lança um olhar —, tem um cara de quem ouvi falar que poderia facilmente substituí-lo.

— Quem?

— Você.

🏆

— Mesmo? — o entusiasmo na voz de Dahlia é perceptível.

O degrau de madeira range sob meu sapato enquanto paro no meio da escada. Dahlia não nota minha presença enquanto se dirige para a parte de trás da minha caminhonete, desaparecendo de vista.

— Uau. — Quem quer que esteja falando com ela do outro lado deve estar compartilhando algo bom, com base no gritinho que ela solta. Não sou de bisbilhotar, mas ela está bloqueando minha única saída.

— Um programa com eles seria demais!

Sinto meu estômago revirar.

— Então, esquece a ideia de ficar por aqui até a casa ficar pronta — murmuro para mim mesmo.

— Eles querem filmar em San Francisco de novo? — Dahlia faz uma pausa.

— Ah. Isso é bom, então. — Ela espera alguns segundos para falar novamente.

— Janeiro? Tão rápido assim?

Não preciso ouvir a conversa completa para tirar algumas conclusões. Em vez de sentir alívio por ela sair da cidade, estou sofrendo de uma séria azia.

Você fez de tudo para algo assim acontecer, e agora está decepcionado? Escolha um caminho e fique nele.

Ignoro a dor no peito e vou em direção à caminhonete, assustando Dahlia. Ela se afasta, e mantenho o mínimo contato visual enquanto entro no carro e ligo o motor.

É melhor assim, minto para mim mesmo enquanto dirijo para longe da casa do Fundador.

Você queria que ela fosse embora, lembro a mim mesmo rapidamente enquanto estaciono do lado de fora do meu escritório.

Dahlia sonhava com uma vida maior do que essa cidade pequena, e você nunca vai poder proporcionar isso a ela, então pare de lamentar por ela e se recomponha. Minha mente fica vazia enquanto começo a trabalhar, me afogando em papelada em vez de arrependimentos.

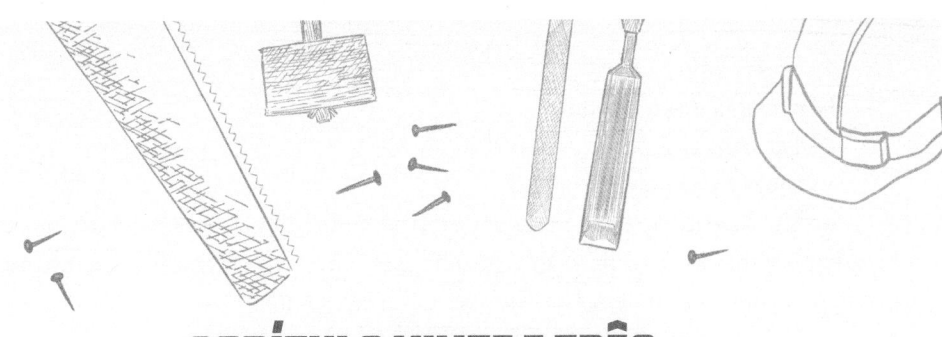

CAPÍTULO VINTE E TRÊS
Julian

Quando recebi a mensagem de emergência da minha mãe há dez minutos durante uma das últimas reuniões do dia, imaginei que pudesse ser uma barraca pegando fogo ou um gato preso em uma árvore, mas uma rápida caminhada pelo parque não mostra nada fora do comum, além dos preparativos usuais de quinta-feira para o fim de semana.

A partir de amanhã, este lugar estará lotado de voluntários, já que as sextas-feiras antes do Festival da Colheita são consideradas feriados na cidade, com todos tirando folga do trabalho para ajudar na preparação de um sábado e domingo cheios de eventos.

— Você está aqui! Graças a Deus. — Minha mãe faz um grande espetáculo jogando os braços ao meu redor e me puxa para um abraço, deixando minhas orelhas vermelhas enquanto os voluntários nos observam.

É preciso uma quantidade insana de força para me soltar dela.

— Então, qual é a emergência?

Ela abaixa os ombros.

— Você vai me matar.

— Só se você não for direto ao ponto rápido o suficiente.

Ela coloca as mãos nos quadris.

— Luis Julian Lopez Junior. Não ouse falar assim com sua mãe.

Eu passo uma das mãos pelo rosto, frustrado, apagando minha cara fechada.

— Desculpe, Ma. Estou exausto. — Depois de um dia cheio de reuniões evitando Dahlia no meu próprio prédio de escritórios, estou esgotado.

— Me compense por isso dizendo que vai a Detroit. *Hoje à noite.*

— O que você precisar.

Ela enxuga a testa úmida.

— Eu sabia que podia contar com você.

— Qual é o problema?

— Eu disse as datas erradas para a empresa de aluguel, então agora estou sem cadeiras e mesas. A empresa que escolhi para o evento está totalmente reservada, então encontrei outra em Detroit que tem o suficiente.

— Por que eles não podem vir até aqui?

— Eles não fazem entregas aqui.

Lá se vai meu encontro com uma garrafa de Merlot e uma refeição pronta.

— Eles sabem que estou indo?

— Sim, mas você vai precisar pegar emprestado o caminhão de mudanças do Fred.

— Fred Davis?

Ela faz uma careta.

— Sim.

— Ele me odeia. — O dono da única empresa de mudanças na cidade me detesta desde que eu acidentalmente destruí seu canteiro de flores premiado enquanto aprendia a dirigir com meu pai.

— Eu sei que sim, e é exatamente por isso que você vai fazer a Dahlia amolecer ele.

Enquanto o ódio de Fred por mim nunca vacilou, sua estima por Dahlia floresceu depois que ela salvou sozinha o canteiro de flores que eu quase destruí.

— Não preciso da ajuda da Dahlia — digo com a cara fechada.

— Nós dois sabemos que precisa, por isso já a enviei até Fred com uma cesta de quitutes assados da Alana e um vale de cinquenta dólares para a Fogo & Fumaça.

Maldição.

♟

— Olha essas rosas. — Dahlia abre um belo sorriso para Fred, fazendo com que as flores deslumbrantes ao seu redor fiquem em segundo plano. A habitual opressão no meu peito retorna ao vê-la, tornando a respiração uma tarefa árdua.

Será que algum dia você vai se acostumar a ter ela por perto?

Levando em consideração o batimento desigual do meu coração, a resposta continuará sendo um retumbante não.

Um galho se quebra sob meus sapatos, e seus olhos se voltam para mim.

Fred se vira nos calcanhares, fazendo sua peruca branca voar com o movimento repentino.

— *Você.*
— Oi, Fred — digo com um aceno desinteressado.
— Se você for esperto, vai embora antes que eu vá procurar o rifle do meu avô.
Dahlia abafa a risada com a palma da mão.
Sorte que um de nós está se divertindo.
Eu tento agir de maneira madura.
— Quero estar aqui tanto quanto você quer que eu esteja.
— Então, sinta-se à vontade para se retirar da minha propriedade. — Ele se vira para Dahlia.
— Sr. Davis — Dahlia diz com aquela voz dela, doce como o pecado. — A cidade precisa da sua ajuda. — Ela usa esses malditos olhos de cachorrinho novamente, piscando, transformando o pobre Sr. Davis em sua última vítima. Eu já a vi usar o mesmo tipo de tática repetidamente ao longo de nossas vidas. Quando éramos adolescentes, odiava isso porque não havia situação da qual Dahlia não conseguisse se livrar encantando alguém.

Ninguém tem chance contra ela quando ela faz aquela coisa com o lábio inferior. Fred dura três segundos inteiros antes de ceder.
— Tudo bem. Mas só se a Dahlia ficar com o caminhão o tempo todo.
— Claro! — Ela bate palmas animadamente.
Fred desaparece dentro de casa.
Dahlia se vira para mim com um sorriso malicioso.
— E é assim que se faz.

🏆

— Então, quanto tempo vai levar a viagem? — Dahlia pergunta quando viro na estrada principal que leva à cidade.
Os freios rangem quando o caminhão de quase oito metros para abruptamente.
— O quê?
Ela verifica o telefone.
— A autoestrada está congestionada por causa de uma construção, então provavelmente não chegaremos lá até depois do pôr do sol.
— Você não vai comigo.
— Como é?
— Eu vou te deixar na sua casa.
— Não se você planeja pegar emprestado o caminhão do Fred.
Inclino a cabeça na direção dela.
— Está me ameaçando?

— Está mais para agindo em meu benefício.

Meus dedos ficam brancos de apertar o volante.

— O que você precisa fazer em Detroit?

— Eu queria pegar alguns suprimentos, já que deixei a maioria dos meus em San Francisco.

— Como o quê?

— Coisas que não podem ser encontradas no mercado da rua Principal. Papel vegetal, fita de desenho, canetinhas a base de álcool etc.

— Faz uma lista, vou pegar para você.

Ela dá uma espiada em mim pelo canto do olho.

— A ideia de estar no carro comigo por algumas horas te incomoda tanto assim?

Embora eu seja tentado a concordar, não quero dar a ela a satisfação de estar certa. Então, em vez disso, digo algo incrivelmente idiota.

— Eu estava tentando ser legal e te poupar a viagem.

Ela ri consigo mesma.

— Claro que estava.

As minhas mãos se contraem em torno do volante enquanto passo pela praça e sigo em direção à estrada de sentido único para fora da cidade com a única mulher de quem estava tentando ficar longe.

CAPÍTULO VINTE E QUATRO
Dahlia

Não foi minha intenção me envolver na missão de Julian de salvar o Festival da Colheita, mas como estou com um dos braços quebrado, não posso exatamente dirigir até a cidade mais próxima em busca de ferramentas de design de interiores. Ir com ele é a melhor solução que tenho.

Claro, eu poderia comprar as coisas on-line, mas os prazos estimados de entrega de duas semanas me fazem descartar rapidamente essa ideia. É ir com Julian nesta viagem ou esperar duas semanas pelos suprimentos de que eu precisei ontem.

A viagem de duas horas passa rápido, com Julian logo vetando minha playlist e tocando a dele. Fico surpresa com novos artistas que não conhecia, e me vejo salvando algumas das músicas na minha própria lista.

Julian dirige por uma fila de armazéns escuros antes de parar em frente ao endereço que sua mãe enviou para ele.

— É aqui? — Olho ao redor na rua silenciosa.

— De acordo com a marcação da minha mãe, sim.

Desço do caminhão, apesar dos protestos de Julian.

— Você tem algum instinto de sobrevivência? — Ele fecha a porta com força.

Bato em minha bolsa.

— Claro. Tenho spray de pimenta e experiência suficiente em aulas de defesa pessoal para me virar.

— Tudo o que precisaria é de um soco no seu braço quebrado para você implorar por misericórdia.

Eu pisco.

— Você realmente pensou nisso.

Ele me lança um olhar antes de se dirigir à porta.

— Merda.

Levanto as sobrancelhas.

— O quê?

— Está fechado.

— Não. — Confiro a placa e confirmo esse fato enquanto Julian liga para a mãe e explica nossa situação no viva-voz.

— O que você quer dizer com estão fechados? — pergunta Josefina.

Julian fecha os olhos.

— Você errou o horário de funcionamento.

Josefina solta um suspiro como uma das estrelas de suas novelas, o que faz minhas sobrancelhas se elevarem.

— Eu? Não. Eu nunca faria isso.

E o prêmio de pior atuação vai para...

— Mãe. — Julian troca um olhar comigo.

Ela está tramando algo, eu falo. Deveria ter percebido que Josefina estava planejando alguma coisa quando começou a me bombardear com perguntas sobre os suprimentos que precisava pegar em Detroit. Quando mencionei a possibilidade de pedir para entregá-los, ela insistiu que eu os pegasse para evitar mais atrasos.

Julian balança a cabeça.

Ela ri.

— *Qué pena.* Acho que você e Dahlia vão precisar ficar aí até amanhã.

Julian franze as sobrancelhas.

— Como você sabe que a Dahlia está comigo?

— Fred prome... me disse quando veio aqui na tenda dos voluntários.

— *Por supuesto.** — Ele franze a testa com força o suficiente para criar rugas permanentes.

— Tenho que ir, *mi hijo*! Alguém deixou o portão da exposição de animais aberto. *Te quiero.* Dê um abraço na Dahlia por mim!

O telefone apita duas vezes antes da tela de Julian se apagar.

Ele passa as mãos pelos cabelos.

— Vou matar ela.

— Sinta-se à vontade para fazer isso *depois* do festival; assim ninguém fica chateado com você.

Ele belisca a ponte do nariz.

— Ela me passou o horário errado de propósito.

---

* *Por supuesto:* Claro.

— Honestamente, é uma estratégia genial para nos fazer passar tempo juntos.

— Vou ligar para o Sam e pedir para ele reservar dois quartos enquanto vamos para a loja comprar roupas e seus suprimentos.

Pego meu telefone enquanto Julian digita no dele.

— O shopping fechou há uma hora — anuncio com um franzir de testa.

— Podemos comprar em uma loja de departamento em vez disso.

— *Perfecto*. — Na hora certa, meu estômago ronca alto o suficiente para as sobrancelhas de Julian se erguerem. — Podemos parar em algum lugar para comer?

— Juntos?

Reviro os olhos.

— Eu ia sugerir mesas separadas, mas se você está tão desesperado pela minha companhia, estou disposto a fazer um sacrifício por você.

— Entre logo no caminhão antes que eu cancele nossa ida à loja de arte.

— Idiota.

— *Querida*. — O apelido penetra meu coração frio como uma flecha flamejante.

Reconheço instantaneamente o sentimento. Sinto-me tentada a arrancar meu coração e pisoteá-lo só para me lembrar do que era ser esmagada por Julian todos esses anos passados.

De toda forma, você vai embora em janeiro para filmar seu novo programa, então não há motivo para ficar toda agitada por um apelido bobo.

Mais fácil falar do que fazer.

🏆

Julian recebe uma ligação assim que estaciona em frente à loja de arte, então encaro como um sinal de intervenção divina. Passar tempo perto dele é uma coisa, mas recebê-lo em meu santuário?

Totalmente fora de cogitação.

Estendo a mão para a maçaneta, mas sou interrompida quando ele segura minha mão esquerda. Não é para ser um gesto íntimo, mas meu coração acelera de qualquer maneira.

Espera, ele sussurra antes de soltar minha mão.

Ele tira um cartão Centurion da carteira e estende para mim. Pisco para ele algumas vezes e esfrego os olhos para ter certeza de que o nome na frente do cartão está correto.

Como ele é o mesmo cara que viveu à base de cupões de desconto durante a juventude?

Por quê?, pergunto apenas com os movimentos da boca.

Despesa da empresa, ele responde.

Na opinião de Julian, devo ter demorado a pegar o cartão, porque ele revira os olhos enquanto enfia o American Express no bolso esquerdo da frente da minha calça jeans.

O calor de seus dedos permanece por muito tempo depois que saio apressada do caminhão e entro na loja.

Com a loja de material artístico fechando em menos de trinta minutos, faço um serviço rápido com minha lista de compras. Embora não tenha tudo o que eu prefiro usar enquanto projeto e planejo, tem o que vou precisar para dar conta do projeto da casa do Fundador.

Jogo algumas coisas a mais no carrinho, já que essa viagem está sendo patrocinada pela conta bancária de Julian, incluindo algumas molduras para fotos para o meu escritório, uma árvore de Natal artificial porque é a temporada de gastar, e bastante lã para tricotar um cachecol para cada pessoa na cidade. Eu nem tricoto, mas tive um desejo insano de tentar depois de tocar em cem novelos diferentes de lã.

Com um movimento do cartão de crédito da empresa de Julian e uma rápida assinatura para um fã no verso de um recibo descartado, volto para o caminhão com as rodas do meu carrinho rangendo com o peso total da minha carga.

Julian se apoia no caminhão com o telefone ainda grudado na orelha. Meu carrinho faz barulho, e ele levanta o olhar.

— Tenho que ir, Rafa. — Julian desliga o telefone com uma sobrancelha arqueada. — Uma árvore de Natal?

— Pensei que poderíamos alegrar um pouco o seu escritório. — Com todo o tempo que estou passando lá, adoraria ter algo para olhar além do meu próprio reflexo em todo o vidro e metal.

— Nem passou o Dia de Ação de Graças ainda.

Faço um barulho de reprovação.

— Nunca é cedo demais para celebrar o nascimento de Nosso Senhor.

Ele pega algumas sacolas do carrinho.

— As pesquisas sugerem que, na verdade, Jesus nasceu na primavera.

Fico na ponta dos pés e coloco uma das mãos sobre a boca dele.

— Não repita isso na frente da minha mãe. *Nunca*. — Ela é do tipo que monta nosso presépio cedo, sem o bebê Jesus, porque ele não faz sua estreia oficial até a meia-noite da véspera de Natal.

Os olhos dele se estreitam.

Eu pressiono mais forte.

— Você entendeu?

Ele tem a audácia de morder a palma da minha mão. Eu a retiro com um suspiro, e ele a segura com firmeza para me punir.

— Meu cartão?

— Eu perdi.

O homem faz uma careta.

— Estou brincando!

Espero que ele me solte, mas, em vez disso, Julian me mantém presa contra o peito enquanto procura nos meus bolsos o cartão. O roçar dos dedos é rápido e clínico até deslizarem no meu bolso traseiro, passando sobre minha bunda enquanto ele leva o tempo dele pegando o cartão de crédito fino.

Fico dividida entre dois sentimentos, e nenhum deles é desconforto.

Surpresa? Confere.

Desejo? Com certeza.

Embora eu preferisse roer minha própria língua a confessar isso.

Minha satisfação com a pegada dele me faz falar primeiro.

— Se você queria pegar na minha bunda, era só pedir.

O comentário o tira do transe em que estava, e ele se afasta. Lamento a perda do toque dele enquanto ele guarda o cartão na carteira sem me olhar nos olhos.

— Você pode esperar no caminhão enquanto coloco suas coisas na parte de trás. — Ele me dispensa sem sequer dar uma segunda olhada, e volto para a cabine bufando.

Foi ele quem me tocou.

Sim, mas foi você quem gostou.

🏆

Julian e eu seguimos para uma grande loja local em seguida. A seleção de roupas é sombria, e estremeço em meus tênis ao escolher o par menos atraente de pijamas de flanela, calcinhas com os dias da semana estampados na parte de trás, e um par de jeans respingados de tinta que levariam o esquadrão da moda a entrar em modo de ataque total.

Julian me dá total liberdade para escolher suas roupas enquanto conversa com Sam sobre algumas coisas relacionadas à agenda de trabalho da próxima semana. Eu me divirto montando o conjunto mais feio para ele, que ele rejeita imediatamente.

Faço beicinho.

— Estou ofendida por você não confiar em mim.

— Nenhuma quantidade de confiança no mundo me convenceria a usar esses jeans. — Ele franze a testa para o jeans desgastado por ácido, digno de um videoclipe dos anos oitenta.

— Se dependesse de você, usaria uma calça simples e uma camiseta preta.

Ele levanta a cesta cheia de roupas no ar.

— Exatamente.

Ah.

— Vou devolver tudo isso. — Eu retorno para a seção masculina com meu carrinho e me distraio com a seção de Natal perto dos caixas.

A maioria dos meus feriados se tornou oportunidade para os Creswell e o agente deles mostrarem minhas habilidades de design, fazendo com que eu criasse coleções exclusivas para serem apresentadas em revistas e páginas de redes sociais. E embora eu adore pensar novas maneiras de reinventar clássicos das festas, não consigo deixar de admirar as decorações nostálgicas nas prateleiras.

Lantejoulas vibrantes. Enfeites divertidos. Lâmpadas multicoloridas. Tudo nesta seção de Natal me lembra da minha infância, e quero participar disso sem me preocupar em criar algo perfeito ou esteticamente agradável.

Eu quero me *divertir*.

Depois de lidar com uma tristeza intensa e um torpor crônico nos últimos meses, pretendo me agarrar à minha empolgação e aproveitar o momento pelo maior tempo possível. Como uma criança sem autocontrole, jogo objetos aleatórios no carrinho. Lantejoulas brilhantes o suficiente para cegar alguém. Um quebra-nozes bebendo cerveja com uma camisa de estampa tropical. Pacotes de enfeites temáticos que sem dúvida vão entrar em conflito entre si.

Passo por cada corredor, jogando o que me faz rir no carrinho. No início, meu carrinho era fácil de guiar com um braço só, mas agora tenho dificuldade para empurrá-lo para com todo o peso adicionado.

Meu pescoço formiga, e viro para encontrar Julian se aproximando de mim.

— É tudo para aquela árvore de Natal que você comprou para mim? — Ele assume o controle do carrinho.

— Pensando melhor, acho que vou ficar com a árvore. Não podemos deixar você estragar sua imagem de Scrooge ou coisa assim.

— Não.

Arregalo os olhos.

— Você quer a árvore?

— Sim.

— Por quê?

Silêncio.

Idiota.

— O que é tudo isso? — Ele vira o carrinho em direção ao caixa.

— Algumas decorações para a *sua* árvore.

Seus olhos recaem sobre o quebra-nozes abrindo uma Corona.

— E o resto?

— Vai ter que esperar para ver.

— O que você está planejando? — Seu olho direito treme.

— Como se eu fosse te contar.

— *Dahlia.* — Aquela voz rouca dele mexe com a metade inferior do meu corpo.

— Vai ficar ótimo! Eu prometo!

♟

Nunca pensei que fazer uma viagem com Julian poderia ser uma boa experiência. Entre brigar pelo controle da playlist e rir de críticas terríveis de restaurantes enquanto procuramos um lugar que sirva pizza ao estilo de Detroit, acabo me divertindo com a companhia dele. É perigoso admitir, e tenho medo de reconhecer isso por mais do que um segundo fugaz, apenas porque estou preocupada que não vai durar depois que voltarmos para Lago Wisteria amanhã.

Não quero ter esperanças, então sou cuidadosa para não criar expectativas irreais, embora Julian torne isso quase impossível quando sorri para a jukebox.

A hostess deixa nossos cardápios na mesa mais próxima antes de ir até outro casal.

Julian olha a lista de músicas antes de passar o cartão para pagar e sentar-se. É então que os primeiros acordes de uma das minhas favoritas, "Brown Eyed Girl", começam a tocar.

A lembrança do meu pai girando minha mãe ao redor da nossa sala de estar com a mesma música surge em minha frente. Mamãe ria mais e se preocupava menos sempre que meu pai estava por perto, especialmente quando dançava com ela.

Julian desliza no lugar à minha frente, e a memória desaparece.

— Eu amo essa música.

— Eu sei. — Ele pega o cardápio enquanto meu coração bate forte o suficiente para quase pular para fora do peito.

Coloco a cabeça nas minhas mãos com um suspiro.

♟

Estou exausta quando chegamos ao hotel chique que Sam reservou para nós, com meus olhos se fechando e minha postura se curvando.

— Aqui está. — O concierge desliza a chave na direção de Julian.

— E a outra?

O olhar do homem volta para a tela do computador.

— Você só reservou um quarto.

Os ombros de Julian ficam tensos.

— Isso é impossível.

— Só há uma reserva em nome de Lopez.

— Tente procurar um quarto em nome de Muñoz — digo.

Alguns cliques do mouse confirmam que não tenho um quarto.

Julian se afasta para ligar para Sam, depois volta com a expressão mais assustadora que já vi nele.

— Ele não atendeu.

Duvido que eu atenderia meu chefe à meia-noite também, ainda mais se não pudesse reservar um segundo quarto como ele queria.

— Podemos reservar outro quarto agora? — Julian bate os dedos no balcão.

— Eu gostaria de poder, mas estamos completamente lotados esta noite. A maioria dos hotéis na área está, já que temos três convenções, um jogo de hóquei e o casamento de um jogador da NFL acontecendo no fim de semana. Você pode dirigir por aí e tentar a sorte, mas...

— Quero falar com o seu gerente.

Ah, não. Melhor salvar Julian antes que ele se torne um bilionário mimado com esse pobre homem.

— Obrigada por tentar. — Pego a chave do balcão.

— Vamos procurar outro hotel — Julian protesta.

— Estou exausta e quero descansar. — Embora meus níveis de energia tenham melhorado significativamente junto com meu humor, ainda estou mais cansada do que o normal.

— Mas...

— Vamos lá. — Travo os braços com Julian enquanto o afasto do balcão.

A raiva emanando dele me mantém quieta enquanto subimos para o nosso quarto. Com a maneira como ele bufa e sopra, estou um pouco preocupada com a segurança do emprego de Sam.

— Pelo menos o quarto é bonito. — Destaco o único aspecto positivo antes que a realidade me atinja no rosto.

As mãos de Julian se contraem e relaxam enquanto ele fulmina a cama.

A *única* cama king-size.

— Bem, isso não vai ser divertido? — Mordo a língua.

Embora o quarto luxuoso tenha sua própria área de estar com a mais recente smart TV, fica claro que o sofá de couro e a chaise são mais para estética do que conforto.

— Já volto. — Ele passa por mim.

Eu seguro em seu braço e o impeço.

— E vai fazer o quê? Ameaçar o cara? Ele já disse que não tem outro quarto, então você só vai perder seu tempo.

Os olhos de Julian se fecham.

— Que pesadelo.

— Poderia ser pior.

— Como?

— Imagina se eu roncasse.

Ele murmura algo para si mesmo antes de escapar para o banheiro com a sacola plástica cheia de roupas e produtos de higiene.

Um cano geme antes do som suave da água ecoar pelo quarto.

Com Julian fora, consigo processar completamente a ideia de compartilhar uma cama com ele. Embora nossas circunstâncias não sejam ideais, tenho certeza de que podemos ser adultos maduros a respeito e ficar cada um em seu respectivo lado.

CAPÍTULO VINTE E CINCO
Julian

Compartilhar um quarto com Dahlia se mostra um desafio difícil, especialmente depois que ela toma um banho e sobe na cama ao meu lado.

Estendo a mão e puxo o cordão do abajur, mergulhando o quarto na escuridão.

— Boa noite — ela diz enquanto afunda no colchão.

Independentemente do espaço entre nós, estou profundamente ciente de cada respiração e movimento que ela faz.

— Noite — resmungo em direção ao teto com os braços cruzados sobre o peito.

Ela se move para a direita antes de virar para a esquerda, só para voltar para a mesma posição com um suspiro.

— Você está bem?

— Uhum — ela responde antes de voltar para o lado direito.

Tento dormir, mas os movimentos inquietos de Dahlia me mantêm completamente acordado pelos próximos cinco minutos. Não sei bem se ela normalmente tem o sono inquieto ou se a tala torna difícil encontrar uma posição confortável, mas de qualquer forma, está me enlouquecendo.

Eu viro a cabeça para o lado.

— Qual é o problema?

Ela arruma o edredom pela décima vez.

— Não consigo dormir.

— Por quê?

— Porque... — Ela aponta para nós dois como se isso explicasse tudo.

— O quê?

— Isso é estranho.

— Prefere que eu durma no chão?

Seu sorriso é visível no escuro.

— Você faria isso?

— De jeito nenhum, mas é bom saber que você concordaria que eu fosse exposto a mais fluidos corporais do que um banco de esperma.

Meu cérebro é arremessado em um turbilhão pelo som suave e melódico de sua risada.

— Não seja dramático. Este deve ser o hotel mais luxuoso de Detroit — ela diz.

— Poderia ser o Ritz-Carlton, e eu ainda me recusaria a dormir no chão.

— Sempre tem o sofá.

— Obrigado pela sugestão, mas gosto da minha coluna alinhada do jeito que está.

Ela ri novamente, desta vez com um pequeno chiado no final.

Ambos ficamos quietos, embora este momento de silêncio pareça mais confortável em comparação com os outros.

— Julian — ela sussurra alguns minutos depois.

Eu aperto os olhos com força.

— Estou dormindo.

— Não, você não está. — Ela me cutuca com o gesso.

Eu abro um olho para confirmar que ela ocupou o espaço entre nós. Ela se inclina de lado, com o braço direito escondido sob o travesseiro e os cabelos escuros se espalhando ao redor dela como uma cortina.

— O quê? — pergunto sem esconder minha irritação.

— Tem uma coisa me incomodando.

— O colchão?

— Não. *Nós.*

Eu permaneço em silêncio.

Dahlia suspira.

— Às vezes parece que... — Sua frase para antes que ela tenha a chance de terminá-la.

O quê? Eu quero perguntar.

Me fala, eu gostaria de dizer.

Mas, em vez de revelar minha curiosidade, mantenho as perguntas trancadas.

Ela volta à sua posição original deitada de costas.

— Esquece. Estou exausta.

Eu deixo que ela minta e saia impune, porque não estou pronto para enfrentar o que quer dizer sobre nós, principalmente porque não há nós para começo de conversa.

Só porque você tem muito medo do que pode acontecer se houver, a voz no fundo da minha cabeça sussurra.

Deixando de lado minha história com Dahlia, há muitos problemas no meu caminho para buscar algo sério, incluindo o fato de ela se mudar de volta para San Francisco no próximo ano e eu não ser bom o suficiente para ela.

Eu nem mesmo quero ter um filho, pelo amor de Deus. Então, ainda que eu pudesse reconhecer como me sinto em relação à Dahlia, isso não significa que sejamos compatíveis.

Não importa o quanto eu deseje que fôssemos.

🏆

Acordo com o som de algo batendo contra a parede atrás de mim. Meus olhos se abrem rapidamente, e meu corpo fica rígido sob Dahlia. Sua respiração rítmica não falha, então duvido que ela perceba alguma coisa, incluindo a forma como ela me segura como seu travesseiro favorito.

Dahlia é sempre linda para mim, sorrindo ou de cara fechada, maquiada ou sem maquiagem, vestida como uma modelo de passarela ou usando apenas um moletom e leggings, mas neste momento, eu a acho absolutamente deslumbrante, com o braço ao meu redor e a bochecha pressionada contra meu peito.

Um homem inteligente sairia debaixo dela e substituiria seu corpo por um travesseiro de verdade, mas obviamente eu não tenho o nível de QI necessário para me mexer um único centímetro. Especialmente quando Dahlia se aconchega mais em meu peito e joga a perna sobre a minha como se sentisse minha vontade de fugir.

Nada se compara a acordar com ela em meus braços.

A sensação pesada que costumo ter toda manhã em que acordo sozinho foi embora.

Só mais alguns minutos, eu prometo a mim mesmo, enquanto o casal ao lado continua sua maratona sexual contra a parede compartilhada.

Meus olhos se fecham em algum momento, e eu adormeço ao som do ronco leve de Dahlia, um fato sobre o qual ela mentiu noite passada.

No entanto, ainda volto a dormir com um sorriso.

Ela não planeja ficar por muito tempo, repito pela milionésima vez durante nossa viagem a Detroit.

Então, você pode muito bem aproveitar ao máximo a companhia dela enquanto é possível.

🏆

Em algum momento desta manhã, Dahlia escapou do abraço firme contra o meu corpo, deixando-me acordar completamente sozinho algumas horas depois, com o barulho da nossa porta batendo.

— *¡Buenos días, princesa!* Eu trouxe café e um croissant de presunto e queijo. — Dahlia equilibra dois copos de plástico com café em seu braço enquanto fecha a porta com o pé.

Eu olho para o teto, esfrego os olhos e solto um longo bocejo. Ela coloca a bebida na mesinha ao meu lado antes de se sentar perto dos pés da cama.

Eu não preciso verificar o rótulo do lado para confirmar que é o pedido certo. Dahlia foi quem me viciou em cafés gelados com caramelo extra, calda de caramelo e um toque de creme, e não consegui parar de bebê-los, embora sempre me lembrem *dela*.

Depois de um único gole, me sinto revigorado. Eu me sento contra a cabeceira e passo a mão pelo cabelo.

— Você dormiu bem?

— Uhum. — O olhar dela desvia do meu, embora o rubor subindo por seu pescoço a entregue.

Quase esqueci dos nossos vizinhos até que eles reiniciam o ritual de uma hora de foder com força o suficiente para fazer a cabeceira bater na nossa parede.

Dahlia arregala os olhos.

— Eles...

— Sim. — Minha resposta é seguida por um gemido irritante.

Ela levanta as sobrancelhas.

— Nossa.

— Só a cabeça — a mulher geme.

Dahlia leva a mão contra a boca.

— Isso, amor. Você é tão apertada — o homem rosna.

Dahlia desaba com o rosto no colchão, bem em cima das minhas pernas. O edredom faz um bom trabalho abafando suas risadas, embora eu consiga senti-las até a minha alma.

— Você gosta quando eu pego mais pesado? — Um tapa ecoa pelas paredes antes de outro gemido.

— Sim. — A mulher geme. — Com mais força.

O homem grunhe, seguido pela mulher dizendo:

— Assim mesmo, baby.

— Assim mesmo, baby — Dahlia repete com uma voz sensual enquanto olha para mim através de seus cabelos escuros.

Meu pau deveria estar completamente mole, mas é o suficiente ela me chamar de *baby* enquanto me olha com olhos sedutores para fazer meu sangue correr para o sul.

— O que está fazendo? — sussurro.

— Me divertindo. Experimenta comigo.

Eu não sei muito sobre a vida dela em San Francisco, mas do jeito como ela tem agido durante essa viagem, alguém pensaria que ela foi privada de todas as coisas que amava.

Dahlia se arrasta em direção à cabeceira e suspira alto o suficiente para fazer nossos vizinhos pausarem o que quer que estava fazendo eles contarem em voz alta como se estivessem aprendendo os números.

Cacete. Diz pra mim que ela não está fazendo o que eu acho que ela está fazendo.

Ela agarra a cabeceira com a mão direita e a empurra com toda a força. Poderíamos ouvir um alfinete cair pela maneira como todos, incluindo nossos vizinhos, permanecem em silêncio.

— Você ouviu isso? — a mulher pergunta.

— Foda-se, não me importo. Deixa eles ouvirem — o cara admite.

— Não vou mentir. Isso é meio excitante — Dahlia diz enquanto suas bochechas ficam de um tom mais profundo de rosa.

Eu me engasgo com minha respiração.

— O quê?

Um gemido feminino do outro lado da parede faz meus olhos se abrirem.

— Coloca o dedo no meu cu como na última vez — o cara diz, grunhindo.

— Ainda acha isso excitante? — sibilo.

— Só se ele gostar. — Os olhos de Dahlia brilham de uma maneira que não vejo desde a faculdade, antes de tudo desandar.

Merda. Com base nos gemidos do cara, é seguro dizer que ele está gostando do que está acontecendo.

Dahlia sacode a cabeceira novamente, fazendo o casal se calar.

Maldito seja se eu estragar a diversão dela. Não tenho certeza de que ela teve muita enquanto namorava aquele idiota, e, pelo menos uma vez, quero ser a razão por trás do sorriso dela.

Foda-se.

Eu balanço para a frente e para trás com força o suficiente para fazer a cabeceira bater na parede. Em vez de nossos vizinhos se preocuparem, eles parecem encorajados pela nossa intromissão.

— Onde você quer que eu fique? — A voz rouca de Dahlia deixa meu pau pronto para a ação.

— Sentar na minha cara parece um bom começo.

— O quê?

— Você me ouviu. — Eu toco meus lábios. — Abre as pernas e mostra o que é meu.

Seu rosto vai de rosa para vermelho.

— Eu... nós...

— Se vai abrir a boca, melhor fazer isso com ela em volta do meu pau.

Ela pega o travesseiro mais próximo, o atira na minha cabeça, e eu desvio.

Traço uma linha do pescoço até sua bochecha vermelha com a ponta do meu dedo indicador.

— Alguém está tímida.

Depois de todos os anos lidando com suas provocações constantes, é bom estar do outro lado.

Suas narinas se dilatam.

— Para com isso.

— Por quê? Com medo de gostar?

— Como se eu pudesse querer seu pau perto da minha boca.

— Isso significa que os outros dois buracos estão disponíveis?

— Só se o seu também estiver, *mi amor*. — Ela passa o polegar sobre o meu lábio inferior.

Cacete. Eu e nossos vizinhos ficamos em silêncio. O comentário dela não deveria ser excitante, mas caramba, meu pau está duro o suficiente para partir ao meio.

Dahlia está respirando tão pesado que questiono se ela pode soltar fogo pelas narinas.

Você foi longe demais. Muito longe.

— Dah..

Ela se senta no meu colo e coloca a mão direita sobre a minha boca.

— Shh. Sem nomes — sussurra.

— Desculpa. — Minha resposta fica abafada.

Ela se move para sair do meu colo, mas a seguro no lugar, prendendo minhas mãos em torno de seus quadris.

Nós nos encaramos.

O que você está fazendo?

O olhar dela desce para os meus lábios, que formigam com um único olhar.

Algo de que provavelmente vou me arrepender.

Não seria a primeira vez.

Ela parece retomar o bom senso primeiro, pois tenta se contorcer para fora do meu alcance, apenas para seus olhos saltarem.

— Você está... — Ela engole em seco com força o suficiente para que eu veja, antes de mexer os quadris novamente, me fazendo chiar enquanto ela se esfrega contra a minha ereção. — Ah, meu Deus.

— *Para.*

— Você está de pau duro — ela anuncia, com as bochechas coradas. — É por causa do...

Algo bate alto contra a parede, seguido por outro gemido.

— O que você acha — resmungo.

Ela gira os quadris, e minha cabeça cai para trás com um gemido. A risadinha que ela solta me faz lutar com duas emoções diferentes, nenhuma delas é boa.

Ela desliza um dedo pelo meu peito.

— Estou lisonjeada.

— Cala a boca.

— Não. Saber que eu te afeto assim... — Ela pressiona os dedos contra os lábios e faz um som de beijo. — A justiça foi feita.

— Vou te mostrar a justiça. — Eu agarro a parte de trás do pescoço dela e puxo, trazendo-a em minha direção. Os olhos dela se fecham enquanto ela se inclina para a frente e depois se abrem ao som ensurdecedor de nossos vizinhos encontrando seu prazer.

Dahlia salta da cama e corre para o outro lado do quarto enquanto coloco minha cabeça para trás em um travesseiro e dou um gemido.

Não preciso de uma lista de prós e contras para me lembrar de todos os motivos pelos quais beijar Dahlia é uma péssima ideia. Isso só complicaria mais as coisas, e com tudo que está acontecendo em nossas vidas, é melhor não balançar o barco quando ele está mais comprometido estruturalmente do que um *Titanic* afundando.

Saio da cama, pego meu telefone e vou em direção ao banheiro enquanto protejo Dahlia da ereção furiosa. Meu correio de voz está entupido com mensagens da minha mãe, Sam e Rafa, e ignoro tudo isso para tomar um banho quente.

Bater uma é a escolha mais inteligente, ainda que pensar em Dahlia enquanto faço isso definitivamente não seja. No começo, tento resistir, mas minha tarefa parece impossível, pois sou inundado por imagens dela.

Trabalho com a variedade de ideias que flutuam na minha cabeça desde a nossa performance teatral.

Ela sentada no meu rosto.

Minha língua e boca chupando até que ela ameaça cortar meu suprimento de oxigênio.

Sua boca no meu pau, lambendo, beijando, chupando, enquanto ela abala meu mundo com um único orgasmo.

Sinto um frio na espinha com cada movimento frustrado, e minha respiração acelera até que estou ofegante com a fantasia de Dahlia engasgando no meu pau enquanto engole minha porra.

Cacete. Cacete. Cacete!

A imagem final me fez explodir. Deixo a sensação do orgasmo me invadir enquanto aperto meu pau, bombeando com força suficiente para me fazer gemer.

Só quando a onda passa e sou empurrado de volta à realidade que percebo o que fiz. Pensar sobre comer a Dahlia é uma coisa, mas gozar com a imagem dela? Esse é um outro nível de merda.

Espero que a vergonha chegue, mas ela não vem. Em vez disso, minha mente gira com a possibilidade do que poderia acontecer se eu parasse de ignorar o óbvio.

Lutar contra a minha atração por Dahlia é uma batalha perdida, e se tem uma coisa que odeio é ser derrotado por ela.

CAPÍTULO VINTE E SEIS
Dahlia

Eu deveria saber que hoje seria um desastre desde o momento em que acordei nos braços de Julian enquanto ele resmungava meu nome durante o sono. Não foi a ideia de ele sonhar comigo que me assustou, mas sim a maneira como isso me fez *sentir*.

Nosso dia rapidamente deu uma guinada drástica em território inexplorado, e me sinto como um navio perdido tentando navegar em um mar agitado de emoções misturadas.

Pressiono meu ouvido contra a porta do banheiro depois de ouvir um barulho estranho vindo de dentro. Arrepios espalham-se pela minha pele quando Julian geme meu nome, seguido por um palavrão. Minha pele queima com os sons e fico impressionada com uma nova sensação na parte de baixo do meu corpo.

Você poderia sugerir algo como amigos coloridos.

Mas Julian e eu não somos amigos.

Só os benefícios da parte colorida, então?

Uma oferta tentadora, mas nunca fui do tipo que gosta de sexo casual. Eu sou do tipo que *se apaixona primeiro e transa depois*, então sugerir qualquer outra coisa seria receita para o desastre.

Ou pode ser exatamente o que você precisa.

Quando um cano range e a água fecha, corro para o canto da cama, sento e pego meu celular.

Poucos minutos depois, uma nuvem de vapor segue atrás de Julian quando ele sai, vestido com uma calça jeans e uma camiseta.

— Ei. — Ele esfrega a nuca com uma toalha.

— Tomou um bom banho?

— Hum-hmm. — Ele não consegue manter o contato visual por muito tempo.
Deixa pra lá.
Não. Uma oportunidade de provocar Julian é dura demais para se ignorar.
Sem trocadilhos.
— Você terminou o trabalho? — pergunto enquanto tento abafar um sorriso.
Uma ruga atravessa sua testa.
— Eu acho que sim?
— Foi... *duro?*
— Foi... — Sua voz desaparece e as bochechas explodem em cor alguns segundos depois. — Você me ouviu.
— Por curiosidade, hoje foi uma ocasião especial, ou você normalmente geme meu nome enquanto goza?
— Só quando estou pensando em você sentada na minha cara.
Ele joga a toalha no encosto de uma cadeira.
Receio que meu queixo precise ser recolocado no lugar depois do jeito como minha boca abriu. Eu esperava que Julian ficasse quieto e desviasse o olhar, mas parece que ele encontrou alguma espécie de confiança pós-orgasmo.
— Sonha com isso com frequência? — pergunto.
— O suficiente para questionar minha sanidade.
Pisco com força.
— Você gosta disso? — A pergunta me faz juntar minhas coxas.
— Mais do que eu deveria.
Minha temperatura corporal aumenta com a atenção dele.
Eu me odeio por desviar o olhar primeiro.
— Nós quase nos beijamos.
Ele não diz nada.
— O que você quer, Julian?
Ele encosta na parede oposta, parecendo tranquilo, calmo e equilibrado enquanto cruza os braços contra o peito largo.
— Me diz você.
Ele não está incomodado com tudo isso?
Deus. Como seria embaraçoso.
Eu balanço minha cabeça.
— É um erro.
— Só se você quiser.
— O quê?
Ele levanta um ombro.
Eu faço uma careta.

— Você é um homem de trinta anos. Comunique-se como um.
— Não é óbvio?
— Eu estaria perguntando se fosse?

Seus olhos se estreitam.

Os meus brilham.

Seus lábios se curvam.

— Você. Quero *você*.

Minha garganta parece que engoliu um saco de areia.

— Eu terminei um relacionamento sério recentemente.
— Ninguém está dizendo que você precisa pular para outro.

Não é exatamente a resposta que eu esperava, mas é decente, apesar disso.

Reúno um pouco de coragem e pergunto:

— Então, o que exatamente você está sugerindo?

Ele faz uma pausa longa demais.

— O que você quiser.
— O que *você* quer?

Seu olhar passa pelo meu rosto.

— Qualquer coisa que você esteja disposta a dar.
— Só isso?

Ele concorda.

— Então, se eu sugerisse algo casual? — A pergunta deixa um gosto ruim na boca.
— Tudo bem.

Meu coração fica apertado. *Ele não está procurando nada sério.*

É melhor assim. Menos expectativas. Menos decepção.

— Ok — respondo.

Você vai entrar em um relacionamento sem compromisso com o Julian?

Meus olhos traçam seu corpo e observo-o sem me sentir constrangida com isso. Músculos. Abdome de fazer babar. Uma boca que promete as coisas mais safadas e que eu adoraria experimentar em primeira mão.

Claro que sim, eu vou.

Por que se preocupar em ignorar o que nós dois já sabemos? Ele está atraído por mim. Eu estou atraída por ele. Toda a situação não é coisa do outro mundo, embora a nossa história pudesse muito bem ser.

— Dahlia.

Nossos olhares colidem.

— *Você* quer algo casual? — ele pergunta com uma voz suave que eu nunca soube que ele tinha.

Mordo a parte de dentro da minha bochecha até sentir gosto de sangue.

— Algo divertido e simples pode ser bom depois de tudo.

Seu dedo indicador bate na coxa.

— Ok.

— *Ok?*

— Você esperava que eu fosse contra?

— Meio que sim. — Ou pelo menos levasse mais de um segundo para pensar sobre isso.

— Você quer diversão e simplicidade, então vou te dar isso.

Ele está dizendo todas as palavras certas, mas meus pulmões se contraem dolorosamente.

— Por quanto tempo?

— Você me diz.

— Não sei. Não é como se eu tivesse feito isso antes.

Suas narinas inflam.

— Tudo bem.

— Mas você já. — O pensamento faz meu estômago revirar.

— Isso importa?

Muito mais do que deveria.

— Não.

Ele me encara por um momento antes de dar um passo na minha direção.

— Continuamos até que um de nós pare de se divertir.

— Não. — Preciso de algo mais concreto que isso. Um limite claro que vai me impedir de fazer algo estúpido. — Até o Ano-Novo. — Isso deveria me dar tempo suficiente para tirá-lo da minha cabeça.

— Porque você vai voltar para San Francisco?

Eu concordo.

— A casa estará praticamente terminada, e eu tenho um contrato pendente para um programa.

Os músculos de seu pescoço ficam tensos.

— Posso lidar com isso.

Meu estômago se torna uma bagunça caótica de borboletas zumbindo enquanto ele caminha até mim, separa minhas coxas e fica entre elas.

Um arrepio percorre meu corpo quando ele envolve a parte de trás do meu pescoço e expõe meu maior segredo com um único roçar de seu polegar sobre meu pulso.

— Você está nervosa.

— Um pouco — confesso.

— O que mais? — Ele se inclina e beija meu pescoço, provocando outro arrepio meu.

— Excitada. — Eu *quero* Julian, e cansei de evitar meus sentimentos na esperança de que minha atração desapareça. Tentei essa estratégia por anos, sem sucesso, então é melhor ceder e me divertir.

Posso senti-lo sorrindo contra minha pele.

— Esperei muito tempo por isso.

— Há quanto tempo exatamente estamos conversando aqui? Porque talvez eu não fiz você se esforçar o suficiente para isso...

Ele pressiona a boca contra a minha pela primeira vez em quase uma década, efetivamente me calando. Todas as minhas células entram em greve enquanto Julian me beija como se fosse sua última chance de fazer isso.

Eu beijei muito na minha vida, mas nada se compara a isso. A vontade. A paixão. O tipo de beijo arrepiante, esperado por mais de uma década, que faz meu corpo entrar em uma espiral de sensações.

Julian não se apressa, me provocando com cada pincelada de seus lábios e cada golpe de sua língua.

Seus movimentos são intencionais, destinados a me deixar louca enquanto envolvo minhas pernas em sua cintura e o puxo para mais perto. Seus dedos deslizam pelo meu cabelo e embalam minha cabeça enquanto seu corpo pressiona o meu. Nós dois gememos e eu aproveito, passando minha língua contra a dele.

Nosso beijo fica mais desesperado. Em um momento, eu me afasto dele e seguro seu cabelo. Os músculos de Julian tremem quando eu beijo o caminho pelo seu pescoço, a pele ficando vermelha.

Seus quadris giram enquanto ele me provoca com a pressão de seu pau e minha cabeça cai para o lado enquanto ele recupera o controle e me arranca o fôlego. Ele domina minha boca. Pescoço. *Seios.* Ele abre um caminho, queimando as memórias de quaisquer homens que vieram antes dele.

Não tenho certeza de quanto tempo disputamos o domínio, mas nenhum de nós para até que eu esteja deitada com as pernas penduradas na lateral da cama e Julian acima de mim.

Antes que eu tenha a chance de protestar, ele fica de joelhos e tira rapidamente meus sapatos e jeans.

Ele beija minha coxa antes de parar na minha calcinha.

— Fofo, apesar de hoje ser sexta-feira.

— Achei essa mais bonitinha.

Ele sorri para a roupa íntima com "Vinho de quarta-feira" escrito.

— Eu concordo.

— Ótimo. Agora, menos conversas, mais beijos. — Eu empurro a cabeça dele para baixo com meu braço bom, mas ele se vira e morde a parte interna da minha coxa.

Eu estremeço.

— O que...

— Pare de me apressar.

— Por favor, não tenha pressa.

Seus olhos brilham com um desafio silencioso. Ele puxa minha calcinha para baixo enquanto beija cada polegada disponível de pele ao seu alcance. Embora eu ame seus beijos suaves, perco rapidamente a paciência.

— Para esclarecer, quando eu disse para não ter pressa, quis dizer com sua língua dentro da minha boceta.

— É mesmo? — ele pergunta com aquela voz irritantemente seca dele.

— Eu entendo que você esperou trinta longos e dolorosos anos para perder sua virgindade e tudo...

Minha mente fica vazia quando ele separa minhas coxas. Qualquer controle que ele tinha antes vai embora depois de apenas uma passagem da sua língua sobre a pele encharcada.

Ele me devora com uma fome voraz que nunca experimentei de um parceiro antes, e temo que ele possa realmente parar de respirar pelo jeito que ele me chupa, lambe e me provoca sem nunca subir para respirar.

Perco toda a noção do tempo enquanto ele me dá prazer. Ele estuda minhas reações como se eu fosse seu assunto favorito, aperfeiçoando sua técnica de acariciar, lamber e chupar até eu implorar pelo clímax.

A pressão aumenta na parte inferior do meu corpo, o desejo cresce com cada acariciar de sua língua e cada chupada em meu clitóris.

Minhas coxas tremem ao lado de sua cabeça enquanto luto contra meu orgasmo, dividida entre querer gozar e desejar que isso dure.

Seus olhos se fecham.

—Tão linda.

Eu estremeço quando ele passa a língua sobre meu clitóris enquanto enfia um dedo dentro de mim. Meu corpo treme quando ele adiciona outro não muito tempo depois, fazendo meus nervos entrarem em colapso.

— Você responde tão bem ao meu toque — diz ele.

Ele puxa os dedos para me mostrar exatamente isso. Meu rosto inteiro fica vermelho, arrancando um sorriso diabólico dele. — Tão perfeita pra mim.

Ele dobra os dedos e acaricia meu clitóris lá de dentro, me fazendo ver estrelas instantaneamente. A maneira como Julian sabe como manipular meu corpo de todos os ângulos me deixa arrependida de ter duvidado de suas habilidades no quarto. Já fiz sexo bom antes... mas isso?

Julian poderia dar uma aula sobre orgasmo.

Eu não tenho um único pensamento na cabeça enquanto gozo com um gemido. O calor inunda meu corpo como um maremoto, consumindo tudo em seu caminho. Julian não para de provocar enquanto continua a enfiar os dedos, aproveitando meu orgasmo comigo.

Não tenho certeza de quanto tempo levo para sair do transe. Tudo o que sei é que, em algum momento, Julian rastejou de volta acima do meu corpo relaxado e me prendeu entre seus braços.

Eu seguro sua bochecha.

— Você está me dizendo que a gente estava resistindo durante todo esse tempo quando poderíamos estar fazendo *isso*?

Ele se inclina ao meu toque com um sorriso. Meu coração não tem uma chance de desacelerar se ele continuar fazendo coisas assim, então eu me afasto.

Ele inclina a cabeça.

— Está mudando de ideia?

— Não. — Embora eu devesse, especialmente quando ele me faz sentir *assim*.

— Bom. — Ele me beija uma última vez antes de rastejar para fora da cama.

— Aonde você está indo? — Eu aponto em direção a sua protuberância grossa e igualmente impressionante.

Ele olha o relógio.

— Na próxima vez.

Minhas bochechas queimam enquanto Julian me ajuda a me vestir.

— E agora? — Eu mantenho minha cabeça baixa enquanto começo a guardar meus pertences recém-adquiridos.

— Mantemos as coisas divertidas e simples.

Meu estômago dá um mergulho em um penhasco longo e íngreme.

— Mas a gente não deveria estabelecer algumas regras? — Eu posso não ter muita experiência quando se trata de relacionamentos, mas tenho o suficiente para saber que é melhor definir as expectativas. Dessa forma, se eu me magoar novamente, não terei ninguém para culpar além de mim mesma.

Ele ergue um ombro.

— Se você quiser.

— Acho que é melhor, assim não ferimos os sentimentos um do outro.

— Sentimentos? O que é isso?

Com meu braço bom, jogo um travesseiro em sua cabeça, e ele o pega com reflexos de ninja.

— Estou disposto a concordar com o que você quiser, mas preciso que você seja direta e sincera comigo.

Certo. É mais fácil falar do que fazer depois da última vez que estive vulnerável com ele.

As pessoas nunca vão aprender com seus erros se você não der a elas uma chance de fazer isso.

Respiro fundo para criar coragem.

— Vamos manter isso entre nós.

Um olhar sombrio passa por seu rosto.

— Entendi.

— Não é que eu esteja envergonhada ou coisa assim.

— Claro.

— Não quero que as pessoas pensem...

— Que estamos juntos — ele termina para mim.

Meus olhos vão para o meu colo.

— Nossas mães iriam criar expectativas.

— Mais do que elas já têm?

Eu faço uma careta.

— O que mais?

— Deveríamos ser exclusivos. — Pensar nele com outra pessoa faz meu estômago embrulhar.

— Já deixei claro que não gosto de compartilhar.

— Obviamente, com base na maneira como você agiu como um homem das cavernas ciumento perto do Evan, Dan e qualquer outra pessoa que olhasse para mim por mais de alguns segundos. — Meu revirar de olhos é interrompido por um travesseiro batendo na lateral do meu rosto.

Julian ri e depois pede desculpas profusamente quando finjo que ele machucou meu olho.

— Ai. — Eu faço um beicinho e fungo.

— Desculpe. — Ele beija minha têmpora, logo acima da "pancada" e dou uma gargalhada.

Sua mão sai da minha bochecha para segurar meu pescoço.

— Você me enganou.

— Você não tem provas.

Seus dedos pressionam a lateral do meu pescoço.

— Tudo bem. — Eu admito. — Mas não é minha culpa se você acreditou tão fácil.

Ele dá um último aperto no meu pescoço antes de empurrar meu ombro. Caio de volta no colchão com uma careta.

O pânico passa por seu rosto quando ele se aproxima para me ajudar a sentar.

— Merda. Eu sinto muito. Você está bem? Eu tinha que ter tido mais cuidado.

Eu conserto minha tipoia.

— Relaxa. Foi um acidente.

Seu rosto fica pálido.

— Pensando bem, deveríamos esperar até você ser liberada por um médico antes de fazer qualquer outra coisa. — Ele dá um grande passo para trás.

— Isso é só daqui duas semanas!

— Não vou arriscar que você se machuque de novo.

Meu coração dá um mergulho traiçoeiro direto no território inimigo, expondo minha fraqueza.

Ele.

Não tenho certeza de quanto tempo essa coisa entre mim e Julian vai durar, mas pretendo aproveitar ao máximo isso — e ele — até chegar a hora de ir embora.

CAPÍTULO VINTE E SETE
Dahlia

É fácil passar o resto da manhã na nossa bolha enquanto pegamos os materiais para a festa e voltamos para Lago Wisteria. Com Julian tocando nossas músicas favoritas do ensino médio enquanto eu canto as letras a plenos pulmões, o tempo voa enquanto voltamos para a cidade.

Tenho uma sensação estranha quando ele tira a mão da minha coxa e lamento isso ter acontecido enquanto dirigimos em direção ao parque onde o Festival da Colheita está sendo montado. Ambos ficamos em extremidades opostas do parque enquanto ajudamos a mãe dele com tudo o que ela precisa para o evento de amanhã. Julian mantém a promessa de não me tocar em público, embora eu o flagre me olhando algumas vezes com uma expressão estranha no rosto.

Acordo no sábado, agradavelmente surpresa pela forma como estou animada, não apreensiva. É um sinal positivo que planejo compartilhar com minha terapeuta na próxima sessão, e pretendo tirar total proveito disso hoje enquanto vou para o Festival da Colheita cumprir meu turno da manhã. Não há muitas pessoas interessadas em *buñuelos* neste momento do dia, então me divirto vendo Julian se esforçar para administrar a barraca de *champurrado*.

— Está tudo bem? — pergunto quando ele xinga a si mesmo em espanhol.

Julian limpa o rosto com as costas da mão.

— Perfeito.

— Ei, senhor. Anda logo! Estou perdendo a paciência aqui — grita uma criança de dez anos do final da fila. Eu rio enquanto outros iniciam um coro.

— Ainda bem que nunca vou ter filhos — ele resmunga baixinho.

— Não vai? — Fico surpresa por conseguir pronunciar a palavra apesar da sensação de aperto na garganta.

— Não me diga que você quer depois de ouvir essas crianças a manhã toda.

Dou uma grande mordida em um *buñuelo*, apesar de meu estômago revirar enquanto Julian avança lentamente pela fila de crianças. Algumas delas encontram o caminho até minha barraca depois de pagar Julian, e dou a cada uma um mini *buñuelo* e sugiro mergulhá-lo na bebida que Julian preparou.

— Isso é nojento — diz Julian, franzindo o nariz.

— Você não experimentou.

Uma criança segue meu conselho, e seus olhos se iluminam.

— Isso é *incrível*! — Ele levanta a mão.

Eu dou um high-five nele antes de me virar para Julian.

— Eu te disse.

— Ninguém gosta de uma sabe-tudo.

— Eu quero experimentar! — A garota loira que vi com a Alana aparece por trás de um grupo de crianças e me passa uma nota de cem dólares.

— Humm... um segundo. — Eu abro a caixa registradora e tento juntar dinheiro suficiente para dar o troco.

— Não se preocupe com isso. — Uma voz grave masculina me faz virar e encontrar o cara loiro que eu tinha visto com ela antes.

Qual era o nome dele mesmo? Al?

Seguro a nota nova no ar para ele ver.

— Ela me deu uma nota de cem dólares.

— Guarde para a faculdade. — A menininha pisca para mim.

Apesar de lisonjeada por ela pensar que pareço jovem o suficiente para frequentar a faculdade, estou levemente preocupada que ela distribua notas de cem como se fossem notas de um dólar.

— Você é filha da Alana? — Eu jogo um pouco de massa na fritadeira.

— Sim! Eu sou a Cami.

— Você conhece minha noiva? — o homem, provavelmente Al, pergunta.

— Sim. Nós três estudamos juntos no ensino médio. — Eu aponto com o polegar para Julian, que faz uma careta para o homem diante de mim.

— Você não me disse isso, Julian — Al diz.

— Você não perguntou — Julian responde com um tom entediado.

Humm.

— Vocês dois se conhecem?

— Eu reformei a casa dele no ano passado — Julian afirma.

— É claro.

O noivo de Alana estende a mão para mim.

— Callahan Kane.

O tal Callahan Kane?

Estava na presença da realeza americana e não tinha ideia. Enquanto Declan Kane, o neto mais velho do fundador da Kane Company, é fácil de reconhecer dada a quantidade de artigos publicados sobre ele se tornar CEO, Callahan Kane tem estado fora do radar e longe dos holofotes da imprensa por anos.

Se eu fosse herdeira do maior conglomerado de mídia e do império de parques temáticos Dreamland, também gostaria de ficar longe dos olhos do público. Esses repórteres são cruéis, e não consigo pensar em um alvo melhor do que três belos bilionários.

— Eu não fazia ideia de que você estudou com minha noiva — diz Callahan. Recupero o controle de mim mesma.

— Julian e eu não éramos exatamente parte da turma popular.

— Não?

— Estávamos um pouco ocupados fazendo parte do quadro de honra da escola e coisas do tipo.

— Ah, entendi. — Ele inclina a cabeça e os olhos se estreitam de uma maneira que eu conheço muito bem. — Espera aí. Você é aquela designer de interiores que tem um programa na TV?

Minhas bochechas esquentam.

— Sim.

— Eu sabia! Minha cunhada é uma grande fã do seu programa.

— Mesmo? — Consigo soltar em voz alta.

— Ah, sim. Ela maratonou todos os episódios antes de reformar a casa dela.

— Que legal. — Meus nervos tomam conta porque a droga de um *Kane* assiste ao meu programa.

O sorriso dele é caloroso.

— Eu não sabia que você era daqui.

— Nascida e criada. — Eu faço um sinal de positivo como uma completa perdedora.

— Você planeja ficar pela cidade por um tempo entre as temporadas de filmagem?

— Hum... claro.

Julian fica tenso.

Callahan bate as mãos.

— Essa é uma ótima notícia porque meu irmão e a esposa querem comprar uma propriedade por aqui, então tenho certeza de que vão precisar de um designer de interiores. Eu sei que a Iris vai pirar se você estiver livre.

Eu? Projetando uma casa que pertence à família Kane? Tenho medo de desmaiar só com a ideia.

O olhar fulminante de Julian poderia aumentar a temperatura do mundo em alguns graus.

— Ela não está disponível.

— *Ela* pode falar por si mesma. — Eu me viro para o noivo de Alana com um leve sorriso. — Eu posso estar filmando quando isso acontecer, mas mesmo assim, adoraria ajudar sua família.

— Dahlia! — Alana corre até nós. — Eu devia ter imaginado que você estaria trabalhando na barraca de *buñuelos* este ano. — Ela me abraça antes de pegar a mão de Cami e puxá-la para longe da barraca. — Eu disse que nada de doces até depois do almoço.

— Mas o Cal disse que podia.

Alana lança a ele um olhar.

— É mesmo?

Ele levanta as mãos no ar.

— Tenta dizer não para ela quando ela faz essa coisa.

Como que por comando, a menina projeta o lábio inferior para a frente e o faz tremer, me fazendo rir.

Alana me lança um olhar meio desanimado.

— Não incentiva.

— Ele está certo. Sem chance de eu dizer não para essa garota.

— Quando você tiver um filho, você vai entender.

Meu sorriso desaparece quando um sentimento de apreensão toma conta.

— Claro que vou — consigo dizer, apesar da corda invisível enrolada em volta da minha garganta.

A expressão de Alana logo se transforma em uma que eu reconheço perfeitamente.

— Está tudo bem?

A cabeça de Julian se vira na minha direção.

Eu fixo o mesmo sorriso falso que usei durante toda a última temporada do meu programa.

— Sim. Tudo bem.

🏆

Meu celular vibra no bolso de trás. Eu o puxo e leio o nome antes de encarar Julian.

— Ei. Você se importa de cuidar da barraca por um segundo?

Julian franze as sobrancelhas.

— Está tudo bem?

Essa é a terceira vez que ele me faz a mesma pergunta na última hora, e embora minha resposta não tenha mudado, a preocupação dele mudou.

— Espero que sim. Volto já. — Eu aceno uma última vez enquanto me afasto por entre as barracas.

Eu não atendo a ligação de Jamie até estar fora de vista e fora do alcance auditivo de qualquer frequentador ou voluntário do festival.

— Oi! — Embora Jamie e eu não tenhamos trabalhado juntas por muito tempo, sempre que ela atinge esse tom agudo, eu sei que algo está acontecendo.

— Oi.

— Então... — ela diz. — Juro que não teria te ligado se não achasse que isso é importante.

— Está tudo bem?

Ela pausa pelos três segundos mais longos da minha vida.

— Não.

— O que aconteceu?

— O Oliver foi pego do lado de fora de uma boate em Vegas pelos paparazzi, na noite passada.

— Ok. — Um líquido ácido sobe pela minha garganta.

— Acho que toda a situação foi armada.

— O quê?

— Não sei como dizer isso.

Sinto como se tivesse engolido uma pedra.

— O que está acontecendo?

— Ele se casou.

— Desculpe, *quem* se casou?

— Oliver.

Eu fecho os olhos enquanto tenho a sensação de estar tonta.

— Sinto muito, Dahlia. Eu queria não ser a pessoa a te dar essa notícia, mas achei que você merecia ouvir de alguém que está do seu lado.

Minhas respirações saem em rajadas curtas. A sensação de formigamento no meu braço esquerdo me faz questionar se estou tendo um infarto ou sofrendo outro ataque de pânico.

Jamie mexe em alguns papéis do outro lado do telefone.

— De acordo com o artigo na *Gazeta Golden Gate*, ele reencontrou a namorada da época do ensino médio durante uma viagem da família para os Alpes Suíços algumas semanas atrás.

— Olivia Carmichael? — Estou surpresa por conseguir pronunciar uma única palavra.

— Sim, mas...

Não consigo mais ouvi-la. De qualquer forma, é uma tarefa impossível com o zumbido nos meus ouvidos.

A mãe de Oliver não parava de falar sobre como Olivia era a mulher certa. Pela maneira como os Creswell falavam sobre a perfeita linhagem da filha dos Carmichael, dava para pensar que a família estava criando cavalos em vez de pessoas.

Aposto que *ela* pode dar a Oliver os filhos perfeitos que ele e a mãe dele querem.

A raiva rapidamente substitui o choque. Minhas emoções vêm à tona, mais caóticas e perigosas do que uma correnteza.

Surpreendentemente, não estou chateada com Oliver.

Estou zangada *comigo mesma*.

— Obrigada pela atualização, Jamie — digo apesar da tensão na minha garganta.

— Já estou falando com meus contatos para gerenciar a repercussão. Muitos fãs estão apoiando você nas redes sociais.

— Isso é bom.

A pausa longa dela é como sinos anunciando a morte.

— Mas por causa de tudo que está acontecendo na mídia...

O martelar nos meus ouvidos não consegue abafar a próxima frase dela.

— A emissora está desistindo. Eles não querem se envolver em todo esse drama.

— Mas... — Minha voz falha.

— Sinto muito. Eu tentei ao máximo salvar o contrato, mas eles acharam que era melhor você buscar outras opções.

— Claro. Eu entendo completamente. — Tento manter meu tom leve.

— Me dê um tempo para encontrar o lar perfeito para o seu programa.

— *Certo.*

— É sério, Dahlia. Você é talentosa, e quando a poeira baixar, as pessoas estarão implorando para trabalhar com você.

Eu aprecio o voto de confiança dela, mas a minha parte pessimista está questionando se alguém na indústria vai querer se envolver comigo depois de toda essa confusão.

Isso é sua ansiedade falando. Tento raciocinar comigo mesma.

É a ansiedade ou estou sendo realista depois de perder o contrato por causa do Oliver?

— Eu tenho que ir. — Desligo o telefonema e me afasto do festival. Quase todos os lugares na cidade estão fechados, exceto por um.

Última Chamada.

Escolher entre chorar até não poder mais ou ir para o bar é uma decisão fácil, embora eu tenha certeza de que vou me arrepender depois.

Você não deveria entorpecer sua depressão com álcool.

Amanhã, pretendo enfrentar meus sentimentos, mas hoje preciso de um tempo. Além disso, algumas bebidas não vão me fazer surtar.

Pelo menos é o que espero.

O cheiro de cerveja velha faz meu nariz se contrair, mas ignoro enquanto me sento em um banquinho em frente ao dono do bar.

— Ei, Henry.

— Dahlia? O que está fazendo aqui?

— Vim tomar uma bebida.

Ele franze as sobrancelhas.

— Você está bem?

— Vou ficar assim que você me servir um shot de tequila. — Estendo a mão para a minha bolsa e lembro que a deixei na barraca. — Merda. Esqueci minha bolsa.

— Deixa comigo. — Um cara do outro lado do bar levanta o copo de bebida marrom na minha direção.

Eu franzo a testa.

— E quem é você?

— Depende de quem está perguntando.

Eu olho ao redor do bar vazio.

Os lábios dele contraem.

— Lorenzo. E você?

— Alguém que não está interessada em conversar.

Henry resmunga enquanto pega um copo de shot vazio e o enche até o topo com tequila.

— Esse é por minha conta.

— Eu volto amanhã para te pagar.

— Eu sei que vai.

Estendo a mão para o copo e o bebo em um gole. O álcool traça um caminho ardente pela minha garganta, ajudando com a raiva.

Meu celular vibra durante a próxima hora com mensagens de texto de Julian.

SEGUNDA OPÇÃO

Pra onde você foi?

SEGUNDA OPÇÃO

Está tudo bem?

SEGUNDA OPÇÃO

> Para de brincadeira e me responde.

A última mensagem dele faz meu peito doer.

SEGUNDA OPÇÃO

> Me diz o que está acontecendo e vou resolver.

Tenho medo de que nem mesmo Julian, o melhor reparador de todos, possa reparar o dano que foi causado à minha carreira, autoestima e confiança.

Mas veja todo o progresso que você fez.

Claro, melhorei um pouco graças à terapia, aos medicamentos e assumindo um novo projeto com Julian, mas a escuridão está voltando, ameaçando destruir todo o meu trabalho árduo.

Ter um dia ruim não anula dez dias bons.

Então, por que me sinto um fracasso por fugir dos meus medos e afogar minha tristeza em álcool?

Talvez porque você seja um fracasso, o pensamento tóxico me atinge como uma cobra venenosa.

Estendo meu copo para Henry.

— Outro, por favor.

CAPÍTULO VINTE E OITO
Julian

Eu puxo minha mãe de lado.

— Você viu a Dahlia?

Ela balança a cabeça.

— Pergunta pra Rosa.

— Já fiz isso.

Já se passaram duas horas desde que ela saiu para atender uma ligação. Tentei ao máximo ignorar a sensação estranha em meu estômago, mas só ficou mais forte com o tempo.

Mando mensagem novamente no grupo da família:

EU
Alguém viu a Dahlia?

LILY
Desde a última vez que você perguntou há cinco minutos? Não.

LILY
Já tentou a barraca do Cisco?

Já, duas vezes, e todas as outras barracas de comida local favoritas dela. Estou prestes a responder, mas então meu telefone vibra com um número desconhecido.

— Dahlia? — pergunto antes que a outra pessoa tenha a chance de falar.

— Não.

Levo um momento para reconhecer a voz.

— Vittori.

— Por favor, me chame de Lorenzo. Vittori me lembra o meu tio, e ele é um completo idiota. — O tom zombeteiro de Lorenzo só me irrita mais.

— Como conseguiu meu número?

— Você não é o único com contatos.

Algo que parece distintamente com a risada da Dahlia quase me faz esmagar meu telefone na minha mão.

— Isso foi a Dahlia?

— Sim.

— Coloque ela no telefone.

Sua risada profunda não possui emoção.

— Acho que não.

— Eu não estou te pedindo.

— Diferente da maioria desta cidade, eu não estou na sua folha de pagamento, então me trate de acordo.

Respiro fundo para me impedir de xingá-lo.

— Está bem. Por favor, coloque ela no telefone.

Algo abafa a pergunta dele, embora eu possa ouvir distintamente a Dahlia recusando o pedido.

— Ela não está disponível no momento.

— Onde você está?

Ele solta um suspiro forte e dramático.

— Eu te digo assim que você prometer encerrar sua vendeta pessoal contra mim.

Meus dentes rangem.

— Extorsão não vai te fazer ter amigos.

— Talvez, mas vai me conseguir uma casa.

O som suave de gelo chacoalhando ao fundo faz meus ouvidos se aguçarem.

— Falando em casas, estou curioso por que você precisa de uma para começo de conversa... — Deixo o pensamento flutuar como isca na água.

Ele resmunga.

— Você gostaria de saber, não é?

Faço uma pausa para ouvir qualquer outra pista sobre a localização dele.

— Estou tentando descobrir se você é concorrência ou não.

— Se eu quisesse competir com você, você saberia.

— Então só resta uma outra razão.

— Parece que você já descobriu tudo. — O gelo chacoalha novamente do outro lado da ligação.

— Você não pode concorrer a prefeito sem ser realmente um cidadão que paga impostos, pode?

Um silêncio abençoado me cumprimenta.

Quem diria que Lorenzo era capaz de algo assim?

— Mais uma. Por favor. — O apelo da Dahlia é seguido por uma voz áspera que eu reconheceria em qualquer lugar.

— Não vou mais te servir — responde Henry com aquele tom sério dele.

Encerro a chamada e me dirijo para o único lugar pelo qual estou me culpando por não ter verificado.

🏆

— Droga. — O copo de plástico da Dahlia bate no chão enquanto Lorenzo aterrissa o dele perfeitamente na primeira tentativa. Os alto-falantes ecoam a voz de uma cantora, fazendo meus ouvidos doerem.

— O que é que está acontecendo aqui? — A porta bate atrás de mim.

— Julian? — Dahlia se vira tão rápido que perde o equilíbrio.

Lorenzo estende a mão para estabilizá-la.

— Tire suas malditas mãos dela. — Eu praticamente rosno as palavras.

Ele a solta.

— Você preferiria que eu a deixasse cair?

— Eu teria preferido que você não se aproveitasse de uma mulher. Ponto.

Henry bate a mão no balcão.

— Ei. Eu estava aqui o tempo todo, observando-os. Lorenzo não fez nada além de fazer companhia para a Dahlia.

Lorenzo coloca a mão sobre o coração.

— Henry? Você está me defendendo agora?

Ele desvia o rosto, revirando os olhos.

— Estou emocionado. De verdade. — Lorenzo bate o punho contra o peito.

Minha paciência acaba.

— Alguém me diz o que está acontecendo.

— Não. — Dahlia volta a virar o copo, falhando miseravelmente.

Lorenzo deve possuir pelo menos um quarto de cérebro, porque não volta para sua vez no jogo.

— O que foi? Continua. — Ela aponta para o copo dele.

— Acho que está na hora de você ir para casa.

— Você é chato.

— Ei.

Ela faz beicinho.

— Eu pensei que éramos amigos.

— Vocês não são — respondo por ele.

Lorenzo me olha com a expressão séria.

— Não é você quem determina isso.

— Sim. — Dahlia cruza o braço bom sobre o peito.

— Você está bêbada — acrescento.

— Estou apenas um pouco tonta. — Ela toca o nariz e gira em círculo como se isso significasse alguma coisa.

— De qualquer forma, é um pouco cedo para beber, não acha?

— Você está parecendo o Lorenzo.

— Nem morto.

Lorenzo cobre o sorriso com um punho.

Cabrón.

Coloco-me entre ele e Dahlia enquanto passo os copos deles para Henry.

— Se livre disso. E dele também.

O olhar de Lorenzo passa de Dahlia para mim.

— Fui eu quem te ligou, idiota.

— O quê? Por quê? — Dahlia reclama.

Bom saber que ela sente tanta aversão por estar perto de mim no momento.

É evidente que ela está passando por dificuldades, então não leve para o lado pessoal.

Lorenzo franze o cenho.

— O Henry recomendou.

Henry levanta as mãos no ar diante do olhar de desaprovação de Dahlia.

— Henry? — Ela franze a testa. — Como você pôde? Você sabe que ele é o inimigo.

De volta à estaca zero. Fantástico.

— Por quê? — Lorenzo se apoia no balcão.

— Porque se ele não tivesse se afastado anos atrás, eu nunca teria caído nas mentiras do Oliver.

Coño.*

Os olhos de Henry e Lorenzo saltam quando se movem de Dahlia para mim. Eu pigarreio.

— Precisamos de um minuto. *Sozinhos.*

— Leve o tempo que precisar — Henry arrasta Lorenzo para fora do bar depois de virar a placa de *Aberto* para *Fechado.*

---

* Coño: Palavrão/xingamento.

— Ei. — Eu a viro, mas Dahlia continua olhando para os pés.

Coloco minha mão sob seu queixo e levanto. Alguém poderia se afogar em seus olhos lacrimejantes, e eu já sei que esse alguém serei eu.

— O que foi?

Uma única lágrima escorre por sua bochecha.

— Tudo.

Rapidamente a limpo e vejo outra seguir um caminho semelhante.

— Dahlia. — Minha voz falha, junto com algo no meu peito.

— Não quero chorar na sua frente. — Ela enxuga as bochechas com um rosnado de frustração.

— Está tudo bem.

— Não, não está. — Ela me empurra quando tento alcançá-la. — Qualquer um, menos você.

Eu mantenho a expressão neutra apesar da dor que rasga meu corpo.

— Quero te ajudar, *cariño*.*

Ela solta um soluço dilacerante. Eu ajo por instinto e com o julgamento prejudicado enquanto a puxo contra mim e envolvo meus braços ao redor dela, antes que suas pernas cedam.

Ter uma visão privilegiada da crise de Dahlia quase me enlouquece com uma vontade de socar algo, embora ninguém pudesse dizer pela maneira suave como acaricio suas costas.

Nenhum de nós diz nada, mas não preciso que ela diga.

Seja lá o que for, eu vou consertar.

Quem quer que a tenha machucado, eu vou destruir.

E sempre que ela precisar de alguém para se apoiar, estarei lá.

O pensamento final abala minhas estruturas. De alguma forma, passei de temer como Dahlia poderia me machucar para querer impedir que qualquer coisa ou alguém a machuque.

Sempre me importei com o bem-estar dela; isso ficou muito óbvio depois de como reagi quando ela quebrou o braço, mas há algo *mais*.

Eu sei que nunca serei bom o suficiente para ela, mas se eu puder ajudá-la a se curar e protegê-la de mais idiotas, então cumpri meu propósito.

Leva dez minutos para ela se acalmar e suas lágrimas diminuírem.

Ela se aninha mais profundamente em mim.

— Você pode colocar um pouco de música?

---

* Cariño: Querida.

Pego meu celular e procuro uma playlist antes de colocá-lo no balcão. O suave dedilhar de um violão combinado com a voz melódica de seu artista favorito preenche o ar.

Em determinado momento, ambos começamos a balançar ao som da música, nossos corpos em perfeita harmonia, exceto por um deslize quando piso no pé dela. Ela olha para mim com um pequeno sorriso que age como uma válvula de escape para a pressão que se acumula no meu peito.

Eu seguro seu rosto.

— Eu odeio te ver chorar.

Seus olhos se focam em algo sobre meu ombro, mas os faço voltar com um carinho do meu polegar em sua bochecha.

— Me conta o que aconteceu.

Seu peito sobe e desce com uma respiração fraca.

— Oliver se casou.

— O quê? — De todas as coisas que eu esperava que ela dissesse, isso não tinha chegado nem no top mil.

— Ele fez uma cerimônia improvisada em Vegas.

— Quem é a noiva azarada?

Ela meio ri, meio soluça.

— A namorada do ensino médio, Olivia.

— Deveria mandar um cartão de condolências em nosso nome?

— Será que existe um que diz "Sinto muito que você tenha se casado com ele por uma herança que ele sempre vai valorizar mais do que você"?

Minha boca se abre.

Seu olhar volta para o chão.

— Ele terminou comigo por um motivo.

— Achei que já tínhamos estabelecido que ele é um idiota.

— Sim, mas essa não é a razão pela qual ele terminou. Pelo menos, não a única.

— Então por quê?

— Porque a herança dele está condicionada ao casamento.

— E? — pressiono.

— Quando descobri que não poderia ter filhos com ele, ele não quis mais se casar.

— Por quê?

Seus olhos podem estar secos, mas o que há dentro deles me assombra.

— Não somos compatíveis.

— O que diabos isso significa?

— O acordo pré-nupcial exigia que eu fizesse um teste de triagem genética com ele. Eu pensei que era um pedido normal.

— Isso deveria ser uma escolha, não uma condição para o casamento. — Eu fervo de raiva.

— Eu percebo isso agora. — Ela solta um suspiro pesado.

— Por quê?

— Porque eu gostaria de não ter descoberto o que descobri. Sei que isso me faz parecer egoísta e horrível...

— Você não é. — Meu abraço nela se intensifica.

— Você não sabe o suficiente para fazer esse julgamento.

— Eu *te* conheço, e isso é o que importa.

Seus olhos nadam em lágrimas não derramadas.

— O que você descobriu? — pressiono.

— Eu não deveria ter um filho com Oliver — ou qualquer outra pessoa, na verdade.

— Por causa de um teste genético?

Seu rosto se contorce em agonia enquanto ela concorda.

— Eu não sou... compatível... com ninguém. Eu carrego genes recessivos que não deveriam ser transmitidos a menos que eu queira que meu filho sofra.

Merda.

CAPÍTULO VINTE E NOVE
Dahlia

Não tenho certeza de quanto tempo Julian me segura conforme eu processo tudo, mas sou grata por sua companhia.

Devagar, a tristeza que senti desaparece até se transformar em algo que eu não esperava.

Alívio.

É bom falar com alguém sobre tudo, mesmo que esse alguém seja o Julian. E talvez — apenas talvez — devesse ser assim.

Ele não é excessivamente emotivo e ansioso como minha mãe, que provavelmente choraria junto comigo, e também não é como a Lily, que entraria em detalhes descritivos sobre as maneiras como planeja matar Oliver. Nenhuma delas realmente me entenderia e compreenderia o que eu preciso.

Não quero lágrimas nem vingança. Eu quero *isso*.

Em algum momento, Julian me leva até uma das mesas nos fundos do bar. Depois de passar os últimos vinte minutos usando sua camisa como lenço e seu peito como meu saco de pancadas sobre o assunto, estou emocional e fisicamente exausta.

Julian afasta meu cabelo do rosto.

— Esses testes não são basicamente um monte de probabilidades? Não há como serem cem por cento precisos.

— Sim, mas o risco... Não posso conscientemente trazer uma criança a este mundo que pode passar a maior parte de sua curta vida em agonia. — Minha voz soa tão fraca e incerta.

— Eu entendo.

Ficamos em silêncio por alguns minutos até Julian quebrar o silêncio.

— Está claro que Oliver e sua família ainda estão presos no século XVIII, mas você sabe que há muitas maneiras de ter um filho.

Meus ombros relaxam.

— Eu sei.

Oliver disse a mesma coisa inúmeras vezes, mas sua história um dia mudou quando os termos de sua herança ficaram claros. Ele parou de se esforçar e, ao mesmo tempo, tentava me fazer crer que eu era o problema.

Tudo em nosso relacionamento implodiu, junto com minha saúde mental.

— Então, qual é o problema? — Julian pergunta.

Eu giro um dos meus anéis.

— Ele me fez sentir...

Ele pressiona meu corpo contra o dele.

— O quê?

— Defeituosa. — Minha voz fica embargada.

— Ele disse isso especificamente?

A maneira como a voz de Julian muda rapidamente para algo sombrio e ameaçador faz os pelos dos meus braços se arrepiarem.

Eu não respondo; não por medo pela segurança de Oliver, mas porque não quero a pena de Julian.

— Vou matar ele. — A expressão de Julian envia um arrepio pela minha espinha.

— Quando passamos de querer matar um ao outro para querer matar *pelo* outro? — Eu brinco em uma tentativa desesperada de mudar de assunto.

— Desde que descobri o quanto ele te machucou.

Eu pisco, com os cílios cheios de lágrimas.

— Acho que isso é a coisa mais doce que você já me disse.

— Não se acostume com isso.

— Eu não ousaria.

— Ele nunca te mereceu.

Minha próxima confissão escapa.

— Eu não estou triste por causa dele ou pelo casamento dele.

— Não?

— Não. Pode não parecer, mas estou *aliviada*. Sei que tudo isso é para o melhor, embora eu desejasse que meu término e minha vida não fossem tão divulgados.

— Então, por que está chorando?

— Por mim mesma, principalmente. E pelo programa que me foi prometido.

— O que aconteceu?

— A emissora cancelou o contrato esta tarde depois que a notícia se espalhou.

Sua mandíbula se contrai.

— Se uma emissora não te apoia em algo assim, é melhor ficar sem ela.

Eu fungo.

— E se outra oportunidade não surgir?

— Ela vai surgir.

— Você parece muito confiante nisso.

Ele estreita os olhos.

— Estou surpreso por você não estar.

Olho para baixo.

Ele ergue meu queixo.

— Você pode me contar qualquer coisa. Não vou te julgar nem pensar menos de você.

Meus ombros caem.

— Deixei Oliver redefinir meu valor próprio. Duvidei de tudo que me fazia sentir *eu* mesma, porque pensei que isso fazia parte do amadurecimento. Que o amor tinha a ver com compromisso.

— Se você precisa mudar a si mesma para se encaixar na versão idealizada de alguém, então isso não é amor.

Eu encaro minhas mãos entrelaçadas.

— Consigo ver isso agora.

— O que fez demorar tanto?

— Sinceramente? Esqueci quem eu era antes. Mas então voltar aqui sozinha... me deu tempo para pensar.

Compartilhamos um olhar compreensivo antes de Julian fazer sinal para eu sair.

— O quê? — Eu fico de pernas trêmulas.

— Que tal sair daqui?

— E ir para onde?

— Fazer algo divertido.

🏆

Eu não percebo para onde Julian está nos levando até ver a roda-gigante iluminada parando lentamente enquanto os participantes do Festival da Colheita sobem e descem.

— De jeito nenhum. — Eu finco minhas botas no chão.

— Por que não?

— Estou com vergonha.

A cabeça dele se inclina.

— Por quê?

— Todas as histórias que estão sendo postadas sobre mim...
— As pessoas por aqui mal leem as notícias, quanto mais colunas de fofocas.
— Mas eu estou um desastre. — Aponto para meu rosto inchado.

Ele diminui a distância entre nós e delicadamente passa o polegar sob meu olho direito, limpando um borrão de rímel que não percebi na minha visita ao banheiro do bar.

— Você está linda.

Minha cabeça roda mais rápido do que as xícaras giratórias ao longe.

— Você está dizendo isso só para eu concordar com o seu plano.
— Se eu quisesse que você concordasse com meu plano, teria te contado sobre a competição que planejei.

Meus ouvidos se animam.

— Você disse competição?

A risada dele age como um choque no meu corpo.

— Eu disse.
— O que você tem em mente?
— Prefiro te mostrar.

Julian coloca a mão nas minhas costas e me empurra na direção da entrada do festival. Tento me livrar dele algumas vezes e lembrar-lhe das nossas regras estabelecidas, mas ele escolhe me ignorar enquanto me leva em direção à área das comidas.

— Por favor, me diga que você não está sugerindo uma competição de comida.
— Não, mas deveríamos te alimentar e hidratar.
— Só tomei dois shots de tequila antes de o Henry me cortar.

Ele me lança um olhar.

— Ok. Três. Mas é só isso. Juro. Veja. — Eu ando para trás em linha reta recitando o Juramento de Fidelidade à bandeira dos Estados Unidos.

Julian revira os olhos enquanto me guia em direção à barraca de churrasco. Ele empilha nossos pratos com comida suficiente para alimentar uma pequena família. Mal consigo comer metade, embora eu beba três copos de água para agradá-lo.

Minha experiência com relacionamentos casuais pode ser escassa, mas sou inteligente o bastante para saber que ele me confortando assim não é um protocolo padrão. Também não é padrão eu aceitar isso sem levantar minha guarda.

Eu não percebi o quanto precisava ser cuidada até que Julian me mostrou o que eu estava perdendo, e não tenho certeza de como processar essa informação.

Felizmente, Julian não deixa que eu me perca em meus pensamentos enquanto me afasta da barraca de comida. Com o estômago cheio e a cabeça já não mais embaçada por lágrimas e tequila, ele nos conduz para o lado oposto do festival.

Um sino tocando ao longe chama minha atenção.

— Jogos de festival?

Ele para perto de uma tenda e se vira para mim.

— Não consigo pensar em uma maneira melhor de ter uma competição amigável.

— Isso existe pra gente?

— Acho que não.

— O que você está pensando? — pergunto.

— Quem vencer mais jogos é o campeão.

— E o que ganhamos se vencermos?

Ele coça a bochecha.

— Não planejo deixar você vencer, então duvido que seja um grande problema.

Eu bufo.

— Que comecem os jogos.

Julian e eu escolhemos a barraca mais próxima, que por acaso é uma das minhas antigas favoritas: o arremesso de argolas. Ele troca algumas notas por dois conjuntos de argolas.

— Boa sorte. — Ele me entrega as argolas.

Reviro os olhos e arremesso minha primeira argola. Ela atinge o lado da garrafa de vidro antes de cair no chão.

Ele é o próximo e joga sua argola de uma maneira hábil, deslizando-a perfeitamente pelo pescoço da garrafa.

Minha boca se abre.

— Como você conseguiu de primeira?

— Nico adora esse jogo.

Estreito os olhos.

— Quantos desses jogos você já jogou?

— Todos eles.

— Você é um trapaceiro. — Empurro seu ombro.

— Não seja uma má perdedora.

— *Ainda* não perdi.

— Ênfase no *ainda*.

Jogo minha próxima argola com um pouco mais de força desta vez. Diferentemente da última, ela atinge a borda do vidro, embora não dê a volta na garrafa.

Melhor.

Julian joga suas duas argolas seguintes consecutivamente, acertando ambas como um exibido.

Viro-me para encará-lo com uma careta.

— O que vai querer se ganhar?
— *Quando* eu ganhar, eu te aviso.
Idiota.

🏆

Julian e eu pulamos entre as barracas. Felizmente, ele escolhe jogos que exigem apenas um braço bom, embora meu alívio dure pouco, já que ele me derrota no arremesso de argolas, no "acertou, caiu" (em que você derruba a pessoa quando acerta um botão com uma bolinha), no jogo de derrubar garrafas de leite e no de arremesso de aros na cesta.

Para surpresa dele, eu venço um jogo de acertar bolas nos alvos, dardos em balões, tiro ao alvo e uma partida de Cinco Marias.

Depois de beber um pouco de sidra de maçã e comer alguns cachorros-quentes, chegamos à competição final com o mesmo número de pontos.

— Está nervoso? — pergunto.
— Não.
— Você está muito confiante.
— Porque eu já sei que venci. — Ele me guia em direção ao último jogo.

Alguém bate o martelo na placa, e o sino no topo do jogo de força toca como um badalar fúnebre. Este era o jogo favorito de Julian, então eu geralmente evitava jogá-lo porque sabia que nunca conseguiria acertar o sino como ele.

— Eu só tenho um braço.
— O braço bom está ruim? Não foi um problema nos outros oito jogos.

Meu olho treme.

— Você quer ir primeiro? — Ele me oferece o martelo.
— Tira isso. — Aponto para a base. Apesar de saber que perdi, pretendo levar na esportiva e pelo menos tentar a minha sorte.

Ele ajusta o modo como segura o cabo antes de bater com o martelo na base de metal. Sem surpreender ninguém, a peça de metal sobe em direção ao topo e se choca contra o sino.

— Vencedor. — O atendente do jogo oferece a Julian uma escolha entre uma parede de brinquedos de plástico e bichos de pelúcia.

— *Qué lástima** — digo. — Parece que eles estão sem bonecas infláveis para você.

---

* Qué lástima: Que pena.

Ele me mostra o dedo médio, fazendo com que uma mãe se espante enquanto passa por nós.

— Desculpe, senhora. — Ele desvia o olhar, com as orelhas ficando rosadas.

— *Senhora* — imito naquele tom áspero e sussurrante dele.

— Cala a boca e perde logo. — Ele me entrega o martelo.

Eu me aproximo da base enquanto ajusto o modo como seguro o martelo para fazer igual a Julian. Com uma respiração profunda, balanço o braço para cima antes de bater com o martelo na base. A peça de metal sobe até o centro da tira, sem alcançar o sino como Julian fez.

— Se ao menos eu pudesse usar os dois braços. — Encaro o sino.

— Isso não importa.

Reviro os olhos.

— É, valeu.

— É mais sobre ciência do que força.

— *Claro*.

— O Nico consegue fazer isso, e ele não tem metade da sua força, mesmo com o braço quebrado. — Ele passa um bilhete de dez dólares para o funcionário do festival. — Deixa eu te mostrar.

— Aqui. — Eu passo o martelo para ele, que balança a cabeça.

— É mais fácil se eu demonstrar com você. — Ele se posiciona atrás de mim e coloca as mãos sobre as minhas.

— Você quer uma desculpa para me tocar. — Eu falo baixo o suficiente para só ele ouvir.

Seus lábios pressionam contra a minha orelha enquanto ele sussurra:

— Só porque você não deixa eu fazer isso de outro jeito. — Ele ajusta nossas mãos, ignorando o leve tremor nas minhas.

— Se nós esmagarmos o prato com toda a nossa força — ele balança para trás comigo e bate com o martelo na base, fazendo a peça de metal deslizar um pouco mais alto do que a minha —, ainda não vamos conseguir.

— Por quê?

— Porque você tem que acertar exatamente do jeito certo.

— Tudo bem, espertão. Prove.

Ele repete o mesmo movimento, embora desta vez o martelo atinja o centro. A peça de metal dispara até o topo e se choca contra o sino, fazendo-o tocar.

— Viu?

Eu mostro a língua.

— Exibido.

Ele solta minhas mãos com uma risada.

— Tente novamente e mire no meio.

Eu repito o movimento como ele me ensinou. A peça de metal sobe mais do que antes, mas não atinge o sino.

Ele passa outro bilhete de dez dólares para o funcionário.

— Continua.

Meus olhos deslizam para a fila se formando atrás de nós.

— Tem outras pessoas que querem tentar.

— Elas podem esperar.

Eu tento mais uma vez, mirando no mesmo ponto que Julian me mostrou. Embora eu não acerte o sino, estou chegando mais perto.

— De novo. — Ele toca o centro da base. — Aqui mesmo. Concentre-se mais no alvo do que na força com que você atinge.

— Tudo bem. — Sigo as instruções de Julian à risca, atingindo o ponto que ele me mostrou no ângulo perfeito com a quantidade certa de força.

O som do sino faz com que eu me jogue em seus braços com um sorriso enorme.

— Consegui!

Ele me envolve em seus braços, me dando um aperto e me levanta.

— Você conseguiu.

— Não me importo de ter perdido a competição.

— Não?

— Não! Porque foi incrível. Nunca consegui ganhar esse antes.

— Eu sei. — Seus olhos brilham mais do que as luzes piscando acima de nós.

Algumas pessoas ao nosso redor riem e aplaudem, me lembrando da nossa plateia.

— Pode me colocar no chão agora.

Ele segue minha solicitação, transformando isso em um evento enquanto meu corpo desliza pelo dele.

Minhas bochechas queimam até o momento em que meus pés atingem o chão.

— Você se esforçou muito. — Ele me entrega o unicórnio de pelúcia que escolheu.

— Me poupe da falsa exibição de espírito esportivo e comece logo com sua arrogância.

— Tudo bem. Foi bom acabar com você. De novo.

— Esse é o Julian metido que eu conheço e detesto. — Eu sorrio.

Antes que eu tenha a chance de impedi-lo, ele rouba um beijo rápido. Não é nada mais do que um suave roçar de seus lábios nos meus, mas faz minha cabeça girar e meu coração acelerar como se eu tivesse corrido uma maratona.

— Desculpa. — Ele se afasta e observa o grupo de participantes aleatórios do festival esperando sua vez no jogo.

— É que... você... Temos regras por um motivo.

Seu olhar desce para os meus lábios.

— Eu sei. Não vai acontecer de novo.

Exceto que a expressão estranha em seu rosto não me enche de confiança.

Julian coloca a mão na minha cintura e me guia para o outro lado do lugar, mantendo o toque ao mínimo enquanto navegamos pela multidão.

— Então, agora que você oficialmente venceu, o que você quer? — pergunto enquanto nos aproximamos da entrada.

— Você vai descobrir quando chegar a hora certa.

— Julian! — Eu agarro o braço dele, mas ele se afasta antes que eu tenha a chance de alcançar. — Para onde você está indo?

— Para bem longe, antes que eu ceda à tentação e te beije de novo.

Estou começando a odiar minha regra sobre não nos tocar em público, especialmente quando sou atingida por uma súbita sensação de vazio ao vê-lo desaparecer na multidão.

Estava tão distraída com suas palavras que esqueci de tirar uma resposta dele.

Droga.

CAPÍTULO TRINTA
Dahlia

Enquanto a competição de Julian manteve minha mente ocupada na noite anterior, acordo no domingo às quatro da manhã com um peso pressionando o meu peito. Luto entre querer sair da cama e desejar poder desaparecer no poço escuro de desespero que ameaça me engolir inteira.

Isso é a depressão falando, lembro a mim mesma.

Eu não vou me permitir afundar em uma tristeza profunda hoje, não importa o quão tentada eu esteja. Então, em vez disso, saio relutantemente da cama, coloco algumas roupas de treino e saio para correr, como minha terapeuta sugeriu uma vez.

Parabéns por sair da cama, repito para mim mesma enquanto meus tênis batem contra o chão.

Ninguém além de você define o propósito da sua vida. Enxugo minha testa suada.

Há várias maneiras de ter um filho. As palavras ditas por Julian são verdadeiras, apagando a última parte da insegurança.

Quando retorno para casa uma hora depois, estou me sentindo muito mais leve depois de desafiar cada um dos meus pensamentos negativos.

Agora que minha mente está mais clara, estou pronta para encarar o segundo dia do Festival da Colheita.

Mas primeiro...

Pego o celular e começo a trabalhar, planejando algo muito mais digno do meu tempo e energia.

Depois que Julian me enganou e me fez perder os jogos de festival ontem, tenho um objetivo em mente. Por sorte, Lily, Josefina e minha mãe estão todas a bordo para a minha brincadeira, já que estou com um braço a menos e preciso de toda ajuda possível.

— Ele nunca vai me perdoar — diz Josefina enquanto destranca a porta da frente do prédio do escritório dele.

O rosto da minha mãe fica pálido.

— Ele vai ficar bravo?

— Mãe, relaxa. — Lily toca seus ombros e os aperta. — Você é sempre tão tensa.

Ela faz uma rápida oração em voz baixa antes de passar com sacolas cheias de enfeites de Natal. Minha brincadeira é boba e inesperada, o que tornará tudo ainda melhor quando Julian entrar em seu escritório amanhã de manhã.

— Será que eu preciso perguntar? — Lily pega um quebra-nozes fumando um baseado.

Josefina e eu caímos na gargalhada enquanto minha mãe cobre os olhos.

— *Ay, Dios, ¿dónde está la natividad?** — Minha mãe procura nas sacolas das coisas que comprei.

Eu encolho os ombros.

— Esqueci de pegar uma.

— Não, não, não. Isso é inaceitável. Acho que tenho uma sobrando da floricultura. — Minha mãe corre para fora da porta da frente em direção à loja.

Josefina sai e volta com a árvore de Natal falsa.

— Onde você quer colocar isso?

— Estou pensando no escritório do Julian.

Ela me guia naquela direção.

— Ele com certeza vai adorar.

— Espere até ver os enfeites que comprei. Eles são realmente únicos.

A risada dela ecoa pelos tetos altos, fazendo com que Lily e eu também riamos. Minha mãe aparece com um presépio e o coloca em uma mesinha na sala de espera enquanto Lily embrulha a mesa de Sam.

Josefina e eu entramos no escritório de Julian e começamos a montar a árvore de Natal no canto oposto à sua mesa.

— O que te deu essa ideia? — Ela conecta o cabo em uma tomada, e as lâmpadas que cobrem a árvore se acendem. As luzes cintilantes refletem em todas as superfícies brilhantes, quase nos cegando com sua intensidade.

— Bem, tudo começou quando encontrei a árvore de Natal na loja de artes em Detroit, e o plano meio que se desenrolou a partir daí.

— O Julian sabe?

— Vagamente.

---

* Ay, Dios, ¿dónde está la natividad?: Ai, Deus, onde está o presépio?

Ela ri, balançando a cabeça.

— Vocês dois e suas brincadeiras.

— Você acha que ele vai odiar?

— Talvez por um momento. Ele nunca decorou a casa para o Natal, muito menos o escritório.

Eu respiro fundo.

— Nunca mesmo?

Ela assente.

— Isso é uma blasfêmia.

— Eu sei. Comprei uma árvore artificial por causa das alergias dele, mas ela ainda está na garagem juntando poeira.

— Por quê?

— Não quis perguntar. Mas eu sei que isso — ela aponta para a pilha de enfeites esperando para serem pendurados — vai ser bom pra ele.

— Como assim?

— Porque é disso que se trata a vida.

Franzo as sobrancelhas.

— Decorar?

— *Viver* em vez de apenas seguir.

O comentário me acerta em cheio, então me concentro na tarefa de pendurar o primeiro enfeite.

No clima pro feriado.

Josefina explode em risos diante da imagem do Papai Noel envolvendo um poste de striptease em formato de pirulito natalino.

— Adorei.

— Minha mãe teria um ataque cardíaco.

— Devíamos trazê-la para vê-la ofegar e segurar sua cruz?

Eu rio.

— Tentador, mas estamos com pouco tempo.

Josefina pega um enfeite com um elfo fumando um cachimbo em forma de pirulito natalino.

— Elegante.

— Espere até ver os outros que eu comprei.

O brilho nos olhos dela tem pouco a ver com as luzes da árvore de Natal refletindo neles.

— Estou tão feliz por você estar de volta.

A frase dela tem dois significados, um dos quais faz minha garganta arranhar. Se alguém entende os altos e baixos que vêm com a depressão, é ela.

— Eu também estou feliz por estar de volta.

Ela envolve os braços ao meu redor.

— Senti sua falta.

Minha fungada pode ser interpretada como uma alergia à vela com cheiro de Natal que acendi, mas eu sei a verdade. Eu me perdi ao longo dos anos e me tornei uma fração do que deveria ser, tudo porque pensei que isso era crescer.

Não pretendo cometer esse erro novamente.

🏆

De acordo com uma mensagem de texto de Sam tarde da noite de domingo, Julian acorda às cinco da manhã e malha em sua academia em casa antes de passar no Café Galo Doido para tomar um café gelado. Sam, que jurou segredo sobre a surpresa, me prometeu que o melhor lugar para interceptar Julian seria na cafeteria.

Então, relutantemente, acordo de madrugada, me visto e vou para a cafeteria antes que ele chegue.

— Oi. — Aceno do meu lugar no fundo da cafeteria vazia.

— Dahlia? — Julian me encara com uma expressão tensa.

— Bom dia.

— O que está fazendo acordada tão cedo?

Dou um longo gole no meu café gelado.

— Decidi tentar ser uma pessoa que gosta das manhãs.

— E como está indo?

— Pergunte novamente depois do meu próximo copo de café em dez minutos.

— Quantos você já tomou?

— Não o suficiente para me fazer querer conversar com você às seis da manhã.

Ele vai até o caixa e faz o pedido de dois cafés gelados do jeito que eu ensinei, enquanto eu termino o meu e jogo o copo vazio na lixeira próxima.

Ele volta com nossas duas bebidas.

— Aqui. Não posso arriscar que você comece a manhã com apenas um copo.

Eu poderia culpar o fluxo constante de expresso bombeando em minhas veias pela minha frequência cardíaca acelerada, mas aí eu estaria mentindo.

— Obrigada — consigo dizer apesar do aperto na minha garganta.

O gesto é tão doce quanto a bebida que dou um gole. Enquanto atribuí o cuidado que ele teve comigo na outra noite a ser gentil, isso parece ser muito mais.

Siga o fluxo, Dahlia.

Mais fácil falar do que fazer. Nunca fui esse tipo de pessoa, graças à minha ansiedade e por pensar demais, então não sou exatamente alguém que aceita as coisas de ânimo leve e joga a cautela ao vento.

Se eu for me dar mal, Julian não é minha primeira escolha como testemunha, mas pelo menos ele me conhece o suficiente para esperar o pior.

Bom trabalho em encontrar o lado positivo.

Eu dou passos mais leves enquanto sigo Julian para fora da cafeteria. A rua Principal está vazia, com a maioria das lojas fechadas para o dia depois do Festival da Colheita, também conhecido como dia da limpeza.

Quando chego na metade do caminho do escritório de Julian, estou tremendo por conta do ar frio e do café gelado na minha mão.

— Você está bem? — Ele dá uma olhada em mim.

— Sim. Só estou com frio. — Eu me atrapalho com um botão na frente do meu casaquinho rosa de tweed.

Seu olhar sugestivo explora meu corpo.

— Onde está seu casaco bom?

— Não combinava com a minha roupa.

Julian me pega de surpresa ao apoiar seu café gelado em um banco próximo e tirar o casaco. Ele retira o copo da minha mão e faz o mesmo antes de colocar meu braço direito na manga do casaco dele.

Dois gestos carinhosos em um período de dez minutos? Se é esse tipo de tratamento que eu recebo depois de uns beijos, não consigo imaginar o que vai acontecer quando eu finalmente chupar o pau dele.

— Você planeja ficar por aqui no inverno agora que o contrato da TV foi cancelado? — A pergunta carregada de Julian parece matar dois coelhos com uma cajadada só, enquanto ele ajeita o casaco para cobrir meu braço quebrado.

Eu o cutuco com o quadril.

— Por quê? Já está tentando se livrar de mim?

— Eu nem comecei com você ainda. — Sua língua traça o lábio inferior.

Meu corpo é inundado pelo calor, afastando o frio.

Quem precisa de um casaco de inverno quando algumas frases de Julian fazem minha temperatura subir como se eu estivesse com febre?

Quando paramos do lado de fora do prédio do escritório dele, Julian não faz nenhum comentário sobre as persianas fechadas enquanto tira um molho de chaves do bolso e interpreta incorretamente o motivo dos meus dedos trêmulos, trocando meu café gelado pela chave dele.

— Abra a porta.

Apesar da minha tremedeira, destranco a porta na segunda tentativa. Entro e aciono o interruptor enquanto Julian atravessa a entrada.

As luzes de Natal refletem nos olhos escuros dele, envolvendo-o em um brilho caloroso enquanto ele observa o saguão.

— Cacete.

De todas as pegadinhas que fizemos um com o outro ao longo dos anos, esta pode ser a minha favorita, o que diz muito, já que consegui tingir temporariamente a pele dele de azul durante o ensino médio.

— Quando você fez tudo isso? — Ele se aproxima da mesa de Sam, que está embrulhada para presente.

— A Lily e nossas mães me ajudaram ontem de manhã antes do festival.

— Minha mãe estava envolvida nisso?

— Como teríamos conseguido uma chave depois que você proibiu o Sam de me emprestar a dele?

Ele tenta fazer uma expressão carrancuda, mas é uma batalha perdida contra o sorriso que se espalha lentamente por seu rosto ao observar a variedade de decorações nas paredes, móveis e lareira atrás da mesa de Sam.

— Você odiou? — pergunto.

— Com cada fibra do meu ser.

— Vai desmontar?

— Em primeiro de janeiro.

Eu rio.

— Espere até ver o seu escritório.

Ele abandona nossos copos de café na mesa de Sam antes de se dirigir pelo corredor em direção ao seu escritório privativo. Preciso correr para acompanhar seus passos largos, mas, felizmente, consigo chegar a tempo de ver seu rosto quando a porta se abre.

Ele arregala os olhos.

— Caramba.

O escritório de Julian parece o setor de liquidação de uma loja de decoração natalina, com os quebra-nozes obscenos alinhados nas prateleiras atrás de sua mesa e o Papai Noel inflável, de quase dois metros e meio, montado em um dinossauro.

Um toque agradável, devo dizer.

Ele rapidamente volta sua atenção para a árvore no canto ao lado da janela que dá para a rua.

Ele balança a cabeça com força o suficiente para bagunçar o cabelo perfeitamente estilizado.

— Esta é a decoração mais cafona que eu já vi.

— Eu sei.

— Pode ser a sua melhor pegadinha até agora, mas preciso conferir a minha lista. Sua admissão faz minhas bochechas esquentarem.

— Você acha?

Ele sorri para mim, e perco todo o raciocínio.

— Não é melhor do que a vez em que escondi seu carro em uma doca flutuante e o ancorei no meio do lago, mas chega perto.

Eu sorrio com a lembrança.

— Você ainda não viu os enfeites que escolhi.

Julian me conduz em direção à árvore e passo os próximos cinco minutos mostrando todos os enfeites, arrancando algumas risadas profundas do homem formidável ao meu lado.

Ele os coloca cuidadosamente de volta no galho.

— Não posso acreditar que minha mãe esteja envolvida nisso.

Minha risada rouba sua atenção da árvore.

— Envolvida? Ela estava praticamente comandando toda a operação depois que contei a ela sobre minha ideia.

— Você se divertiu?

— Muito.

— Que bom. — Ele dá um passo em minha direção.

— O que você está fazendo? — Dou um passo para trás.

— Você se divertiu, agora é a minha vez.

— Julian...

Ele envolve com a mão a parte de trás do meu pescoço e pressiona seus lábios contra os meus, calando minha objeção com um único beijo.

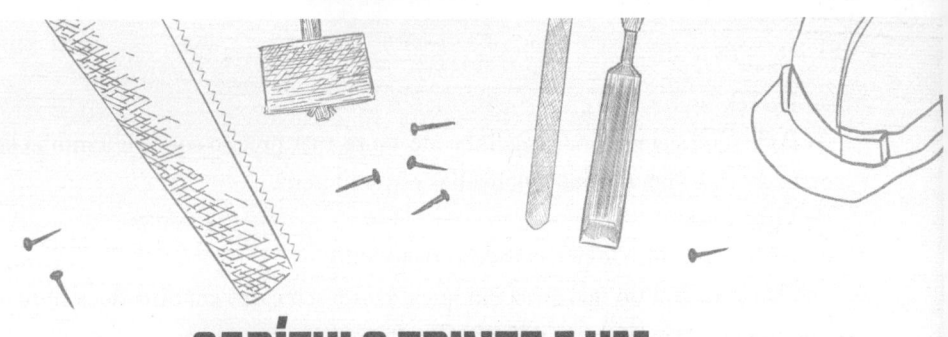

CAPÍTULO TRINTA E UM
Julian

Eu queria beijar Dahlia desde que a vi sentada sozinha, tomando uma xícara de café enquanto mexia no celular, fazendo sei lá o que às seis da manhã.

Ela não é uma pessoa matutina, o que deveria ter sido minha primeira pista de que algo estava errado.

A brincadeira dela foi ótima — até mesmo de nível mestre —, mas mal consigo apreciar quando tudo em que consigo pensar é beijá-la.

Então, é exatamente isso que faço.

No início, ela fica surpresa, mas leva apenas alguns segundos para se adequar ao meu ritmo. Suas unhas cravam na minha pele por causa do aperto firme em torno do meu pescoço, e eu retribuo a pontada de dor deslizando minhas mãos por seu cabelo e puxando as raízes até que ela ofega.

Beijar a Dahlia parece uma batalha de dentes e línguas enquanto luto contra a tentação de levantar sua saia e transar com ela na minha mesa recém-decorada.

Você precisa ir devagar, digo a mim mesmo enquanto arrasto minha língua na dela.

Você deveria esperar até que o braço dela estivesse bom. Eu solto um gemido enquanto ela desliza a mão sobre o tecido que cobre meu pau.

Pare antes que você não consiga mais. Eu afasto minha boca da dela, ganhando o mais doce suspiro de frustração.

Só mais alguns segundos, prometo enquanto puxo o cabelo dela e exponho seu pescoço.

Ela brinca com meu pau, passando as pontas dos dedos enquanto eu beijo, mordo e chupo seu pescoço.

Ela agarra meu cabelo e puxa com força suficiente para minha cabeça estalar.

— Ei. — Esfrego o local dolorido.

— Minha mãe iria pirar se visse um chupão.

— Época do ano perfeita para um cachecol. — Eu me inclino e ela me afasta com um único dedo no meio da minha testa.

— Quem diria que você estava tão desesperado para me marcar?

— Seu pescoço pode estar fora de alcance, mas sua bunda não.

Ela arregalou os olhos.

Passo meu dedo indicador pela pele do pescoço manchada de vermelho.

— Você gostaria disso?

— Não tenho certeza, mas estou disposta a descobrir.

— Eu vou exigir isso de você *depois* que você tirar o gesso.

— Certo. — Seu suspiro profundo de resignação provavelmente pode ser ouvido a um quilômetro de distância. — Bem, é melhor eu começar a trabalhar. Estou com um prazo curto para o lançamento da minha linha de decoração e não quero atrasar.

— Vejo você na casa do Fundador mais tarde? — pergunto antes de ela desaparecer pela porta.

— Por quê?

— Quero verificar algumas coisas e ter certeza de que ainda estamos dentro do cronograma.

— Ainda está ansioso para me ver longe daqui? — Seus olhos brilham.

— Você sabia disso?

— Havia apenas uma explicação razoável para o motivo pelo qual você queria terminar o projeto na metade do tempo.

— Talvez eu deva desacelerar as coisas, então. — Agora que eu admito que quero passar mais tempo com Dahlia, não há razão para apressar as coisas.

O que aconteceu com manter as coisas casuais? A voz fraca e paranoica na minha cabeça pergunta.

— Por que... — Sua pergunta é interrompida pelo barulho das chaves. — Eu preciso ver a reação do Sam! Tchau! — Ela corre, me deixando sozinho com o sorriso mais bobo no rosto.

Não tenho certeza de que Ryder contratou outro carpinteiro para me ofender, mas ele tem sorte de eu precisar dele, senão ele seria demitido.

Merda, estou tentado a fazer isso para provar que tenho razão.

O carpinteiro atraente se inclina para o lado de Dahlia sob o disfarce de dar uma olhada melhor em seu desenho.

Minha pressão arterial dispara.

— Você aí. Com cavanhaque. — Mantenho minha voz neutra, embora minha postura rígida pareça atrair a atenção de Dahlia.

O carpinteiro ao lado dela olha para mim.

— Eu?

— Bem, certamente não estou falando da Sra. Muñoz.

— Claro que não, Sr. Lopez.

— Qual o seu nome?

— Patrick.

— Parabéns, Patrick. Você foi promovido.

Ele ergue as sobrancelhas.

— O quê?

— Vá encontrar o Ryder lá fora e diga a ele que quero que você trabalhe no projeto Lago Aurora.

— Sério?

— Sim. — Eu aceno para ele ir.

Patrick sai correndo pela porta, nos deixando para trás.

Dahlia franze as sobrancelhas.

— Está tudo bem?

— Agora está.

Seus olhos se iluminam.

— O que Patrick fez para ganhar uma promoção depois de apenas um dia de trabalho aqui?

— Eu precisava das habilidades dele em outro lugar.

— E quanto à casa?

— Eu vou assumir o trabalho do Patrick.

Dahlia pisca algumas vezes.

— Você não pode estar falando sério.

É muito sério.

O ciúme pode ser um grande motivador, mas não muda os fatos. Estou cansado de evitar o que amo por causa da dor associada a isso. Assim como estou cansado de fingir que prefiro estar em reuniões quando prefiro estar aqui fora, sujando as mãos com cada projeto que Dahlia me dá.

Meu plano de trabalhar na casa do Fundador vai além do ciúme ou da minha necessidade de impressionar Dahlia.

Tem tudo a ver *comigo*.

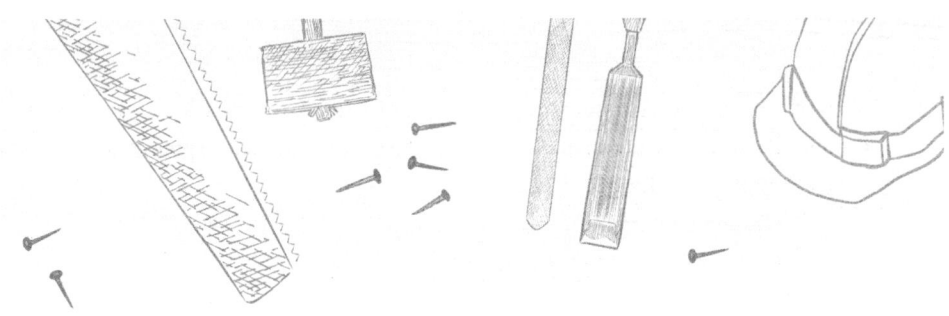

CAPÍTULO TRINTA E DOIS
Julian

— Eu sabia que era apenas uma questão de tempo antes de Dahlia e você começarem a pregar peças de novo. — Rafa observa a árvore ao lado da porta do meu escritório.
— O que você acha?
Ele olha ao redor.
— O lugar inteiro é uma aberração visual.
— Com certeza.
— Você planeja tirar tudo isso em breve?
— Provavelmente depois do Ano-Novo. — Meus lábios se curvam.
Suas sobrancelhas se elevam.
— Você quer manter a decoração por mais seis semanas? Por quê?
— Comecei a gostar delas.
— Ah, não — ele murmura para o teto.
— O que foi?
— Você está se apaixonando por ela. *De novo.*
— E daí se eu estiver?
— O fato de você não estar negando é prova suficiente.
Eu suspiro.
Ele segue com outro suspiro.
— Devo ir em frente e avisar o resto da cidade?
— Dessa vez não envolveremos civis.
Ele me encara.
— Ou animais — acrescento.
Ele aperta os lábios.

— E eu me certifiquei de que ninguém sairá machucado. — *Especialmente Dahlia*. Deus me livre que ela tenha alguma reação maluca e quebre o outro braço.

Rafa inclina a cabeça.

— O que você pensou?

— Depende se você está disposto a me ajudar ou não.

Ele balança a cabeça.

— De jeito nenhum. Vocês dois podem me deixar fora do que está acontecendo.

— Você ainda não ouviu minha proposta.

— Qualquer coisa que faça você sorrir *assim* é uma má ideia.

Eu apago o sorriso bobo do meu rosto.

— Mas vou precisar da sua ajuda se pretendo levar isso adiante.

— Ajudar você a começar outra guerra de pegadinhas é receita para ir para a prisão. — Ele cruza os braços sobre o peito.

— Isso só aconteceu uma vez.

— Sabe que ainda sou proibido de estacionar a menos de cem metros de um hidrante?

Eu rio.

— Deve tornar estacionar na cidade um verdadeiro incômodo.

— É exatamente por isso que estou mantendo distância de vocês dois.

Eu seguro seu ombro e dou um aperto.

— Vamos lá. Vai ser como nos velhos tempos.

Ele resmunga algo ininteligível. Fazer uma brincadeira com Dahlia novamente não seria bom apenas para ela, mas também para Rafa, que precisa de um pouco de diversão em sua vida.

— Não posso fazer isso sem você, cara.

Ele lança um olhar para o teto decorado com luzes piscando.

— Você não paga o Sam para te ajudar?

— A lealdade dele está dividida.

Rafa esfrega a barba por fazer.

— Justo.

— Isso significa que você vai me ajudar?

— Não me lembro de você sendo tão patético quando éramos mais jovens.

— Só porque você estava disposto *a fazer a pegadinha primeiro e perguntar depois.*

Seus olhos se estreitam.

— O que você tem em mente?

— Algo que vai fazer ela dormir com a luz acesa nos próximos quatro a seis meses.

— Eu realmente gosto de assustar as pessoas.

— Duvido que precise se esforçar muito ultimamente, com essa sua atitude.

— Vai se foder. — Ele me empurra para o lado antes de se sentar na cadeira vazia em frente à minha mesa.

Eu caio na cadeira giratória do outro lado.

— Nunca pensei que veria o dia em que você voltaria ao normal.

— Só porque você nunca conseguiu fazer uma dessas pegadinhas sem mim.

É melhor aproveitar o modo brincalhão do Rafa enquanto dura e fazer essa pegadinha ser digna de seus esforços.

Com uma rápida passada sobre o teclado, desbloqueio o computador. Ligo a tela e a viro na direção dele.

— Então, esse é o plano...

🏆

Depois de passar os últimos dias reagendando minhas reuniões e finalizando meu novo cronograma com o Sam, finalmente posso começar a trabalhar meio período na casa do Fundador.

A tenda improvisada no quintal está organizada com todas as ferramentas que preciso para um projeto dessa magnitude, o que torna o processo de retornar à carpintaria mais fácil. Não tenho certeza de que teria conseguido seguir em frente com a tarefa se tivesse que trabalhar na antiga marcenaria do meu pai.

Um passo de cada vez.

Luto contra a dor nos ossos enquanto cubro meus olhos, nariz e boca com equipamentos de proteção. O cheiro de lascas de madeira fresca e o som da minha ferramenta raspando na coluna de madeira enchem o ar enquanto começo a trabalhar no primeiro balaústre.

Leva mais tempo do que deveria, já que estou enferrujado, mas as habilidades que adquiri ao longo dos anos retornam.

Em primeiro lugar, lembre-se de por que está fazendo isso, me repreendo quando fico frustrado por cometer um erro. Jogo a coluna de madeira em uma pilha e pego uma nova.

Isso é por você, digo para mim mesmo enquanto começo tudo de novo.

São necessárias mais duas tentativas para aperfeiçoar o design.

— Um pronto, mais algumas centenas pela frente. — Eu assopro a coluna de madeira e a giro, catalogando cada detalhe.

Meu bom humor é rapidamente destruído quando meu telefone vibra com novas mensagens de texto de Sam.

> **SAM**
> Problemas com o projeto de Lago Aurora.
> Ligue para o Mario assim que possível.

> **SAM**
> E o time de design quer se reunir para falar das casas.
> Surgiu alguma coisa e eles precisam discutir com você.

> **SAM**
> O calçamento da rua sem saída está atrasado.
> Deve chegar em algumas semanas.

Equilibrar minha agenda de escritório com as tarefas de marcenaria que Dahlia planejou vai ser difícil. Não faz uma hora que estou na casa do Fundador, e Sam já está enchendo meu celular de mensagens.

Arranco minha máscara protetora, coloco o celular na bancada e pego um martelo.

Muito tentador.

— Opa. Solte a arma e afaste-se do telefone. — A aba da tenda se fecha atrás de Dahlia.

Eu coloco o martelo na mesa.

— Não é o que parece.

— Então você não estava prestes a destruir seu celular?

Olho para o braço esquerdo dela.

— Você finalmente tirou o gesso.

— Que mudança suave de assunto.

Eu fico em silêncio.

Ela alcança uma das colunas de madeira e avalia de todos os ângulos.

— Isso é... lindo.

— Você acha? — Eu tropeço nas palavras, soando patético para meus próprios ouvidos.

— Seu pai ficaria superorgulhoso.

Engasgo com a emoção que se forma em minha garganta.

— Não está nem perto de perfeito.

— Verdade. Está bem mais que isso.

Uma onda de orgulho percorre meu corpo enquanto ela coloca a coluna de madeira de volta na mesa.

Meu celular vibra de novo, e minha cabeça pende para trás com um suspiro.

— O que está rolando? — Ela arrasta um banquinho sob a bancada e se senta. Meu olho treme.

— Estou tendo alguns problemas com a agenda.

— Alguma coisa em que eu possa te ajudar?

— Não exatamente.

O olhar dela se estreita.

— Você está dizendo isso porque não quer pedir ajuda?

— Estou dizendo isso porque ninguém pode fazer o que eu faço.

— E o que você faz?

— Reuniões com equipes, corretores e comitês toda semana. Discutir planos, licenças e todas essas coisas chatas.

— Sem ofensas, mas isso não é nada de outro mundo.

Eu enfio as mãos nos bolsos da frente da calça.

— Não, mas *é* demorado.

— Você já considerou contratar alguém para dividir suas responsabilidades?

Tantas vezes que perdi a conta.

— Já.

— E?

— Não encontrei a pessoa certa para o trabalho.

— Você procurou o suficiente?

Eu fico completamente parado.

Ela levanta os olhos da peça de madeira em que estava concentrada.

— Você tem uma boa equipe. Tenho certeza de que um deles ficaria mais do que feliz em ajudar a aliviar a carga.

— Eu sei. — Tenho a sorte de ter pessoas em quem posso confiar trabalhando para mim, e pago a elas de acordo, mas isso não significa que qualquer uma esteja pronta para as responsabilidades que meu trabalho exige.

Coloco o balaústre em cima da mesa e pego outra peça de madeira inacabada.

Dahlia se apoia na bancada de trabalho.

— Sabe, se precisar de um tempo, ficaria feliz em ajudar com algumas das reuniões.

— Sério?

Ela levanta os ombros.

— Claro. Trabalhei com muitas equipes de design e empreiteiros ao longo dos anos.

— Não sei...

— Pense nisso. Embora a casa do Fundador tenha sido um desafio criativo bem-vindo, estou acostumada a equilibrar oito casas diferentes e uma agenda agitada de gravação.

— Não me diga que está entediada.

— Bem, isso e subutilizada. — Ela pega um pedaço de dois por dois da minha pilha e brinca com ele. — Seu estilo de design não é o meu favorito, mas posso deixar de lado minhas opiniões pessoais se isso significar ter toda a sua atenção dedicada à casa do Fundador.

— Prefiro ter toda a sua atenção dedicada a outros assuntos urgentes. — Meu sorriso malicioso a faz franzir o cenho.

— Estou falando sério, mas se não quiser minha ajuda, então tudo bem.

O comentário dela me faz pensar.

— Você quer me ajudar? Sério?

— Claro. Pelo menos até o Ano-Novo.

O nó no meu estômago se aperta.

— Você ainda planeja ir embora tão cedo?

— Sem agenda de gravação, finalmente posso lidar com a extensa lista de espera do Designs by Dahlia. Alguns desses clientes estão esperando há mais de dois anos pelos meus serviços.

— Você não pode projetar as casas deles daqui? — A pergunta escapa.

— Umm... Eu não sei. Não pensei muito sobre isso.

Isso não é um *não*, então vou aceitar. Dahlia precisa de um desafio especial, e cabe a mim descobrir qual é.

CAPÍTULO TRINTA E TRÊS
Dahlia

Depois de passar os últimos cinco minutos questionando minha sanidade, pego Julian e o levo para dentro da casa.

— O que estamos...

— Shh! — sussurro.

Ele enxuga a testa com a barra da camiseta, me dando um vislumbre de seus músculos do abdome.

Um rugido baixo semelhante a móveis sendo arrastados pelo chão faz os pelos dos meus braços se arrepiarem.

— Aquilo! Você ouviu?

— Provavelmente é o Ryder lá em cima perfurando algo.

Arregalo os olhos.

— Isso não é possível. Ryder e o resto da equipe foram embora já faz uma hora.

Normalmente, eu também teria ido, mas não quis abandonar Julian, então fiquei por perto e aproveitei meu braço esquerdo recém-curado. Sem a tala, consigo trabalhar pela casa em pequenos projetos, como amostras de tinta, teste de papéis de parede e quebrando a cabeça para decidir se deveria colocar molduras nas paredes de metade da casa.

Outro ruído me faz dar um passo para mais perto de Julian.

— Eu sei que você ouviu esse.

— Você tem certeza de que o Ryder foi embora? — ele pergunta.

Eu confirmo com a cabeça.

— Absoluta.

Julian dá de ombros.

— Podem ser materiais em atrito...

— Enquanto a casa esfria. É, não. Não acredito nisso, Sr. Eu Não Acredito Em... — Deixo a frase no ar.

— Fantasmas?

Pressiono meu dedo indicador contra os lábios.

— Shh! Não diga a palavra!

Seus olhos reviram enquanto o lustre acima de nossas cabeças pisca.

— Ah! — grito e agarro a mão de Julian bem forte.

Ele tenta desvencilhar meus dedos, sem sucesso.

— Dá pra relaxar?

Eu franzo o cenho.

— Sabe o que acontece quando você diz a uma pessoa ansiosa para relaxar?

— O quê?

Eu aperto a mão dele mais forte.

— Acontece o contrário!

Seu suspiro pesado soa condescendente.

— A equipe elétrica esteve aqui hoje trabalhando nesse mesmo lustre.

Um súbito sopro frio passa pelos dutos de ar, fazendo os pelos dos meus braços se arrepiarem.

— Quer explicar isso?

— Explicar o quê?

— Esquece. — Minha voz baixa o suficiente para apenas Julian ouvir. — Acho que ele está aqui.

— Quem está aqui?

— O G.B. — sussurro.

— G.B.? — Ele fica em silêncio por alguns segundos. — Ah. Gerald Baker?

— É sério? — Eu o belisco entre as costelas.

Ele esfrega o local dolorido.

— Ai. Pra que isso?

— Não diga o nome dele em voz alta.

— Agora você está sendo ridícula.

Eu franzo a testa.

— Eu juro, parece que você nunca viu um filme de terror antes.

— Por quê?

— Porque você não estaria dizendo isso se tivesse visto.

— O que acontece com a pessoa que diz isso? — ele pergunta com um tom neutro, embora seus olhos brilhem com uma diversão oculta.

— Eles acabam como o G.B. — Eu arrasto o dedo médio pela minha garganta e faço um barulho de corte.

— Você é tão... — Sua voz some, junto com a eletricidade.

— Julian! — Eu envolvo meus braços ao redor da sua cintura.

Ele puxa o celular e liga a lanterna, quase me cegando. Estou com muito medo de me soltar, então seguro firme como um filhote de macaco enquanto ele se aproxima das escadas.

Eu finco os pés no chão em uma tentativa inútil de impedi-lo.

— Aonde você está indo?

— Encontrar o painel de disjuntores. — Ele tenta se livrar do meu abraço.

— Não!

Um som arrepiante ecoa pela casa.

Julian arregala os olhos.

Minha voz fica mais baixa.

— Que foi isso?

O pomo de adão dele sobe e desce.

— Eu não sei.

— Parece que foi o Ryder?

— Talvez um animal machucado tenha entrado no sótão?

— Sim, e o quê? Mordeu os cabos elétricos e causou uma queda de energia?

Ele faz uma careta.

— Plausível. Aconteceu uma vez com um lagarto que caiu em uma caixa de energia em uma das nossas construções.

Eu massageio minha têmpora, que lateja.

— Você pode parar de ser tão lógico pelo menos dessa vez?

— Você prefere que eu fique histérico como você?

— *Não* estou histérica.

Outro som arrepiante ecoa pelo corredor acima, seguido pelo som sinistro de uma tosse seca.

Julian só consegue subir um degrau antes que minhas unhas estejam cravadas em seu braço.

— Você não pode ir lá em cima.

Ele afaga minha mão como se acalmasse uma criança assustada.

— Não se preocupe. Eu volto.

— Não! Você não pode dizer essas merdas!

— Você é esquisita. — Ele balança a cabeça e ri antes de correr escada acima com o celular na mão.

Eu ligo a lanterna do meu celular e fico congelada no lugar enquanto ele desaparece pela escada e vira na direção da ala leste.

— Julian! — Eu solto um grito meio sussurrado um minuto depois, sem resposta. — Sério. Pare de brincadeira e volte aqui. Podemos consertar a energia amanhã, quando for de dia. — Falo mais alto desta vez.

Algo cai lá em cima, fazendo meu coração acelerar.

— Julian?

Eu aguento quatro minutos inteiros sem energia ou prova de vida antes de subir os degraus sozinha.

— Se ele não estiver morto quando eu chegar lá em cima, então eu mesma vou matá-lo. — Minha própria voz mal pode ser ouvida sobre a batida forte do meu coração. — Julian? Onde você está? — chamo ao chegar ao patamar.

Ligo para o celular dele novamente, mas vai direto para a caixa postal.

Merda.

Há um barulho semelhante a móveis pesados sendo arrastados acima.

— Não pode ser o sótão — murmuro para mim mesma.

Meu pescoço formiga, e a sensação de estar sendo observada faz os pelos dos meus braços se arrepiarem.

Não me viro, apesar de querer verificar se alguém ou alguma coisa está atrás de mim.

— Ei, Gerald. Viemos em paz. Por favor, não me mate nem mate meu amigo ingênuo que duvidou da sua existência. Juro que ele não quis dizer aquilo quando falou que fantasmas não existem.

A sensação de ser observada nunca desaparece enquanto caminho em direção à escada que leva ao sótão.

Eu paro no primeiro degrau.

— Julian? Você está aí em cima?

A porta do sótão está fechada, e uma luz fraca que parece ser a lanterna de Julian passa pela fresta inferior.

Pressiono uma das mãos contra o peito, bem sobre o coração acelerado.

Você é Dahlia Muñoz. Você não tem medo de nada.

Diz a mulher diagnosticada com ansiedade quando era adolescente.

Apesar do meu estômago revirando, subo as escadas antes de parar na frente da porta do sótão. Depois de um segundo de hesitação, eu coloco os ombros para trás e viro a maçaneta.

A porta se abre com um rangido, e dou um passo cuidadoso para dentro. Outra rajada de ar frio me atinge por trás, e a porta bate, me fazendo dar um pulo.

— Olá? — Tenho medo de chorar se mais alguma coisa acontecer.

Um som suave me faz girar a lanterna na direção do barulho.

— Ah, merda! — Meu telefone cai enquanto eu solto um grito ensurdecedor.

Uma aranha gigante e peluda, com olhos vermelhos brilhantes e incisivos do tamanho do meu punho e pernas do tamanho das minhas coxas, me encara.

Ela se move, e eu perco a cabeça.

— Julian! — Eu grito.

A luz inunda o sótão, e levo alguns segundos para processar as risadas dos dois zumbis escondidos atrás das vigas de suporte.

— Eu vou te matar!

Suas risadas cessam quando aparecem. Ignoro Rafa completamente enquanto me lanço em Julian. Ele me pega, prendendo meus braços atrás das costas antes que eu tenha a chance de envolver sua garganta com eles.

— Te peguei.

— Eu te odeio! — Levanto o pé, mas o bato no chão de madeira enquanto Julian evita meu golpe.

Ele me puxa para mais perto de seu peito.

— Isso não é legal.

— Me fazer acreditar que você morreu também não é!

Rafa ri diante da tela do celular antes do som do meu grito chamando o nome de Julian encher o lugar.

— Não acredito que você ajudou Julian com isso. — Aponto o dedo para ele.

Rafa dá de ombros.

— Ele estava certo. Foi divertido.

— Divertido? Estou *traumatizada*, seu idiota.

O som dos meus gritos ecoa pelas paredes enquanto Rafa reproduz meu vídeo novamente e se dirige para as escadas.

— Mal posso esperar para enviar isso para o grupo da família.

— Rafa! Volta aqui! — Eu tento me desvencilhar de Julian. Meu telefone vibra no chão. — Você já enviou?

Rafa inclina o queixo na direção de Julian.

— Obrigado pelo convite.

— Com certeza vou te convidar para o funeral do Julian — respondo.

Ele se vira e desce as escadas.

— Até domingo, Dahlia — ele diz de uma distância segura.

Eu me debato contra Julian, que me segura, e paro quando esbarro em algo que não deveria estar duro.

— Você está excitado?

— Com a maneira como você tem se contorcido contra mim nos últimos minutos, é impossível não estar.

Eu luto com mais força, ganhando um sibilo dele.

Bom. Bem feito para ele.

— Pare com isso, e eu te solto — ele diz enquanto aperta mais sua pegada.

Fico parada em seus braços.

— Não acredito que você fez isso.

— Considere como uma vingança pelo meu escritório. — Ele se afasta.

Jogo as mãos para o alto.

— O que eu fiz foi fofo! Isso foi... perturbador!

— Você ficou com medo?

— Aterrorizada.

Ele inclina a cabeça.

— E mesmo assim você veio me salvar, apesar de estar com medo.

— Um lapso temporário de julgamento.

— Você estava com medo que eu me machucasse?

Eu franzo a testa.

— Estava mais com medo de você ter sido possuído por um demônio, mas eu deveria ter lembrado que esse é o caso desde que você nasceu.

Seu sorriso aumenta, aliviando um pouco do meu aborrecimento.

— Você gritou meu nome quando ficou com medo.

— Eu não deveria ser responsabilizada pelo que disse quando minha vida passou diante dos meus olhos.

Ele traça meu lábio inferior com o polegar.

— O que você viu?

Eu passo lentamente minhas mãos em seu peito, ganhando a mais doce inspiração dele.

— Você.

Ele segura minha bochecha.

— Como?

— Você me segurou assim. — Arrasto suas mãos em direção aos meus quadris.

— E? — Seus dedos pressionam minha pele.

— E eu te sufoquei assim. — Coloco as mãos em volta do pescoço dele e aperto com força suficiente para fazer seus olhos arregalarem por um segundo.

Ele coloca as mãos sobre as minhas, pressionando-as mais forte no pescoço dele.

— Se você queria realizar uma das suas fantasias, era só pedir.

Passo um dedo pelo centro de seu peito.

— Você não teria feito nada até meu braço estar sem o gesso.

— Falando nisso... — Ele passa a mão no meu braço esquerdo.

Tremo quando ele empurra os quadris para a frente.

— Um sacrifício que pretendo compensar esta noite.

— Por que esperar até mais tarde? — Meus dedos tremem com expectativa enquanto pego seu cinto e começo a soltá-lo.

— O que está fazendo? — Ele tenta recuar, mas eu o seguro no lugar pela fivela.

— Use as pistas do contexto. — Eu puxo o cinto aberto pelos passadores da calça e o jogo no chão.

— Eu tinha outros planos pra você. — Sua voz profunda faz minha barriga se agitar.

— Deixe os planos para depois.

— Dahlia...

O deslizar do zíper provoca um arrepio no meu corpo. Seu abdome se contrai quando me ajoelho e puxo a calça para baixo, o suficiente para revelar sua ereção pressionando contra a cueca.

— Me assustar te excitou? — Deslizo o dedo pelo tecido úmido cobrindo a cabeça de seu pau.

— Mais do que deveria.

— Isso é doentio. — Eu provoco o comprimento com um toque leve.

— Sei disso.

Eu me ajoelho antes de agarrar a faixa de sua cueca boxer e deslizá-la pelas coxas para libertar seu pau.

Ele agarra meu queixo com força.

— Talvez eu devesse te assustar mais um pouco, se esta é a recompensa que recebo.

Inclino a cabeça para trás para poder olhar direito.

— Gosto mais de você quando fica em silêncio.

— O que...

Eu passo a língua por todo o comprimento de seu pau antes de traçar a ponta. Seu gemido faz meus dedos se curvarem dentro dos meus tênis, e repito o mesmo movimento do outro lado.

Seus dedos deslizam pelo meu cabelo e me seguram no lugar.

— Me deixa te levar para jantar primeiro.

— Nunca concordamos com um encontro. — Passo a língua pela ponta, coletando uma gota de sua excitação enquanto isso.

Meu comentário me rendeu uma cara fechada.

— Abre. — Ele praticamente rosna a palavra.

Meus lábios se abrem mais por surpresa do que por submissão. Julian não parece notar ou se importar com a diferença enquanto coloca o pau em minha boca. Eu engasgo, enfiando meus dedos em suas coxas enquanto tento encontrar um ponto de apoio.

Levo um momento para me ajustar ao seu tamanho, e ele pacientemente espera até que meus olhos não estejam mais turvos por causa das lágrimas.

— Parece que também gosto mais de você quando está calada. — Ele me dá um sorriso muito maldoso enquanto repete o mesmo movimento, embora eu esteja mais bem preparada desta vez.

Minha tentativa de controlar a situação desaparece quando Julian encontra seu ritmo, fodendo minha boca da maneira mais deliciosa e depravada. Eu deveria odiar a falta de controle, deveria desprezar tudo sobre Julian me usar assim, mas estou excitada demais com isso para me importar.

Eu pressiono minhas coxas enquanto seu olhar queima um buraco através do meu coração.

Ele fala meu nome com uma voz rouca que faz os músculos da minha barriga contraírem. Eu alterno entre achatar minha língua e chupar com força suficiente para fazê-lo gemer.

Ele xinga enquanto quase arranca meu cabelo pela raiz, agarrando a parte de trás da minha cabeça, e eu devolvo a pontada de dor cavando minhas unhas na parte de trás de sua bunda com força suficiente para deixar marcas em formato de meia lua.

— Faça isso de novo e vou arrumar uma maneira melhor de manter suas mãos ocupadas.

Foda-se. Eu vou mostrar pra ele.

Levanto a barra da minha saia, expondo minha calcinha encharcada.

Seu olhar segue cada movimento meu enquanto puxo minha calcinha para o lado e passo os dedos pela minha vulva. Tenho cuidado para evitar meu clitóris, buscando estender o processo.

Seus músculos se contraem quando ele para no meio do impulso.

— Me deixa ver.

Eu levanto meu dedo médio brilhante no ar.

— Porra.

Meu corpo se ilumina como o céu de Quatro de Julho.

— Mostra como você gosta de ser tocada.

A exigência parece, de certa forma, um teste, e tudo que eu queria era passar com louvor. Ele se afasta, me dando um momento para me recompor antes de reiniciar sua propriedade sobre a minha boca.

Deus. Isto é tão errado.

Abro mais minhas coxas e combino suas estocadas com as minhas. Cada movimento dos meus dedos envia uma nova onda de faíscas pela minha espinha e, depois de um minuto, meus músculos estão tremendo.

Eu brinco com meu clitóris e estremeço com a pressão crescente na parte inferior da barriga.

— É isso, querida. — Seu ritmo enlouquecedor acelera.

As borboletas no meu estômago se enfurecem e se revoltam com o apelido, ameaçando se libertar. Meus olhos se reviram enquanto me provoco com o som de seus gemidos.

— Dahlia — ele fala enquanto envolvo seu pau com meus lábios e o chupo com força suficiente para fazê-lo tremer. — Porra, querida. Você é boa pra caralho nisso.

Julian falando palavrão duas vezes na mesma frase? Uma garota poderia se acostumar com isso.

— Foda-se isso.

Ele sai da minha boca, me puxa de pé, e me arrasta pela mão em direção à parede com a janela voltada para o lago.

— O que você está... — Minha pergunta é interrompida quando ele cai de joelhos, joga minha perna por cima de seu ombro e puxa minha calcinha para o lado.

Ele olha para minha boceta como se olhasse uma obra de arte, com total fascínio e devoção. Minhas pernas tremem, o que parece tirá-lo do transe.

Ele desliza a língua sobre minha vulva, enviando faíscas pelo meu corpo.

— Ah, porra. — Minha cabeça bate contra a parede.

Qualquer autocontrole que Julian teve vai embora enquanto ele alterna entre golpes longos e estocadas profundas de sua língua. Ele estuda minhas reações como se eu fosse seu assunto favorito, sua atenção nunca desviando do meu rosto, e tenho que quebrar o contato visual várias vezes porque o que reflete em seus olhos me excita muito mais do que deveria.

Eu gozo com um único golpe de seu dedo e uma chupada forte no meu clitóris. Minha perna trava em seu pescoço enquanto o prendo contra minha boceta, forçando-o a continuar enquanto aproveito meu orgasmo.

Estou tão perdida na luxúria que não percebo os movimentos de Julian até que ele esteja gemendo contra mim. Eu olho para a bagunça que ele fez no chão.

Puta merda.

Julian gozou com o *meu* gosto e o som do *meu* gemido. Eu nunca me senti mais poderosa do que com ele de joelhos, ainda tremendo com os efeitos do seu orgasmo enquanto olhava para mim com uma expressão que tenho muito medo de analisar.

Ele me fez ter esperanças uma vez, e me recuso a cair nessa de novo.

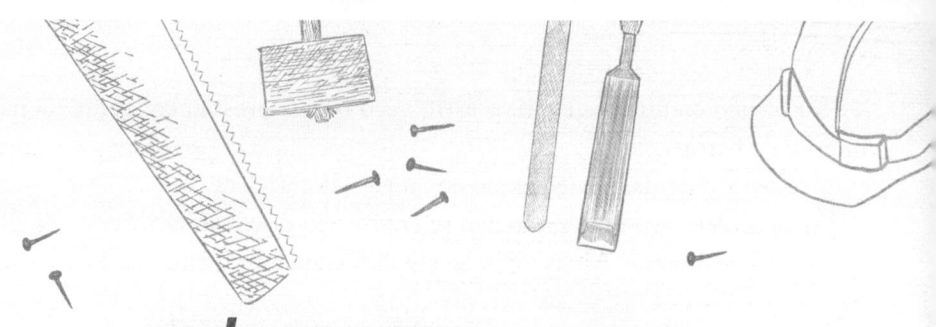

CAPÍTULO TRINTA E QUATRO
Julian

Depois de limpar o chão e ajeitar nossas roupas, aproveito o êxtase pós-orgasmo de Dahlia antes que ela tenha a chance de recobrar o juízo.

— Janta comigo? — As palavras escapam da minha boca enquanto seguro sua mão e a puxo para longe da porta do sótão.

Ela arregala os olhos.

— Você estava falando sério?

— Sim.

— Onde?

— Na minha casa.

Ela me encara.

— Eu deveria dizer não depois da pegadinha que você fez.

— Mas você não vai. — Beijo os nós dos seus dedos.

Ela levanta a sobrancelha em um desafio silencioso.

— Tem certeza disso?

— Não me faça implorar.

— Eu adoraria. — Ela empurra meu ombro com um único dedo. — Me pergunte de novo. De joelhos.

Dahlia é a única mulher por quem eu me ajoelharia com entusiasmo, e eu provo isso a ela ao seguir sua ordem.

Provoco seu quadril com meu polegar.

— Me tire dessa agonia e diga sim.

— Isso é possível? — Seus olhos brilham.

— Hilário.

— Tudo bem. Vou com você, mas só porque está fazendo esse olhar triste de cachorrinho de novo.

Eu não fazia ideia de que tinha um, mas estou feliz por ter essa arma no meu arsenal, pelo menos na opinião dela.

— Vamos antes que eu mude de ideia. — Dahlia entrelaça nossos dedos e me puxa pela casa até a porta da frente. Paramos em frente ao carro dela, ao lado do motorista.

— O que você está pensando para o jantar? — ela pergunta enquanto procura suas chaves na bolsa.

Eu a encurralo contra a porta e roubo mais um beijo.

— A comida está pronta.

— E você que se dizia bom em falar coisas excitantes...

— Você me perguntou o que eu queria para o *jantar*. Não para a sobremesa.

A pele dela fica do tom mais bonito de rosa.

— *Ah.*

Eu traço a curva de sua bochecha com o polegar.

— Tem algo específico que você esteja com vontade?

— Sushi do Aomi seria incrível.

Levo um momento para processar seu pedido.

— Aquele lugar chique em Nova York?

— Sim. — Ela ri. — Mas enfim, piadas à parte, estou aberta para qualquer coisa. Me surpreenda.

— Isso eu posso fazer. — Beijo sua testa antes de pegar meu chaveiro e tirar a chave da casa. — Aqui.

Ela fica de boca aberta para a chave.

— Não acha que está indo um pouco rápido?

— Cala a boca e pega antes que eu revogue sua chance de fuçar sem que eu esteja lá.

Seu rosto se ilumina.

— *¿Neta?** — O leve tom mais agudo em sua voz faz a possível chantagem valer a pena.

Tenho certeza de que o amor de Dahlia por investigação começou quando ela pegou seu primeiro livro da *Nancy Drew* na biblioteca, e nunca parou.

Balanço a chave na frente dela, mantendo-a firme para evitar que ela perceba meus músculos tensos.

---

* *¿Neta?*: Sério?

— Fique no primeiro andar.

Ela ergue uma sobrancelha.

— O que você está escondendo lá em cima?

Meu coração bate descontroladamente no peito.

— Vai ter que esperar para ver.

Dahlia sai em direção à minha casa enquanto eu vou para o centro da cidade.

Embora eu não consiga trazer sushi do Aomi de última hora, faço um pedido no melhor — e único — restaurante que serve sushi de Lago Wisteria antes que eles fechem.

Ainda que eu tenha planejado pegar o caminho mais longo de volta para casa para dar a ela tempo de conduzir uma investigação minuciosa na minha casa, decido fazer diferente. Tenho medo de que ela acabe subindo as escadas e olhando meu quarto para matar a curiosidade.

Ao contrário da solidão opressiva que costuma me atingir sempre que entro na minha garagem, meu corpo vibra de expectativa enquanto estaciono o carro e caminho para dentro da casa iluminada.

Sou recebido pelo som de Dahlia mexendo no piano ao longe. Ao contrário de Nico, ela não tem habilidade e treinamento adequados para fazer qualquer coisa além de acabar com a canção "Brilha, brilha, estrelinha".

Um arrepio atravessa minha espinha enquanto percorro o longo corredor que leva à sala de estar. Nunca me senti tão animado no final de um dia de trabalho e paro para processar o motivo.

Nenhum silêncio doloroso. Nenhuma solidão terrível. Nada além de um forte sentimento de alegria ao pensar na pessoa que me espera.

Você está se apegando, diz a voz cautelosa.

Estou bastante certo de que é algo mais sério do que isso.

É *amor*.

Algo está mudando dentro de mim, isso ficou claro quando voltei para a carpintaria depois de quase uma década evitando-a, e tem tudo a ver com Dahlia.

Quando ela toca a última nota, entro na sala.

— O jantar chegou.

Ela se assusta, batendo os dedos nas teclas.

— Você me assustou.

— Se divertiu dando uma olhada por aí?

— Com certeza. Olha o que encontrei ao lado da sua coleção estimada de *O pequeno príncipe*. — Ela se levanta e revela o troféu de *Segundo Melhor* que me deu.

Caramba. Eu estava tão focado em manter Dahlia longe do meu quarto que esqueci do troféu incriminador.

— Fico lisonjeada que você tenha guardado isso depois de todo esse tempo. — Ela esfrega uma mancha invisível.

— É um lembrete de como é o fracasso. — As palavras saem na velocidade da luz.

— Então você o deixa ao lado de suas posses mais estimadas? Escolha interessante, considerando o tamanho da sua casa.

Eu pisco lentamente.

Ela sorri com desdém.

— Eu sei que você foi mal na prova final de física de propósito.

— Você não tem como provar.

— Física era a matéria em que você era melhor, e eu pior. Não tinha como eu ganhar de você de outra forma.

Exerço meu direito de permanecer em silêncio.

— Por que você fez isso? — ela pergunta.

O zumbido do aquecedor ligando ecoa pela casa.

Ela franze as sobrancelhas.

— Você fez isso porque sentiu pena de mim?

— Não — disparo.

— Então, por quê?

— Porque eu *gostava* de você.

Os olhos dela se arregalam.

— Desde quando?

— Não tenho certeza de quando começou — minto.

— Por que você não disse nada?

— Não gosto de correr riscos, lembra?

Ela balança a cabeça com força, embora isso não apague a incredulidade em seu rosto.

— Se eu não tivesse te beijado durante aquela festa de Halloween em Stanford, você teria tomado alguma atitude?

— Eu não tinha ideia do que queria naquela época.

As sobrancelhas dela se franzem com confusão.

— Mas você gostava de mim.

— Sim.

— Então, por que você me afastou quando seu pai morreu?

— Algumas razões equivocadas, mas principalmente porque eu era orgulhoso demais para lidar com meu luto da maneira certa.

Ela abre a boca.

— Assumi responsabilidades demais de uma vez, pensando que se consertasse o negócio, que estava com problemas, ou ajudasse minha mãe com a depressão, minha própria dor iria desaparecer.

Seu lábio inferior treme.

— E você não conseguiria fazer isso se eu estivesse te distraindo.

— Eu nunca deveria ter falado isso.

Ela estende a mão e aperta a minha.

— Sinto muito por não ter visto suas ações como elas realmente eram.

Eu pisco rapidamente.

— O quê?

Fui *eu* quem a machucou.

Fui *eu* quem a levou aos braços de outro homem, que acabou partindo seu coração.

E fui *eu* quem levou dez anos para pedir desculpas, porque eu era um covarde que não queria enfrentar meus medos, optando por deixar minhas inseguranças ditarem minhas ações.

— Apesar de ter ficado magoada com todas as coisas que você disse, eu deveria ter colocado meus sentimentos de lado e agido como uma pessoa melhor. Porque, mesmo que você me tenha afastado, fui eu que fiz a escolha consciente de deixar as coisas assim.

Meus pulmões doem.

— Nada disso foi culpa sua.

— O mesmo pode ser dito sobre você.

— Vamos concordar em deixar o passado para trás?

— Feito.

Passo meu braço ao redor dela antes de guiá-la para a cozinha. Ela se senta no meu lugar habitual no balcão enquanto encho dois copos com água.

— O que você comprou? — Ela alcança o saco de papel.

— Sushi.

— Oba! — Ela pega o recipiente de cima, e eu o troco pelo outro.

— O quê?

— Esse é meu.

Ela franze as sobrancelhas.

— Tem cream cheese.

A maneira fofa como ela enruga o nariz me faz sorrir para mim mesmo.

Ela arranca a tampa do recipiente.

— Tempura de camarão?

— Aqui. — Eu passo para ela um recipiente grande cheio de maionese apimentada.

— Você é irritantemente perfeito em prever cada movimento meu.

Eu passo para ela um par de hashis, e ela os separa antes de pegar seu primeiro sushi da bandeja.

Eu não como imediatamente, o que me rende outro olhar especulativo.

— Você vai comer? — Ela aponta para a minha bandeja.

— Sim.

— Bem, vá em frente. — Ela bate os hashis algumas vezes.

— Qual é a pressa?

— Alguém me prometeu sobremesa.

Meu coração pausa por um segundo antes de voltar ao seu ritmo normal.

— Estou aproveitando o momento — confesso.

Dahlia processa minhas palavras com uma piscada lenta.

— É só um jantar.

Tiro a tampa do meu recipiente para ter algo para fazer.

— Eu sei.

— Podemos fazer isso de novo amanhã, se você quiser. — Um rubor rosa-claro se espalha pelo pescoço dela.

— *Você* gostaria de fazer isso?

— Depende de como vai ser esta noite.

Ela pisca.

Eu sei que as palavras dela são para provocar, mas parecem alargar o espaço em meu peito até que a dor se torne insuportável.

A testa dela se enruga com a careta.

— O que é esse olhar?

— Hum?

Seja qual for a expressão que ela imita, me faz sentir dez vezes mais patético.

— Nada. — Eu coloco um sushi na boca para evitar revelar mais alguma coisa.

— Você parece triste.

— Eu estou...

— Solitário? — ela sugere.

Eu quase quebro um dos hashis de madeira por causa de como meu punho se fecha com força.

O pior tipo de expressão passa pelo rosto dela.

Pena.

— Por quanto tempo? — ela pergunta.
Tempo demais.
— Não vou mentir, esperava que você estivesse casado e com um filho agora.
— Casado, sim. Um filho? Nem tanto.
— Você não quer filhos? Sério? — A garganta dela visivelmente fica apertada pelo quão forte ela engole.
— Não.
Ela franze ainda mais a testa.
— Desde quando?
— Desde que minha mãe voltou do hospital sem minha irmãzinha.
Ela coloca a mão em volta do meu bíceps e dá um aperto reconfortante.
— Sinto muito.
Eu dou de ombros meio desanimado.
— É passado.
Ela me lança um olhar.
— Nós somos uma dupla e tanto, você e eu.
— Nem me fale.
Ela solta meu braço.
— Um homem sábio já me disse que há muitas maneiras de ter um filho.
— É mesmo?
— Sim.
— Acho que vou começar encontrando uma esposa primeiro e ver para onde a vida me leva.
— Isso. — Ela aperta os hashis com força.
Bonitinha.
Calor se espalha pelo meu corpo.
— Talvez, quando você voltar para San Francisco, eu reconsidere os serviços de cupido da minha mãe.
— Eu chupei seu pau menos de uma hora atrás, e você já está falando sobre sair com outras mulheres?
— Isso te incomoda?
O nariz dela se enruga.
— Aff. Você é um idiota.
— E você está com *ciúmes*.
— Não, não estou.
— É bom estar do outro lado de vez em quando. — Eu desenrolo os dedos dela, libertando os hashis de seu aperto punitivo.
O olhar dela estreita.

— Você disse tudo de propósito.
— Sim.
— Na próxima vez que você me chupar, vou te sufocar até a morte.
Eu arrasto a mão dela até meus lábios e a beijo.
— Não consigo pensar em uma maneira melhor de morrer.

CAPÍTULO TRINTA E CINCO
Dahlia

— E aí, vou ver o seu quarto agora? — Eu jogo nossos recipientes vazios na lixeira embutida ao lado da pia.

— Tenho uma ideia melhor. — Julian me pega pelos quadris e me levanta para a bancada. Meu vestido faz pouco para me proteger do mármore frio abaixo, sobretudo quando Julian o levanta até que eu esteja completamente exposta.

— Aqui? — Eu olho para todas as janelas sem cortinas.

Ele se ajoelha.

— Alguém pode nos ver de um barco ou do seu deque — protesto.

— Relaxa. — Ele desliza minha calcinha pelas pernas antes de guardá-la.

— Mas... — Meu protesto acaba ainda na garganta quando Julian abre minhas coxas e as cobre com beijos suaves.

A bochecha áspera dele arranha minha pele em busca do ponto que anseia por atenção. Ele me provoca com um movimento de sua língua, me fazendo pular no lugar.

— Devo parar?

— Não se atreva. — Minha cabeça cai para trás enquanto ele me recompensa com outra lambida.

— Tem certeza? Eu odiaria que alguém visse você assim.

Ele arrasta a língua em direção ao meu clitóris e o pressiona.

— Cala a boca — sibilo enquanto meus dedos afundam em seu cabelo.

— Você é tão exigente. — Ele faz uma careta antes de deslizar a língua sobre meu clitóris novamente.

Vou mostrar-lhe o que é ser exigente. Eu jogo minhas pernas sobre seus ombros e o alinho com a minha entrada.

— Lambe.

Mantemos contato visual enquanto ele capta minha excitação com a ponta da língua. Arrepios se espalham pelo meu corpo, e ele corre as mãos sobre minha pele enquanto afunda mais dentro de mim.

— Porra. — Eu permito a ele mais alguns segundos de provocação antes de assumir o controle novamente. Apesar de tudo parecer bom, o arrasto pelos cabelos na direção ao meu clitóris. — Chupa.

Algo pisca atrás de seus olhos enquanto ele me envolve com os lábios e chupa com força suficiente para meus quadris sacudirem para fora da bancada.

O arranhão de seus dentes é algo novo, e meu corpo desperta com a sensação.

Ele sorri para mim antes de repetir o movimento.

Meu Deus do céu.

— Meu Deus — digo com um gemido enquanto ele faz algo com a língua que ninguém nunca fez antes, e então tremo quando pressiono minhas coxas contra as laterais de sua cabeça.

Ele se afasta.

— Sua boceta está sujando minha bancada.

— Com isso? — Abro mais as pernas e recolho um pouco da minha excitação com o polegar, ganhando um gemido delicioso do homem ajoelhado na minha frente.

— Eu deveria fazer você lamber tudo até ficar limpo.

— Ou você deveria, já que ama meu gosto.

Sua respiração forte me faz sorrir.

— Aposto que você ia gostar disso. — Estendo meu polegar encharcado.

Sua boca o envolve, enviando uma agradável onda de calor por mim enquanto ele lambe minha pele antes de morder a ponta.

— Continue falando e vou amordaçar você.

— Com seu pau?

— Não me tente.

Julian afunda um dedo em mim e reviro os olhos quando sou tomada pela sensação. Ele recompensa meu gemido pressionando o polegar contra meu clitóris enquanto adiciona um segundo dedo.

Minha cabeça cai para trás.

— Se você não me foder no próximo minuto, vou encontrar uma maneira de fazer isso sozinha.

— Se me ameaçar de novo enquanto meus dedos estiverem dentro de você, vou parar.

Ah, merda.

— Entendeu? — Ele dobra o dedo para alcançar meu ponto mais sensível.

— Sim — digo, soltando um gemido.

Ele faz um ruído de confirmação antes de retirar a mão.

— Volto em um minuto.

Julian foge e retorna um minuto depois, respirando pesadamente com uma embalagem brilhante de preservativo na mão. Em algum momento, ele tirou as calças, me dando a melhor visão de sua ereção escondida pela cueca boxer.

— Só uma? — Passo meu dedo indicador sobre seu volume.

— Tenho mais lá em cima. — Ele puxa meu vestido pela minha cabeça, bagunçando meu cabelo.

Fico sem fôlego enquanto seu olhar percorre meu corpo, absorvendo cada detalhe antes que ele me puxe para um beijo ardente.

Ele termina o beijo primeiro.

— Não sei o que fiz para merecer isso, mas estou me sentindo o cara mais sortudo do mundo agora.

As borboletas no meu estômago se libertam em um enxame desesperado, me deixando tonta.

— As coisas que eu quero fazer com você... — Com o dedo indicador, ele traça um caminho da base da minha garganta até minha boceta.

A atração que nós dois passamos anos ignorando cresce até a superfície, fazendo meu coração bater forte enquanto ele pressiona o polegar contra meu clitóris.

Eu quero o Julian. Eu o quero tanto e passei tempo demais agindo como se não quisesse isso.

Isso termina esta noite.

— Sinta-se à vontade para pular a conversa sexy e começar porque estou mais do que pronta.

Ele mergulha o polegar dentro.

— Estou aproveitando o momento.

— Você anda fazendo muito isso ultimamente.

— Tudo por sua causa.

Tenho medo de não sobreviver à noite se ele continuar falando comigo assim.

Luto contra as emoções que giram em meu peito enquanto alcanço a embalagem da camisinha. Ajo como uma apresentadora sedutora, fazendo os músculos de Julian tensionarem enquanto abro a embalagem e arranco com cuidado o preservativo.

Ele respira fundo enquanto o agarro pelo pau e puxo, trazendo-o para mais perto para que eu possa colocar a camisinha.

— Podia ter pedido com educação.

— E perder aquele suspiro que você deu? Acho que não.

Arrasto um dedo pela borracha, saboreando a maneira como suas coxas ficam tensas.

Sua cabeça cai para trás com um suspiro.

Talvez Julian esteja certo quando diz que quer ir devagar. Quero catalogar cada segundo desta noite e guardar na memória porque, enquanto não posso tê-lo para sempre, posso ter a memória de nós dois.

Com as mãos trêmulas, ele coloca minhas pernas em volta de sua cintura. Minhas coxas tremem e um arrepio percorre meu corpo quando a ponta de seu pau desliza sobre meu clitóris antes de parar.

Ele segura minha bochecha com uma das mãos enquanto segura seu pau com a outra.

— Tem certeza?

Tenho certeza de que quero fazer sexo com Julian? Absoluta. Tenho medo de entrar em combustão se não o fizermos, e minha boceta lateja em concordância. Estou certa sobre o que vai acontecer depois que ultrapassarmos esse último limite entre nós? Não, mas sem chance que irei deixar meu medo da incerteza estragar esta noite.

Coloco minha mão sobre a dele, alinho seu pau e empurro até sua ponta desaparecer dentro de mim.

— Isso responde à sua pergunta?

Seus olhos se fecham.

— *Dahlia.*

Eu nunca o ouvi dizer meu nome assim antes, e puta merda, preciso que ele faça isso de novo.

Minhas pernas apertam sua cintura enquanto eu o puxo, dirigindo-o para mais fundo.

— Repete.

Suas mãos correm para agarrar meus quadris.

— *Dahlia.*

Faíscas disparam pela base da minha espinha, mas não consigo absorver a sensação antes de Julian entrar em mim com força suficiente para me fazer suspirar.

Ele luta contra um tremor.

— Merda.

Meu peito sobe e desce a cada respiração rápida enquanto absorvo o olhar puro de adoração em seu rosto.

Pare de pensar demais em tudo.

O transe que Julian tem sobre mim é quebrado quando ele sai.

Nós dois tremémos quando ele entra novamente. Não leva muito tempo para ele encontrar o ritmo mais perfeito e tentador, e estou desesperada para fazer isso durar o máximo possível.

Seus dedos agarram meus quadris enquanto ele me fode como um homem à beira da loucura, e sou a única coisa que o mantém preso à realidade.

Estou desesperada para encontrar um ponto de apoio enquanto me agarro a ele. Meus pés se prendem em sua bunda quando ele muda o ritmo, entrando em mim com força suficiente para que eu deslize pela bancada.

Ele encontra o ponto sensível entre meu ombro e meu pescoço antes de chupar a pele.

— Ei. — Eu bato nele.

Ele me cala com outro movimento de revirar os olhos. Suas unhas arranham minha bunda enquanto ele me segura, me fodendo até quase eu morrer.

Julian, com seus olhos escuros e dilatados, age como um homem possuído pela minha boceta enquanto coleta minha umidade e provoca meu clitóris.

— Você gosta do meu pau?

Eu finjo um suspiro.

— Minha boceta muito molhada me denunciou?

— Essa boca vai te trazer problemas um dia. — Ele desliza o dedo pelo meu lábio inferior.

— Espero que sim. — Minha língua sai para provocar seu dedo.

Sua risada profunda é o único aviso que recebo antes que ele tire tudo até que apenas a ponta permaneça. Me preparo para protestar, mas sou interrompida quando ele vem de novo com toda força que possui.

Eu arfo.

É demais. Da pontada de dor de seu pau forte dentro de mim até o ritmo que ele estabelece, eu sou um caso perdido.

Eu me despedaço com um grito alto. Minha visão fica escura enquanto perco contato com a realidade e mergulho no orgasmo.

— *Hermosa** — ele diz enquanto inclina minha cabeça para trás.

Meu estômago mergulha em águas profundas e perigosas. Julian engole meu gemido com um beijo, pressionando com força suficiente para machucar meus lábios.

Ele me fode durante meu orgasmo enquanto sussurra doces elogios em meu ouvido.

— Essa é minha garota — ele diz sem quebrar o ritmo. — Olha para mim. — Ele puxa meu cabelo até meus olhos se abrirem.

---

* Hermosa: Maravilhosa.

— *Mi preciosa** — ele sussurra em meu ouvido antes de morder minha orelha.

Meu cérebro confuso não consegue processar as palavras com rapidez suficiente quando ele começa a gemer.

Seus movimentos rápidos tornam-se espasmos antes de pararem completamente. Passo os dedos pelos seus cabelos, arrumando os fios enquanto ele relaxa.

— Merda. — Sua testa pressiona contra a minha.

— Você gostou? — Normalmente não sou tão exigente em circunstâncias como esta, mas Julian me desafia em tudo, então estava desesperada para ganhar algum tipo de controle sobre ele.

O pensamento me faz rir de mim mesma.

Ninguém pode controlar Julian — muito menos eu. Na verdade, eu liberto uma parte errática dele que ele manteve trancada, e mal posso esperar para fazer isso de novo.

Você está jogando um jogo que não vai ganhar, grita a voz de alerta em minha cabeça.

Então é melhor você garantir que Julian também não possa vencer.

Ele beija o topo da minha cabeça enquanto sai com um gemido.

— Acho que você arruinou o sexo com qualquer outra mulher.

A melhor notícia de todas.

---

* Mi preciosa: Linda.

CAPÍTULO TRINTA E SEIS
Dahlia

— Então, sobre o meu quarto... — Julian hesita do lado de fora do cômodo. — O que tem aí que te deixa tão nervoso? — Estendo a mão para a maçaneta e sou bloqueada por seu corpo enquanto ele pisa na frente da porta.

Ele esfrega a nuca.

— Bem...

— É a sua coleção de bonequinhos?

Sua cabeça balança.

— Não. Eu me livrei disso há anos.

— Graças a Deus, porque eles me assustavam.

Ele me lança um olhar.

— Você tem revistas pornográficas ou pôsteres ou algo assim? — pergunto.

— Visto que não sou um adolescente que nasceu antes da internet existir, não.

— Talvez um vibrador na gaveta da sua mesa de cabeceira?

Todo o seu rosto fica vermelho.

— Um vibra... quer saber? Dane-se isso. — Ele abre a porta e sai do caminho. — Pode entrar.

Meus pés permanecem firmemente plantados no chão enquanto observo, da entrada, o quarto. Pisco algumas vezes para ter certeza.

— Você... Isso é...

Os olhos de Julian se fecham.

— Eu posso explicar. É... — Sua voz desaparece, junto com sua confiança.

Tudo.

Dou alguns passos para dentro e paro na frente do tapete de lã que projetei para a *Vida Selecionada*. Levei um mês inteiro para acertar minha visão e passei por centenas de esboços e amostras antes de tudo dar certo.

O mesmo pode ser dito para a maioria dos móveis e decoração customizada espalhada pelo quarto de Julian. Cada peça contém uma lembrança da minha carreira, e fico emocionada ao catalogar pelo menos um item de cada uma das minhas coleções.

Ele não comprou tudo, porque isso teria sido excessivo, mas comprou o suficiente para provar que seguiu cada lançamento e escolheu um favorito.

Uma explosão de calor percorre meu peito, mais forte do que qualquer explosão solar.

Ele apoiou seus sonhos sem você saber.

Pisco para afastar a névoa em meus olhos antes de me virar para ele.

— Achei que você não fosse fã. — Minha voz falha.

— Do programa? Porra, não. — Ele faz uma careta.

— De *mim*.

Seus olhos caem para o chão de madeira.

Eu me aproximo da cômoda dele e passo o dedo pela borda da tigela de cerâmica que eu projetei.

— Por que você tinha medo de como eu reagiria ao seu santuário?

— Não é um santuário. — Ele tropeça nas palavras.

Eu rio.

— Então como você chamaria isso?

— Reconhecimento de alguém que merece.

Se ele continuar falando assim, vou acabar fazendo algo idiota e me apaixonar por ele.

Você tem regras por um motivo. Siga-as.

A tensão em minha garganta só piora enquanto faço um tour pelo quarto dele, surtando internamente com as peças que ele escolheu.

Eu reajusto uma luminária que já está balanceada antes de ligá-la.

— Você tem coisas aqui desde o meu primeiro lançamento.

— Eu sei.

— Há quanto tempo você tem acompanhado minha carreira?

— Desde que você aprendeu o ABC e os números?

Rindo, eu balanço a cabeça.

— Estou falando sério.

— Eu também. Eu sempre me interessei pelo seu sucesso.

— Mesmo quando estava determinado a me vencer em tudo?

— Mesmo nessa época.

— Todo esse tempo, pensei que você me odiava...

Ele se aproxima de mim e me envolve em seus braços.

— Nunca te odiei, Dahlia. Nem por um segundo de um único dia.

— Então por que me evitou por tanto tempo?

— Porque eu sabia o que aconteceria se eu me aproximasse de novo.

— O quê?

Ele ignora minha pergunta enquanto se inclina e me beija. Esse é diferente — *ele* está diferente — e não consigo não ficar obcecada por cada detalhe.

A maneira como suas mãos sustentam meu rosto como se eu fosse a coisa mais preciosa neste mundo.

Seu polegar acariciando suavemente minha bochecha, indo e vindo de uma maneira que me faz tremer.

A pancada no meu coração enquanto ele responde à minha pergunta sem pronunciar uma única palavra.

Tenho medo de reconhecer os sentimentos sérios que crescem entre nós. Ele já chegou perto de mim uma vez e me afastou, então quem garante que não fará a mesma coisa de novo?

Esteja presente e aproveite o momento. As sábias palavras da minha terapeuta surgem na minha cabeça.

Com a maneira como ele me beija como se eu já fosse dele, estou tendo dificuldade em ignorar o óbvio.

Você vai ter que admitir esses sentimentos algum dia, acrescenta a parte racional do meu cérebro.

Eu planejo fazer isso... mas não hoje.

♟

Eu meio que rastejo, meio que manco para fora da cama para usar o banheiro e me limpar depois de uma segunda rodada de sexo. Quando retorno e começo a procurar minhas roupas, Julian me agarra e me joga de volta no centro do colchão.

— Coloca alguma coisa. — Ele me entrega o controle remoto da TV depois de subir na cama.

— Estamos muito domésticos. — Eu exagero no sarcasmo, esperando que isso mascare o tremor na minha voz.

— Você ainda não viu nada. — Ele pega um livro da mesa de cabeceira e um par de óculos de leitura de uma gaveta.

Nunca percebi o quanto eu precisava ver Julian sem camisa e de óculos, lendo um livro, mas acredito que a imagem pode ter alterado permanentemente a química do meu cérebro.

Acabo me aconchegando contra o peito dele e assistindo a uma reprise de *Silver Vixens* enquanto ele lê um livro de capa de couro que não reconheço.

— O que está lendo? — Pauso o episódio na metade.

— Um livro não oficial sobre a história de Lago Wisteria.

— O quê? — Sento-me e acabo derrubando o livro de suas mãos. Felizmente, ele o pega pela lombada desgastada antes que caia no chão.

— Desculpa.

Ele coloca o livro de volta na mesa.

— Confie em mim. Não é tão emocionante quanto parece. As conversas sobre agricultura e os relatos detalhados das primeiras temporadas brutais de morango me fizeram dormir duas noites seguidas.

Eu dou risada.

— Você sabia que o Festival do Morango começou há mais de cem anos como uma maneira de atrair fazendeiros para se mudarem para cá?

— Isso é ótimo e tudo mais, mas quero saber se tem algo lá sobre Gerald e Francesca!

Ele faz uma careta.

— Depois de ler a história de Gerald e descobrir o motivo por trás da mudança dos irmãos dele para Lago Wisteria, eu quase me sinto mal por derrubar todas as casas dele.

— Viu? Eu disse que entender a história é importante.

— Eu disse *quase*.

Eu bufo.

— O que você descobriu?

— A família dele se mudou para cá porque a irmã foi rejeitada pela antiga cidade deles depois de ser pega, abre aspas, rolando no feno, fecha aspas, com outro homem antes do casamento. Então, em vez de permanecerem na Península Norte, eles se mudaram para cá quando ouviram falar das praias.

— Não é possível.

Ele assente.

— Havia quatro irmãos Baker e a irmã deles, Wisteria, que se recusava a ser chamada por qualquer coisa além de Ria. Ela é a escriba que registrou tudo detalhadamente.

— Batizaram a cidade com o nome dela? — Eu dou um gritinho. — Como ninguém fala sobre isso?

Ele dá de ombros.

— Provavelmente porque ela não queria que as pessoas soubessem seu verdadeiro nome. Ela disse que o nome "Wisteria" era uma palavra grande que não combinava com sua personalidade.

Eu agarro o braço dele.

— O que mais ela disse?

— Tinha muitas coisas boas a dizer sobre o irmão mais velho, incluindo o quanto do seu amor e do seu coração ele colocava em cada casa.

— Parece um de nós.

Julian passa os dedos sobre um ponto que me faz pular e rir.

Quando me acalmo, traço seu peito com a ponta dos dedos.

— Algo sobre Francesca?

— Ela era da antiga cidade deles.

— Ah, não.

— Fica pior. Aparentemente, ela era filha do prefeito.

Meu lábio inferior treme.

— *Não.*

— Isso explica por que Gerald nunca se casou com ela ou com qualquer outra pessoa.

— Isso é tão injusto. Gerald e sua família pareciam pessoas boas. — Minha voz treme de indignação.

— Eram, mas fazer o quê? Nem todos eram progressistas naquela época.

— É uma pena que você esteja destruindo o legado dele, uma casa de cada vez, especialmente depois de descobrir por que ele fundou esta cidade.

Seu olhar irritado me faz tremer.

— O que mais você espera que eu faça?

— Encontre a cidade que rejeitou a irmã dele e derrube aquelas casas com uma bola de demolição. — Eu sorrio.

Seus olhos me percorrem.

— Você gostaria disso, não é?

— Claro. Lago Wisteria precisa ser protegida a todo custo de pessoas como você.

— E quem vai *te* proteger de pessoas como eu? — Julian sobe em mim, prendendo minhas mãos acima da cabeça enquanto me aprisiona debaixo dele.

Eu prendo minhas pernas ao redor de sua cintura e o puxo para mais perto.

— Você é que vai precisar ser protegido de alguém como *eu*. Escuta o que estou dizendo...

Julian me cala beijando-me até que eu não consiga mais lembrar de nada sobre Gerald, as cidades ou meu próprio nome.

CAPÍTULO TRINTA E SETE
Dahlia

Uma campainha toca ao longe depois de outra rodada de sexo incrível. Julian tem mais resistência do que dez vencedores de triatlo, e embora eu queira acompanhá-lo, minha boceta oficialmente se cansou para a noite, e nenhuma quantidade de lubrificante ou sexo oral mudará minha opinião.

— Está esperando alguém? — Eu saio de cima de Julian para que ele possa se levantar.

— Não. — Ele pega o telefone e solta um palavrão.

— O que foi?

— É a minha mãe.

Eu me sento abruptamente.

— O que ela está fazendo aqui tão tarde?

Batidas fortes na porta da frente nos fazem encarar um ao outro com olhos arregalados.

— Meu carro está lá fora.

Ele assente.

— Você acha que ela vai suspeitar de algo?

— Tenho quase certeza de que ela tirou conclusões precipitadas no momento em que viu que você estava aqui.

Eu jogo o edredom sobre minha cabeça.

— Não ligue para mim. Vou ficar aqui para sempre.

Ele ri enquanto puxa o edredom para baixo.

— Vou dizer a ela para não fazer alarde.

— Estamos falando da sua mãe. Tenho quase certeza de que ela já está ligando para o *Jornal de Wisteria* para anunciar a notícia.

— Vou fazê-la jurar segredo.

— Está frio aqui fora! — O aplicativo da campainha ecoa seus gritos lá embaixo. Ele pressiona um botão no telefone.

— Estou indo agora.

— E a Dahlia?

Boa sorte ao tentar escapar de vê-la.

— Ouvi isso — responde sua mãe, me assustando.

Eu disse em voz alta?

Julian abafa o riso com o punho enquanto eu olho fixamente para a tela do seu telefone.

— Já vou. — Minha tentativa de uma voz animada falha.

Julian pega nossas roupas e me ajuda a me vestir em tempo recorde antes de me conduzir até embaixo. Eu aliso um amassado no meio do meu vestido enquanto ele abre a porta da frente.

— Mãe. O que está fazendo aqui?

— Dahlia! — Josefina passa por seu filho e me envolve em seus braços. — Que surpresa agradável.

Eu dou uma olhada para Julian.

Ela me segura a um braço de distância.

— Você está bem?

— Claro? Tem alguma razão para eu não estar?

Ela lança um olhar aterrorizante para o filho.

— Vi o vídeo do Rafa. — Ela se volta para mim. — Vim aqui para dar uma boa bronca no Julian, mas vejo que não é necessário. — O sorriso em seu rosto deveria vir com um aviso.

— Ah, não vou impedi-la de dar uma bronca nele. — Faço um gesto em direção ao homem parado de braços cruzados ao lado.

— Não me tente. — Ela coloca as mãos nos quadris. — Luis Julian Lopez Junior, o que você estava pensando, assustando Dahlia assim?

Ele não fala.

Eu coloco minha mão no ombro dela.

— Está tudo bem, Josefina. Julian e eu conversamos sobre isso.

Ela se vira para mim com olhos apaixonados.

— Vocês conversaram?

— Sim.

— Eu estava me perguntando por que seu vestido está do avesso...

— O quê? — Eu viro o pescoço para verificar se tem uma etiqueta.

— Brincadeira!

— *Ma* — Julian resmunga para a mãe.

Ela dá de ombros.

— O quê? Eu queria confirmar algo.

— O fato de que você é louca?

Ela ri.

Julian me lança um olhar por cima do ombro.

— Josefina — digo.

Isso parece deixá-la mais séria.

— Sim?

— Você se importa de manter isso entre nós?

Ela faz uma careta.

— Para quem você contou? — resmunga Julian.

— Rosa.

Quero ficar chateada, mas Josefina realmente não consegue se controlar. A mulher nasceu com um coração grande e uma boca ainda maior.

Julian encara sua mãe.

Seus braços se erguem para os lados em sinal de submissão.

— Foi só isso. Eu juro.

Julian estende a mão para a porta.

— Ligue para a Rosa a caminho de casa e diga a ela para não contar a mais ninguém.

Sua sobrancelha esquerda se curva em um arco perfeito.

— Não contar a mais ninguém *o quê*?

— O que você viu. — Ele beija o topo de sua cabeça antes de abrir a porta com força.

Josefina sai.

— E o que exatamente eu vi? — Ela pisca para o filho.

— Coisas demais.

— Não...

— *Te quiero. Cuídate.** — Ele fecha a porta, nos isolando novamente do mundo exterior.

Do jeito que eu gosto.

---

* Te quiero. Cuídate: Te amo. Se cuida.

Julian fez o possível para me convencer a passar a noite, e eu quase cedi ao seu pedido, mas então me lembrei do nosso acordo. Se eu quiser me proteger de ser machucada por ele novamente, devo evitar abraços, conversas na cama até tarde e passar a noite na sua casa.

Quando acordo na manhã seguinte, encontro minha mãe me esperando na cozinha.

— *Mami?* — Eu esfrego meus olhos. — Você não deveria estar no trabalho?

— Eu queria estar aqui quando você acordasse.

Ah, droga. Eu sabia que essa conversa estava chegando assim que Josefina me encontrou na casa de Julian ontem à noite, mas não esperava que acontecesse tão cedo.

Coloco uma cápsula de café na máquina Nespresso da minha mãe antes de me virar.

— Sinto muito que você tenha descoberto tudo da maneira como descobriu.

— Você acha que estou chateada?

— Não está?

— Não, *mi hija*. Estou preocupada.

Ao contrário das crises usuais de ansiedade da minha mãe, isso parece diferente.

— Você voltou... tão triste. Não quero te ver assim de novo.

Coloco uma colher de chá de açúcar na minha xícara.

— Estou melhor.

— Eu sei, por isso me preocupo.

— Isso é diferente.

— Como assim?

— Hum... — Sim, não tem a menor chance de eu falar sobre minha vida sexual. — Ainda não é muito sério — digo.

Ela faz um som na parte de trás da garganta.

— Estamos vendo como as coisas vão — explico.

Ela concorda.

— Você já é adulta o suficiente para tomar as próprias decisões.

Eu fico atônita em silêncio. Esperava que minha mãe estivesse falando sobre sexo antes do casamento e correndo para fazer uma cerimônia na igreja para salvar minha alma, não isso.

— Só isso? — pergunto.

Ela se levanta do banco e me dá um beijo na cabeça.

— É só isso.

— Você não vai me avisar sobre me machucar ou fazer algo idiota?

— Julian não vai te machucar.

Eu me afasto.

— Como você sabe?

— A resposta é óbvia toda vez que eu o pego olhando para você.

Meu coração dá um salto.

— O que você quer dizer?

— Aquele homem preferiria se machucar antes de te colocar em perigo.

Eu travo os joelhos para evitar tombar.

— *Mami.*

— Tem sido assim desde que vocês eram crianças.

— Você... — Minha voz se perde.

— Eu *o quê?*

Acha que ele poderia ser o cara certo?

Você está falando sério, Dahlia? Você saiu de um relacionamento sério há menos de cinco meses.

Eu balanço a cabeça.

— Nada.

🏆

Lily reprisa o vídeo em que estou gritando pela quinta vez nesta tarde. Ela passou o almoço inteiro mostrando para todo mundo que pôde dedicar um minuto do seu dia.

Dessa forma, até as cinco da tarde, todo mundo na cidade terá me visto morrendo de medo de um fantasma que não existe e de uma decoração de Halloween que Rafa encontrou na garagem de Josefina.

Eu me levanto da minha cadeira ao som da risada da garçonete e da Lily juntas.

— Ei! Espera aí! — Lily chama por mim.

— Não. — Eu saio do restaurante.

Lily corre atrás de mim.

— Para! — Minha irmã ofega enquanto agarra meu braço e me afasta do meu carro. — O que foi?

Eu jogo as mãos para o alto.

— Estou cansada de ver esse vídeo.

— Vamos lá. Você tem que admitir que é meio engraçado.

— É *constrangedor.*

— Eu discordo. É tão fofo como você grita pelo Julian. — Ela repete a parte em que eu quase choro.

Mordo a língua até sentir o gosto de sangue.

— Vou matar o Rafa por compartilhar esse vídeo no grupo.

— Seria um crime de ódio manter essa joia escondida de nós. — Lily me mostra a captura de tela que ela salvou como papel de parede do telefone.

— Não vou dormir bem até me vingar.

Ela esfrega as mãos juntas.

— O que nós estamos planejando?

— Nós?

— Você não está pensando em fazer algo divertido assim sem mim...

— Quanto menos testemunhas, melhor.

Ela pisca.

— É assim que eu gosto.

— Você quer ajudar?

— Claro. Você e eu somos parceiras no crime.

— Falando em crime, o irmão da sua amiga é policial, certo?

Apenas o sorriso dela já poderia colocá-la na lista dos mais procurados do FBI.

— Sim.

— Você acha que ele é do tipo que prenderia alguém que não cometeu um crime?

— Tenho certeza de que ele pode ser atraído pela ideia com um vale-presente da livraria da cidade ou algo assim. Por quê? Qual é o plano?

— Você não pode contar pra ninguém.

Ela estende o mindinho como fazíamos quando éramos crianças.

— Promessa de mindinho.

Eu entrelaço o meu com o dela.

— Estou pensando em esperar até depois do Dia de Ação de Graças para que ele não suspeite de nada...

CAPÍTULO TRINTA E OITO
Dahlia

Julian e eu mergulhamos em uma rotina confortável nas últimas semanas. De alguma forma, ele encontra energia para equilibrar a agenda ocupada de trabalho e eu, reservando um tempo todas as noites para ficarmos juntos.

Não tenho certeza de qual é o padrão para relacionamentos casuais, mas suspeito que a insistência de Julian em jantarmos juntos e ficarmos abraçados por uma hora após o sexo não seja exatamente isso.

Nem seus sentimentos por ele, que só aumentam.

O timer toca, espantando meus pensamentos. Abro o forno e verifico o peru.

— Oi. — A porta da cozinha se fecha atrás de Julian. Eu enxugo minha testa suada com as costas da mão. — Pensei que você só viria mais tarde.

— Com base na última foto que a Lily enviou no chat da família, parecia que você precisava de ajuda.

— Me lembre de nunca mais me voluntariar para preparar o jantar de Ação de Graças.

— Foi um gesto atencioso.

Depois de passar os últimos dez dias de Ação de Graças com Oliver e sua família, *pensei* que seria legal preparar a refeição desta vez.

Enxugo as mãos na frente do avental.

— Realmente não sou qualificada pra isso.

— O que você precisa que eu faça? — Ele começa a arregaçar as mangas antes mesmo de eu responder à sua pergunta.

— Para constar, você vai se arrepender de me perguntar isso.

— Certo. Agora me coloque para trabalhar antes que eu retire minha oferta.

Eu dou as instruções. Julian segue as receitas da minha mãe minuciosamente, tornando o processo dez vezes mais agradável para mim.

E dez vezes mais difícil de ficar longe dele.

Julian se esforça para transformar o ato de cozinhar juntos em algum tipo de encontro romântico. Ele me alimenta com uma colher sob o pretexto de querer minha aprovação. A forma como ele me puxa para uma dança rápida sempre que minha música favorita toca. Como ele rouba beijos entre visitas aleatórias de Lily, que passa mais tempo experimentando a comida do que ajudando de fato.

Depois de toda a comida ter sido preparada, ele me encurrala contra o balcão e rouba outro beijo quente. É incrível como me tornei viciada em Julian em tão pouco tempo. Ele torna impossível não o desejar, fazendo minha cabeça girar com um único beijo e meu corpo zumbir com a necessidade de *mais*.

Ele arruma minha bandana para que meu cabelo não fique mais bagunçado por conta de seus dedos.

— Eu já te disse que você está linda hoje?

A sensação de vibração em meu peito se intensifica.

— Só uma ou duas vezes.

Ele tenta não sorrir e falha.

— Está contando?

— Palavras de afirmação são minha linguagem do amor.

A mão dele envolve minha nuca.

— Isso explica por que você adora ser chamada de boa garota enquanto monta meu pau.

Alguém se engasga com uma tosse atrás de mim. Eu me viro e vejo minha irmã batendo com o punho no peito.

— Lily. — Meus olhos se arregalam até a máxima extensão.

Julian tropeça nos próprios pés na pressa de se desvencilhar de mim, o que só faz Lily cair na gargalhada.

— Eu sabia que algo estranho estava acontecendo quando minha mãe disse que o Julian estava vindo para ajudar. Eu tenho tentado pegar vocês no flagra a tarde toda.

— Agora eu entendo sua necessidade constante de provar tudo.

Ela sorri enquanto Julian permanece em silêncio e pensativo.

Ela gesticula para nós.

— Há quanto tempo vocês dois estão juntos?

— Não estamos — corro para responder.

As veias nos braços de Julian se tensionam com a força com que ele os cruza.

Lily levanta uma sobrancelha.

— Pelo menos não desse jeito — concluo.

— Hum. — Ela olha para Julian. — Interessante.

— Vou deixar vocês duas conversarem sobre isso... — Ele se dirige à minha irmã em vez de a mim.

— Me leva com você? — Eu estendo a mão para ele, mas ele se esquiva.

Julian desaparece atrás da porta de vaivém que leva à nossa sala de estar.

— Conta tudo — Lily diz antes que eu tenha a chance de pensar sobre a expressão estranha no rosto de Julian.

— Aqui não. — Pego a mão dela, puxo-a para fora e fecho a porta. A neve fresca cobre cada centímetro da varanda como um cobertor branco.

— Está congelando aqui! — ela choraminga enquanto esfrega os braços.

— Então é melhor fazermos isso rápido.

— Por que estamos conversando aqui, afinal?

— Não quero que minha mãe nos encontre ou algo assim.

— Ela sabe?

— Vagamente.

Minha irmã franze a testa.

— Estou insultada por você não ter me contado primeiro.

— Não queríamos que ninguém soubesse do nosso acordo.

— Um pouco tarde para isso, então fale.

— Não há muito para contar. Nós concordamos em manter as coisas casuais.

— Aquilo pareceu casual para você? Porque com certeza não pareceu para mim.

Certamente não, mas não consigo admitir isso nem para mim, quanto mais para Lily.

Engulo o nó na garganta.

— Estávamos conversando.

— Por quanto tempo você planeja mentir para si mesma? Dias? Semanas? *Meses?*

— *Lily.*

Seu suspiro profundo produz uma nuvem de ar.

— Eu estou brincando. Eu me preocupo com você.

— Por quê?

— Porque você não *faz* algo casual.

— Não, mas não é como se eu tivesse tido muita oportunidade de tentar.

E veja aonde isso te levou.

Um olhar estranho passa por ela.

— Não é tão divertido e tranquilo como parece. Acredite em mim.

Meu estômago revira.

— Está tudo bem? Quero dizer, com você.

Lily se recupera com um sorriso.

— Claro. Por que não estaria?

— Tem certeza disso?

— Sim. Estou mais preocupada com você e se vai acabar magoada.

Eu solto um arquejo zombeteiro com força suficiente para criar uma lufada de ar na minha frente.

— Isso não vai acontecer.

Ela revira os olhos.

— Isso é o que todo mundo diz.

— Sim, bem, isso é diferente. Nenhum de nós está interessado em qualquer coisa séria.

— Você tem certeza disso?

Eu mexo meu dedo anelar vazio.

— Absoluta.

— Certifique-se de dizer isso a ele, então.

Sinto um nó no estômago.

— O que você quer dizer?

— Julian não tem relacionamentos casuais. Claro, ele concorda em ir a encontros para apaziguar a mãe dele, mas ele não está interessado em algo temporário. Isso eu sei.

Meu olhar cai.

— Nunca daríamos certo no longo prazo.

— Ainda não entendi por quê.

— Para começar, temos negócios para administrar em estados diferentes. — A Designs by Dahlia é tudo o que me restou depois de perder meu programa e meu relacionamento, e não vou desistir por causa de um homem.

Ela balança a cabeça.

— Relacionamento à distância é um obstáculo a ser superado, não uma razão para se manterem afastados.

Uma nuvem de condensação se forma ao meu redor enquanto solto um suspiro pesado.

— Não confio que ele não vai me machucar de novo.

— Acho que o seu maior problema é que você não confia em *si mesma*.

Eu assobio baixo.

— Caramba.

Ela entrelaça os braços no meu e nos conduz de volta para casa.

— Você sabe que estou pegando no seu pé porque me importo com vocês dois e não quero ver ninguém se machucar.

Eu encosto minha cabeça em seu ombro.

— É por isso que te amo.

— Mesmo se eu roubar suas roupas?

Dou uma olhada na jaqueta pastel que ela pegou do meu armário.

— Mesmo assim.

— Ou se eu tiver pegado emprestado seu creme facial caro esta manhã e tiver deixado tudo cair acidentalmente?

Meu corpo se tensiona.

— Me diga que você não fez isso.

Ela corre antes que eu tenha a chance de envolver com as minhas mãos a sua garganta.

— Lily! — Eu corro atrás dela.

— Desculpa! — Ela grita antes de entrar na casa, deixando um rastro incriminador de pegadas no formato das minhas botas de sola vermelha.

🏆

— Nico e eu lavamos a louça. — Rafa se levanta enquanto Nico resmunga.

— Não se preocupe. Eu gosto de fazer isso mesmo. — Julian se ergue da cadeira e começa a recolher os pratos e utensílios sujos.

Lily chuta a perna da minha cadeira com força o suficiente para fazê-la tremer.

— Vou te ajudar. — Minha cadeira arrasta no chão de madeira quando me levanto. Minha mãe tem o olhar mais aprovador do mundo enquanto Josefina pisca para mim. O olhar de Rafa se move entre mim e Julian antes de pousar em seu primo com uma expressão tensa.

Em vez de ficar constrangida por todos saberem sobre nós, estou nervosa sobre o que eles pensam. Não quero criar expectativas em ninguém, especialmente em Josefina, cujo sorriso só fica mais brilhante sempre que cruzamos olhares.

Ignoro as olhadas enquanto pego os copos de todos e sigo Julian para a cozinha bagunçada. Louça em um dia normal é tolerável, mas limpar depois do feriado após cozinhar a refeição toda?

Eu preferiria espetar meu olho com meu novo conjunto de unhas acrílicas.

Julian coloca os pratos na pia e abre a torneira antes de pegar os sujos das minhas mãos.

— Existe alguma razão para você se voluntariar para esse trabalho? — pergunto.

— Queria um tempo a sós com você antes de sermos arrastados para um jogo de Pictionary de três horas. — Ele agarra meus quadris e me esmaga contra seu corpo.

— Já passamos a tarde toda juntos.

Ele responde pressionando a boca contra a minha. O beijo termina tão rapidamente quanto começou e me deixa querendo mais.

— Você não precisa ajudar. — Julian coloca os pratos na pia e abre a torneira.

— Perfeito, porque estou aqui apenas para te observar trabalhar. — Eu pego as luvas cor-de-rosa do escorredor de pratos e as deixo na mão aberta dele.

Ele balança a cabeça com um sorriso.

— Vou pegar os últimos pratos enquanto você começa.

— Obrigado. — Ele alcança a primeira taça de vinho e a mergulha na água.

Empilho os últimos pratos um sobre o outro enquanto nossas famílias se reúnem na sala de estar, preparando o cavalete e o grande bloco de papel.

— Você e o Julian vão ser um time — Lily diz.

Franzo a testa.

— Só porque nenhum de vocês o quer no próprio time.

Rafa dá de ombros.

— Ele é um peso morto.

— Ouvi isso! — Julian grita da cozinha.

Josefina levanta as mãos.

— Depois da última vez, não quero ele no meu time de jeito nenhum!

— Lembra da versão dele de um gato? — Minha mãe ri.

— Ou quando ele tentou nos convencer de que o que ele desenhou era uma nave espacial.

— Realmente era coisa de outro mundo. — As sobrancelhas de Lily se mexem.

Eu rio enquanto viro em direção ao corredor e sou impedida por Nico pulando na minha frente.

Pratos tilintam quando eu paro.

— Oi.

Ele balança para trás em seus tênis, fazendo as solas acenderem.

— Você não precisa jogar com a gente se isso te deixar triste.

— Por que... — Me dou conta do que ele está falando e meus joelhos balançam. — Brincar com vocês não vai me deixar triste.

Suas sobrancelhas se erguem atrás dos óculos.

— Não vai?

Ajoelho-me para que possamos ficar no mesmo nível.

— Não. Antes, eu estava tão triste que me fazia sentir mal, mas agora estou me sentindo muito melhor.

— Você pode ensinar meu pai a se sentir melhor também?

Meu estômago afunda.

A luz some de seus olhos quando balanço a cabeça.

— Eu gostaria de poder, mas não consigo ajudar com esse tipo de tristeza.

Ele olha para os próprios tênis.

— Ah, tá bom.

Coloco os pratos no chão e o abraço.

— Mas ele vai ficar melhor sozinho porque é uma das pessoas mais fortes que eu conheço.

— Tipo um super-herói?

— Melhor ainda. Ele é pai.

Os braços de Nico apertam ao meu redor antes de soltar.

Eu me levanto com as pernas trêmulas e arrumo os óculos tortos dele.

— Melhor eu levar esses pratos para o seu tio.

— Tudo bem. Te amo! — Nico sai correndo de volta para a sala.

Levo um momento para me recuperar antes de ir para a cozinha com os últimos pratos.

— Merda. — Julian sacode a mão com uma careta.

— O que aconteceu? — Eu largo os pratos no balcão e corro até ele.

— Me queimei no fogão quando fui pegar uma panela.

— Desculpa! Devo ter esquecido de desligar. — Eu alcanço o botão e viro-o completamente para a esquerda antes de pegar a mão dele. — Foi muito sério?

— Nada demais. — Ele tenta puxar a mão.

Eu seguro mais forte.

— Pare de se mexer.

— Estou bem.

Pela forma como ele faz careta quando eu passo a mão sobre sua palma, eu diria o contrário.

— Temos um pouco daquela pomada prateada para queimaduras, depois que a Lily teve um incidente com um babyliss. — Eu o puxo em direção à geladeira.

— Completamente desnecessário para uma pequena marca. — Ele mexe os dedos.

— Pare de reclamar e me deixe ajudar.

Seu suspiro profundo de resignação não deveria ser cativante, mas Julian tem uma maneira de tornar os sons mais mundanos interessantes.

Encontro a pomada e abro o pote.

Ele estende a mão para pegar.

— Eu faço isso.

Eu me afasto.

— Sério, qual é o seu problema? Estou tentando te ajudar.

— Não precisa ter esse trabalho — ele sussurra para si mesmo.

Não esperava que meu comentário fosse causar esse tipo de resposta, o que me faz sentir mal.

— É normal pedir ajuda. Na verdade, acho bom você fazer isso, é uma maravilha para o meu ego.

— Meu pai não precisava da ajuda de ninguém.

— Seu pai também era *un cabeza dura*, sem ofensa.

Ele ri.

— Não estou ofendido.

— Você pode admirar seu pai sem tentar copiar tudo dele, sabia?

Ele assente com a cabeça.

— Sim, eu sei. É um hábito ruim que peguei quando era criança, e agora é mais uma questão de orgulho do que qualquer outra coisa.

— O que aconteceu quando você era criança?

Ele dá uma olhada melancólica para a porta.

— Você pode me contar. — Pressiono minha mão contra sua bochecha coberta por barba. Meu toque dura apenas um segundo, mas faz com que Julian se abra para mim.

— Não é segredo que minha mãe sofria de depressão. Começou no pós-parto, depois de me dar à luz, mas se tornou mais presente depois dos abortos, de um natimorto e dos problemas financeiros dos meus pais.

Meu nariz arde. Sempre admirei Josefina e sua batalha contra a depressão, mas agora que passei pela minha própria experiência, tenho um nível totalmente novo de respeito por ela. Pouco a pouco, espero ser tão despreocupada e destemida quanto a mãe de Julian.

Ele se inclina para minha mão que segura sua bochecha.

— No começo, eu não queria aumentar as preocupações do meu pai porque ele já estava lidando com os episódios da minha mãe. Mas então o Rafa se mudou para a casa da minha família, e senti que não podia reclamar porque os problemas dele eram muito maiores que os meus. Pedir ajuda parecia egoísta quando ele e minha mãe precisavam muito mais.

Não consigo evitar que meus olhos se encham de lágrimas.

Seu olhar fica sério.

— Não é nada para se sentir triste.

— Não estou triste. Estou... — *Droga, você está triste.* — Sensível.

O rosto de Julian não revela nada.

— Por quê?

— Porque você colocou os outros em primeiro lugar, mesmo quando significava passar sozinho pelos problemas.

Ele dá de ombros.

— Pelo menos estou correspondendo ao meu título de Segundo Melhor.

Meu coração pode implodir.

— Nossas competições só pioraram suas inseguranças, não foi?

— Não. Elas me motivaram a ser melhor.

— Você sempre foi o melhor, Julian, com ou sem os troféus ou elogios.

Ele cora.

— Expressar nossos sentimentos nunca foi nosso ponto forte, mas estou falando sério. Você é o melhor filho, irmão, padrinho e empresário que eu conheço.

— Sou o melhor dentre padrinhos *e* madrinhas, mas podemos concordar em discordar.

Eu rio, e seu olhar sério percorre a curva do meu rosto.

— Pedir ajuda não te torna um fardo ou menor que os outros. — Eu espalho um pouco da pomada sobre a pele vermelha. — Então pare de dizer isso pra você mesmo.

Seu corpo se agita de tensão até que eu termine de tratar a queimadura.

— Pronto. — Dou um aperto em seu pulso antes de dar um passo para trás.

Ele segura o meu e me mantém no lugar.

— Obrigado.

— Me agradeça canalizando seu Picasso interior durante o Pictionary.

Ele ri.

— Combinado.

Perder com Julian é muito melhor do que ganhar contra ele.

E mal posso esperar para fazer isso de novo na próxima semana.

CAPÍTULO TRINTA E NOVE
Dahlia

— Eu quero te levar a um lugar. — Julian puxa minha mão.

— Agora? — Eu olho a sala vazia. Josefina, Rafa e Nico saíram há dez minutos para ver um filme juntos, enquanto Lily e minha mãe estão ocupadas tentando encaixar todas as sobras do Dia de Ação de Graças na geladeira.

— Sim.

Eu não devo ter respondido rápido o suficiente porque ele se apressa em dizer:

— Eu tenho uma surpresa.

— Que tipo de surpresa?

— Se eu dissesse, não poderia chamar de surpresa. — Ele me guia em direção à porta da frente, mas antes de abri-la, pega meu casaco de inverno no suporte e me ajuda a vesti-lo.

São os gestos mais simples que aceleram meu coração, como a maneira de enrolar um cachecol ao redor do meu pescoço e de arrumar meu cabelo sem que eu precise pedir.

Ele é perfeito.

O que o torna ainda mais perigoso. Quanto mais ele cuida de mim, menos confiante me sinto sobre nosso acordo.

Dou uma espiada na sala vazia.

— Mas minha mãe...

— Tem planos de passar o resto da noite vendo novela com sua irmã.

— Se você está tentando me convencer a sair, está fazendo um trabalho terrível.

— Vai valer a pena o sacrifício. Eu juro.

— Isso é uma grande promessa.

Seu sorriso indica que ele planeja cumprir.

— Esta noite foi... agradável — digo depois que a primeira música termina de tocar.

Julian abaixa o volume.

— Também achei, apesar de o peru estar um pouco seco.

Eu dou um tapa em seu ombro.

— Idiota! Você foi quem me disse para deixar no forno por mais tempo.

— Eu só disse isso para que você tivesse que abaixar para verificar.

Eu rio até que meus pulmões doam.

— Gosto quando você ri assim — ele diz com aquela voz baixa e tímida.

Uma onda de calor percorre meu corpo, se espalhando até os dedos dos pés.

— Mas gosto ainda mais sabendo que sou a o motivo da risada.

Esqueça onda de calor. As palavras de Julian são como um inferno, obliterando qualquer gelo que eu ainda tivesse para proteger meu coração.

Fico fascinada pela janela.

— Quando você diz coisas assim...

— O quê? — ele pergunta depois de alguns momentos de silêncio.

— Isso me faz sentir *coisas* que eu não deveria.

— De acordo com quem? — Sua pergunta sai afiada como uma lâmina direcionada ao meu peito.

— Comigo mesma.

— Porque você tem medo?

— Porque eu estou uma *bagunça*.

Ele se concentra na estrada, me dando uma visão lateral de sua mandíbula cerrada.

— Você é muitas coisas, mas uma bagunça não é uma delas.

Meus olhos descem para o meu colo.

— Acabei de começar a me sentir como eu mesma de novo. — Depois de lutar para sair de uma névoa mental, não quero afundar de volta naquele buraco negro.

Julian fica em silêncio, o que me encoraja.

— Tenho tomado as medidas certas para melhorar. Terapia. Antidepressivos. Explorando quem eu sou pós-término enquanto perdoo a pessoa que eu era antes disso.

Seu aperto no volante se intensifica.

— E como está indo?

— Finalmente estou feliz. — Respiro fundo. — Tão feliz, mas também aterrorizada de que o sentimento possa desaparecer de novo, e então serei sugada de volta para aquele lugar escuro.

— Pode acontecer. Você pode cair novamente em outra depressão, e isso não é algo que pode controlar.

— Eu sei. — Mexo com as mãos.

Ele estende a mão e entrelaça nossos dedos.

— Mas isso não significa que você tenha que passar por esse tipo de sentimento sozinha. — Sua mão aperta a minha.

— Eu tenho medo de depender das pessoas.

— Seu problema não é depender das pessoas, mas sim encontrar as pessoas *certas* das quais depender.

Leva um bom minuto para eu entender essa.

— Será que todos viram o que eu não estava conseguindo enxergar?

— Não, mas eu gostaria de ter visto. — Seu aperto na minha mão afrouxa, então seguro mais firme para impedi-lo de escapar.

— Você não saberia, de qualquer maneira. — Fingir era uma habilidade que aprimorei ao longo dos anos, garantindo que ninguém pudesse ver através da máscara que eu mantinha para proteger minha ansiedade, inseguranças e problemas no relacionamento.

— Talvez sim, talvez não. Mas me arrependo de não assumir minhas ações e de não tentar me reconectar com você.

Nenhuma quantidade de respiração profunda vai me salvar da dor no peito.

— Nós dois precisamos deixar de lado nossos arrependimentos se planejamos seguir em frente.

Leva um minuto inteiro para ele dizer alguma coisa.

— Eu posso fazer isso.

— Você acha... — Mordo a bochecha.

Ele me olha pelo canto do olho.

— Eu acho *o quê?*

— Que poderíamos continuar amigos, mesmo se eu voltar para San Francisco?

— Se? — Seus dedos param de bater no volante.

— *Quando.* — Eu sigo com a próxima frase antes que me arrependa. — Nossas famílias estão tão felizes por estarmos todos juntos, e eu odiaria que as coisas ficassem tensas novamente se tivermos uma briga ou as coisas ficarem estranhas entre nós.

— *Se* ou *quando* você voltar, eu não pretendo deixar as coisas voltarem ao que eram antes.

Meu cérebro pega sua declaração e corre uma maratona com ela até Julian interromper meus pensamentos, parando a caminhonete no cruzamento que sai da cidade.

— Coloca isso.

Analiso a máscara de seda para os olhos.

— Esta surpresa é algo pervertido?

— Não tire isso. — Seu olhar ardente é a última coisa que vejo antes que ele empurre a máscara para baixo, bloqueando minha visão.

Meu corpo treme, um fato que Julian percebe, considerando seu riso baixo.

O motor ruge quando ele acelera novamente, dirigindo por mais vinte minutos antes de o carro finalmente parar.

— Espere aqui — ele anuncia antes de sair do carro.

Não tenho ideia da surpresa que Julian planejou, mas mal posso esperar para descobrir.

Ele abre minha porta e me ajuda.

— Posso tirar a venda agora?

— Me dê um minuto. — Ele agarra meu cotovelo e me leva para o desconhecido. Engraçado como há dois meses eu não confiava nele perto de mim com os dois olhos abertos, mas agora estou voluntariamente dando um salto com ele no escuro.

O cascalho estala sob minhas botas enquanto subimos a colina.

Aguço os ouvidos enquanto procuro pistas sobre nossa localização.

— Onde estamos?

— Lago Aurora.

— Por quê?

— Você vai ver em um segundo.

Não sei por que Julian me trouxe aqui, mas a expectativa me domina. Lago Aurora foi fundada dez anos depois de Lago Wisteria e foi fortemente influenciada pela arquitetura londrina. Com casas de todas as cores e fileiras de casas geminadas que se estendem por milhas, a cidade é um sonho para designers.

Depois de mais dez passos, Julian cumpre sua promessa ao arrancar a máscara dos meus olhos. Pisco algumas vezes, permitindo que meus olhos se ajustem antes de observar a mansão imensa à nossa frente. O estilo Queen Anne combina com o estilo da casa do Fundador, embora esta esteja em condições ligeiramente melhores.

— O que está acontecendo? — pergunto.

Ele mostra um par de chaves.

— Você disse que estava entediada.

— E aí você comprou uma casa para mim?

— Pensei que poderíamos reformá-la.

— *Juntos?*

O leve aperto em sua garganta entrega seu nervosismo.

— O que aconteceu com destruir casas para construir bairros? — pergunto.

— Ainda pretendo fazer isso.

— Ah.

— Mas, ao contrário da nossa cidade, Lago Aurora tem muita terra disponível sem eu precisar derrubar casas históricas no processo de expansão.

— Estou gostando cada vez mais desse plano.

A lua destaca o leve rubor subindo por suas bochechas.

— Quer dar uma olhada?

O Julian tímido pode ser meu Julian favorito, especialmente quando vem com surpresas como essa. Coloco minha mão na dele e entrelaço nossos dedos.

— Vamos entrar.

O cheiro fresco de produtos de limpeza invade meu nariz à medida que entramos na casa. Fica impossível ignorar a tensão no meu peito conforme penso que Julian contratou alguém para preparar a casa para eu vê-la.

Eu o flagro devorando minhas reações como uma refeição de dez pratos enquanto percorremos a mansão perfeita.

Uma sala cheia de prateleiras vazias, suplicando por livros e acessórios. Um solário de frente para o lago e a fila de árvores ao redor. Janelas revestindo toda a parede dos fundos, permitindo que entre muita luz da lua.

A cada cômodo, me apaixono mais pela propriedade. Claro, o toque de um designer de interiores seria bom, mas a estrutura é deslumbrante e a vista para o lago é um grande atrativo.

— Pensei que você não gostasse de restaurar casas.

Eu viro e encontro seus olhos já focados em mim.

— A casa do Fundador e a história de Gerald podem ter mudado minha opinião.

— Ah, é mesmo?

Seu pomo de adão sobe com o quão forte ele engole em seco.

— E você.

— Eu?

— Sim.

— Quem diria que eu seria uma influência tão boa?

Ele me envolve com um braço e me puxa para o seu abraço caloroso.

— Você gostou?

— Eu *amei*.

— Ótimo, porque você está no comando.

— Eu?

Sua sobrancelha direita se ergue.

— Pensei que você queria um desafio.

— Isto é... — *Mais do que eu poderia ter sonhado.*

Eu pisco, rápido e forte.

— Qual é o seu cronograma?

— Estava pensando que a equipe poderia começar na próxima semana.

Minhas sobrancelhas se erguem.

— Tão rápido?

Ele desvia o olhar.

— Não quero que você fique entediada aqui.

— Por quê?

Ele demora tanto para responder que eu quase desisto de esperar.

— Porque eu quero te dar cem razões diferentes para ficar.

Espera. O quê?

— Julian — digo.

Ele segura meu queixo com firmeza, me interrompendo.

— Preciso tirar isso do peito. — Em vez de cinco respirações profundas, ele faz uma inspiração longa.

Progresso.

— Hoje, quando você disse para a Lily que não estávamos juntos, eu não fiquei com raiva...

Meus pulmões param de funcionar.

Seu olhar envolvente me faz refém.

— Eu fiquei decepcionado por causa do quanto eu queria que estivéssemos.

— Eu não queria te magoar — apresso-me em dizer.

Ele encosta a testa na minha.

— Eu sei disso. Tínhamos nossas regras, e eu as quebrei.

— O que você quer dizer com isso? — Minha voz falha no final da pergunta enquanto eu me afasto.

— Estou me apaixonando por você, Dahlia. Não espero que você corresponda depois de tudo o que passou este ano, mas eu não queria viver outra noite sem você saber como me sinto. Assim como não posso viver outro dia com você pensando que estou bem mantendo as coisas casuais.

Por Dios.

Seus olhos brilham com a lua espreitando através das nuvens.

— Eu perdi a chance de ter você para mim antes, mas não pretendo cometer o mesmo erro novamente. Nós somos algo sério, querida, e cansei de deixar você acreditar em qualquer outra coisa.

Meu coração voa como um pássaro libertado de uma gaiola de dez anos de desejos e possibilidades assombradas.

Julian não espera por uma resposta antes de se abaixar e captura minha boca com a dele. Eu me deleito com o brilho de sua confissão enquanto ele me beija, me fazendo *sentir* a verdade por trás de suas palavras.

Cada beijo parece uma promessa. Cada toque é um juramento. Um juramento de que Julian vai me amar, cuidar de mim e me proteger, não importa se eu escolho acreditar ou não.

Há uma mudança fundamental acontecendo dentro de mim, e estou impressionada que tudo tenha a ver com Julian.

Você também está se apaixonando por ele.

O pensamento é assustador, mas, de novo, a verdade normalmente é.

Como se sentisse meus pensamentos errantes, Julian me puxa de volta ao momento mordendo meu lábio inferior. Ele tira sangue antes de lamber a evidência com a ponta de sua língua.

Eu retribuo o favor, ganhando um silvo agudo que sinto diretamente no meu clitóris. Ele agarra minha bunda e me levanta, e eu envolvo minhas pernas ao seu redor antes que ele pressione minhas costas contra a parede, me prendendo enquanto devasta minha boca.

Rebolo, e Julian geme. Suas unhas apunhalam minha carne enquanto me esfrego no seu pau.

Não tenho certeza de quanto tempo provocamos um ao outro, mas ele só para de me beijar para focar sua atenção no meu pescoço.

— Eu não consigo me cansar de você. — A adoração em sua voz faz algo em meu peito se contorcer. Ele chupa meu pescoço com força o suficiente para machucar, sem dúvida marcando a pele.

— Não deveríamos nos apaixonar. — Eu o afasto pelas raízes do cabelo.

Merda!

Antes que eu tenha a chance de entrar em pânico com o que disse, Julian me distrai beijando o lugar abaixo da minha orelha que me faz tremer.

— O que você vai fazer quanto a isso?

— Ainda não tenho certeza. Me pergunte de novo depois de me fazer gozar.

Ele sorri, encostado na minha pele.

— Temos um plano.

CAPÍTULO QUARENTA
Julian

Dizer à Dahlia que estou me apaixonando por ela não fazia parte do plano desta noite, mas também não planejava reagir da maneira como reagi à conversa dela com a Lily. Quando ela disse que não estávamos juntos, foi como levar um míssil no peito, e nada poderia aliviar a dor além de admitir como me sinto.

Eu não quero algo casual, e estou cansado de fingir o contrário.

Embora tenha medo de que Dahlia possa não corresponder, temo mais o arrependimento que com certeza vou sentir se permitir que meu medo de perdê-la domine minhas ações.

Não existe lugar para orgulho ou negação quando se trata de me apaixonar por Dahlia. Tive minha segunda chance de conquistá-la, e me recuso a desperdiçá-la por causa do meu ego ou teimosia.

Eu a carrego até a sala de estar, interrompendo nosso beijo apenas para colocá-la de volta de pé. Ela balança um pouco antes de estender a mão para o encosto do sofá.

Essa é uma ideia.

Eu a giro.

— Abaixa. — Minha mão empurra a parte inferior das costas e ela se apoia no encosto.

Levanto a barra do vestido, expondo sua bunda.

Ela se contorce a cada passada da minha palma sobre a carne suave.

— Você planejou que tudo isso acontecesse?

— Eu tive esperanças. — Afasto seus pés com a ponta do meu sapato. — Prepare-se.

Sua mão treme quando ela a desliza pelo elástico de sua calcinha para alcançar a boceta. Para me impedir de tocá-la, me concentro em pegar a camisinha na carteira e soltar meu cinto.

O barulho da fivela a faz parar.

Dou um tapa na bunda dela com força suficiente para deixar uma marca.

— Pare de se tocar mais uma vez, e vou te comer *aqui* em vez disso — deslizo um dedo ao longo da bunda dela, parando bem no meio, e ela responde com um arrepio suave.

Ela desce a calcinha até embaixo. A renda se estende ao redor de seus tornozelos, prendendo-a no lugar como se estivesse contida pelas pernas.

Não tiro os olhos dela enquanto desabotoo meu jeans e o deslizo pelas minhas pernas, liberando meu pau latejante. A cabeça brilha com uma gota e um toque libera ainda mais.

Porra.

A mão de Dahlia faz uma pausa, apenas para retomar seus esforços quando eu a pego olhando.

— Gosta do que está vendo? — Deslizo minha mão para cima e para baixo.

Seus olhos pousam na minha metade inferior.

— Chega um pouco mais perto para eu ver melhor.

— Acho que vou ficar aqui e apreciar a vista um pouco mais.

Ela se inclina um pouco para a frente para que eu possa ter um show sem obstruções de seu dedo deslizando por sua boceta.

Volto a me masturbar, e Dahlia faz o mesmo, enfiando um dedo dentro de si.

— Isso aí. — Eu murmuro as palavras.

Ela segue meu ritmo, lento e constante.

— Mais um — ordeno.

Ela morde a parte interna da bochecha enquanto adiciona um segundo dedo. Meu ritmo devagar a frustra e me pego sorrindo mais de uma vez com os pequenos bufos de irritação que ela faz a cada vez que meu ritmo desacelera.

— Julian. *Por favor.*

Faço uma pausa no meio do movimento.

— Pare.

Ela franze as sobrancelhas.

— Mostra sua mão.

Ela a levanta.

— Que sujeira. — Lambo meu lábio inferior.

— Limpa — ela ordena.

Eu me abaixo para chupar seus dedos. Seu doce suspiro envia uma onda de prazer direto para meu pau, já duro como aço.

Eu me afasto para colocar a camisinha antes de me posicionar entre as pernas dela. Ela estremece quando eu enfio a ponta até a entrada, cobrindo todo o comprimento com sua excitação. As torturantes idas e vindas parecem deixá-la louca, considerando os ruídos que ela faz.

Sua paciência se esgota e ela enfia os dedos no sofá antes de chegar para trás até que minha ponta deslize dentro dela.

— Se você queria que eu te comesse, tudo que você precisava fazer era pedir com gentileza. — Eu agarro seus quadris com força suficiente para machucar.

— Cansei de ser boazinha. — Ela chega um pouco mais para trás e meu pau vai mais fundo.

— Que se foda. — Eu empurro com força suficiente para fazer Dahlia e o sofá tremerem. Ela agarra o encosto do sofá enquanto vou bem fundo dentro dela, prendendo-a no lugar com meu pau.

Exatamente o lugar a que ela pertence.

Ela simplesmente não aceitou ainda, mas fará isso em breve. No fundo, sei que ela sente o mesmo, mas minha garota é teimosa demais. Sua luta contra a ideia de nós dois é algo esperado por conta da nossa história... mas a minha vitória também.

Ela geme enquanto eu me retiro completamente. Faíscas disparam pela minha coluna enquanto deslizo meu pau para a frente e para trás em sua entrada, usando sua excitação como um lubrificante enquanto a provoco. Toda vez que ela mexe os quadris, quase cedo ao seu pedido de fodê-la.

Eu sou um idiota por provocá-la dessa maneira, mas o resultado vai valer a pena. Isso eu sei.

— Por favor, me coma. — Sua voz falha.

— Minhas quatro novas palavras favoritas. — Eu volto para dentro dela.

O pedido dela pode não ter sido a frase de três palavras que eu teria preferido ouvir, mas serve por enquanto.

Nós dois gememos com a pressão, embora eu me recupere mais rápido do que Dahlia e encontre meu ritmo. O vai e vem entre nós se intensifica à medida que adio seu orgasmo, mudando constantemente a velocidade. Ela implora, clama e suplica para que eu a deixe gozar, mas só pretendo fazer isso quando estiver pronto para acompanhar.

Deslizo meu braço por baixo dela e, com pouco tempo de estímulo em seu clitóris, ela goza no meu pau. São necessários apenas alguns movimentos para que eu goze soltando um palavrão. Meu mundo inteiro ameaça ficar escuro com o prazer avassalador, mas o sorriso preguiçoso de Dahlia me mantém com os pés no chão.

O sorriso dela rivaliza com a joia mais brilhante, e não vou deixar ninguém ameaçar sua felicidade de novo. Ela é mais valiosa para mim do que qualquer outra coisa, e é apenas uma questão de tempo até que ela perceba isso.

E é meu trabalho ajudá-la a chegar a essa conclusão.

🏆

Depois de nos limparmos, arrasto Dahlia para o sofá em frente à janela voltada para o Lago Aurora. Em algum momento, tenho que levá-la para casa, mas não serei o primeiro a sugerir isso agora que estou com meus braços em volta dela.

— Não acredito que você comprou uma mansão à beira do lago porque eu estava entediada. — Dahlia encosta a cabeça no meu ombro.

— Estou fazendo um favor a todos. Pessoas se machucam ou são presas sempre que isso acontece.

— Rafa foi preso porque *você* o convenceu a quebrar um hidrante.

— Ele nunca teria feito isso se você não tivesse pregado aquela peça na gente com o gambá.

Ela joga o cabelo por cima do ombro.

— Um dos meus melhores momentos, se é que posso dizer.

— Tenho medo do que você planejou.

Seu sorriso beira o insano.

— Não tenha.

— É tarde demais para declarar um cessar-fogo? — Eu puxo sua calcinha branca do meu bolso e a balanço.

Ela ri enquanto a pega de volta.

— Nada vai te salvar depois do que você aprontou no sótão.

Inclino minha cabeça para trás com um suspiro.

— Valia a pena perguntar.

Ela dá de ombros.

— Você vai me perdoar um dia.

— Está tão confiante assim?

— Ah, sim. Porque você está se apaixonando por mim.

— Vou me arrepender de admitir isso, não vou?

— Nunca. Seu precioso coraçãozinho está seguro comigo. — Ela bate no ponto sobre meu peito.

Em vez de focar no medo deslizando através do meu peito, escolho acreditar nela.

CAPÍTULO QUARENTA E UM
Dahlia

Julian parte para sua viagem anual de fim de semana de Ação de Graças com Rafa e Nico para a cabana em Lago Aurora, me deixando sozinha para processar como é ficar sem ele. Depois de vê-lo quase todos os dias, já sinto sua ausência no primeiro dia — uma revelação chocante, para dizer o mínimo.

Minha mãe, Lily e eu fazemos uma maratona da última temporada de nossa novela favorita juntas, o que ocupa minha mente por um dia ou dois, mas não resolve o sentimento vazio que me assola desde que Julian viajou para a cabana.

Porque ele preenche um vazio que nada mais consegue.

Uma compreensão assustadora depois de tudo que passei no último ano.

Você sabia que algo assim poderia acontecer.

Sim, bem, saber e experimentar são duas coisas muito diferentes.

Apesar do meu medo de me machucar, meus sentimentos estão se tornando difíceis de ignorar, ainda mais agora que sei como ele se sente.

Estou me apaixonando por você.

Repeti essa lembrança de cem maneiras diferentes neste fim de semana, esperando que a sensação desaparecesse, mas ela permanece ao longo desses dois dias e até segunda-feira.

Meu coração bate forte contra o peito quando Julian entra na cozinha da casa do Fundador com uma sacola de papel que reconheço imediatamente.

Deixo as amostras de azulejos de lado e corro até ele para confirmar o nome estampado no lado da sacola.

— Não acredito! — Eu dou um gritinho enquanto ele me entrega uma sacola de comida do Aomi. — Pensei que eles não faziam entrega!

— Não fazem.

— Então, como?
— Eles abrem exceções.
— Por um preço?
Ele acena com a cabeça, e eu rio da insanidade de tudo isso.
Coloco a sacola no balcão e a rasgo.
— Encomendei vários rolls diferentes, já que não sabia de qual você mais gosta.
— Tá brincando? Eu comeria qualquer coisa de lá. — Enfio a mão dentro da sacola e puxo o primeiro recipiente com um suspiro. — Como é possível? Eles ficam em Nova York.

O Aomi é o restaurante de sushi mais luxuoso e caro dos EUA, com a maioria das refeições custando mais de mil dólares por pessoa, já que eles importam frutos do mar frescos diretamente do Japão. Fui apenas uma vez às custas da minha rede de televisão e nunca mais voltei porque não conseguia justificar o preço ou a viagem.

Ele evita meu olhar.
— Contratei um cara para buscar.
— Com o quê? Um jato particular? — Eu rio da ideia.
Seus lábios formam uma linha fina e branca.
Arregalo os olhos.
— Ai, meu Deus. Me diz que você não fez isso.
Seu silêncio diz o suficiente.
— Isso é terrível para o meio ambiente.
— Você vai me fazer prometer que nunca mais farei isso?
— De jeito nenhum. Da próxima vez, teremos que ir juntos para valer a pegada de carbono.
Ele balança a cabeça.
— Você nunca deixa de me surpreender.
— É por isso que você gosta de mim. Desafio, lembra?
Ele beija minha testa antes de se afastar.
— Aproveite seu almoço.
A empolgação que senti por comer sushis de setecentos dólares desaparece à medida que Julian se afasta em direção à porta.
— Não te vi o fim de semana todo — digo para as costas dele.
Ele se vira.
— Sentiu minha falta?
Eu mordo minha língua.
— Sentiu. — Ele sorri de lado.
— Cala a boca — retruco.

— Quando estiver pronta para admitir que quase não aguentou ficar longe de mim por quatro dias, me procure. — Seus olhos cintilam enquanto ele se move em direção à saída.

— Espera!

Ele para.

— O que foi?

— Tá bem. Senti sua falta. *Muito*.

— Eu também. Considerei abandonar o Nico e o Rafa no segundo dia.

— E é por isso que eu sou a madrinha favorita. — Mostro a língua.

Ele me lança um olhar frio.

— Foi pela segurança deles mais do que qualquer coisa. Quase acertei o olho do Nico enquanto fazia marshmallows porque estava ocupado sonhando acordado com a outra noite com você.

Minhas bochechas coram.

Ele aponta para a embalagem.

— Espero que a comida seja tão boa quanto você se lembra. Volto mais tarde para te ver depois que terminar a sanca na sala de jantar.

— Vai me fazer companhia? — Depois de passar um fim de semana inteiro sem ele, quero um pouco mais do que três minutos do seu tempo.

— Estava esperando que você pedisse. — Ele *pisca* o olho. Meu mundo inteiro para por um segundo antes de eu me recuperar.

— A casa está progredindo. — Ele fica do lado oposto da ilha da cozinha.

Eu olho ao redor da cozinha em reforma, observando os imponentes armários de carvalho que Ryder e sua equipe instalaram na semana passada.

— Gosto da cor da ilha. — Julian olha para a tinta de madeira azul profundo. — E a bancada de borda em cascata é um bom toque.

— E as luminárias pendentes? — Eu inclino a cabeça na direção dos abajures pendurados acima das bancadas de quartzo branco.

— Combina com a mistura de moderno e vitoriano que você está buscando, embora eu goste mais da luz vintage acima da pia.

— Eu também. Encontrei no brechó e vi que precisávamos dela.

Ele se afasta do balcão e analisa algumas amostras de tinta.

— Gosto dessa. — Ele aponta para a minha menos favorita.

Devo ter feito uma careta porque ele pergunta:

— Não?

— Muito escura, ainda mais se estivermos tentando equilibrar a ilha.

— Bom ponto.

Julian e eu passamos o resto da nossa pausa para o almoço discutindo outras partes da casa enquanto roubamos pedaços de sushi dos recipientes um do outro. Comparado à resposta padrão de Oliver "Você consegue fazer isso, querida" e à apatia geral em relação ao meu processo de design, Julian não apenas parece interessado, mas também dá opiniões. Nós nos tornamos uma *equipe*.

Em um momento, ele bate meus hashis com os dele antes de levar o pedaço à minha boca. Arrepios se espalham pela minha pele enquanto ele me alimenta, transformando um almoço casual em nossa própria versão de preliminares.

Eu amo as pequenas maneiras como ele mostra que se importa, como me dar o último pedaço de seu sushi favorito ou roubar apenas uma única mordida da sobremesa antes de me entregar, embora eu saiba que ambos sofremos do mesmo e infeliz desejo por doces.

Como agradecimento pela refeição de hoje, levanto a colher e o alimento com a última porção da sobremesa. Seus olhos escurecem enquanto ele rouba um beijo, inundando minha boca com o sabor de pêssegos.

Eu o puxo mais para perto, sem querer deixá-lo ir.

— As pessoas estão trabalhando lá em cima. — Ele me puxa para ele.

Eu seguro sua camisa.

— Não vamos fazer barulho.

— Você só não quer que eu vá embora.

De jeito nenhum. Quanto mais tempo passo perto de Julian, menos tempo quero passar separada, e esse tipo de dependência de alguém é o que mais me assusta.

Depois de ele ter se esforçado para me trazer sushi do Aomi, eu *quase* me sinto mal pelo que Lily e eu temos planejado.

Foi necessário apenas um membro da equipe rindo do meu vídeo para eu me lembrar da missão de hoje. Lily me assegurou que o plano ainda está de pé, então preciso colocar Julian na posição certa e deixar o resto acontecer.

As abas da tenda batem juntas depois que entro.

— Ah, que bom. Você ainda está aqui.

Julian olha para cima da coluna de madeira parcialmente esculpida.

— Sim. Por quê?

Eu ando ao redor da marcenaria improvisada. Considerando o número de balaústres empilhados em colunas ordenadas ao lado dele, duvido que Julian tenha feito muitas pausas desde que chegou, perto do meio-dia.

— Estava pensando se você tem planos para hoje à noite.

— Nós dois sabemos que não. — Ele enxuga a testa úmida, espalhando serragem pela pele.

Eu me aproximo dele e limpo.

— Você quer sair daqui? Estou com fome.

Ele se inclina para o meu toque.

— Claro.

— Estava pensando em pegar algo para comer no caminho para a sua casa.

Suas sobrancelhas se levantam.

— Onde você está pensando?

— Nada *muito* chique.

— Isso é um alívio, já que as opções de restaurantes sofisticados na cidade provavelmente estão fechadas.

— Talvez outro dia. — Eu pisco.

— Que tal o Madrugadão?

— Perfeito.

Julian segura a aba da tenda para mim, transformando meu estômago em um nó. *Não é tarde demais para cancelar tudo.*

Eu balanço a cabeça com força. De jeito nenhum vou perder a oportunidade de fazer a pegadinha final, principalmente depois do que ele fez comigo no sótão.

— Devemos ir em dois carros ou em um? — Eu pisco várias vezes.

Seu engolir espesso quase faz com que eu saia do roteiro planejado.

— Você pode deixar o seu na sua casa, e a gente vai junto até o restaurante.

— Ótimo.

Eu pego meu telefone e mando uma mensagem para a Lily.

EU

O plano está de pé

Meu telefone vibra com uma chamada recebida da minha agente antes de sairmos pela porta da frente.

— Espera um minuto — digo para o Julian antes de atender. — Oi, Jamie.

— Dahlia! Como você está?

— Bem. E você?

— Estou bem. Sei que é tarde, mas não podia esperar até amanhã para te ligar.

Meu ritmo cardíaco aumenta a cada batida.

— O que aconteceu?

— Recebemos uma nova proposta.

— Sério?

A expressão de Julian fica tensa enquanto ele tenta ouvir, então coloco Jamie no viva-voz para poupar o esforço dele.

— Uma proposta de quem?

— Archer Media.

— Você tá brincando. — Os Creswell sempre reclamaram dessa emissora em crescimento e os números recordes de audiência.

Julian pega o telefone dele e digita enquanto eu processo as notícias de Jamie. Até eu ter um contrato em mãos, provavelmente não vou acreditar que a Archer Media quer trabalhar comigo, sobretudo depois de ter sido queimada uma vez antes.

Ela ri.

— Eles estão procurando um programa como o seu para a rede de reforma deles.

— Uau.

— E a melhor parte? Eles estão dispostos a pagar o dobro do que você ganhou com seu último contrato.

Meus lábios se separam.

— Eu posso começar a discutir logística em relação às filmagens em San Francisco. Eles parecem ansiosos para começar o mais rápido possível.

Julian fica de costas, seja por privacidade ou para esconder sua decepção. Minha empolgação diminui a cada subida e descida de seus ombros.

— Se você estiver interessada, podemos marcar uma reunião com eles para discutir tudo.

Eu balanço a cabeça para clarear meus pensamentos.

— Sim. Claro que estou interessada.

Então por que não está entusiasmada com a proposta?

Provavelmente porque, enquanto reformava a casa do Fundador, me apaixonei pelo homem que a comprou.

Você está considerando desistir de uma oportunidade como essa na televisão por causa do Julian?

Sim? Não? Provavelmente, embora eu odeie admitir. Por mais que eu ame me conectar com famílias e ajudar a criar a casa dos sonhos delas, episódio por episódio de televisão, também amo trabalhar com Julian e sua equipe. Assim como amo estar de volta a Lago Wisteria com minha família.

San Francisco tem sido minha casa desde que comecei em Stanford, mas Lago Wisteria tem meu coração... e Julian também.

Mas depois de passar anos da minha vida atendendo às necessidades de outra pessoa, tenho medo de repetir o mesmo erro.

Jamie continua falando.

— As coisas vão acontecer muito rápido porque a Archer quer começar a entrevistar potenciais proprietários depois do Natal.

— Hein? — Eu balanço a cabeça. — Isso é daqui a um mês.

— Eu sei. É muita coisa para assimilar, mas eles estão muito animados para essa parceria com você.

— Ótimo. — Dou o meu melhor para fazer uma voz animada.

— Eles querem uma reunião o mais rápido possível.

— Eu sou bem flexível, então posso ir já na próxima semana.

— Perfeito. Minha assistente vai entrar em contato assim que eu definir uma data.

— Combinado. Obrigada, Jamie.

Ela desliga, e eu me viro para Julian. Ele é rápido em controlar suas expressões, mas isso não me impede de sentir a energia estranha se formando entre nós.

— Julian.

— Parabéns — ele diz com um sorriso forçado. — Eu sabia que seria apenas questão de tempo antes de você receber outra proposta.

Meu Deus. Ele já está começando a se afastar.

— Mas...

Ele me silencia com um beijo. Este é alimentado por um tipo diferente de desespero que faz meus dedos dos pés se enrolarem e meu peito apertar ao mesmo tempo.

Sou atingida por uma onda de emoções diferentes. Felicidade. Tristeza. Medo e incerteza.

Eu posso não ter tudo resolvido, mas sei uma coisa: Lily estava certa. Meu maior problema não é que eu não confio no Julian, mas que eu não confio em *mim mesma*.

CAPÍTULO QUARENTA E DOIS
Julian

Eu me esforço para esconder meus verdadeiros sentimentos sobre a novidade de Dahlia enquanto seguimos em direção ao centro da cidade na minha caminhonete. Ela merece meu apoio, não importa o quanto eu não goste da ideia de ela ir embora novamente.

Faço todas as perguntas certas e ouço educadamente todas as respostas dela, mas sua falta de entusiasmo me preocupa, e me pergunto se estou falhando na minha tentativa de agir com naturalidade.

Não estrague o momento dela com suas besteiras.

Mais fácil falar do que fazer, especialmente quando ela me faz uma pergunta impossível depois que paro o carro no estacionamento meio vazio atrás do restaurante.

— E a gente? — Ela me avalia pelo canto do olho.

Eu mordo o interior da bochecha.

Diga alguma coisa.

Por mais que eu *queira*, sei que não deveria. Ela trabalhou duro para ser reconhecida, e a última coisa que ela precisa é de mim contaminando esta noite com minhas inseguranças.

Então, em vez disso, solto o cinto de segurança e a puxo pelo banco.

Ela coloca a mão no meu peito para me impedir.

— O que...

Eu beijo sua próxima pergunta enquanto a levanto para que ela possa montar em minhas coxas. Ela acompanha meu ritmo punitivo, machucando meus lábios enquanto sela sua boca contra a minha.

Eu venero seu corpo com minha boca. Língua. Mãos. Nem um único ponto ao alcance permanece intocado, e ela reflete minha ânsia com a dela.

Seus dedos se cravaram em meus ombros enquanto ela se esfrega em mim até que a frente da minha calça fique encharcada com a necessidade dela. Enfio meus dedos em seus quadris e a levanto para a frente e para trás, ganhando um silvo e um puxão no meu cabelo enquanto ela pressiona meu pau duro.

— Julian. — Segurando meu cabelo, ela puxa minha cabeça para o lado. — Nós precisamos conversar.

— Vamos conversar depois? *Por favor*. — Eu a jogo de volta no banco.

Ela separa as coxas.

— Ok, tudo bem, mas e se alguém nos vir?

— Não tem ninguém aqui. — Eu coloco minhas pernas no lugar apertado entre o pedal do acelerador e o banco antes de alinhar meu rosto com sua boceta.

Ela se apoia nos cotovelos e olha o estacionamento.

— *Ainda*.

Eu dou um tapa na boceta dela com força suficiente para tirar o ar de seus pulmões.

— Concentre-se em mim, querida.

Dahlia quer saber o que vai acontecer com a gente quando ela aceitar a proposta, e quero deixar minhas intenções óbvias. Palavras nunca foram meu forte, então prefiro mostrar a ela em vez disso.

Ela me lança um olhar enquanto levanto a bainha da saia em sua direção. Eu me inclino para a frente, passo meu nariz sobre sua calcinha e respiro fundo, fazendo seus olhos arregalarem ainda mais.

Eu mordo o tecido, e sua cabeça cai para trás com um suspiro enquanto deslizo sua roupa íntima encharcada pelas pernas. Arrepios cobrem sua pele, e eu sigo meu caminho de volta em direção a ela com minhas mãos calejadas.

Suas pernas caem para o lado enquanto eu rastejo entre elas e a beijo.

Ela desliza os dedos em meu cabelo e puxa.

— Isso precisa ser rápido.

— Por quê?

Ela responde puxando-me em sua direção. Sou rapidamente distraído por sua boceta e por dar prazer a ela com minha língua. Seus gemidos de encorajamento me alimentam, me aproximando da insanidade.

Eu empurro minha língua e ela estremece com um suspiro. Meus dedos logo substituem minha língua, deixando-a se contorcendo abaixo de mim enquanto eles trabalham em conjunto.

Cada vez que ela chega perto, eu diminuo o ritmo, querendo prolongar o momento.

— Julian — ela sussurra com uma respiração forte. Eu chupo seu clitóris e curvo meus dedos dentro dela.

Ela balança a cabeça.

— É demais.

Não existe isso quando se trata dela.

— Você aguenta. — Eu provoco o ponto sensível dentro dela, ganhando outra inspiração profunda.

Ela agarra minha mão.

— Por favor, me deixa gozar.

— Tão educada. — Pressiono meu polegar contra seu clitóris.

Suas coxas grudam no banco de couro abaixo dela, tanto por sua excitação quanto pelo suor em sua pele. Ela treme enquanto eu provoco aquele local mais uma vez até que ela irrompe em meus dedos. Eu me sento novamente e desço minhas calças o suficiente para colocar uma camisinha.

Dahlia treme quando o orgasmo começa a passar, embora eu não a deixe retornar totalmente à realidade, porque a coloco sobre mim de novo.

— Lembra de como ganhei a competição no Festival da Colheita?

Um momento de clareza passa por ela.

— Sim.

— Você me prometeu qualquer coisa que eu quisesse.

— Você finalmente decidiu? — Noto a confusão em sua voz.

Meu aperto em seus quadris aumenta.

— Sim. Eu quero que você responda uma pergunta com sinceridade.

— É isso?

Eu balanço a cabeça.

— O que você quer saber?

— Você está se apaixonando por mim?

Sem hesitação. Sem respirações profundas. Sem me questionar ou perguntar se foi um erro.

Diga que não está tudo na minha cabeça.

Me dê algo em que me segurar antes que eu perca a esperança de que a gente tem uma chance de verdade.

Me mostre que podemos sobreviver a qualquer coisa, incluindo seu trabalho à distância e problemas de confiança.

O som estridente do meu coração batendo enche meus ouvidos, e quase perco a resposta dela.

— Sim.

Todos os meus pensamentos se dispersam enquanto o calor irradia através do meu peito, abrindo caminho do meu coração até a metade inferior.

Com um tremor de corpo inteiro, ela fica de joelhos e desliza pelo meu pau até estar totalmente sentada. Minhas coxas tremem embaixo dela enquanto luto contra o prazer que ameaça consumir todo pensamento racional.

Dahlia foi feita para mim, e não vou deixar passar mais um dia sem ela saber disso.

— Quero escutar isso. — Minhas unhas cravam em sua pele.

— Sim, estou me apaixonando por você, mas não sei como vou superar...

Eu a levanto e a coloco de volta, interrompendo-a no meio da frase.

— Vamos dar um jeito no resto.

— Mas...

Repito a mesma ação enquanto mudo de ângulo, ganhando um arrepio na coluna enquanto ela experimenta cada centímetro.

Dahlia segura meus ombros enquanto segue o ritmo que eu dito. Meu prazer aumenta enquanto ela desliza para cima e para baixo no meu pau, em ação, me fazendo admirá-la e gemer.

Seu ritmo muda; o desespero nos alcança enquanto Dahlia persegue seu orgasmo. Não estou muito longe, embora recuse gozar até que ela o faça.

A certa altura, assumo o controle, segurando-a pelos ombros enquanto me movimento por baixo. Uma galáxia de estrelas explode atrás dos meus olhos enquanto ela aperta meu pau com o gemido mais doce.

O ângulo dá início ao processo, e são necessárias apenas algumas estocadas para ela se despedaçar com um gemido. Não paro de me mover enquanto continuo a penetrando durante seu orgasmo. Meus dedos afundam em seu ombro enquanto a seguro no lugar, sua boceta apertando em volta de mim como um torno feito sob medida para me deixar louco.

Ela morde meu ombro para abafar seu gemido, e meu pau pinga em resposta. Encontro meu ritmo novamente, sua boceta tornando impossível pensar enquanto entro e saio.

Ela beija minha testa. Minhas bochechas. A inclinação do meu pescoço e o ponto logo abaixo da minha orelha que me faz tremer.

Sexo com ela sempre foi incrível, mas isso... isso é fenomenal.

Estou me apaixonando por você. Sua suave confissão se repete em minha cabeça.

Eu agarro seus quadris enquanto gozo com mais força do que nunca. Minha mente fica vazia e minha visão escurece à medida que cada nervo do meu corpo se descontrola.

Meu orgasmo foi um evento que mudou minha vida, e tenho medo de nunca ser o mesmo de novo.

— Caralho. — Bato a nuca no assento.

Ela gentilmente segura minha cabeça entre as mãos e me beija.

É preciso toda a força de vontade para me afastar.

— Sobre o que aconteceu....

Uma batida forte no vidro faz nossos olhos se arregalarem. Dahlia se vira e grita para o policial Roberts, o homem infantilizado de trinta e cinco anos, apontando uma lanterna diretamente para nós.

Mierda. De todas as pessoas na cidade para nos encontrar, tinha que ser ele.

Boa sorte ao tentar sair dessa.

— Coloquem suas roupas e saiam do veículo com as mãos para o alto. — Ele se vira para nos dar um pouco de privacidade.

— Ah, merda.

CAPÍTULO QUARENTA E TRÊS
Dahlia

Meus membros estão inúteis, então Julian cuidadosamente me retira de seu colo e me põe no banco antes de tirar a camisinha usada. O batimento acelerado do meu coração fica mais forte enquanto penso no policial parado do lado de fora da caminhonete. Não o reconheço como o cara com quem Lily e eu nos encontramos para falar da pegadinha, o que só piora a acidez revirando meu estômago.

— O que vamos fazer? — Não tenho certeza de como consigo formular uma frase completa, mas consigo.

Julian balança a cabeça.

— Não sei.

— Ótimo. — O pânico borbulha dentro de mim, a pressão se tornando insuportável a cada respiração. — Ele vai nos prender?

Luzes azuis e vermelhas piscam sobre o rosto dele.

— Eu não duvidaria disso.

— Que reconfortante.

— Vai ficar tudo bem.

— Bem? — Minha voz fica mais aguda. — Como pode ficar bem? — Estendo a mão para o painel enquanto uma onda de tontura me consome. — Ele vai me reconhecer, e então isso vai virar notícia, e todos que eu conheço vão descobrir, e vou perder a proposta com a Archer trinta minutos depois de recebê-la.

Julian entrelaça nossos dedos e coloca minha mão contra seu peito.

— Respire. — Ele demonstra como fazer, e sigo o exemplo. — Tudo vai ficar bem porque você tem a mim, e eu não vou deixar nada de ruim acontecer com você — ele responde entre respirações profundas. — Isso não vai virar notícia, e Archer não vai ficar sabendo sobre um simples mal-entendido.

A confiança de Julian alivia parte do meu pânico, juntamente com ele me forçando a respirar fundo. Ele me ajuda a arrumar minhas roupas, ao que sou grata, dada a intensidade com que minhas mãos estão tremendo.

— Dahlia. — Ele levanta meu queixo, mas evito encontrar seu olhar.

Ele suspira.

— Sobre o que você disse antes...

— Eu não quero falar sobre isso. — Não agora, e talvez nunca.

Não era minha intenção confessar meus sentimentos quando eu mesma mal os compreendo, mas Julian não me deu muita opção.

Agora, olhe a confusão em que você se meteu.

— Você planeja agir como se não tivesse admitido que está se apaixonando por mim?

— Parece condizente comigo.

— Parece besteira.

Eu me encolho. Ele estende a mão novamente para a minha mão trêmula e a aperta de forma reconfortante, uma segurança que eu não mereço.

É exatamente por isso que você vai fazer as malas e voltar para San Francisco antes que um de vocês dois se machuque.

Exceto que meu plano rapidamente desmorona quando meu peito dói ao afastar Julian como ele fez comigo tantos anos atrás.

Ele merece algo melhor de você.

Eu dou um pulo com o policial batendo na janela com a lanterna.

— Por mais divertido que seja esse espetáculo, andem logo. Está frio aqui fora, e estou perdendo a paciência.

Minhas unhas cravam nas minhas coxas.

— Deus. Eu odeio esse homem e nem conheço ele.

— Considere isso uma bênção.

Eu saio da caminhonete com pernas trêmulas. A brisa fria de dezembro me atinge, fazendo-me tremer.

— Dahlia Muñoz? — Um policial que não reconheço chama meu nome. — Que surpresa te ver aqui.

— Hum, onde está o Ben? — Eu examino a viatura policial estacionada ao lado do carro de Julian em busca do homem com quem planejei a pegadinha.

Ele me lança um olhar confuso.

— Até onde eu sei, ele estava respondendo a outra chamada.

— Ah. Ele planeja vir aqui para te ajudar? — Talvez Lily tenha mudado o plano no último minuto para que eu não entregasse nada.

Aquela merdinha. Eu não duvidaria disso.

— Acho que posso lidar com essa perturbação civil sozinho.

Meu estômago revira.

— Perturbação civil?

— Alguém ligou para relatar duas pessoas fazendo sexo em um estacionamento público.

Apesar da temperatura fria lá fora, começo a suar.

Julian contorna a parte de trás da caminhonete e fica ao meu lado sem me tocar.

— Policial Roberts.

— Julian — o policial diz com desprezo. — Achei que era você, mas não tinha certeza com os vidros escuros.

Ops.

Posso perceber, com base na postura rígida de Julian e na forma como o policial Roberts toca seu *taser*, que esses dois têm uma história.

Do tipo muito, *muito* ruim.

— O que podemos fazer por você? — Julian roça seu mindinho no meu.

Estou aqui, ele diz silenciosamente.

O gesto parece apenas piorar a tensão no meu peito.

— Recebi uma reclamação sobre conduta inadequada e nudez pública.

Julian esfrega a parte de trás do pescoço.

— Certo.

— Você está ciente de que é ilegal fazer sexo em um local público, não está?

— Estou ciente, sim.

— Julian! — grito. Regra número um ao lidar com policiais: nunca admita culpa. Ele percebe o erro tarde demais.

O policial Roberts alcança suas algemas.

— Vire-se, Lopez.

— Como é?

— Eu estive esperando por este momento.

O quê?

Julian não segue as instruções do policial.

— Você vai mesmo me prender por isso?

— Estava pensando em detê-lo, mas continue falando e vou ficar tentado a acusá-lo.

Julian não pisca.

— Quanto vai custar para fazer isso tudo desaparecer?

Eu passo a mão pelo pescoço em desespero. *Cale a boca! Cale a boca! Cale a boca!* Eu falo sem emitir som.

— Adicione tentativa de suborno a um policial à sua lista de crimes esta noite. Agora, vire-se e coloque as mãos atrás das costas. — Ele faz um gesto com as algemas.

— Isto é ridículo — diz Julian.

— Faz o que ele está pedindo — sussurro.

Ele se vira e prende as mãos juntas.

O policial Roberts rapidamente coloca as algemas antes de se virar para mim.

— Sua vez.

— Minha? — Minha voz fica mais aguda.

— O Sr. Lopez não estava fazendo sexo sozinho, estava?

Eu coro da cabeça aos pés.

Ele faz um gesto com as algemas.

— Vire-se e coloque as mãos atrás das costas, como o Sr. Lopez tão gentilmente demonstrou.

— Deixe-a fora disso. — O tom letal de Julian me faz arrepiar.

— E perder a oportunidade de te irritar? Acho que não.

Meus olhos se arregalam para o policial.

— Por que você o odeia tanto?

— Pergunte isso a ele. — Ele aponta as algemas na direção de Julian.

Julian trava os olhos no policial Roberts.

— Minha mãe me arranjou alguns encontros com a ex de Roberts.

Roberts se diverte muito me algemando, embora Julian pareça a um segundo de ter um aneurisma.

— Desculpe — ele diz assim que somos colocados na parte de trás da viatura.

Permaneço em silêncio enquanto considero onde tudo deu errado nos últimos dez minutos. Julian fala comigo várias vezes durante a viagem de carro, mas minha ansiedade assumiu oficialmente o controle, e não vejo um fim à vista.

🏆

Ser jogada em uma cela por causa de uma rixa pessoal contra Julian não está fazendo maravilhas para o meu humor. Qualquer felicidade que senti na caminhonete desapareceu há muito tempo, me deixando inquieta e irritada enquanto ando de um lado para o outro.

Roberts não nos acusou de nada, embora a foto que ele tirou de nós na cela seja comprometedora o suficiente. Oro para que não vá parar na internet.

Envolvo minhas mãos ao redor das barras de metal e grito:

— Isso é inconstitucional!

Julian se senta no banco de metal mais desconfortável que encontra.

— Bem-vinda a Lago Wisteria.

Eu seguro as barras e tento sacudi-las sem sucesso.

— Roberts! E quanto ao nosso direito a uma ligação ou fiança?

Ninguém responde ao meu grito.

Idiota.

Pressiono minha testa contra o metal frio.

— Então, e agora? Ele vai nos deixar aqui para apodrecer porque ele te odeia?

— É. Acho que vai demorar algumas horas antes que ele ligue para nossas mães virem nos buscar.

— Nossas mães? — Eu viro nos calcanhares com um grito.

— Eu ouvi ele falando para um dos outros policiais sobre isso enquanto você estava ocupada tendo uma conversa privada consigo mesma. — Seu sorriso tímido não alivia minha ansiedade.

Minha maquiagem pode derreter com o quão quente minha pele fica.

— Minha mãe vai me matar quando descobrir por que estamos aqui.

— Considere-se sortuda. A minha vai começar a planejar nosso casamento e convidar toda a cidade.

Deus me ajude a passar por esta noite sem ser deserdada ou morrer.

CAPÍTULO QUARENTA E QUATRO
Julian

Apesar dos meus melhores esforços para distrair Dahlia da nossa situação atual, percebo que ela se perde em seus pensamentos várias vezes ao longo da noite. Detesto vê-la se descontrolando, mas não há muito que eu possa fazer enquanto estamos presos em uma cela.

Sei que ela lamenta ter admitido que está se apaixonando por mim. Assim como sei que ela planeja resistir a cada passo do caminho até aceitar a verdade ou até eu desistir.

Palavras só me levarão até certo ponto, então, em vez de fazer uma promessa em que ela não acreditaria de qualquer maneira, fico em silêncio e a abraço com força até que Roberts retorne.

O policial demora um tempão para caminhar até nós, parar na frente da porta e se virar para Dahlia.

— Ben me contou sobre a brincadeira que vocês tinham planejado. Desculpe por ter estragado tudo.

O idiota não parece nem um pouco arrependido.

— Que brincadeira é essa? — pergunto a ela.

Ela se levanta do banco e estica as pernas.

— Uma brincadeira idiota.

Roberts se apoia nas barras.

— Dahlia planejou fazer você ser jogado na traseira de uma viatura e largado na casa de sua mãe com as sirenes ligadas para que todos os vizinhos fizessem um alvoroço.

Minha mãe teria filmado toda a situação com prazer; eu teria morrido de vergonha antes de chegar à entrada da garagem.

Ele dá de ombros.

— Pena que acabei com o plano da Miss Morango.

As bochechas de Dahlia ficam coradas.

— Não a chame assim — respondo com raiva.

Seus lábios se curvam.

— Toquei num ponto sensível?

Forço minha boca a se fechar.

Dahlia me encara por sólidos dez segundos sem piscar.

— Miss Morango?

Minhas mãos se curvam ao meu lado.

Ela franze a testa.

— Então meu nome de contato no seu telefone não significa algo horrível, tipo Megera Maluca, né?

Mierda. Não é de se admirar que ela hesite em se apaixonar por mim se ela pensa que seu nome de contato no meu telefone significa *isso*.

Roberts destranca a porta com um brilho especial nos olhos.

— Vocês estão livres para ir, embora eu não tenha certeza de que vão se sentir assim quando virem suas mães.

— *Gracias por eso, pendejo** — murmuro entre os dentes.

Dahlia arrasta os pés atrás de mim enquanto Roberts nos conduz pela delegacia. Ela prolonga o inevitável pedindo para usar o banheiro e pegando um copo d'água, o que só deixa Roberts mais animado.

— Boa sorte. — Ele volta para a sua mesa, de onde pode observar as reações de nossas mães com alegria.

Dahlia faz careta com a expressão no rosto de sua mãe enquanto nos aproximamos delas.

— *Mami*.

— Não aqui — ela sibila antes de sair. Ainda está escuro, o que significa que não poderíamos ter passado muito tempo na cela, embora tenha parecido uma eternidade.

Dahlia segue atrás de sua mãe com os ombros caídos, enquanto a minha entrelaça o cotovelo no meu e assobia.

— *¿En la camioneta de tu papá? ¿En serio?***

— *Ma*.

— Eu não imaginava que você era capaz disso.

---

* *Gracias por eso, pendejo*: Obrigado por isso, idiota.
** *¿En la camioneta de tu papá? ¿En serio?*: Na caminhonete do seu pai? Sério?

Tropeço nos meus próprios pés.

Rindo, ela dá um tapa no meu braço.

— Tudo bem. Aquela caminhonete viu muitos quilômetros ao longo dos anos, então não sou eu quem vai julgar, embora seja bom que você tenha reformado todo o interior.

Um tremor percorre meu corpo inteiro enquanto saímos e encontramos Rosa levantando os braços no ar e sussurrando alto enquanto os olhos de Dahlia caem para suas botas.

— Eu não te criei para isso.

Dahlia se encolhe.

— Espero algo assim da sua irmã, mas você? *Nunca en mi vida.*

— *Perdón, Mami.*

— A cidade inteira vai ficar sabendo disso amanhã de manhã.

Dahlia parece tão animada com a ideia quanto eu provavelmente estou.

Os braços de Rosa se agitam.

— O que vou dizer quando o padre Anthony perguntar como me sinto sobre minha filha indo para o inferno por fazer sexo antes do casamento?

— Faça um favor e pergunte a ele se o clima lá é quente o ano todo, para que eu possa planejar minhas roupas adequadamente.

— Dahlia Isabella Muñoz! *¡No empieces conmigo!**

Minha mãe me cutuca.

— Vamos salvar a Dahlia antes que ela reconsidere se mudar de volta para cá.

Um pouco tarde demais para isso depois da ligação sobre Archer.

— Rosa! — Minha mãe bate palmas. — Vamos relaxar. São apenas jovens. Não podemos esperar que tenham tanto juízo.

— Jovens? Tive a Dahlia quando tinha a idade dela.

— E você fez um ótimo trabalho criando ela, com exceção desse pequeno incidente com a caminhonete. — Minha mãe envolve com um braço sua amiga de infância e a conduz até o carro. Aposto que ela vai acalmar Rosa em dois minutos.

Eu enlaço meu braço ao redor da cintura de Dahlia e a levo até a calçada em vez de ir para o carro da minha mãe.

— Que tal voltarmos para a caminhonete?

Seu olhar passa do carro da minha mãe para mim algumas vezes enquanto ela morde o interior da bochecha.

---

* ¡No empieces conmigo!: Não comece comigo.

— Tudo bem.

Dahlia permanece quieta enquanto caminhamos em direção ao restaurante. Fico em silêncio apenas por sessenta segundos antes de falar.

— Sua mãe realmente acreditava que você estava se guardando para o casamento?

— Se ela acreditava, e tenho quase certeza que sim, é seguro dizer que não acredita mais.

Eu estremeço.

— Ela vai me odiar.

— Provavelmente. Você é o homem que roubou a passagem para o céu da filha virgem dela.

— Tenho certeza que você ganhou uma viagem só de ida para o inferno anos atrás, mas tudo bem, assumirei a culpa pela sua desgraça.

— Isso é tão vergonhoso — ela geme. — O que todos vão pensar?

— Que já era hora.

Ela para no meio do caminho.

— Fomos pegos fazendo sexo em um estacionamento. Não é exatamente o escândalo do ano. — Eu pressiono minha mão em suas costas e dou um empurrãozinho.

— Ninguém sabe que estamos juntos.

— Agora vão saber.

— Julian — ela parece implorar, embora não fique muito claro pelo que está implorando. Ela envolve os braços em volta de si mesma. — Isso entre a gente não vai dar certo.

— Por causa da distância ou dos seus problemas de confiança? — O comentário escapa antes que eu tenha a chance de controlá-lo.

Seu passo vacila, junto com sua respiração.

Esfrego meu rosto, soltando um palavrão.

— Nós vamos dar um jeito.

Nenhum de nós diz mais nada pelo restante da caminhada, o que me dá tempo para processar nossa situação.

Eu esperava que Dahlia me afastasse quando percebesse seus sentimentos por mim? Sim, eu esperava, mas ainda assim estou desapontado ao pensar que ela desistiria tão facilmente de nós por causa de alguns problemas logísticos.

Não sou mais o mesmo cara que ela espera que eu seja. Eu mudei, e se tiver que lutar contra Dahlia a cada passo para provar isso a ela, então que assim seja.

Quando chegamos ao estacionamento do restaurante, um plano já começou a se formar na minha cabeça.

— Você está com fome? — Eu destranco o carro e abro a porta do passageiro.

— Não. — Uma nuvem de condensação se forma a partir da sua respiração.

Eu a pego pelos quadris e a levanto para dentro do carro antes que ela consiga subir.

Assim que o motor ronca, ligo o aquecimento.

— Você deveria comer alguma coisa.

Ela enruga o nariz.

— Eu vou.

Mensagem recebida alta e dolorosamente clara.

— Então esse é o seu plano? — Minha pergunta tem um toque afiado.

Ela franze as sobrancelhas.

— O quê?

— Me afastar porque você prefere evitar seus sentimentos.

— Eu... eu não sei.

— Acho que você sabe.

As narinas dela se dilatam.

— Já que você sabe tudo, por que não diz o que estou pensando?

— Não preciso ler mentes para saber que você está com medo.

— Eu não estou com medo, Julian. Eu estou *aterrorizada*.

Minha testa se enruga por conta das sobrancelhas franzidas.

— Eu não quero me apaixonar por você.

Minha respiração irregular coincide com a dela.

— Eu não quero me apaixonar por ninguém. *Ponto*. Isso quase me destruiu da última vez, e não tenho certeza de que conseguiria sobreviver a esse tipo de dor novamente. — Sua voz falha no final. — Você merece alguém que confie em você, e não tenho certeza de que vou conseguir fazer isso quando não posso nem confiar em mim mesma.

A pontada no meu peito se transforma em uma dor intensa.

— Não posso apagar a dor que você sentiu, não importa o quanto eu deseje, mas posso prometer nunca te machucar como ele fez.

— Um pouco tarde demais pra isso. — Ela não consegue sustentar meu olhar por mais de um segundo.

— Dahlia. — Eu seguro seu queixo apesar da dor que percorre meu peito. — Não vou desistir só porque você espera que eu desista.

— Porque você gosta de um desafio?

— Porque eu gosto de *você* o suficiente para saber que vale a pena lutar.

Ela olha pela janela.

— Vou voltar para San Francisco em janeiro por causa do meu novo programa.

Eu estou ciente, visto que passei as últimas horas em uma cela de prisão processando esse fato.

Mas o que você vai fazer a respeito?

De alguma forma, em um curto espaço de tempo, fui de planejar o resto da minha vida em Lago Wisteria para colocar tudo em jogo pela mulher ao meu lado. Porque se Dahlia quer se mudar de volta para San Francisco, então planejo ir com ela, e nenhuma quantidade de contras no mundo vai me impedir.

Eu alcanço a mão fechada de Dahlia.

— Quando contarmos à minha mãe sobre a mudança, faça um favor e diga a ela que você está apaixonada por mim. Isso vai ajudar a suavizar o golpe.

Seus olhos nublados mexem com algo no meu peito.

— Você não está realmente considerando se mudar.

— Estou.

— Mas e a sua empresa?

— Parece que prefiro construir um lar com você do que mil casas sozinho.

Ela se vira, fungando.

Eu seguro o queixo dela e viro sua cabeça na minha direção.

— Que parte do *estou me apaixonando por você* não está entendendo?

— A parte em que você desiste de toda a sua vida aqui por mim.

— A vida sem você mal pode ser considerada uma vida, então não estou desistindo de nada ao te acompanhar em San Francisco.

— Não, mas ao estar comigo, você estaria desistindo da chance de ter sua própria família. — Ela olha para o colo como se segurasse os segredos do mundo.

— Esse é o verdadeiro motivo?

O rosto dela permanece neutro, mas a veia em seu pescoço pulsa.

Por que você não pensou nisso antes?

— Você acha que vou me arrepender de ficar com você porque você não pode ter filhos?

— Eu *sei* que você vai porque isso já aconteceu uma vez antes.

— Eu já disse que não quero ter filhos dessa forma.

Ela balança a cabeça.

— Não é a primeira vez que ouço alguém me dizer isso.

Eu poderia encontrar cem maneiras diferentes de dizer a ela que me importo o suficiente para escolhê-la, mas nada disso interessa a menos que eu encontre uma maneira de *mostrar* a ela.

Prós: Ela poderia achar minha lista romântica.

Contras: Ela pode me rejeitar de qualquer maneira depois que eu revelar um dos meus maiores segredos.

Cale a boca e mostre a ela.
Eu pego meu telefone e abro o aplicativo de anotações.
— Aqui.
Ela pega de mim e lê as primeiras linhas de texto.
— Você esteve fazendo uma lista de prós e contras sobre *mim*?
Eu balanço a cabeça.
— *Pró: Ela é péssima no xadrez.* Sério? — Ela enruga o nariz.
— Não é minha culpa que você começou todos os jogos com a abertura da rainha. Mude isso de vez em quando.
Ela volta para a lista.
— *Pró: Gosto dela o suficiente para também ir para Stanford.* — Ela me olha por alguns segundos sem piscar. — Você escolheu Stanford por minha causa?
— Sim. Você gostava da Califórnia, e eu gostava de você, então fazia sentido.
Ela balança a cabeça, incrédula.
— Há quanto tempo você está trabalhando nisso?
— Desde algum tempo depois que você começou a competir pelo concurso Miss Morango.
Ela pisca.
— Isso foi há mais de uma década.
— Eu sei.
— Mas por quê?
— Gosto de tomar decisões baseadas em informações.
Ela rola a lista enquanto murmura para si mesma.
— Tem coisas listadas aqui que eu não faço mais.
Eu sei. Infelizmente, herdei da minha mãe o gosto pela nostalgia e nunca superei isso, que é a única razão pela qual nunca consegui excluir a lista, não importa quantas vezes eu tenha tentado.
Depois de mais alguns minutos, ela chega ao final da nota.
— Você só tem um contra.
Contra: Ela pode nunca me amar.
— Aos poucos, seus contras irritantemente começaram a se transformar em prós. Sua risada sai como um meio soluço.
— Isso é ridículo.
— Não, Dahlia, isso é *amor*.
— Você concordou com um relacionamento casual sabendo que seus sentimentos podem nunca ser correspondidos? — A incredulidade colore sua voz.
— Sim.
— Por quê?

— Algumas pessoas valem o risco.

Seu lábio inferior treme.

— A vida sem você era uma série de prós e contras. Riscos e recompensas. Preto e branco com muito poucos tons de cinza. Mas então você voltou e ligou um interruptor dentro de mim, inundando meu mundo com cor depois de um apagão de dez anos, e não pretendo desistir disso. Não agora. Nunca.

Lágrimas se acumulam perto de sua linha dos cílios.

— Talvez você não acredite nas minhas palavras agora, mas não vou parar até que acredite. Então vá em frente e tente me afastar, mas você já sabe, com base na nossa história, que eu não vou parar por nada para provar que você está errada.

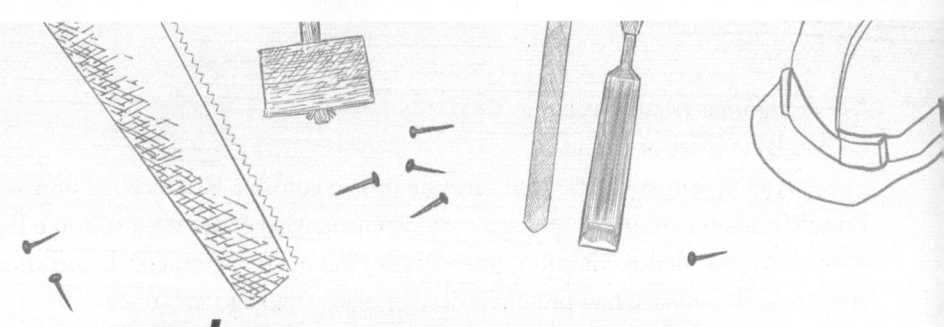

CAPÍTULO QUARENTA E CINCO
Julian

A viagem até a casa da Dahlia é silenciosa. Ela passa a maior parte do tempo olhando pela janela, enquanto me mantenho concentrado na estrada. Apesar do impulso de ficar olhando como ela está, me contenho e fico quieto, sem querer aumentar o seu desconforto.

Só quando chego à casa dela é que ela finalmente fala, me surpreendendo.

— Eu sinto muito.

Eu pisco rapidamente.

— O que você...

— Eu sei que você é um cara legal, provavelmente o melhor cara que já conheci, mesmo que me deixe louca. — Ela gira um dos seus anéis. — Sua lista. Meu Deus. Não posso acreditar que você passou mais de uma década trabalhando nisso.

— Doze anos, mas quem está contando?

Seu queixo treme.

— Talvez se as coisas fossem diferentes para mim, nós poderíamos...

— Pare.

— Mas...

— Não. Eu não quero ouvir qualquer desculpa que você passou a viagem inteira elaborando.

Os músculos dela se contraem.

— Você não pode ignorar o óbvio.

— Que bom que finalmente estamos na mesma página.

Ela desvia o olhar.

— Do que você precisa? — pergunto.

— Tempo? Alguma comida e uma boa noite de sono? Sinceramente, nem consigo pensar direito, quanto mais falar quando estou tão exausta.

— Tudo bem. — Posso dar isso a ela... pelo menos por um dia.

Os ombros dela caem com um suspiro pesado.

Eu pego sua mão e beijo o dorso.

— Vai ficar tudo bem.

— É o que você diz.

— Só porque eu não vou parar até que fique.

Ela me lança um último olhar antes de sair do carro e seguir para a porta da frente.

Não me lembro do caminho até minha casa porque passei todo o tempo perdido em meus próprios pensamentos, organizando todas as coisas que preciso resolver.

O silêncio me recebe como uma marcha fúnebre quando entro em minha casa e vou para a cozinha para esquentar alguma comida. Consigo dar algumas mordidas antes que meu telefone vibre contra o balcão de mármore com uma nova mensagem da Lily no grupo das famílias Muñoz-Lopez.

LILY

De pombinhos a pássaros engaiolados em uma única semana.

Ela anexa uma foto de Dahlia e eu na cela. Rosa envia um link para agendar uma sessão de confissão com o padre Anthony, enquanto minha mãe responde com um GIF de olhos de coração e um texto.

MA

Igual Bonnie e Clyde.

RAFA

Os dois morreram em um tiroteio.

MA

Juntos.

RAFA

Me lembra de nunca me apaixonar.

Eu respondo, pedindo a todos para deletarem a foto de seus celulares e do chat antes de eu sair em direção à delegacia para fazer uma segunda visita ao Roberts esta noite.

— Tão rápido assim? — Roberts se apoia no balcão.

— Para quantas pessoas você enviou a foto?

— Só para a Lily.

— Delete-a do seu telefone.

— Eu planejo fazer isso assim que o repórter me responder com um preço pela foto.

— Quanto você está pedindo por ela? — eu exclamo.

— Dez mil dólares.

Eu arranco uma folha do bloco de notas adesivas e passo para ele.

— Me dê o seu número, e vou transferir o dinheiro em uma hora.

Ele ergue as sobrancelhas.

— Você não vai se dar ao trabalho de negociar?

Eu bato no bloco de notas adesivas.

— Seu número.

— Doze mil.

— Vou reduzir minha oferta para sete se você não parar de falar.

Seu sorriso desaparece enquanto ele rabisca algo no papel antes de me passar. Eu guardo seu número no bolso interno do meu casaco.

— Delete a foto.

— Agora?

Eu bato o pé contra o chão. Ele suspira enquanto pega o telefone e me mostra que está deletando a imagem.

Assim que ele termina, saio da delegacia, mando uma mensagem para Dahlia sobre como resolvi a questão da foto e volto para minha casa. Quando chego em casa, Dahlia ainda não respondeu no grupo e nem à minha mensagem privada, o que é incomum para ela.

Meu jantar cai como uma pedra no meu estômago enquanto tomo um banho e me deito na cama.

Você vai encontrar uma maneira de resolver tudo, repito para mim mesmo na escuridão.

Só preciso descobrir como.

♟

Dahlia passa a maior parte da manhã seguinte se escondendo em seu escritório, então não tenho a chance de vê-la até ela aparecer para a reunião da equipe marcada há mais de uma semana.

Inicialmente, considerei resolver meus assuntos com a equipe em particular, mas a falta de confiança de Dahlia e suas tentativas de me evitar apresentam um desafio único a ser superado.

Mostrar a ela que pretendo ficar por perto exigirá muito mais do que prometer que vou me mudar para San Francisco. Preciso fazer algumas mudanças necessárias na minha vida, começando pela única coisa que venho adiando há anos.

Dahlia se desconectou mentalmente da discussão há vinte minutos, assim que Ryder, Mario e eu começamos a revisar questões logísticas sobre a reforma de Lago Aurora. Ela passa o tempo desenhando designs para sua linha de decoração, e me pego distraído algumas vezes por suas habilidades.

— Estamos todos de acordo? — Mario pergunta.

— Sim. — Eu olho para Ryder. — Você pode ficar depois que o Mario sair?

Ele assente com a cabeça.

Dahlia faz uma última alteração em seu design antes de guardar seu tablet debaixo do braço e se levantar da cadeira.

— Preciso que você fique — digo a ela.

Seu rosto se contrai em confusão enquanto volta a se sentar.

— Até a próxima semana — diz Mario, inclinando o queixo antes de sair da sala de reuniões.

— O que foi? — pergunta Ryder.

Eu me sento novamente.

— Eu tenho pensado...

A cadeira de Dahlia range enquanto ela coloca os cotovelos na mesa e se inclina para a frente.

Meu gerente de projetos guarda um lápis atrás da orelha.

— Sobre o quê?

Eu pigarreio.

— Preciso de ajuda.

Ela arregala os olhos.

— Seja o que for, estou às suas ordens. — Ele não hesita, o que me pega de surpresa.

— Você não sabe o que estou prestes a pedir.

— Não importa. Você fez muito por mim, então estou disposto a aceitar qualquer coisa.

Eu pisco. Dahlia parece igualmente chocada, enquanto seu olhar alterna entre nós dois.

Ryder continua:

— Antes de você me contratar, eu estava com dificuldade de me readaptar à vida normal depois do meu último período de serviço. Quando fiz a entrevista para o emprego, estava morando no meu carro e com transtorno de estresse pós-traumático.

Eu escondo meu desconforto.

— Não percebi que estava tão ruim assim.

Dahlia estende a mão para apertar a dele antes de afundar de volta em sua cadeira.

— Você não é o único homem orgulhoso na cidade, chefe — ele diz com um leve sorriso.

— Não, mas ele é o *mais orgulhoso* — Dahlia comenta.

Eu lanço a ela um olhar sério.

A risada suave de Ryder não condiz com seus traços severos.

— Eu devo muito a você, então, se quiser minha ajuda, estou mais do que feliz em ajudar.

O lábio inferior de Dahlia treme.

Merda.

Eu travo uma batalha entre timidez e gratidão antes de encontrar um ponto intermediário.

— Você não me deve nada.

— Você quer minha ajuda ou não? — ele pergunta.

— Ele pedir já quer dizer que sim. — A expressão no rosto de Dahlia vale cada grama de orgulho que eu abdico ao fazer a única coisa que treinei evitar.

— Sim, quero sua ajuda. — Meus ombros relaxam à medida que a tensão se esvai do meu corpo.

— Diga do que você precisa.

— Entre nós, surgiu algo que necessita que eu me mude no próximo mês, então preciso reestruturar a empresa de uma maneira que permita que ela funcione sem que eu esteja presente.

As sobrancelhas dele se erguem enquanto as de Dahlia se contraem.

— Você vai se mudar? — pergunta Ryder.

— Sim. Mesmo que eu participe de reuniões virtualmente e voe para cá a cada duas semanas para verificar tudo pessoalmente, preciso da sua ajuda com as operações diárias e para ficar de olho nas coisas.

Os lábios de Dahlia se entreabrem.

Ryder assente com a cabeça.

— Claro.

— Ótimo. Eis o que eu estava pensando... — Eu reviso minha ideia com Ryder enquanto Dahlia observa. Ele dá sua opinião e oferece muitos conselhos úteis, e ajusto meu plano com base em sua experiência. Dahlia dá alguns palpites que levo em consideração.

Após uma hora reestruturando as operações da Lopez Luxo, Ryder se levanta e me dá tapinhas nas costas.

— Nunca pensei que veria o dia em que você finalmente iria decidir fazer o que era melhor para si mesmo, em vez de para a empresa. — Ele olha para Dahlia. — E provavelmente devo a você a promoção e o aumento.

As bochechas dela ficam levemente coradas.

— Eu não tive nada a ver com isso.

— *Certo.* — Ryder assente.

Teimoso, eu murmuro.

Ryder me mostra um polegar para cima.

Nós dois sabemos que Dahlia é a única pessoa que poderia me convencer a mudar toda a estrutura da minha empresa, mas ela não vai aceitar essa possibilidade porque só ameaçaria o argumento fraco dela.

Ryder sai da sala de reuniões, e Dahlia se levanta para segui-lo, mas eu a encurralo contra a porta antes que ela tenha a chance de escapar.

— Ainda não terminei de falar com você.

Ela faz um esforço para arrastar os olhos em direção ao meu rosto.

— O que você quer?

— Sua opinião é um bom começo.

Ela mexe com um dos anéis.

— Você realmente está pensando em se mudar para San Francisco?

— Os últimos sessenta minutos não deram essa dica?

Ela lança um olhar fulminante.

Eu suspiro.

— Quanto tempo você planeja discutir sobre isso?

— Pelo tempo que for necessário para te convencer de que tudo isso é um grande erro. — Seus olhos vidrados estão cheios de incerteza, e é devastador saber o quanto ela sofre silenciosamente com a ansiedade.

— Quer falar sobre erros? Ótimo. Vamos falar sobre eles.

Surpresa atravessa o rosto dela.

— Houve algumas razões pelas quais eu te afastei tantos anos atrás. Luto. O estresse de administrar uma empresa em dificuldades. Meu medo de que não sobreviveríamos ao relacionamento à distância e a todos os outros obstáculos no nosso caminho. Mas o maior erro que cometi foi acreditar que você estaria melhor sem mim porque eu não era bom o suficiente. Deixei minha baixa autoestima e inseguranças atrapalharem o que eu queria com você, e não vou deixar você cometer o mesmo erro, de jeito nenhum. Na verdade, eu proíbo, porque me recuso a passar mais dez anos esperando você cair na realidade.

Ela pisca algumas vezes.

— Eu sempre vou lutar pelo que é melhor para nós, mesmo que isso signifique lutar contra você enquanto isso. — Eu beijo o topo de sua cabeça e saio da sala antes que eu me veja incapaz de fazê-lo, deixando para trás a mulher que amo para lidar com o que eu disse.

CAPÍTULO QUARENTA E SEIS
Julian

Decido ficar longe do escritório e da casa do Fundador, tanto porque quero dar a Ryder a chance de administrar as operações diárias da Lopez Luxo sem que eu esteja supervisionando de perto, quanto para que Dahlia veja que estou levando a sério a ideia de me afastar um pouco.

Tento queimar uma parcela da energia nervosa malhando, fazendo algumas playlists e almoçando com minha mãe, mas o alívio não dura muito, ainda mais depois que Dahlia me envia uma mensagem com o itinerário da viagem dela para San Francisco.

Logo, me vejo percorrendo os longos corredores da minha casa enquanto meus pensamentos se desenrolam.

Quando disse à Dahlia que sempre lutaria pelo que é melhor para nós, mesmo que isso signifique lutar contra ela, eu estava falando sério.

Mas primeiro, preciso concluir a luta contra o meu passado. Tenho lutado contra minhas inseguranças por anos, e chegou a hora de encarar o que tenho adiado por tempo demais...

Aceitar que *sou* bom o suficiente, não apenas para ela, mas, o mais importante, para mim mesmo.

Então, esta noite, eu me dirijo ao único lugar para o qual que nunca imaginei voltar.

A marcenaria do meu pai.

Ao longo dos anos, tentei retornar, mas a tarefa parecia impossível a cada vez, e eu fugia rapidamente da cena antes de entrar no local onde ele e eu passamos anos trabalhando, dando continuidade à tradição Lopez que começou com seu tataravô.

Havia uma razão pela qual eu evitava isso, e tem tudo a ver com as ferramentas penduradas na parede ao fundo e tudo o que elas simbolizam.

Minha mão treme enquanto coloco a chave na fechadura e a viro. O clique da fechadura e o rangido da porta parecem distantes devido ao sangue correndo rápido em meus ouvidos.

Depois de cinco respirações profundas, alcanço o interruptor de luz e o aciono quando dou um passo para dentro. Meus pés permanecem grudados no chão de concreto enquanto observo ao redor. Graças à rotina de limpeza da minha mãe, o galpão parece tão limpo que deve dar para comer em qualquer superfície, incluindo o chão.

Meu pai *odiaria* isso.

Dou mais um passo dentro da oficina, apesar de sentir que meus pés estão presos a blocos de cimento. Muitas lembranças preenchem o espaço, tornando meu coração pesado e minha respiração difícil.

Sinto sua falta, Papi.

Caminho até a parede ao fundo onde as ferramentas do meu pai ainda estão penduradas do jeito que ele gostava, fazendo parecer que ele poderia retornar a qualquer momento.

Deus, como eu queria que isso fosse verdade.

Um segundo conjunto está pendurado ao lado do dele.

Uma relíquia da família Lopez, ele disse com um pequeno sorriso ao apontar cada ferramenta que foi passada de geração em geração.

Cresci perguntando ao meu pai quando chegaria a minha vez de recebê-las, e sua resposta nunca mudou.

Quando você provar que as merece.

Posso ter perdido minha chance no dia em que ele morreu, mas fiz de tudo para deixar ele e a família Lopez orgulhosos enquanto assumia o negócio da família, apesar da minha falta de experiência e diploma universitário.

A dor maçante no meu peito se intensifica, e seguro forte na bancada. Meus olhos lacrimejantes não têm nada a ver com alergias ou poeira de serragem ainda presente no ar. Nem a tensão na minha garganta nem as batidas do meu coração.

Uma lágrima desliza pela minha bochecha, e eu a enxugo antes de olhar para o teto em busca de um vazamento. Exceto que minha visão embaçada torna impossível ver muito além das lágrimas que bloqueiam minha visão.

Elas rolam pela minha pele como gotas de chuva, caindo em rápida sucessão. Da última vez que chorei assim, meu pai estava sendo enterrado. Embora o buraco no meu peito tenha cicatrizado desde então, a dor pesada nunca foi embora, retornando nos momentos mais inconvenientes.

Meus ombros tremem.

Respire cinco vezes. Meu pai seguraria meus ombros e me forçaria a imitar seus movimentos.

De novo, ele diria quando a contagem original de cinco não funcionasse. As lágrimas não param, mas meu pânico diminui a cada respiração exagerada.

Em algum momento, após a respiração número trinta e cinco, me recomponho e alcanço o primeiro objeto de família Lopez que vejo. Meus dedos tremem, mas sou rápido em fazer isso parar, apertando firmemente a base do martelo.

Dou um passo em direção à minha antiga estação de trabalho. Minha mãe pode ter colocado acidentalmente algumas ferramentas no lugar errado, mas tudo o mais permanece o mesmo, até o último projeto em que eu estava trabalhando antes de ir para a faculdade.

A caixa de joias meio acabada deveria ser um presente de Natal especial para Dahlia. Ao longo dos anos, optamos principalmente por presentes engraçados ou presentes escolhidos por nossas mães, mas o Natal antes de tudo dar errado deveria ser diferente.

Nós deveríamos ser diferentes.

Depois do beijo que demos, eu sabia que não poderíamos voltar ao que éramos antes, e eu não queria. Eu queria muito *mais*.

Mas então meu pai morreu e minha mãe mergulhou em outra depressão profunda, o que fez com que eu me sentisse responsável por ajudá-la. Decidi adiar meu próprio luto, uma decisão idiota no longo prazo, e afastei Dahlia depois de chamá-la de distração.

Deixei que minhas inseguranças atrapalhassem o que eu queria, e meu medo de não ser bom o suficiente para ela me consumiu até eu não suportar a ideia de estar com ela. Dahlia tinha muitos sonhos, e eu estava uma bagunça, com as probabilidades contra mim.

Agora é sua chance de corrigir seus erros.

A dor floresce em meu peito enquanto ergo a caixa de joias incompleta. Eu quero encontrar aquela coragem novamente, começando por enfrentar meu maior obstáculo até agora.

Superar o meu passado.

Com mãos trêmulas e coração pulsante, pego mais algumas ferramentas da família Lopez e começo a terminar a caixa de joias. Não sei por quanto tempo fico obsessivamente dedicado ao projeto, mas estou viciado na adrenalina pulsando nas minhas veias.

Quando termino, estou suando por todo lado e ofegante como se tivesse corrido uma maratona. Uso a bainha da minha camisa para enxugar a testa úmida antes de conferir o produto final.

Um dia, planejo dar a caixa de joias para Dahlia. Só não tenho certeza de quando.

CAPÍTULO QUARENTA E SETE
Dahlia

— Parece que a princesa dos reality shows finalmente decidiu voltar ao seu trono de tequila. — Lorenzo se acomoda no banco ao meu lado e coloca o copo de uísque no balcão.

— Você não tem nada melhor para fazer do que ficar aqui? — Eu examino o bar relativamente vazio.

Ele dá de ombros.

— Não, na verdade, não.

— Você precisa de um emprego.

Sua sobrancelha se levanta.

— Às oito da noite em uma terça-feira?

— Que tal um hobby, então?

— Tramar contra os meus inimigos conta?

Ergo as sobrancelhas.

— Você tem inimigos? Em Lago Wisteria?

Ele ri dentro do seu copo, embora o som pareça mais gelado e assombrado do que caloroso e animado.

— O que *você* está fazendo aqui? — ele pergunta antes que eu tenha a chance de continuar.

— Vim encontrar minha irmã. — Eu verifico o telefone pela terceira vez nos últimos dez minutos. Quando chamei para uma noite de garotas de emergência, Lily sugeriu nos encontrarmos no Última Chamada depois que ela fechasse a loja à noite, alegando que estava desejando os anéis de batata frita daqui.

— Lily, certo?

Me viro para olhar feio para ele.

— Por que está perguntando?

Ele ignora minha pergunta e faz uma própria.

— Ela está solteira?

Meus olhos se estreitam.

— Não.

— Hum. Quem é o cara?

— Jesus, então nem tente paquerá-la.

— Ela quer virar freira?

— Perto disso. Virgem até o casamento. — Engulo de volta um riso antes que me entregue.

O lábio superior de Lorenzo se curva com desgosto.

— Ótimo.

Aceno para Henry vir e peço dois *seltzers*.

Alguns minutos depois, a porta do bar se abre, e minha irmã entra usando meu casaco de inverno favorito e botas de marca roubadas. Ela o tira com um arrepio, revelando mais uma de minhas roupas.

— Eu poderia matá-la.

Os olhos de Lorenzo escurecem enquanto seguem o corpo de minha irmã. Eu dou um tapa na parte de trás de sua cabeça.

— Pare de olhar para a minha irmã!

Ele termina o resto de seu uísque antes de levantar a mão para pedir outro.

Reviro os olhos enquanto saio do banco e arrasto Lily para o outro lado do bar, longe do olhar ardente de Lorenzo.

— Desde quando você é amiga do Lorenzo? — ela pergunta com uma careta.

— Você conhece ele?

— Não exatamente. — Seu nariz se mexe. — Ele passa pela loja toda sexta-feira para pegar dois buquês personalizados.

— E?

Ela dá de ombros.

— Não tenho um bom pressentimento sobre ele.

No fim das contas, talvez Julian estivesse certo sobre Lorenzo, e é melhor para nós duas ficarmos longe.

Pelo menos Lily não parece interessada nele.

Lily se acomoda na cadeira de frente para mim.

— Então, pra que é essa reunião de emergência?

Eu passo a lata de *seltzer* de vodca ainda fechada.

— Estou enfrentando um dilema.

Ela ri.

— Você é bem famosa por eles.

— Estou falando sério.

Minha irmã dá um gole em sua bebida.

— Tudo bem. O que está acontecendo?

— Recebi uma proposta para um novo programa que propus.

— Parabéns! — Ela bate sua lata contra a minha antes de me encarar. — Ou não?

Eu desabo contra a mesa.

— É em San Francisco.

— Fica longe.

Meus ombros caem.

— O Julian diz que está disposto a se mudar...

— Mas você não acredita nele?

Fico mexendo no zíper do meu casaco.

— É mais como se eu tivesse medo de que ele cumpra a promessa.

Ela inclina a cabeça.

— Agora estou confusa. Isso não deveria te deixar feliz?

— Eu não quero que ele mude toda a vida por minha causa. — Ele pode acabar se arrependendo da decisão e ficar ressentido comigo, e eu não sei se superaria esse tipo de mágoa novamente.

Lily pega minha mão.

— Você já pensou que ele pode estar fazendo isso não só por você, mas também por ele mesmo?

Eu fico em silêncio, e Lily o preenche com outra revelação surpreendente.

— O Julian tem dito que quer diminuir a carga de trabalho há anos, mas nunca fez nada pra isso, apesar de ser óbvio para todos ao redor que ele deveria.

Eu pisco algumas vezes.

— Sério?

— Sim. Então, imagine o quanto todos ficamos surpresos quando ele de repente começou a trabalhar em um projeto com você, passou a visitar mais frequentemente seus canteiros de obras e não para de sorrir quando fala sobre construir novas casas com você, algo que ele não fazia há pelo menos dois anos.

Um nó se forma em minha garganta apertada.

— Ele... Eu...

Lily dá um aperto reconfortante na minha mão.

— E não me faça falar sobre a coisa da marcenaria. Todo mundo na cidade não para de comentar sobre como ele estava com tanto ciúme que deu a um cara uma promoção para mantê-lo longe de você.

Nós duas começamos a rir.

— Como eles descobriram? — pergunto.

— Esse carpinteiro que ele promoveu adora um *chisme*, mais do que a Josefina. Dou um longo gole na minha lata de *seltzer*.

— Eu não pedi ao Julian para fazer tudo isso.

— Esse é o meu ponto. Ele decidiu fazer essas coisas porque elas *o* fazem feliz, então por que você vai começar a duvidar dele e das escolhas dele agora?

Meu olhar cai para a mesa.

— Porque tenho medo de que ele se arrependa no longo prazo, quando a lua de mel acabar e a realidade bater à porta.

— E se ele não se arrepender? — Ela recosta-se. — Sem ofensa, mas estou mais preocupada com *você* tomando a decisão errada se decidir afastá-lo.

Eu arregalo os olhos.

— O quê?

— Homens como o Julian não aparecem com frequência, então você deveria agradecer aos céus que ele ficou nesta cidadezinha, porque se tivesse se mudado, alguém com certeza já o teria fisgado. Isso eu sei.

A ideia de ele estar com outra pessoa me deixa fisicamente mal.

Porque você o ama.

Mas se meu amor não foi suficiente para salvar um relacionamento condenado antes, o que pode ser diferente agora?

Me apaixonar por Julian foi fácil, mas me perdoar e deixar para trás um passado que ainda me assombra?

Quase impossível.

🏆

Em vez de ir para minha casa, vou até a casa de Rafa. Não tenho certeza de quem fica mais surpreso com minha visita, eu ou ele, embora ele me receba sem fazer alarde.

Nico e eu passamos cinco minutos conversando antes de Rafa ordenar que o filho volte para a cama.

— Te amo! — Nico joga os braços ao meu redor para um último abraço antes de correr para o quarto.

— Me desculpa por aparecer assim sem avisar — digo enquanto Rafa me conduz para a sala de estar.

— Deixou o Nico feliz, então está tudo bem, mas não torne isso um hábito.

Eu rio.

— Não me atreveria.

— Posso te oferecer algo para beber? Temos água, água saborizada e álcool.

— Não, obrigada.

— Como quiser. — Ele se senta na confortável poltrona de couro em frente ao sofá e puxa o celular pela segunda vez na noite.

Eu me sento, minha postura rígida, enquanto ele toca na tela antes de deixar o aparelho de lado para pegar uma cerveja.

— Obrigada novamente por não me mandar embora ou algo assim.

— Não tenho certeza de que você teria ido embora, de qualquer maneira. — Ele ergue a cerveja simulando um brinde. — Então, o que está acontecendo?

— Não sei como perguntar isso sem ser rude...

— Somos praticamente família, então ainda sou obrigado a perdoar você.

— Justo.

— Sua visita tem algo a ver com meu primo? — ele pergunta.

Eu pisco algumas vezes.

— Mais ou menos.

— Eu já imaginava.

— Mas também é sobre... você sabe... aquela coisa que eu te disse... — Eu gaguejo.

— Sobre não poder ter filhos?

Suspiro aliviada.

— Sim.

— O que sobre isso? — Seu tom permanece indiferente.

— Tenho tido dificuldade para lidar com a notícia.

— Compreensível. Tive dificuldade para aceitar algo semelhante quando o Nico foi diagnosticado com o problema nos olhos.

— Depois de descobrir sobre o Nico, você... — Eu tenho dificuldade para terminar a frase.

— Pensou em não querer ter mais filhos?

Meus ombros caem.

— É.

— Sim. Foi impossível não pensar nisso depois de descobrir que meu filho está ficando cego por causa de uma condição herdada da minha família complicada.

— Não havia como você saber sobre algum tio com a mesma doença.

Ele dá um longo gole na bebida.

— Eu *sei* disso, mas os pais têm uma tendência a se sentir culpados pelo que acontece com seus filhos, quer seja culpa deles ou não.

Meu olhar cai.

— Só posso imaginar.

— Mas, para responder à sua pergunta, escolhi fazer uma vasectomia depois de descobrir sobre a doença do Nico.

Levanto as sobrancelhas.

— Sério?

— Pareceu ser a coisa responsável a se fazer. Se eu quiser ter outro filho algum dia, com grande ênfase no "se", vou adotar.

— Isso deixaria a Josefina feliz.

— Ela ficaria feliz com *qualquer* neto. Ela tem me pressionado por anos para dar um irmão ao Nico, e sim, antes que você pergunte, ela sabe sobre minha incapacidade de ter filhos agora. — O olhar penetrante de Rafa me faz sentir como se estivesse sendo dissecada.

Reúno coragem para fazer minha segunda pergunta.

— Você acha que, no longo prazo, Julian se importaria de não poder ter filhos?

Ele leva tanto tempo para falar que começo a me preocupar que ele nem se dê ao trabalho de me responder.

Eu falo novamente.

— Não tenho certeza de que ele conversou com você sobre querer filhos ou se...

— Isso não é algo que você deveria perguntar a ele?

— Já perguntei.

Seus olhos percorrem meu rosto.

— Mas você não confia nele?

— Não confio nem em mim mesma, então não é nada pessoal.

Ele aperta a garrafa de cerveja.

— Meu primo tem seus defeitos, mas é um homem de palavra. Se ele disse que não se importa em não ter filhos biológicos, ele está falando sério.

Minha garganta seca.

— Mas eu me lembro dele mencionando algo nesse sentido algumas vezes ao longo dos anos.

— Ele mencionou?

— Sim. Não falamos sobre os nossos sentimentos com frequência, mas sei o suficiente sobre o passado dele para afirmar, com confiança, que foi difícil.

Meus dedos ficam brancos pela forma como entrelaço as mãos.

— Eu era jovem demais para entender o quanto tudo impactava Julian.

— Ele é bom em canalizar as emoções para outras coisas.

— É o que estou descobrindo — murmuro para mim mesma.

— Eu sei que você não acredita nele e não te culpo. Pessoas como nós... não somos do tipo que confia depois de sermos machucados do jeito que fomos. — Ele olha para longe.

Observá-lo lutar contra seus demônios é como encarar meu reflexo pela primeira vez.

Arrepios se espalham pela minha pele, e os pelos do meu pescoço se eriçam enquanto encaro minha maior falha.

Eu amo o Rafa, mas não quero acabar como ele, me culpando por um relacionamento fracassado anos depois e lidando com problemas de confiança.

Deus, não.

Uma forte batida ao longe me assusta.

— Você está esperando por mais alguém?

Rafa se levanta.

— Não, mas você está.

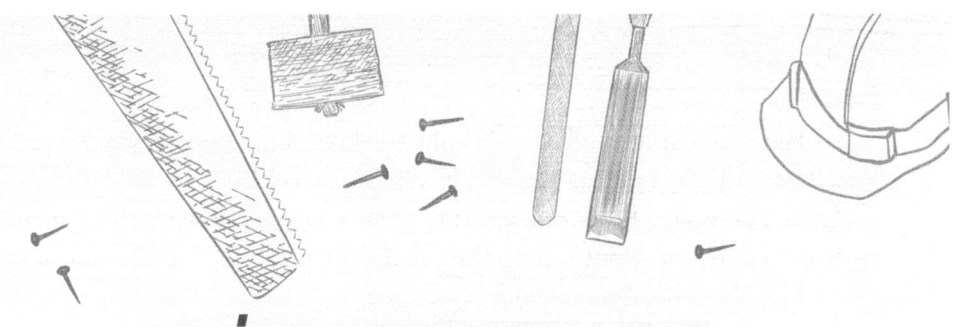

CAPÍTULO QUARENTA E OITO
Julian

Quando o Rafa me mandou uma mensagem há dez minutos, me avisando que a Dahlia estava lá, fui direto para a casa dele.

Algo em sua mensagem enigmática me deixou preocupado.

Levanto o punho para bater à porta novamente, e ela se abre antes que minha mão faça contato.

Dahlia sai e fecha a porta atrás dela.

— O Rafa te mandou mensagem?

— Sim. Você está bem? — Eu examino o rosto dela em busca de sinais de angústia.

— Humm... sim?

— Ele me disse que você estava chorando.

— Chorando? — Ela soa tão confusa quanto parece.

— Ou não?

— Ele estava provocando você.

Maldito.

— Você veio até aqui porque achou que eu estava chateada?

Eu esfrego a parte de trás do meu pescoço.

— É.

Sua expressão indecifrável me faz falar de novo.

— Então você está bem, certo?

— Sim. Eu queria fazer algumas perguntas a ele.

— Sobre o quê?

Ela enfia as mãos nos bolsos de seu casaco de inverno.

— Você se importa se a gente caminhar e conversar um pouco?

— Não.

— Podemos dar uma olhada nos animais? Já faz um tempo desde que eu vi a Penelope. — Dahlia inclina a cabeça na direção do celeiro.

O som de nossas botas esmagando a grama sob os pés preenche o silêncio, embora só dure um minuto antes de eu estragar tudo.

— Ele sabe sobre o seu exame?

— Sim. — Ela olha diretamente para a frente.

— Há quanto tempo?

Ela não hesita.

— Desde que eu voltei.

Embora eu o respeite por manter em segredo a informação, egoisticamente, eu queria que ele tivesse me contado.

— Ele nunca disse nada.

Ela olha para mim de canto de olho.

— Estou meio surpresa que ele não tenha dito.

— Ele é confiável.

— Engraçado, já que ele disse algo semelhante sobre você.

— Você acredita nele?

— Eu quero acreditar em *você*.

Fico em silêncio enquanto entramos no celeiro. Dahlia para junto do primeiro estábulo e estende a mão.

— Olá, garota bonita.

Penelope, uma égua aposentada que Rafa salvou há alguns anos, encosta a cabeça na palma da mão de Dahlia. Fico atrás dela, prendendo-a entre meu corpo e a grade do estábulo.

— Eu não quero acabar como o Rafa. — Seu sussurro mal pode ser ouvido sobre o pesado exalar da égua.

Eu paro de respirar.

— Não quero passar o resto da minha vida amargurada e questionando tudo e todos. Eu quero confiar. Eu quero amar. Quero viver livremente sem me preocupar se vou me machucar, ou ser abandonada ou traída.

Eu a viro.

— Meu primo vai melhorar, e você também.

Ela se apoia contra o estábulo.

— Estou com medo.

Beijo o topo de sua cabeça.

— Eu sei.

Ela envolve os braços em si mesma.

— Como posso ter certeza de que você será feliz adotando uma criança?
— Porque sempre admirei meus pais por terem adotado o Rafa.

O fungar dela é a única resposta que recebo.

— Eles tratavam o Rafa e eu de maneira igual. Atenção. Disciplina. *Amor*. Em momento algum nos fizeram sentir que não éramos os dois filhos deles. Mas, lá no fundo, eu sabia que o Rafa preenchia um vazio na vida da minha mãe que eu não conseguia, não importava o quanto eu tentasse. Algo dentro dela mudou depois de anos de abortos espontâneos e um natimorto, e o Rafa se tornou essa peça que faltava na vida dela. Em todas as nossas vidas.

Ela pisca para mim com os olhos marejados.

— A adoção nunca será uma opção de segunda categoria para mim. Nunca foi e nunca será, porque me sentir dessa maneira seria ir contra tudo em que meus pais acreditavam e contra o que tornou nossa família completa.

Os segundos passam dolorosamente devagar, e eu quase cedo e digo algo para preencher o silêncio terrível até que Dahlia me interrompe.

Ela encosta a palma da mão na minha bochecha.

— Eu acredito em você.

🏆

Depois da conversa de ontem na casa do Rafa, sei que Dahlia e eu estamos seguindo na direção certa, apesar de ela voar de volta para San Francisco para se reunir com a Archer Media no fim desta semana.

Tenho alguma energia acumulada para gastar, então vou para a marcenaria do meu pai para começar um novo projeto. Meu sábado é nada mais que uma torrente de cortes, moldagens e lixamentos em diferentes peças de madeira. Meu telefone vibra de vez em quando, mas ignoro as mensagens que chegam, sabendo que Ryder resolverá o que for necessário na segunda-feira.

Fico imerso na tarefa, perdendo facilmente a noção do tempo até que batidas fortes na porta quase me fazem cortar o dedo na serra circular.

— Julian! Abre a porta! — minha mãe grita antes de bater novamente.

Eu tiro meus óculos e a máscara de proteção antes de destrancar a porta.

— O que você está fazendo aqui?

Ela entra com um recipiente de plástico.

— Eu trouxe o seu jantar.

Eu pego de suas mãos.

— Como sabia onde eu estava?

— Recebi um alerta da câmera da entrada que você instalou alguns anos atrás. — Seus olhos brilham com lágrimas não derramadas enquanto analisam a oficina.

Eu passo minha mão sobre a camisa coberta de serragem.

— Está um pouco bagunçado.

Ela pisca algumas vezes antes de se virar para me encarar com um sorriso em meio às lágrimas.

— Eu estava me perguntando quando você iria voltar.

— Vi que você manteve tudo arrumado para mim ao longo dos anos.

— Seu pai odiaria isso — ela diz.

— Com todas as forças.

Nós dois rimos.

— Eu sabia que era apenas uma questão de tempo antes de você voltar, então não queria que estivesse bagunçado.

Meu peito se enche de emoção.

— Você pensa em tudo.

— Agora venha e coma antes que sua comida esfrie. — Minha mãe me conduz até um banco e me obriga a experimentar seu famoso *pozole*.

Eu paro no meio da mordida.

— Você não veio aqui só para me trazer comida, não é?

Ela passa o dedo pela mesa, recolhendo serragem e detritos.

— Eu queria ver o que meu filho suspeito estava fazendo para a Dahlia.

— Eu nunca disse que era para ela.

Ela resmunga.

— Claro.

Minha mãe não consegue ficar parada, então ela folheia meus esboços e anotações enquanto eu termino de comer.

Ela segura o papel marcado com várias medições e notas.

— Você está construindo isso?

— Mm-hmm.

— Para a casa do Fundador?

— Sim.

Ela solta um gritinho de felicidade.

— Ela vai adorar.

— Não conte nada para a Dahlia.

Ela levanta as mãos.

— Eu não ousaria.

Enquanto como, ela rapidamente se distrai com a prateleira perto dos fundos do galpão.

— Ah, Julian. Isso é lindo! — Ela passa a mão pela parte de cima da caixa de joias que fiz antes de girar a manivela algumas vezes. — Você fez tocar música!

As primeiras notas da música tocam, e ela arregala os olhos.

— É perfeito.

Esfrego a parte de trás do pescoço.

— Você acha?

— Claro. — Ela coloca a caixa de joias finalizada de volta na prateleira antes de beijar o topo da minha cabeça. — Vou deixar você voltar ao seu projeto secreto, então.

— Quer me ajudar? — Minha pergunta sai apressada.

— Você quer minha ajuda? — Ela verifica a temperatura da minha testa com a parte de trás da mão. — Está se sentindo bem?

Eu afasto a mão dela com uma risada.

— Esqueça que eu disse alguma coisa.

— Não! Eu adoraria te ajudar.

— Você se lembra de como usar a serra circular? — Eu levanto um pedaço de madeira não acabada e ela a pega, bufando.

— Não me insulte assim no lugar sagrado do seu pai.

Meu peito ronca com minha risada profunda.

Ela aponta para mim com o pedaço de madeira.

— Eu ajudei seu pai na oficina muito antes de você nascer, então é melhor se lembrar disso, *mi hijo*.

Minha mãe e eu trabalhamos lado a lado por horas depois que termino de comer. Ela me corrige algumas vezes, fazendo-me lembrar de meu pai ao chamar minha atenção por conta da minha técnica e da escolha da madeira para as partes mais complexas.

Relutante, dou por encerrada a noite quando minha mãe fica prestes a desabar e eu não consigo mais operar a serra adequadamente sem tremer.

— Foi muito divertido! — Ela envolve os braços suados e salpicados de serragem ao meu redor. — Obrigada por me incluir.

Eu a abraço de volta, ignorando a leve pontada de culpa.

— Foi bom ter sua ajuda.

— Pode me chamar a qualquer hora. — Ela olha para mim com olhos lacrimejantes. — Se ao menos seu pai estivesse aqui conosco. Ele teria simplesmente amado ajudar você a criar algo especial para a Dahlia.

Meus pulmões param.

Ela se desvencilha dos meus braços e pega uma das antigas ferramentas do meu pai com a mão trêmula.

— Fico feliz que esteja usando essas.

Eu não consigo falar, muito menos respirar.

— Ele queria passá-las para você assim que se formasse...

Mas ele nunca teve essa chance.

— Eu sei que ele está nos observando e desejando não ser a razão pela qual você nunca se formou em Stanford. — Sua respiração fica presa. — Mas também sei que teria ficado incrivelmente orgulhoso de você por assumir a responsabilidade de cuidar de mim e dos negócios dele. Você conquistou muito além do que jamais sonhamos em tão pouco tempo.

Meu coração fica preso em algum lugar na minha garganta apertada. Ela abre minha mão antes de envolver meus dedos no cabo do martelo.

— *Te quiero con todo, mi corazón.**

Depois de um último beijo na minha bochecha, minha mãe sai do galpão, me dando o espaço que eu desesperadamente preciso.

Seguro o martelo do meu pai com olhos embaçados.

Te extraño mucho, Papi.**

Vou em direção à parede dos fundos e devolvo o martelo ao seu lugar. As luzes acima de mim piscam duas vezes, e arrepios percorrem meus braços.

Poderia ser...

Não, Dahlia deve ter envenenado minha mente com todas as conversas sobre o fantasma da casa do Fundador.

No entanto, apesar de tudo em que acredito, acabo falando em voz alta de qualquer maneira.

— *Te quiero, Papi.*

---

* Te quiero con todo, mi corazón: Eu te amo com tudo, meu coração.
** Te extraño mucho, Papi: Sinto tanto a sua falta, pai.

CAPÍTULO QUARENTA E NOVE
Dahlia

— O que está acontecendo com você? — Lily arranca o controle remoto da minha mão e desliga a TV no meio do episódio.

— Por que fez isso?

— Porque não está prestando atenção.

Cruzo os braços sobre o meu pijama.

— Sim, eu estava.

— Ah, tá. Você nem piscou quando o capo decapitou aquele cara com um facão.

— E daí?

Ela arqueia a sobrancelha.

— E daí que você *sempre* desvia o olhar quando começam as partes sangrentas.

Solto um suspiro pesado que faz Lily estalar os dedos.

— Aí está! Essa é a quinta vez hoje que você faz isso.

Minha cabeça cai para trás contra o sofá.

— Isso tem a ver com a sua viagem para San Francisco amanhã? — Lily se senta de lado no sofá.

— É tão óbvio assim?

— Um pouco.

— Eu deveria estar feliz por tudo estar progredindo tão rápido, mas toda vez que penso em partir...

— Você deseja que pudesse ficar?

A dor no meu peito intensifica.

— Sim, mas aí fico dividida entre querer meu programa e desejar poder viver aqui.

Por mais que eu ame o meu programa e expandir a minha marca, amo a ideia de ficar em Lago Wisteria ainda mais.

Lily dobra as pernas embaixo de si.
— Por que não ter os dois?
Minhas sobrancelhas se franzem.
— A produtora fica na Califórnia.
— E daí? Muitos programas são filmados em outros estados e países. Tenho certeza de que eles poderiam fazer algumas mudanças para agradar ambos os lados.
Eu bufo.
— Não estou exatamente em posição de fazer exigências. — Depois que minha antiga produtora desistiu do acordo, a última coisa que quero fazer é incomodar a Archer fazendo mudanças no plano original.
— Você poderia pelo menos perguntar e ver o que eles dizem.
— Mas...
Lily não me deixa terminar meu raciocínio.
— Qual a pior coisa que pode acontecer?
— Me mandarem embora?
Ela levanta o queixo enquanto joga os cabelos para o lado.
— Então eles não valem o seu tempo e energia. — Ela pega meu telefone da mesa de centro e joga no meu colo. — Liga para a sua agente.
Eu encaro a tela escura.
— Anda. Anda. Anda. — Lily entoa.
Mas e se a Archer Media disser não e desistir do projeto? A voz insistente na minha cabeça se manifesta.
Depois de tudo o que Julian fez para mostrar que se importa comigo, incluindo oferecer-se para se mudar para a Califórnia, pelo menos posso correr o risco e fazer uma pergunta.
Eu desbloqueio o celular.
— Vamos lá.
Lily assiste enquanto eu acesso as informações de contato da minha agente e ligo.
— Dahlia! O que está acontecendo?
Eu pigarreio.
— Estive pensando em algo e queria discutir com você antes da nossa reunião.
— O que é?
Meu coração bate descontroladamente no peito.
— Você acha que a Archer estaria disposta a mudar os locais de filmagem?
— Para onde?
— Lago Wisteria.
Lily me dá um sinal de positivo.
Eu continuo.

— Eles têm toneladas de casas históricas aqui, então o conteúdo seria o mesmo, mas eu poderia voltar para casa.

Jamie faz uma pausa por um momento, e meus pulmões param de funcionar de ansiedade.

— Não sei. Isso não fazia parte da proposta original, e eles já têm equipes montadas em San Francisco para os outros programas, então há uma grande chance de que eles digam não.

Minha empolgação morre.

— Ah. Eu entendo.

— Dito isso, deixa eu ver o que posso fazer.

— Você vai perguntar? — Minha voz fica mais aguda.

— Vou, mas não posso garantir que dirão sim.

A empolgação substitui a preocupação angustiante que estava me sufocando.

— Será que ajudaria se eu fizesse alguns vídeos das propriedades daqui? Talvez mostrar alguns projetos em que tenho trabalhado? Lago Wisteria e as cidades vizinhas estão cheias de casas implorando para serem restauradas, além de que os moradores deixariam tudo mais divertido.

— Vou entrar em contato e ver o que eles têm a dizer.

— Obrigada, Jamie! Você é a melhor.

A risada dela é a última coisa que ouço antes de ela desligar.

— Você conseguiu! — Lily joga os braços ao meu redor.

Eu retribuo o abraço com outro, despejando nele cada grama de amor e admiração que tenho pela minha irmã.

Embora eu tenha considerado perguntar sobre filmar um programa aqui, talvez nunca tivesse reunido coragem se não fosse Lily me incentivando a tentar.

Não crie muitas expectativas.

Tarde demais.

CAPÍTULO CINQUENTA
Dahlia

O peso no meu peito que esteve presente desde que deixei Lago Wisteria piora progressivamente a cada hora que passo em San Francisco. Deveria estar feliz por voltar aos meus antigos domínios, mas nem mesmo uma tigela de poke do meu lugar favorito pode me livrar da tristeza opressiva que me sufoca.

Eu esperava que o sentimento diminuísse quando entrasse no prédio da Archer Media, e fiquei desapontada quando isso não aconteceu.

— Então, o que achou? — minha agente pergunta assim que as portas do elevador se fecham. Seus cachos loiros moldam seu rosto como um halo, dando a ela uma aparência falsamente doce que não condiz com a mulher que passou a última hora jogando duro com as pessoas da Archer Media.

— Não tenho certeza. — Seguro na barra de apoio enquanto o elevador começa a descer em direção ao saguão.

Ela levanta as sobrancelhas.

— Sobre a Archer ou o programa?

— Sobre tudo?

— Eu sei que você queria filmar em Lago Wisteria, mas os olheiros deles concordam que San Francisco seria um ótimo lugar para filmar a primeira temporada. Depois disso, se o programa for renovado para outra temporada, o que a gente sabe que vai acontecer, então você terá prioridade na próxima localização.

A ideia parece ótima na teoria, mas toda vez que penso em voltar para San Francisco, o buraco no meu estômago fica maior, algo que nunca pensei que aconteceria depois de morar aqui por anos.

Minha intuição está me dizendo para não aceitar a proposta da Archer Media, e não é apenas por causa do homem que me espera em Lago Wisteria.

Você ainda confia na sua intuição depois de tudo o que passou?

Não, mas está na hora de começar porque estou cansada de duvidar de mim mesma. Deixei que os julgamentos e opiniões críticas de Oliver e dos Creswell me assombrassem por tempo demais, e para quê? Para me torturar duvidando de cada decisão que tomo?

Eu sou a pessoa que construiu a Designs by Dahlia do zero. Claro, Oliver me encorajou a postar uma foto, mas fui eu que trabalhei para transformar meu nome em uma marca. E sim, os Creswell ajudaram a produzir meu programa, mas os fãs permaneceram por mim e pelo meu trabalho, não por causa das pessoas financiando o projeto.

É hora de perdoar a si mesma pelos seus erros e seguir em frente.

— O que devo dizer a eles? — Jamie digita em seu telefone.

— Eu gostaria de ter mais tempo para pensar sobre isso.

— Quanto tempo você está pensando?

— Não tenho certeza. Talvez uma semana?

Ela assobia.

— Pode haver alguma resistência por conta do cronograma.

— Eu sei. Se eu tomar uma decisão antes, eu te aviso, mas quero pensar com calma sobre isso.

Embora eu sinta que minha decisão já foi tomada.

🏆

Voltar para minha casa vazia solidifica a crescente preocupação sobre voltar para San Francisco. Eu me distraio caindo de volta na minha antiga rotina de cozinhar o jantar, assistir a uma reprise de um dos meus programas favoritos e tomar banho até que meus dedos fiquem enrugados, mas nada parece diminuir a dor no meu peito ao pensar sobre a minha situação.

Subo na cama e espero que o sono me leve logo para me salvar dos pensamentos incessantes que passam pela minha cabeça.

Para que voltar a morar aqui por causa de um programa se você vai ficar sozinha e triste?

Em algum momento nos últimos três meses, Lago Wisteria começou a parecer mais minha verdadeira casa, enquanto San Francisco se tornava mais uma memória distante.

Meu telefone emite uma notificação. Eu o pego na mesa de cabeceira e vejo quem me enviou uma mensagem a esta hora.

JULIAN

> Como foi a reunião?

Meu peito aperta. Embora eu tenha mudado recentemente o nome do contato dele, ainda não estou totalmente convencida de que gosto.

Envio uma resposta rápida.

EU

> Bem.

Não tenho chance de digitar uma resposta antes que uma nova mensagem dele apareça.

JULIAN

> Tão ruim assim?

EU

> Não exatamente...

Meus dedos voam pela tela.

EU

> Mostraram os planos, e minha agente fez todas as perguntas certas.

JULIAN

> Mas...

Não consigo pensar em uma resposta apropriada que não crie automaticamente esperanças nele, então não respondo.

Meu telefone vibra um minuto depois com uma chamada recebida. Reflito entre atender a ligação de Julian ou deixar ir para a caixa postal antes de decidir confiar no meu instinto e atender a maldita ligação.

— Oi.

— Oi. — O tom de surpresa em sua voz me faz sentir pior do que o normal.

— Como foi a reunião? — ele pergunta.

— Boa.

— Que ótimo resumo.

Eu caio na minha cama com um barulho.

— Quer conversar sobre isso?

— Não sei. Passei a noite toda pensando nisso e não cheguei mais perto de tomar uma decisão sobre a proposta.

— Você? Incerta sobre o futuro? Não acredito.

Eu rio novamente.

— Juro que geralmente não sou tão indecisa.

— Eu te vi passar uma hora decidindo se queria pintar um quarto de branco casca de ovo ou branco ovo off-white, que, aliás, são a mesma cor.

— Não é verdade. Um tinha acabamento acetinado e o outro tinha acabamento semifosco, obrigada.

Sua risada profunda puxa a corda em volta da minha metade inferior.

— Você anda pensando demais em tudo ultimamente, o que é bom.

— Você não é o cara que esconde listas de prós e contras por toda a casa?

— Encontrou alguma?

Eu olho para o teto.

— Por curiosidade, você chegou a uma decisão sobre qual marca de papel higiênico era a melhor?

— Sabia que te dar uma chave era um erro.

Dessa vez, nós dois rimos.

— Dahlia?

— O quê?

— *Te amo.*

Tudo para. Meu coração. Meus pulmões. Minha capacidade de falar.

— Não espero que diga o mesmo, mas não queria que mais um dia passasse sem você ouvir isso. — Sua confissão puxa cada uma das cordas do meu coração.

O tipo de amor altruísta e discreto dele é o que passei anos procurando, mas nunca encontrei — até agora.

Julian não foi o único a viver em um apagão de dez anos.

Eu também.

Travo uma batalha contra minhas glândulas lacrimais e perco com um fungar.

— Não chora.

— Não estou chorando... — Minha voz vacila.

— Parece que está.

— Cala a boca e fala de novo.

— Parece que...

— Não. A outra coisa.

— Não chora?

Se ele estivesse aqui, eu tiraria o sorriso do rosto dele com um beijo.

— Esquece — resmungo.

— Eu te amo. Boa noite — ele repete antes de desligar o telefone.

Depois da confissão de Julian, não consigo voltar a dormir, então, em vez disso, fico obcecada pela nossa conversa até repassá-la cem vezes.

Com cada fibra do meu ser, sei que ele me ama, e é hora de mostrar a ele que sinto o mesmo, ainda que signifique colocar meu coração em risco mais uma vez. Experimentar o amor de Julian por um momento é muito melhor do que passar uma vida inteira sem ele, imaginando o que poderia ter acontecido se eu tivesse dado uma chance.

♦

Meu telefone recebe uma mensagem da minha agente no dia seguinte perguntando se vou à festa deste sábado.

EU

Que festa?

Ela anexa a foto da quinta festa anual de pós-produção dos Creswell.

JAMIE

Eu pensei que era por isso que você queria se encontrar com a Archer nesta semana, não na próxima.

EU

Meu convite deve ter extraviado.

JAMIE

Merda. Você está na lista de RSVP.

Meu telefone vibra com uma chamada recebida.

— Oi, Jamie.

— Fodam-se eles!

Meus olhos se arregalam.

— Você não sabia?

— Quer dizer, eu já fui a essa festa, mas pensei que eles não fariam uma este ano depois de tudo.

— Aqueles idiotas — ela fala com raiva pelo telefone.

— Tudo bem.

— Não, não está bem! Eles fizeram isso de propósito para te constranger.

— Só se eu permitir.

Os saltos dela ressoam no chão enquanto anda de um lado para o outro.

— Você não está pensando em ir, está?

Eu fico em silêncio.

— Dahlia, você não pode estar falando sério. Você progrediu tanto desde a primeira vez que nos encontramos. Não tem necessidade de ameaçar todo esse progresso.

Quando conheci Jamie, tive um colapso em seu escritório depois de contar a ela a história de como meu último agente me dispensou como cliente. Na época, eu estava deprimida sem saber, e minha falta de controle sobre minhas emoções estava no auge.

Mas olhe para você agora.

— Quero mostrar a eles que não me destruíram. — Podem ter chegado perto, mas estou aqui, lutando por mim mesma e pelo futuro que mereço.

— Você quer que eu seja sua acompanhante?

Eu penso por um momento antes de ter uma ideia melhor.

— Na verdade, eu já tenho um.

— Ele é bonito?

— Com certeza — digo antes de rir.

— Inteligente?

Meu nariz se enruga.

— Irritantemente sim.

— Por favor, me diga que ele é rico.

— Ele faz a herança do Oliver parecer dinheiro de mentirinha.

Jamie assobia.

— Bom para você. Ele parece ser alguém que vale a pena.

Eu sei, e está na hora de dizer isso a ele.

CAPÍTULO CINQUENTA E UM
Julian

Meu telefone toca, me interrompendo no meio do processo de cortar um bloco de madeira.

Eu atendo.

— Dahlia?

— Então... sinta-se à vontade para dizer não, mas eu tenho um pedido louco...

— Combinado.

A risada dela é o som mais doce.

Ela se recompõe antes de dizer:

— Você nem ouviu o que é.

— Eu preciso?

Ela resmunga algo baixo que não consigo entender.

Minhas sobrancelhas se franzem.

— O quê?

— Os Creswell estão organizando a festa anual de encerramento da temporada deles, e eu convenientemente acabei na lista de convidados.

Não estou nem um pouco surpreso. Com a mídia atrás de Dahlia depois do casamento relâmpago de Oliver em Las Vegas e do desastre da última temporada deles, os Creswell precisam de um grande controle de danos.

— Quando é? — Eu jogo a estaca de madeira de lado e começo a limpar minha bancada.

— Amanhã à noite.

— Estarei aí de manhã cedo. Devo levar um smoking ou um terno?

— *Julian.*

— Boa resposta. Vou levar os dois, e você pode escolher entre eles. — Eu limpo minhas mãos salpicadas de serragem na camiseta.

— Você realmente quer ir?

— Você planeja comparecer?

Ela faz uma pausa por um momento.

— Sim.

— Então, sim, eu quero ir.

— Obrigada — ela sussurra antes de desligar.

🏆

Da última vez que estive em San Francisco, mal podia pagar por uma passagem de classe econômica para voltar para casa nas férias, mas agora estou aqui, estacionando meu jato particular em uma pista de pouso privada.

Sam conseguiu um bom bônus de Natal por encontrar um piloto de última hora e alugar para mim uma Ferrari vermelha que vale mais do que todos os meus carros juntos.

Estaciono em frente à casa de Dahlia antes de desligar o motor e sair. O estilo vitoriano tem tudo a ver com ela, com acabamentos de madeira branca, revestimento azul e aquelas janelas de sacada que tanto gosta.

Subo os degraus, passo pelo capacho com a frase desbotada *mi casa es tu casa* e toco a campainha.

— Estou indo!

A porta se abre alguns minutos depois.

Dahlia esfrega os olhos.

— Você está aqui.

— Eu disse que viria. Eu envolvo meu braço na sua cintura e esmago minha boca contra a dela, beijando-a como tenho sonhado desde que ela deixou Lago Wisteria quatro dias atrás.

Rapidamente, o beijo muda enquanto desconto minha frustração e preocupações em seus lábios, sugando e mordendo-os até que ela sibila.

Me afasto e encosto minha testa na dela.

— Senti sua falta.

— Não faz nem uma semana desde que te vi.

— Quatro dias é tempo demais.

— Você está carente.

— Não me diga...

Ela boceja.

— Quando você disse que estava vindo de manhã, pensei que queria dizer mais tarde.

— Pensei que poderíamos passar o dia juntos.

— O que você tem em mente?

— O que você quiser.

— Com certeza, café da manhã.

— Sim, por favor. — Meu estômago ronca na hora certa.

— Pedicure?

Faço uma careta.

— Claro?

Ela junta as mãos.

— Compras?

— Eu esperava por isso.

A felicidade pura que irradia dela faz valer a pena ter despertado tão cedo hoje.

Ela agarra minha mão e me puxa para dentro antes de fechar a porta atrás de mim.

— Me dê alguns minutos para me vestir. Fique à vontade para bisbilhotar.

Planejo aproveitar a oportunidade, mas uma caixa lacrada ao lado da porta me impede.

— Estava planejando enviar as coisas dele de volta.

— Você errou o endereço. O código postal do inferno é 666.

Ela envolve com os braços a minha cintura.

— Já me sinto melhor sobre tudo, e só faz dois minutos que você está comigo.

— Vou encontrar mais alguma coisa do Oliver por aqui?

— Não. Este sempre foi o meu lugar, embora ele odiasse a ideia de nós vivermos separados.

— Me lembre de agradecer à sua mãe por resistir à ideia de você morar com alguém antes do casamento.

— Eu tenho a sensação de que você vai se arrepender dessa declaração um dia.

— O que...

Um telefone tocando chama a atenção dela, e ela sobe as escadas, me deixando sozinho. A paleta de cores quentes, os pisos de madeira e a mistura de móveis e texturas combinam perfeitamente com o estilo de Dahlia, embora as caixas de papelão em todos os cômodos pareçam fora de lugar.

A luz natural entra pelas janelas, destacando as molduras penduradas em uma fileira arrumada. Cada uma contém um esboço diferente.

A floricultura da mãe dela. A casa do Fundador. A sala de estar atual dela com diferentes itens de sua coleção de decoração.

— Pronto?

Me viro e encontro Dahlia vestida para o clima frio lá fora.

— Você vai se mudar? — Aponto para uma pilha de caixas ao lado dela.

— Sim.

Meu estômago se contrai.

— Para onde?

— Não tenho certeza de que você já ouviu falar, mas tem uma cidadezinha pequena em Michigan chamada Lago Wisteria...

— O quê? — Devo ter ouvido errado.

— Eu te disse que era pequena.

— Você vai voltar pra casa?

— Vou.

— Por quê?

— Recusei a proposta da Archer Media.

Eu pisco algumas vezes.

— Por quê?

— Não parecia certo.

— Mas e o seu programa?

Ela dá de ombros.

— Quando o contrato certo aparecer, eu vou saber.

— Sem hesitar?

— Sem hesitar. Nunca tive tanta certeza sobre algo.

Eu seguro seus quadris e a puxo para mais perto.

— Mas você não precisa voltar para Lago Wisteria. Ainda podemos viver aqui.

Ela envolve com os braços o meu pescoço e me puxa para mais perto.

— Não quero morar em San Francisco.

— Mas...

— Julian?

— Sim?

— Também te amo.

Ela fica na ponta dos pés e coloca a boca sobre a minha.

Um arrepio percorre minha espinha enquanto ela aprofunda o beijo. Nossas línguas se fundem, provocando uma à outra até ficarmos sem fôlego.

Rindo, ela se afasta.

— O que você acha de sairmos daqui?

— Para onde você quer ir primeiro? — Tiro minhas chaves do bolso.

— Nossos velhos pontos de encontro.

— Você lidera o caminho. — Faço um gesto em direção à porta da frente.

Saímos, e ela tira as chaves da bolsa para trancar.
Aperto o botão no controle, e a Ferrari bipa.
Os olhos de Dahlia se arregalam.
— Posso dirigir?
— Claro. — Jogo o controle no ar.
Ela quase não consegue pegá-lo.
— Sério?
Abro a porta do motorista para ela.
— Claro. É alugada.
Dahlia ajusta o banco para a altura dela.
— Mas hoje, sem acidentes, por favor. — Eu sento no banco do passageiro e prendo o cinto de segurança.
Ela coloca um par de óculos de sol, realinha o espelho retrovisor e parte pela estrada, fazendo os pneus cantarem e meu coração dar um salto enquanto isso.

♟

— É tão bom quanto você lembrava? — Dahlia pergunta.
Dou mais um gole no meu café gelado.
— Nada mal.
— Nada mal? É o melhor! — Ela pega meu canudo e dá um gole. — Isso é delicioso, e me recuso a aceitar qualquer outra resposta.
— A nostalgia está fazendo você pensar assim. — Eu passo meu braço ao redor dela e a puxo para o meu lado enquanto olho para a Torre Hoover. — Parecia muito maior quando éramos calouros.
Ela ri.
— Tudo neste campus parecia tão grande e assustador.
— Eu estava convencido de que você ia pedir transferência para uma faculdade local, com toda a saudade que você sentia no primeiro ano.
— Só sobrevivi por sua causa.
— Nós nos ajudamos no primeiro ano, mas você passou pelos outros três sozinha.
Ela dá de ombros.
— San Francisco acabou me conquistando.
— Falando em San Francisco, para onde você quer ir agora?
— Me lembro de alguém mencionar compras?
Tiro minha carteira do bolso e pego meu cartão preto.
— Compre o que quiser para esta noite.

— Ia usar um vestido que já tinha... — Ela pega o cartão dos meus dedos. — Mas se você insiste...

Calor se espalha pelo meu peito como um inferno, me consumindo.

Engraçado como passei dez anos procurando alguém que me fizesse sentir uma fração do que Dahlia fazia, só para acabar aqui, esperando passar o resto dos meus dias com ela.

🏆

Apesar de pagar a conta cara da boutique, Dahlia não me deixa dar uma espiada em seu vestido até a hora de sairmos para o evento.

Os saltos dela ecoam pelas escadas, mas não me viro até ela parar no patamar. Minha visão estreita até ver somente ela.

— *Preciosa*.

Desde o cabelo e maquiagem perfeitamente arrumados até o vestido de seda, Dahlia parece valer bilhões. Ela dá uma voltinha, e o tecido do vestido flutua ao redor dela, mudando de cor com a luz.

— Lembre-se disso quando receber a fatura do cartão de crédito no final do mês.

Eu pego a mão dela e a faço girar novamente, ganhando a melhor risada.

— Quem é o estilista?

— Por que está perguntando?

— Quero comprar um de cada cor, não reclamar do preço. — Estendo o braço para que ela o pegue. — Tem certeza de que quer ir?

— Sim. — Ela entrelaça o braço no meu, e nos dirigimos para a porta.

— Só conferindo. — Eu a ajudo a entrar no banco do passageiro da Ferrari antes de me acomodar atrás do volante.

— Você pode colocar música?

— Estamos no clima da playlist *Estressado e Deprimido* ou da playlist *Amor & Sexo*?

— Definitivamente a última.

Arranco em direção à mansão dos Creswell com rap ecoando pelos alto-falantes. A propriedade deles fica na parte mais nobre da cidade, onde o terreno custa quase tanto quanto as almas das pessoas que vivem lá.

A equipe de manobristas se apressa para abrir nossas portas e ajudar Dahlia a sair do carro. Quando estendo o braço para ela, ela treme.

— Ainda tem certeza de que quer fazer isso? — pergunto novamente.

Uma mudança visível acontece quando ela gira os ombros para trás e ergue o queixo.

— Sim, tenho certeza.

Eu roubo um beijo antes que ela me empurre com uma risada e reclame sobre o batom.

— Estou aqui com você.

— Pode me prometer uma coisa? — Ela levanta o indicador.

— O quê?

— Quando encontrar o Oliver, por favor, não dê um soco nele.

— Devo te dar essa honra?

— Não. Uma noite com você em uma cela foi o suficiente para durar a vida toda.

Levanto a mão dela até a minha boca e a beijo.

— Prometo não dar um soco nele.

Mesmo que eu queira muito.

CAPÍTULO CINQUENTA E DOIS
Dahlia

— Dahlia! — Uma integrante da equipe, Reina, chama meu nome, e me viro para vê-la junto com Hannah e Arthur, todos acenando para mim.

— Quem são eles? — O smoking de Julian toca minhas costas enquanto ele sussurra no meu ouvido.

— Fazem parte da equipe de bastidores.

— Nós gostamos deles? — A ênfase na palavra "nós" faz meu corpo arrepiar.

— Sim, nós gostamos muito. — Embora eu não tenha sido uma boa amiga para eles nos últimos seis meses. Eles tentaram, mas para mim foi mais fácil lidar com a depressão me afastando da vida que eu tinha.

Puxo a mão de Julian, o levo em direção à antiga equipe e sou rapidamente arrancada dele e envolvida em um abraço em grupo.

— Sentimos sua falta! — Hannah, minha maquiadora com mechas roxas no cabelo e um piercing na língua, dá um gritinho antes de Reina, uma Barbie Malibu da vida real, me puxar para um segundo abraço. — Você não respondeu muitas das nossas mensagens.

Eu coro.

— Eu estava...

— Ouvindo country de sofrência? — Os olhos perspicazes de Hannah encontram os meus.

— Exatamente.

— Nós entendemos. Garotos são um saco. — Arthur, o cabeleireiro do programa, avalia as pontas duplas do meu cabelo. — Você está precisando de um corte.

— Vou embora amanhã, senão perguntaria se você tem um horário.

— Podemos ficar mais alguns dias se você quiser — Julian oferece.

— E quem é esse belo rapaz? — Arthur o avalia. Não o culpo por ficar impressionado, já que tive a mesma reação mais cedo quando Julian saiu do meu quarto de hóspedes usando um terno sob medida.

— Sou o namorado dela, Julian. — Ele estende a mão, mas Arthur a afasta e o abraça.

— Ouviu isso? — Ele vira Julian e o exibe como um leiloeiro. — Dahlia tem um namorado!

— Quer um microfone para que todos os outros na festa saibam que Dahlia tem um namorado? — Hannah pergunta.

— Namorado?

Os pelos dos meus braços se arrepiam quando viro nos calcanhares e encontro Oliver, de boca aberta, com um drinque na mão e uma aliança de casamento brilhante no dedo anelar da mão esquerda. Um tempo atrás, eu achava ele bonito, mas agora sinto repulsa pela sua presença.

Prefiro náusea do que dor no coração, então vou tratar minha reação como uma vitória.

Olivia, que está ao lado do meu ex, usando um lindo vestido leve e fino e um deslumbrante anel de diamantes parecido com o que eu tinha antes, permanece silenciosamente equilibrada, embora eu a veja inclinar o queixo na minha direção em um reconhecimento silencioso.

Julian envolve com o braço minha cintura, acalmando a situação com um toque do polegar sobre meu osso do quadril. Enquanto ele procura me confortar, Oliver nunca se preocuparia em fazer isso, simplesmente porque meu ex não teria notado meu desconforto em primeiro lugar. Como ele poderia, quando seu foco sempre estava em impressionar todos os outros do lugar?

E pensar que você já comparou Julian a ele...

Cubro a mão de Julian com a minha e aperto.

Oliver encara.

— Julian?

— Oliver.

A mandíbula marcada do meu ex fica tensa.

— Eu não tinha ideia de que vocês dois estavam namorando.

— Eu o teria incluído como acompanhante no meu RSVP se tivesse realmente recebido um convite.

Seu rosto perde aquela cor dourada.

— Sobre isso... minha mãe...

— Está bem aqui! — A Sra. Creswell chega com os cabelos loiros perfeitamente arrumados e o sorriso enganosamente doce, enquanto o marido a segue, enfiando comida na boca e olhando para qualquer lugar, menos para a esposa.

— Dahlia. — Ela estende os braços, que eu ignoro.

Julian emite um som suave que se parece muito com uma risada. Os braços dela caem ao lado.

— Estou tão feliz que você tenha vindo.

— Tenho certeza de que está, já que aceitou o convite em meu nome.

O pai de Oliver se engasga com um pedaço de cordeiro.

A Sra. Creswell bate uma mão na outra.

— Bem, estávamos muito animados para tê-la aqui para a festa de pós-produção da última temporada.

— É mesmo?

O olho direito dela treme.

— Claro. Você é uma das razões pelas quais o programa foi bem-sucedido.

— Ela *foi* a razão — Julian retruca.

O piscar longo da Sra. Creswell não é do feitio dela.

— E quem é você?

— Julian Lopez. Meu ex-colega de quarto e o novo namorado de Dahlia — Oliver consegue manter seu sarcasmo ao mínimo.

— Um novo namorado? Que rápido.

— Tenho certeza de que Oliver pode falar por experiência própria sobre como é conhecer sua alma gêmea, já que ficou noivo e casou na mesma hora. — Julian me encaixa mais perto dele.

Provavelmente sentindo a tensão, a Sra. Creswell chama um cinegrafista em uma tentativa terrível de dissipá-la.

— Ah, ótimo. Vamos tirar uma foto para os jornais. Todo mundo junto.

Julian me puxa para o lado antes do flash disparar, deixando os Creswell boquiabertos.

— É só dizer e caímos fora daqui. — Ele ergue meu queixo.

— Você viu a cara dele?

Ele traça meu lábio inferior com o polegar.

— Eu vi.

— Você é o melhor.

Ele devolve meu sorriso com outro sorriso. Um flash dispara, capturando nosso momento íntimo.

Julian espreita sobre meu ombro.

— Oliver está odiando cada segundo disso.

— Em uma escala de um a dez?

— Pelo menos nove.

— Certamente podemos fazer melhor do que isso. Quero vê-lo gritando, chorando e vomitando ao mesmo tempo.

— Você é uma coisinha cruel, mas te amo por isso.

— Vou te mostrar o que é ser cruel. — Eu o pego pelas lapelas do terno e o puxo para baixo, para que eu possa beijá-lo.

A palma de Julian encontra a parte inferior das minhas costas, e ele me segura firme enquanto acompanha meu ritmo brutal. O beijo dele é de paixão e posse, fazendo meu corpo arrepiar e minha cabeça girar enquanto nossas bocas se fundem.

Julian dá tudo em cada um dos seus beijos, me fazendo sentir amada, admirada e valorizada.

Ele é exatamente o que quero em um parceiro e mais, e mal posso esperar para ver para onde essa próxima fase da nossa vida vai nos levar.

— Merda. Onde posso encontrar alguém que me beije *assim*? — Arthur pergunta com um grito, fazendo minhas bochechas arderem.

Julian ajeita uma mecha do meu cabelo atrás da orelha.

— Passei dez anos procurando, então boa sorte para você.

Arthur se abana.

— Se você não casar com o Julian, eu vou.

— Fale sobre casar com ele de novo e veja o que acontece.

Arthur levanta as mãos.

— Ok, *coisinha cruel*. Guarde essas garras de acrílico antes que alguém se machuque.

CAPÍTULO CINQUENTA E TRÊS
Julian

A única vez que deixo Dahlia sozinha é para pegar algumas bebidas. Felizmente, ela tem algumas pessoas boas ao seu lado, então consigo esperar perto do bar sem me preocupar com ela.

— Oliver conseguiu a casa? — pergunta uma mulher ao meu lado.

— Ele finalmente pressionou o vendedor a fechar um acordo, e vamos assinar o contrato na segunda-feira — diz a voz delicada que presumo pertencer à Olivia.

O nome de Oliver faz com que meus ouvidos se animem. Sou cuidadoso para manter as costas viradas para as mulheres enquanto escuto.

— Por quanto estão vendendo?

— Oito milhões.

— Sua sortuda! — exclama a outra mulher.

Olivia ri.

— Nunca pensei que poderíamos encontrar uma casa à venda em Presidio Heights, mas passamos por ela um dia e me apaixonei pelo lote de esquina na rua Clay. Oliver prometeu para mim como presente de casamento.

— Onde posso encontrar alguém como ele? — A outra mulher suspira quando abro o aplicativo Dwelling no meu telefone e faço login usando minhas credenciais de administrador. Embora não haja listagens disponíveis atualmente na rua Clay, há apenas quatro lotes de esquina.

— É aquela que você mencionou antes, a de estilo eduardiano? — pergunta a outra mulher.

— Não. Aquela acabou ficando na família. Essa tem um estilo mais europeu.

Leva apenas alguns cliques para encontrar a única casa que corresponde à descrição de Olivia. Abro a conversa de texto com Rafa e envio uma mensagem pedindo um favor.

RAFA

O que você precisa?

Eu envio a ele o link do Dwelling e um pedido, ao que ele responde, *Me dê vinte minutos.*

Não demoro muito para encontrar Dahlia e seus amigos, já que são os mais barulhentos aqui. Enquanto estava ausente, alguém arrastou um dos aquecedores externos para mais perto de uma mesa, o que projeta um brilho alaranjado sobre os quatro.

— Até que enfim — Dahlia pega o sofisticado *mocktail* que pedi e bebe metade dele.

— Com sede? — Eu rio antes de dar um gole na minha garrafa de cerveja.

— Estou terrivelmente desidratada, obrigada por perguntar. — Dahlia bate seu copo no meu. — Saúde. — Ela dá um gole antes fechar os olhos com um suspiro.

— O que está fazendo?

— Enganando minha mente para acreditar que isso tem álcool.

— Se você quiser...

— Não. Não vale a pena estragar meu progresso por causa deles. — Ela dá outro gole na bebida enquanto puxo uma cadeira e estendo meu braço sobre o encosto da dela.

Seus amigos continuam conversando sobre os novos programas para os quais foram contratados e como ninguém jamais vai se comparar a Dahlia. Eu me recosto e me divirto com as conversas deles, todas terminando com Hannah, Reina e Arthur discutindo sobre algo.

A felicidade de Dahlia irradia com cada sorriso, risada e piada, e me sinto honrado por ela ter me convidado para vê-la prosperar diante da família que tentou tanto destruí-la.

Depois de uma das piadas de Arthur, a cabeça de Dahlia cai para trás pelo impacto da risada intensa, recebendo olhares de todos, inclusive de Oliver.

Minha pegada no encosto da cadeira dela aperta enquanto o encaro de volta.

Nosso concurso de olhares é interrompido pelo bolso dele se iluminando com a tela do celular. Ele o pega apenas para franzir o cenho para a tela.

Eu me inclino mais perto de Dahlia e sussurro:

— Como se sentiria se a gente unisse forças e pregasse peças em outras pessoas?

Ela arregalou os olhos.

— O que você fez?

— Ouvi Olivia mencionando que Oliver estava prestes a comprar uma casa em Presidio Heights como presente de casamento. — Eu inclino o queixo na direção dele.

A cabeça de Dahlia se vira na direção dele.

— Como assim outra pessoa comprou a casa?

Oliver grita no telefone.

Algumas pessoas olham para ele com expressões confusas.

— Você prometeu que era minha. — Ele sai pisoteando na direção oposta, depois para no meio do caminho. — Dez milhões de dólares?

Dahlia ofega.

— Me diz que você não fez isso.

Eu ajeito uma mecha solta de cabelo atrás da orelha dela.

— Por curiosidade, como você se sente em relação a casas com influência arquitetônica do Renascimento Italiano?

— Detesto com todas as minhas forças.

— Perfeito. Eu também.

A risada que sai dela faz a casa valer cada centavo.

Ela mal tem a chance de recuperar o fôlego antes de perguntar:

— Você realmente comprou uma casa aleatória que nós dois detestamos só porque é mesquinho assim?

— Não. Comprei uma casa aleatória que nós dois detestamos porque estou completamente apaixonado.

🏆

A pedido de Dahlia, dirigimos o caminhão de mudança lotado de volta para Lago Wisteria em vez de contratar uma empresa de mudanças para fazer o trabalho. Ela alega que tem muitos objetos de valor, mas rapidamente percebo seu plano de querer prolongar nossa viagem o máximo possível.

Três dias depois, estaciono o caminhão do lado de fora da casa dos Muñoz com um bocejo. Dahlia e eu saímos, lutando contra o sono enquanto caminhamos em direção à porta da frente.

Seguro a mão dela e a puxo para o meu lado.

— Você podia se mudar para a minha casa.

— Desculpa, mas minha resposta não mudou desde a última vez que você perguntou, há uma hora.

— Mas eu planejo decorá-la para o Natal.

As sobrancelhas dela se elevam.

— Mesmo?

— Sim. Estou organizando a *posada** este ano, o que significa que você vai ajudar.

Ela ri.

— Isso é justo depois de tudo que você fez por mim no Dia de Ação de Graças.

— Por conta de tudo o que precisa ser feito, provavelmente é melhor que você fique comigo. *Indefinidamente.*

Ela balança a cabeça.

— Tudo bem. — Eu suspiro. — Vou respeitar seu desejo de não morarmos juntos até o casamento.

— Presumindo-se que vamos nos casar, para começar.

Eu toco no nariz dela.

— É fofo você achar que tem escolha.

Ela solta uma risada meio divertida, meio zombeteira.

— Deus. O que vou fazer com você?

— Tenho algumas ideias. — Eu beijo as costas de sua mão esquerda.

— Dahlia! — Rosa corre para fora da casa com pantufas felpudas e a cabeça cheia de rolinhos.

— *Mami*.

Rosa puxa a filha para um abraço rápido e apertado antes de jogar os braços ao meu redor e expulsar todo o ar dos meus pulmões.

Acho que ela te perdoou pelo incidente na cela.

Ela se afasta.

— Você trouxe nossa garota de volta para casa.

— Ela fez a escolha sozinha. Eu estava lá só para dirigir o caminhão de volta.

Rosa me encara com olhos castanhos brilhantes que me lembram muito os de Dahlia.

— Você fez muito mais do que isso.

Dahlia se vira e limpa a bochecha.

— Você está chorando? — Eu rio.

Ela me mostra o dedo enquanto entra em casa.

— Eu te odeio.

Algumas coisas nunca mudam.

---

* Posada: Festival de Natal Mexicano para comemorar a história do nascimento de Jesus.

Quando ajudei Callahan Kane a reformar a casa dele no verão passado em um prazo quase impossível tinha certeza de que o chamaria para cobrar o favor que ele me devia em algum momento, mas não tinha planejado usá-lo em nome de Dahlia.

Meu plano pode dar errado, mas se significar ajudar Dahlia a conseguir um contrato de TV que a faça cem por cento feliz, então vou recorrer a um homem que me deve um grande favor.

Callahan Kane é um homem difícil de contatar. Todas as minhas chamadas vão para a caixa postal, o que só piora minha ansiedade a cada dia que passa.

Durante esse tempo, foco no meu projeto e me preparo para as festas. Dahlia me ajuda a decorar minha casa, e retribuo transando com ela embaixo da árvore de Natal e assistindo a alguns episódios de sua novela favorita.

Sam me liga o menor número de vezes possível, o que me dá fé nas habilidades do Ryder para me ajudar a administrar a Lopez Luxo. Sei que ele não vai me decepcionar, e todos os comentários sobre ele apoiam isso, então estou me sentindo mais confiante em me afastar e começar alguns projetos particulares com Dahlia.

Tento o número do Callahan Kane pela segunda vez hoje, e ele atende depois do terceiro toque.

Milagres realmente acontecem.

— Julian Lopez. A que devo essa rara ligação?

Pigarreio.

— Lembra do favor que me deve?

— Direto ao ponto. Gosto disso. Me lembra meu irmão...

Eu o interrompo antes que ele comece a divagar.

— Você. Se. Lembra?

— Por que não refresca minha memória?

Bato os dedos contra a bancada de trabalho.

— Consertei sua casa em troca de um favor à minha escolha.

— Ah, certo. Você quer que eu o conecte com Declan ou Rowan?

— Quero falar com quem comanda a DreamStream, parte da Kane Company.

— Você quer se encontrar com a divisão de streaming de televisão? Para quê?

Fico em silêncio.

— Por que um construtor como você... — Ele se interrompe e faz um som de confirmação. — Ah. Acho que sei por quê.

— Você pode me ajudar ou não?

— Claro, mas você tem que responder minhas três perguntas primeiro.

— O quê? — pergunto.

— Esse pedido para se encontrar com nossa divisão de streaming tem algo a ver com a Dahlia?
— Sim.
— Você está apaixonado por ela?
— O que isso tem a ver...
— Responda à pergunta para que eu entenda a gravidade da situação.
Este idiota.
— Sim, estou apaixonado por ela.
— Ótimo. Isso significa que você fará qualquer coisa para ajudá-la.
— Qual a última pergunta?
— Você está disponível hoje à noite?
— Hoje à noite?
— Isso é um problema?
— Não. — Embora eu precise pensar em uma boa razão para cancelar os planos de jantar com Dahlia.
— Ótimo. Encontre-me no aeroporto particular às sete.
Não faço ideia de no que estou me metendo, mas sei que vale a pena pela Dahlia, inclusive lidar com Callahan Kane e seu irritante humor alegrinho.

CAPÍTULO CINQUENTA E QUATRO
Dahlia

Meu telefone acende enquanto Ryder discute o cronograma para o projeto de renovação de Lago Aurora.

— Com licença. — Saio da sala de conferências e atendo a ligação da minha agente.

— Você não vai acreditar com quem eu acabei de falar! — Jamie grita.

Afasto o telefone para proteger meus tímpanos.

— Quem?

— DreamStream!

— A subdivisão da Kane Company?

— Sim! Você já ouviu falar deles?

— Existe alguém que não ouviu?

Jamie ri.

— Verdade. Bem, eles entraram em contato comigo, perguntando se você estaria disponível para uma ideia de programa que eles têm.

— Eles entraram em contato com você?

— Eu sei. Estou igualmente chocada. Não é que você não seja incrível, mas os contratos da DreamStream são enormes. Você se tornaria um nome conhecido com uma empresa desse porte produzindo o seu programa.

Eu me apoio na parede antes que meus joelhos cedam.

— Que tipo de programa eles estão pensando?

— Bem, essa é a melhor parte. Eles estão dispostos a seguir qualquer coisa que você queira, onde quer que você queira, contanto que os deixe produzir e transmitir.

— Você tá brincando. — Um acordo como esse parece bom demais para ser verdade.

Provavelmente porque é.

Não. Eu rejeito o pensamento ansioso antes que ele tenha tempo de se instalar. Mas ainda assim, algo sobre esse acordo parece conveniente demais.

Quem se importa? Se estão deixando você ter controle criativo total do programa, isso faz diferença?

Mas, antes de tudo, não consigo deixar de me perguntar como um acordo assim surgiu.

— Quem entrou em contato com você? — pergunto.

Jamie não hesita.

— Declan e Callahan Kane.

— Os dois?

— Sim. Callahan Kane está fazendo alguns trabalhos de consultoria com a DreamStream. Disse que descobriu que você estava propondo o projeto de um programa de uma cidade em Michigan e sabia que o irmão dele gostaria de se envolver, já que a esposa dele é uma grande fã.

De uma cidade de Michigan?

Não leva mais do que alguns segundos para juntar todas as peças.

Caramba. Isso está realmente acontecendo.

Devo ter dito as palavras em voz alta, porque Jamie ri e diz:

— Sim, está acontecendo.

Bato no peito para fazer meus pulmões funcionarem novamente.

— Quão rápido podemos nos encontrar com eles para revisar tudo?

Jamie entra em detalhes sobre a proposta, e ouço atentamente, minha empolgação crescendo a cada instante. Ela desliga dez minutos depois, prometendo me enviar o contrato revisado assim que estiver pronto.

Agora preciso encontrar o morador da cidade responsável por tudo isso e tenho a forte sensação de que sei onde ele está.

Quando decidi voltar para Lago Wisteria, esperava que Julian retomasse sua posição usual nos negócios, mas fiquei surpresa quando ele se manteve fiel ao plano original. Ele só trabalha em seu escritório três vezes por semana agora, enquanto passa o restante do tempo gerenciando construções e ajudando nas obras.

Além disso, estamos assumindo juntos a casa de Lago Aurora como parceiros.

Eu não o vejo tão feliz desde... bem, desde *sempre*.

Abro nossa conversa no celular e envio uma mensagem para Julian.

EU

Ainda está na reunião?

Ele responde apenas alguns segundos depois.

PRIMEIRA ESCOLHA

Não.

Vou para o escritório de Julian, parando apenas para cumprimentar Sam antes de entrar e fechar a porta pesada atrás de mim.

Julian inclina-se para trás na cadeira.

— Pensei que tínhamos combinado de não nos ver até a hora do almoço.

Foi um esforço heroico para conseguirmos fazer algum trabalho necessário antes do recesso de Natal na próxima semana, mas Julian jogou esse plano para o inferno no momento em que interferiu na minha vida.

Deixo de lado a cadeira em frente à sua mesa e escolho o colo dele em vez disso. Seu braço me envolve, e enrolo o meu ao redor da nuca dele antes de esmagar minha boca contra a sua.

Julian geme quando deslizo minha língua pela sua, ganhando o mais leve arrepio como recompensa. Seus dedos pressionam meus quadris enquanto aprofundo o beijo.

Não importa quantas vezes ele tome minha boca, sempre parece a primeira vez, com meus dedos dos pés se curvando e minha coluna formigando.

Ele recua relutantemente depois de mais um minuto.

— Por mais que eu ame a visita inesperada, tenho uma ligação em dez minutos.

Limpo a marca de batom no canto de sua boca.

— Tudo bem. Eu só queria te agradecer.

— Pelo quê?

— Seja lá o que você fez que me garantiu um contrato com a DreamStream.

Os braços dele ficam tensos.

— Eu não...

Pressiono o dedo contra a boca dele.

— Não minta ou se faça de namorado humilde. — É a primeira vez que o chamei de meu namorado, e o choque em seu rosto valeu a espera.

— Namorado?

— Não deixe o título subir à sua cabeça.

— Um pouco tarde para isso. Vem com uma adesão vitalícia?

Dou um beliscão entre as suas costelas, fazendo-o saltar.

— Comece a falar ou... — Tento repetir o movimento, mas ele prende minhas mãos contra sua coxa.

— Queria que você tomasse a decisão que fosse melhor para você, não baseada na minha influência no processo.

— Então você admite que teve uma participação nisso?

— Se por "ter uma participação" você quer dizer simplesmente garantir que a pessoa certa ouvisse sobre sua disponibilidade e seu interesse em filmar um novo programa, então sim. Sou culpado.

Dou um tapa em seu ombro.

— Eu sabia!

— Como descobriu?

— Bem, foi baseado apenas em um palpite, mas um bom, considerando sua conexão com Callahan Kane e você sendo a única pessoa na cidade que sabia sobre eu estar propondo um novo programa.

As pontas de suas orelhas ficam cor-de-rosa.

— Ele me devia um favor.

— E você o usou comigo?

— Eu sei o quanto você amava ter o próprio programa.

Os Kane raramente devem favores a alguém, então o fato de Julian ter usado o dele para propor meu programa significa tudo para mim.

Meu peito aperta.

— Não acredito que você me arrumou um contrato com a DreamStream.

Ele acaricia minha cabeça entre as palmas das mãos.

— Tudo o que eu fiz foi conversar com Declan e contar a ele sobre a sua ideia para um programa. A proposta da empresa foi graças a você e aos seus anos de trabalho duro. — Ele faz uma pausa. — E provavelmente ao fato de que a esposa de Declan Kane pode ser sua segunda maior fã.

— Quem é o primeiro?

— Você está apaixonada por ele. — Ele desliza os dedos pelos meus cabelos e rouba outro beijo.

O telefone na mesa dele toca, e nos afastamos com um resmungo.

— Eu tenho que atender.

Passo meus lábios nos dele.

— Você tem.

Ele suspira.

— Não torne isso mais difícil para mim.

Eu passo a mão pela frente das suas calças.

— Não tenho certeza de que isso é possível.

— Dahlia — ele geme enquanto traço a ponta de seu membro.

O telefone toca novamente, e deslizo do colo dele. Seu olhar sério segue meu corpo enquanto ando em direção à porta, e sou atingida pela mesma onda de borboletas no estômago que nunca parece ir embora, não importa o que aconteça.

Olho por cima do ombro.

— Vejo você em uma hora.

— Trinta minutos. E não precisa usar calcinha.

— Combinado.

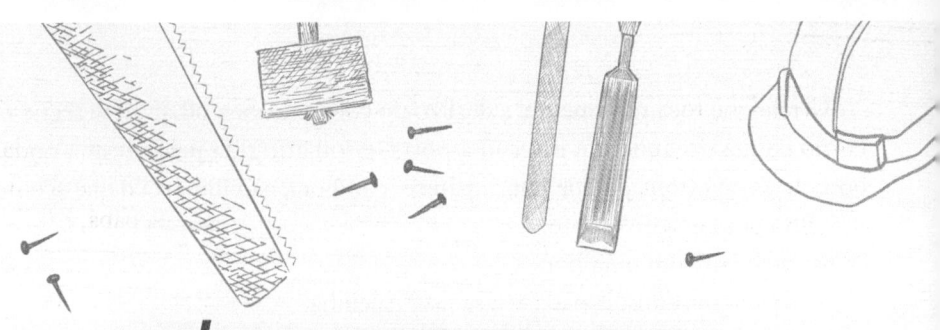

CAPÍTULO CINQUENTA E CINCO
Julian

UMA SEMANA DEPOIS

Pela primeira vez, fui anfitrião da véspera de Natal com a ajuda de Dahlia e da minha mãe. A última vez que todos nós estivemos juntos na minha casa no feriado de fim de ano tinha sido antes da morte do meu pai, então estou um pouco sobrecarregado quando todo mundo inunda minha cozinha de manhã cedo com ingredientes para fazer *tamales*.

Cozinhar é uma produção de um dia inteiro repleta de música, risos e muitas histórias embaraçosas das nossas infâncias. Quando terminamos o jantar e o relógio bate meia-noite, um Nico impaciente arrasta todos nós para a sala para abrir os presentes.

Meu afilhado rasga a embalagem mais rápido do que um super-herói, revelando o que ganhou. Ele grita antes de pular nos meus braços.

— Você é o melhor *tío* de todos!

Dahlia pega os passes VIP do paddock da Fórmula 1 do chão.

— Boa escolha.

— Você poderia ter sido a melhor *madrina* de todas — provoco.

Quando sugeri dividirmos o valor do presente do Nico este ano, Dahlia zombou e me disse que ela não iria economizar com seu afilhado de jeito nenhum.

Podemos estar namorando agora, mas isso não significa que estou desistindo da nossa competição, disse ela.

Eu deveria esperar uma resposta como essa depois de oito anos tentando superar um ao outro com nossos presentes, mas ainda assim fiquei surpreso.

Ela me cutuca com o quadril.

— Ainda não perdi a competição.

Não sei como ela vai superar meu presente. Depois de passar um mês ouvindo Nico falar sobre seu piloto mexicano favorito, Elías Cruz, eu sabia que precisava conseguir um passe VIP para os bastidores como presente de Natal. Embora ele seja um entusiasta relativamente novo da Fórmula 1, graças à sua babá, Ellie, que assiste a corridas religiosamente, ele logo se tornou superfã.

— Boa sorte ao tentar superar meu presente. — Eu beijo o topo da cabeça de Dahlia antes de me sentar no sofá.

— Eu comprei um para você e outro para Ellie. — Jogo para Rafa o presente que guardei escondido atrás do sofá até Nico abrir o dele.

— Um para Ellie? Por quê? — Rafa faz uma careta.

— Hum... porque Nico disse que ela vai em uma viagem de verão com vocês?

A veia no pescoço do meu primo parece prestes a estourar quando ele olha para o filho.

— É mesmo?

— Você disse que eu poderia fazer o que quisesse. — Nico coloca o cordão VIP em volta do pescoço.

— Eu disse que você poderia *fazer* o que quisesse. Não *convidar* quem quisesse.

— Eu quero *fazer* coisas legais com a Ellie, então ela tem que ir. Dã! — Nico posa ao meu lado enquanto minha mãe tira uma foto.

Lily ri.

— Ele tem razão.

O olho de Rafa treme enquanto ele tira mais dois passes do paddock da sacola de presente e resmunga um agradecimento rápido. Todos sabem que ele vai fazer o que Nico quiser, contanto que seu filho esteja feliz, inclusive levar a babá para uma viagem ao redor do mundo durante todo o verão, mesmo que ele odeie cada segundo disso.

— De nada pelos ingressos. Não se esqueça de nos enviar fotos e vídeos de Nico e Ellie pirando. — Eu pisco.

Ele ajeita a sobrancelha com o dedo médio.

— Por favor. Nada de brigas na véspera de Natal. — Minha mãe faz um som de reprovação.

— Desculpa, mãe — dizemos eu e Rafa ao mesmo tempo.

— Minha vez — Dahlia anuncia enquanto entrega uma caixa pequena para Nico. — Aqui está.

— Obrigado! — Ele rasga o papel listrado vermelho e branco com alegria antes de gritar.

— O que é? — Rafa se inclina para a frente para conferir os ingressos que Nico mantém firmes nas mãos

Meu afilhado joga os braços ao redor do pescoço de Dahlia e a aperta até que ela esteja prestes a ficar roxa pela falta de oxigênio.

— Com calma aí. — Eu o afasto. — O que ela te deu?

— Ingressos para o show do Duke Brass!

— O quê? — minha mãe suspira.

— Uau. — Lily fica boquiaberta. — Conseguiu nos fazer ficar mal.

Merda. Esses ingressos são impossíveis de encontrar. Tentei conseguir um par para o Nico, sem sucesso.

Os olhos de Rafa ficam arregalados durante um bom tempo.

— Como você conseguiu isso?

Dahlia dá de ombros.

— Conheço um cara.

— Qual órgão você vendeu?

— Um não vital.

Sussurro no ouvido de Dahlia:

— É melhor você estar brincando.

Ela não pisca.

— Nascemos com dois rins por um motivo, Julian.

— *Dahlia*.

Ela encolhe os ombros.

Eu a encaro.

Ela me cutuca.

— Um cara da iluminação que trabalhou no meu programa agora faz parte da equipe de produção da turnê, então entrei em contato com ele e implorei por um par de ingressos.

— Melhor presente de todos! — Nico pula e agita os braços no ar.

Dahlia pisca para mim.

— Ah. Você poderia ter sido o melhor *padrino* de todos, mas não. Não precisei da sua ajuda.

Pressiono meus lábios contra o ouvido dela e sussurro:

— Continue falando assim, e vou fazer sua bunda combinar com o papel de presente que você escolheu.

O rosto dela fica vermelho vivo, chamando a atenção da minha mãe enquanto ela tira uma foto de nós.

— Para o álbum de fotos! — Minha mãe sorri.

Todos continuam a abrir seus presentes. Cada vez que distribuo um dos meus, Dahlia fica animada e depois murcha com uma decepção nada disfarçada quando entrego a outra pessoa.

Só quando a maioria dos presentes foi aberta é que ela pega de debaixo da árvore de Natal uma caixa com meu nome escrito na etiqueta.

— Aqui. Este é meu pra você.
— Você comprou algo pra mim?
Suas bochechas ficam cor-de-rosa.
— Sim.

Desembrulho cuidadosamente o papel de presente, demorando só porque adoro a rara demonstração de timidez de Dahlia.

— Não é grande coisa — ela tagarela quando dobro o papel de embrulho em um quadrado perfeito e reciclável.

— Pode ir mais rápido? Alguns de nós querem ir para a cama antes que o Papai Noel chegue — anuncia Lily.

— Sim! — Nico e ela batem as mãos. — Ela tá certa!

— Tudo bem. — Eu rio enquanto abro a tampa da caixa e olho o interior. — O que você me deu... — Minha voz falha quando tiro o presente.

Eu vejo duas diferenças principais entre o troféu de *Segundo Melhor* que Dahlia me deu como presente de formatura e este. A primeira é que este troféu é muito maior, e a segunda é que a placa tem uma inscrição diferente.

Primeiro Lugar.

Dahlia olha para mim.

— Você gostou?

Eu luto contra o aperto na garganta ao dizer:

— Eu adorei.

— Eu sei que é meio bobo, mas como você guardou o outro...

Sua voz falha.

— É *perfeito*. — Eu a abraço e a beijo, recebendo um barulho de nojo de Nico, uma rodada de "aahs" das nossas mães, um suspiro de Lily e um resmungo de Rafa para si mesmo.

Ela para de me beijar.

— Quanto tempo você acha que vai levar até pararem de fazer isso toda vez que nos beijamos?

— Eles têm quase uma década para compensar, então dou pelo menos alguns anos antes de se acalmarem.

Dahlia resmunga.

— Deus nos ajude.

♟

— Isto de novo? — Ela pega a máscara de dormir preta de mim.

Pressiono o pé no acelerador e parto em direção ao Distrito Histórico.

— Eu odiaria estragar sua surpresa de Natal.

O joelho dela treme enquanto coloca a máscara sobre os olhos. Ando cuidadosamente pelas estradas geladas em direção à casa do Fundador com a caminhonete, sendo cauteloso com as curvas acentuadas e o pavimento escorregadio.

Dahlia não fala até a próxima música terminar.

— Eu deveria saber que você tinha alguma coisa planejada depois que fiquei de mãos abanando.

— Você achou que eu não tinha te comprado nada?

— Eu não sei, mas não estava prestes a reclamar depois de toda a coisa da DreamStream. Isso vale como uns dez presentes em um.

Estaciono do lado de fora da casa do Fundador e desligo o carro.

— Eu já te disse. O acordo com a DreamStream aconteceu por sua causa e seu talento, não por causa de mim.

Duvido que ela vá acreditar em mim até se encontrar com a equipe depois dos feriados, mas não custa enfatizar o sucesso dela sempre que a dúvida começa a se manifestar novamente.

Dahlia espera dentro da caminhonete enquanto dou a volta e abro a porta do passageiro para ela. Ela treme perto de mim quando a ajudo a descer na noite fria.

Entrelaço nossos braços e a conduzo em direção à casa.

Ela coloca as luvas nos bolsos da frente do casaco.

— Você comprou outra casa para mim?

— Não.

Ela bate os dentes enquanto atravessamos o portão que leva ao quintal.

— Um jato particular?

— Você quer um?

Ela ri.

— Não, mas aposto que você me compraria um se eu pedisse.

Eu traço a ponta de seu nariz avermelhado.

— Você finalmente está começando a entender.

— A quantidade de dinheiro que você tem é absurda.

— Assim como meu amor por você, mas não te ouço reclamando.

— Não.

Empurro a parte inferior das costas dela.

— Só mais alguns passos. — Eu a conduzo até o local perfeito e a solto. — Agora, fique exatamente aí e não tire a máscara.

— Ok? — Ela sopra ar quente enquanto me apresso para acionar o interruptor externo. Volto para encontrá-la exatamente onde a deixei.

Meus dedos tremem enquanto deslizo a máscara dos olhos sobre sua cabeça.

Ela suspira.

— Julian.

Enfio a máscara de dormir no bolso do meu casaco.

— O que você acha?

Ela dá alguns passos em direção ao coreto e para.

— Você fez isso?

Coloco minhas mãos nos bolsos da frente da calça jeans.

— Sim.

Minha equipe pode ter me ajudado a montar tudo, mas eu estava presente durante o processo inteiro.

— É deslumbrante. — Ela estende a mão para acariciar a coluna do coreto.

— Que bom que você gostou. — Eu subo os degraus e paro no centro da plataforma.

Dahlia segue, maravilhada com todos os detalhes.

— É exatamente como o que Gerald projetou para Francesca.

— Fiz algumas modificações. — Passo os dedos sobre uma dália esculpida em madeira que teria sido uma rosa se eu tivesse seguido o design original de Gerald. Felizmente, minha mãe teve uma ideia diferente, o que adicionou um toque pessoal à peça.

Seus olhos brilham.

— Amo isso por tantas razões, mas principalmente porque você fez.

Eu a puxo para mim. Ela se derrete em meu abraço, nossos corpos se moldando enquanto nos perdemos em outro beijo.

Em algum momento, começa a nevar ao redor do coreto, cobrindo o chão como açúcar refinado.

— Um Natal branco! Já faz anos desde que vi um! — Ela sai correndo.

Fico embaixo do coreto, observando-a girar em círculos enquanto tenta pegar flocos de neve com a língua.

Nada no mundo é mais bonito do que Dahlia rindo para o céu, em frente à casa que planejo transformar em um lar com ela.

Deixo-a se divertir por alguns minutos antes de passar meu braço ao redor de sua cintura e puxá-la em direção à casa do Fundador.

— Para onde estamos indo?

— Para casa.

— O quê? Por quê? Acabamos de chegar!

— Não vamos a lugar nenhum. — Eu abro a porta dos fundos e entro arrastando-a atrás de mim.

Deixamos escapar um suspiro enquanto nossos dedos das mãos e dos pés começam a descongelar.

Dahlia cutuca meu peito.

— O que quis dizer quando falou que estávamos indo para casa?

Eu faço um gesto pela sala de estar.

— Você está dentro dela.

Ela pisca.

E pisca mais algumas vezes.

— Vamos ficar com a casa?

— Eu nunca planejei vendê-la. — Eu mordo a língua.

— Nunca?

Eu balanço a cabeça.

Seu olhar percorre a sala, provavelmente refletindo seus pensamentos.

— Por quê?

— Ela é minha há anos.

— *Anos?*

— Sim.

Sua boca se abre, mas nenhuma palavra sai.

Eu respiro fundo.

— Você se lembra da sua resposta durante o concurso Miss Morango? Aquela sobre se você tivesse três desejos?

Seus olhos se arregalam.

Surpreender Dahlia é fácil, mas deixá-la sem palavras? Uma proeza difícil que eu nunca pensei que alcançaria.

E para o meu último desejo, eu gostaria de ser dona da casa azul do Fundador, ela disse sinceramente, depois de desejar que o câncer nunca existisse e poder ter uma última conversa com seu pai.

Seus olhos brilham, não pela luz da lua que entra pelas janelas altas, mas pelas fortes emoções ameaçando consumi-la.

— Eu nunca esqueci.

Uma única lágrima rola pela sua bochecha, e eu a beijo.

— Você realizou meu desejo sem que eu percebesse. — Sua voz falha.

Quando a casa do Fundador foi colocada à venda alguns anos atrás, eu a comprei sem hesitar. Inicialmente, era uma maneira estúpida de buscar vingança contra uma mulher que tinha todo o direito de seguir em frente com outra pessoa. Mas toda vez que eu planejava derrubá-la, eu parava e pensava no quanto Dahlia ficaria magoada se voltasse e a encontrasse destruída.

Felizmente, nunca segui adiante com o plano. Não tenho certeza de que ela teria me perdoado por isso, e a forma como tudo se desenrolou foi muito melhor.

— Mas e a placa de *vende-se* pela qual passamos depois que você me ajudou a me livrar do meu anel de noivado?

— Eu mandei uma mensagem para o Sam pedindo o favor enquanto você estava comendo *nieve* do Cisco.

— Você está brincando. — Ela faz uma pausa antes de falar novamente. — E você me pediu para ajudar com o projeto dela...

— Originalmente, foi porque minha mãe me implorou para encontrar um emprego para você para ajudar durante aquele momento difícil.

Seu lábio inferior treme.

— Você poderia ter escolhido qualquer casa para nós trabalharmos, mas escolheu esta.

— Sim.

— Por quê?

— Eu sabia que você não resistiria a trabalhar nesta casa... mesmo que significasse trabalhar comigo.

— Por que você não a derrubou anos atrás?

— Esse era o plano original.

— O que o impediu? — Ela envolve os braços em volta do meu pescoço.

— Irritar o Gerald?

Ela ri, e eu engulo o som com meus lábios. Beijo sua testa. Bochechas. O canto de sua boca e a curva de seu pescoço. Em todos os lugares que minha boca pode alcançar, eu beijo, enquanto Dahlia faz o mesmo.

— Que tal fazermos deste lugar o nosso lar? — Eu deixo um beijo na base de seu pescoço.

— Tentador, mas você sabe como minha mãe se sente sobre morar com alguém antes do casamento.

— Isso pode ser facilmente resolvido.

Ela revira os olhos.

— Me pergunte novamente daqui a um ano.

— Vou cobrar isso.

Até lá, planejo tornar esta mulher minha em todos os sentidos da palavra.

Minha para amar. Minha para casar. Minha para cuidar pelo resto de nossas vidas.

Fim

EPÍLOGO
Dahlia

SEIS MESES DEPOIS

O calor me envolve, e suspiro enquanto me aconchego mais perto de sua fonte. O aperto ao redor da minha cintura fica mais forte, puxando-me para fora da névoa da inconsciência.

Acordo de repente na cama errada.

— Merda!

Pela terceira vez neste mês, Julian e eu não conseguimos nos manter acordados depois de ficarmos até muito tarde fazendo coisas que fariam minha mãe ir se confessar em meu nome pelos próximos cinco a dez anos.

Julian esfrega os olhos antes de se sentar contra a cabeceira. Eu rapidamente me distraio com seu peito e seus músculos tonificados que se movem enquanto ele ajusta os travesseiros atrás de si.

Ele acaricia minha bochecha.

— Continue me olhando assim e você nunca vai sair daqui antes que sua mãe acorde.

Meu coração dá um ou dois pulos enquanto me inclino para o toque dele.

— Tenho que ir. — No entanto, não consigo reunir forças suficientes para me afastar do toque de Julian.

Para a maioria das pessoas, a regra da minha mãe de não morar com alguém até o casamento pode parecer arcaica, e eu concordo plenamente, mas não tenho planos de desafiar suas crenças do Antigo Testamento tão cedo, especialmente quando isso não vai ter importância daqui a alguns meses.

Julian estende a mão antes que eu tenha a chance de deslizar para fora da cama.

— Podemos resolver esse problema irritante nos casando hoje.

Eu começo a rir e paro quando ele não faz o mesmo.

— Espera. Você não está brincando?

Ele traça meu dedo anelar, me fazendo ficar arrepiada.

— Definitivamente não.

— Você quer se casar *hoje*?

— A previsão do tempo disse que seria um dia ensolarado sem nuvens ou tempestades de verão à tarde — ele anuncia de forma despreocupada.

Eu pisco algumas vezes antes de falar.

— Você verificou a previsão do tempo ontem à noite?

— E na noite anterior.

— Há quanto tempo você está fazendo isso?

Ele não pisca ao dizer:

— Desde que comprei seu anel.

Meus olhos ameaçam saltar.

— Meu anel? — Eu pulo em cima dele, prendendo seu corpo sob o meu. — Você comprou um anel para mim?

Seus olhos brilhantes poderiam rivalizar com o sol que entra pela fresta das persianas ao nosso lado.

— Sim, mas você disse que queria esperar até o próximo...

— *¡Vete a la chingada! ¡Necesito verlo ahora mismo!*

A melhor risada escapa dele.

— Você terá que encontrá-lo primeiro.

— Você escondeu?

— Claro. Eu já te peguei bisbilhotando pelo quarto na semana passada, então não pude correr nenhum risco.

Minhas bochechas queimam. Quando encontrei um recibo de seguro de joias embaixo do banco da caminhonete, depois que ele passou o fim de semana em Detroit com Rafa, fiquei curiosa sobre o que Julian comprou. Embora minha mente tenha logo pulado para um anel, me convenci de que ele tinha comprado um par clássico de brincos de diamante para o meu próximo aniversário.

Mesmo assim, bisbilhotei o quarto dele, embora minha busca tenha sido em vão.

Ele beija minha testa.

— Se você encontrar, é todo seu.

Eu pulo da cama com um gritinho antes de vasculhar o quarto de Julian de cima a baixo.

A bagunça resultante poderia competir com o quarto da minha irmã.

— Está em algum lugar lá embaixo.

Saio correndo para as escadas, deixando Julian para trás, embora, com base em sua risada, ele não pareça se importar.

Verifico cada centímetro quadrado da casa de Julian, incluindo dentro do piano de cauda, no espaço apertado atrás dos vasos sanitários, e em cada panela, frigideira e eletrodoméstico grande o suficiente para esconder uma caixa de anel.

Onde está isso?

Ou ele ficou esperto depois que encontrei todas as suas listas de prós e contras escondidas por toda a casa, ou ele nunca escondeu o anel aqui para começo de conversa.

Você deveria saber que ele iria te enganar.

Meus pés estão pesados enquanto me dirijo para as escadas, pronta para admitir a derrota.

— Não encontrou ainda? — A voz profunda de Julian ecoando nos tetos altos me assusta.

Sigo o som de sua voz até a sala de estar, onde o encontro apoiado na estante que exibe alguns de seus troféus mais estimados, incluindo sua coleção de livros de *O pequeno príncipe* e os dois troféus que dei a ele.

Espera aí...

Eu olhei atrás dos troféus, mas nunca dentro deles.

Parabéns, Dahlia.

Fico na ponta dos pés e pego o troféu de *Segundo Melhor* da prateleira.

Vazio.

Eu poderia jurar...

Ele troca aquele que está na minha mão pelo troféu de *Primeiro Lugar* que dei a ele no último Natal.

Arregalo os olhos para a caixa de madeira escondida dentro. Não consigo controlar a tremedeira nos dedos enquanto coloco a mão na caixa de joias feita sob medida.

— Você fez isso... — Eu engasgo com o restante da frase enquanto Julian fica de joelhos.

Ele coloca o troféu no chão ao lado dele e abre a mão. Eu coloco a caixa de joias em sua palma. Nesse ângulo consigo perceber a habilidade dele, incluindo os detalhes impecáveis esculpidos de forma intricada.

Ele abre a tampa e revela um lindo anel de diamantes em uma almofada de veludo. O design vintage lembra o de uma flor, com um solitário diamante brilhante envolto por um círculo de diamantes que lembram pétalas.

Minha visão fica embaçada, e eu pisco desesperadamente para limpar as lágrimas, torcendo para que não caiam antes que eu consiga falar.

O anel é perfeito.

Ele é perfeito.

E os dois são meus.

A caixa treme na mão dele.

— Eu treinei meu discurso cem vezes, mas nada soava certo, então eu vou improvisar e torcer para que você diga sim.

Eu já disse sim trinta minutos atrás, durante a caça ao tesouro, mas ele não precisa saber disso.

Não sou *tão* boazinha assim.

— Você me disse que queria esperar um ano antes de falarmos sobre casamento, mas eu acho que não consigo esperar um único dia, quanto mais cento e oitenta e sete, antes de pedir que você seja minha esposa.

Meus pulmões param de funcionar enquanto ele gira a manivela na lateral da caixa. As notas da minha música favorita começam a tocar enquanto ele retira a joia da caixa e o levanta para que eu possa ver melhor o anel exato que eu teria escolhido para mim mesma.

— Você pode ter começado como minha rival, mas você é tão mais que isso. Minha parceira de negócios e melhor amiga. Meu maior desafio, a melhor pessoa para mim... e, eu espero, minha futura esposa.

O bolo em minha garganta desaparece quando solto uma risada. A mão dele segurando o anel treme enquanto me encara com olhos brilhantes e o sorriso mais suave.

Eu fico de joelhos e seguro seu rosto entre as mãos.

— Sim.

Seus lábios envolvem os meus, o anel esquecido enquanto ele toma minha boca, compartilhando mil promessas não ditas enquanto me beija.

Julian foi e sempre será o primeiro lugar no meu coração, e planejo passar o resto das nossas vidas mostrando isso a ele.

Ele interrompe o beijo, me deixando sem ar enquanto desliza o anel pelo meu dedo antes de beijá-lo logo acima.

— O que me diz de nos casarmos hoje?

Eu suspiro.

— Sem um vestido?

— Sim ou não, Dahlia?

— Não deveríamos discutir os prós e contras de não ter um casamento tradicional...

Ele deixa escapar algo como um resmungo e um gemido que me faz ter um ataque de riso.

— Está bem. Vamos nos casar.

♟

A casa do Fundador — agora conhecida como nosso *lar* — está borbulhando de agitação enquanto nossas famílias se apressam para se preparar para um casamento espontâneo. Nenhum deles parece muito surpreso com a ideia, o que prova que Julian tinha todo esse plano desde o início. Desde minha irmã já ter o buquê perfeito preparado até Josefina conseguir facilmente uma habilitação de casamento em um sábado, tudo se encaixa.

— Lindo. — Minha irmã tira uma foto minha olhando pela janela para o coreto.

Josefina e minha mãe estão com os braços entrelaçados, enxugando os cantos dos olhos enquanto me observam.

— Vocês vão estragar a maquiagem — Lily adverte antes de tirar outra foto.

— *Que bella.* — Josefina funga.

— *Mi hija.* — Minha mãe vem até mim e me abraça, capturada pela câmera de Lily.

Estendo as mãos e faço sinal para Lily e Josefina, que se juntam ao nosso abraço.

— Cuidado com o cabelo dela.

— E com o vestido. — Josefina fica atenta à cauda de cetim.

Minha irmã deve ter espionado minha conta no Pinterest, porque cada detalhe, desde o véu de renda até o vestido branco que tinha *aleatoriamente* em seu armário, coincide com o que eu imaginava para mim mesma.

A música do piano tocando lá fora nos tira do momento.

Lily coloca a câmera em uma mesa lateral.

— Essa é a nossa deixa! Julian deve estar indo agora.

Eu fico grudada na janela, mas Lily me puxa antes que eu tenha a chance de espiar meu futuro marido.

Minha irmã nos conduz para fora do quarto e desce as escadas antes de parar em frente às portas duplas que dão para o deque e o quintal além dele.

Flores e velas marcam o caminho até o coreto, que foi decorado como mais um dos meus murais de sonhos. Julian permanece alheio ao meu olhar enquanto fica debaixo das flores pendentes do topo do coreto, vestindo um terno azul profundo que se mistura ao lago atrás dele.

Esse é o meu futuro marido.

Minha visão fica turva, e Lily me adverte para não estragar a maquiagem pela décima vez nesta noite.

Ela coloca a mão no bolso do vestido e tira uma rosa amarela.

— Pensei que seu buquê poderia ter um pedacinho do papai, já que ele não pôde vir. — Ela coloca o botão de rosa no centro.

Meus olhos coçam.

— Pensei que você não queria que eu chorasse.

— Desculpa! Lembre-se de ir devagar para não cair de cara e quebrar outro braço.

— Hilário.

Ela arruma meu véu com uma risadinha antes de sair para se juntar ao pequeno grupo se reunindo ao redor do coreto. Há menos de vinte pessoas em nosso casamento improvisado, e eu não poderia estar mais feliz.

Tudo de que eu preciso é Julian, um celebrante e algumas testemunhas para os documentos, todos da nossa família.

Rafa inclina o queixo na direção do meu afilhado, e Nico passa as mãos sobre as teclas do piano uma vez antes de tocar as primeiras notas.

— Não se atreva a chorar — repito enquanto saio.

As cabeças de todos se viram na minha direção. Mal consigo ouvir a música por cima dos batimentos do meu coração, e a única coisa que mantém meus pés se movendo é o homem debaixo do coreto, me olhando como se eu pudesse alcançar a lua que brilha sobre nós.

Meus saltos ecoam nos degraus de madeira enquanto entro embaixo do coreto que Julian esculpiu à mão, admirando as velas e flores cobrindo cada superfície.

Julian levanta meu véu enquanto Lily pega meu buquê, liberando minhas mãos para que ele possa segurá-las.

Ele se inclina e sussurra no meu ouvido:

— *Eres la mujer más hermosa de todas.**

Arrepios surgem nos meus braços, e me inclino para trás com um sorriso, olhando para ele.

Eu já vi Julian feliz, mas agora, praticamente brilha com as emoções que emanam dele.

— Pronta? — Ele aperta minha mão.

Olho para Josefina, que deve ter conseguido uma licença de celebrante em algum momento, antes de inclinar a cabeça em direção à mente por trás dessa operação toda.

— Você planejou tudo isso, não foi?

Ele levanta minha mão e a beija.

— *Jaque mate, cariño.***

---

* Eres la mujer más hermosa de todas: Você é a mulher mais linda de todas.
** Jaque mate, cariño: Xeque-mate, meu amor.

Borboletas se dispersam, fazendo meu estômago se sentir leve e animado.

— Estamos reunidos aqui hoje para testemunhar o casamento de duas almas destinadas uma à outra. E embora alguns não possam estar fisicamente aqui hoje conosco, sabemos que estão aqui em espírito. — Josefina inclina a cabeça para o lado.

Sigo seu olhar até a mesa ao lado do coreto, onde alguém colocou uma foto de nossos pais se abraçando em frente ao Lago Wisteria.

Como não quero colocar meu rímel à prova, dou algumas piscadas antes de me virar novamente para Julian.

O mundo para ao nosso redor enquanto nos olhamos nos olhos. Mal presto atenção ao discurso que Josefina recita, muito envolvida em nosso próprio momento para me importar com os votos tradicionais. Julian e eu já compartilhamos nossas promessas horas atrás, depois que ele fez amor comigo após o pedido de casamento, então essa exibição é mais para nossas famílias do que qualquer outra coisa.

Eu acompanho e repito o que Josefina diz sempre que Julian aperta minha mão. Ela guarda o celular no bolso do vestido e anuncia:

— Pode beijar a noiva.

Meu coração ameaça explodir pela avalanche de emoções que me domina, mas não tenho um momento de trégua antes que Julian passe o braço ao meu redor e reivindique seu primeiro beijo como meu marido.

Melhor xeque-mate de todos.

EPÍLOGO EXTENSO
Dahlia

TRÊS ANOS DEPOIS

— Você... Isso... — Minha última cliente da temporada de filmagens, uma sobrevivente de violência doméstica, cobre a boca ao observar sua sala de estar. — Incrível! — Ela me abraça.

Um dos microfones do estúdio abaixa para capturar minha próxima frase.

Eu seguro Mindy à distância de um braço.

— Espero que isso ajude com o recomeço que você queria.

O episódio da Mindy é totalmente sobre amor próprio e empoderamento depois do término de um casamento tóxico de trinta anos. Juntas, enquanto trabalhávamos em sua casa dos sonhos, exploramos como era redescobrir a si mesma e reconstruir sua confiança, um processo doloroso com o qual eu podia me identificar profundamente.

Dahlia Redesenha não é apenas sobre consertar casas. O programa é sobre compartilhar e aprender com experiências de vida, explorar relacionamentos complexos e normalizar a saúde mental. Não evitamos tópicos mais pesados — algo que eu tinha restrições em fazer na minha última emissora. Em vez disso, eles recebem tanto tempo de tela quanto os móveis que escolho e os acabamentos pelos quais fico obcecada.

Os espectadores adoram o conceito, e minhas avaliações superam as de todos os outros programas de renovação de casas, incluindo os produzidos pela Archer Media. A família Kane e a equipe de produção da DreamStream foram incríveis de se trabalhar, e mal posso esperar para filmar nossa quarta temporada no próximo ano.

Os olhos de Mindy nadam com lágrimas não derramadas.

— Obrigada, do fundo do meu coração. Eu sonhava em ter um lugar para chamar de meu, mas isso... é tudo o que eu desejava e mais ainda.

— Corta! — anuncia o diretor antes de a equipe explodir em aplausos e elogios. Eu abraço Mindy uma última vez.

— Estou tão feliz por você.

— Igualmente. Tenho acompanhado sua carreira desde a segunda temporada do seu último programa, e você chegou tão longe.

Aperto as mãos dela para combinar com a sensação no meu coração.

— Obrigada.

Mindy é levada para filmar uma entrevista pós-revelação, me deixando sozinha. Reina corre até mim e me puxa para um abraço apertado.

— Dahlia! Este lugar é deslumbrante. Estou tendo dificuldade em escolher um cômodo favorito.

— Você se superou. — Hannah olha para as estantes de carvalho do chão ao teto que Julian fez sob medida para mim.

Embora as aparições do meu marido no programa tenham sido limitadas por razões de privacidade, os raros vislumbres que os telespectadores têm do meu Ken Carpinteiro os deixam babando.

— Coloque-a no chão antes que você estrague todo o meu trabalho. — Arthur enfia as mãos no cinto de acessórios de cabelo e tira uma escova.

Hannah limpa os cantos dos meus olhos com um lenço.

— Guarde suas lágrimas até *depois* da sua última entrevista.

— Vocês três são os melhores. — Eu os abraço e aperto. — Vou sentir falta de todos.

— São só quatro meses. — Reina me cutuca com o quadril.

Arthur arruma meu cabelo.

— Quatro meses é tempo demais. Como você vai sobreviver à Europa sem nós?

— Europa?

Hannah o cutuca nas costelas com o cotovelo enquanto Reina lança olhares afiados como facas.

— Dahlia.

A voz de Julian envia um choque elétrico pelo meu corpo, e viro para encontrá-lo apoiado em uma de suas prateleiras.

— O que você está fazendo aqui? — pergunto depois de caminhar até ele.

Ele envolve minha cintura com o braço e me puxa firmemente contra o peito.

— Queria estar aqui quando você encerrasse a temporada.

Um formigamento se espalha da minha cabeça até os pés.

— Estou quase terminando.

— Falta quanto tempo?
— Mais uma entrevista, e então sou toda sua.
O olhar dele fica sério.
— Ótimo, porque o jato está pronto e esperando para decolar.
— Para onde estamos indo agora?
— Estou pensando na Grécia. — Ele roça os lábios nos meus, ganhando um grito de Hannah sobre minha maquiagem.
— Você tira muitas férias para alguém com uma lista de tarefas quilométrica.
— Tenho uma década de férias perdidas para compensar.
Eu levanto a sobrancelha.
— E qual desculpa você vai usar daqui a sete anos?
Ele sorri.
— Férias em família?
Eu devolvo o sorriso dele com um sorriso meu.
— Gostaria disso. *Um dia.* — Dado o sucesso do meu programa, não estou remotamente pronta para diminuir o ritmo e iniciar o processo de adoção, e ele também não.

Levei alguns meses, mas nossas famílias sabem da minha escolha de não ter filhos. Foi difícil falar dos resultados dos meus exames, mas com Julian ao meu lado, navegamos pela conversa complicada e acabamos sendo uma família mais forte por causa disso. Nossas mães não nos perguntam mais sobre os futuros netos, o que é um alívio.

Tomamos as medidas necessárias para mitigar quaisquer riscos de gravidez, com Julian optando por fazer uma vasectomia para amenizar minhas preocupações, então, por enquanto, amamos nossos títulos como melhor tia e tio.

Embora adoremos crianças, ainda não estamos prontos para *criá-las.*

Olhando para trás, estou encantada por não ter tido a vida que um dia imaginei para mim mesma, porque agora tenho uma carreira próspera e o homem dos meus sonhos.

Antes, eu achava que nada disso era possível, mas Julian adora provar que estou errada sempre que tem a chance.

Independentemente de agora estarmos casados e trabalhando juntos, algumas coisas não mudam.

E espero que nunca mudem.

AGRADECIMENTOS

Muitas pessoas ajudaram a tornar este livro possível, então este é o meu momento de agradecer.

Aos meus leitores: por causa de vocês, o sonho desta autora é possível. Cada um de vocês que arriscou ler meus livros significa o mundo para mim, e é algo ao qual sempre darei o devido valor. Muito obrigada, do fundo do meu coração, pelo seu amor e apoio. Espero que tenham gostado de *Amar e reformar*.

Kimberly Brower: obrigada por ser a melhor agente que uma autora poderia pedir. Sou muito grata por ter feito parte desse processo desde a primeira ideia, e não poderia ter feito isso sem você.

E ao restante da equipe da Brower Literary, incluindo Joy, muito obrigada por dedicar tanto tempo e cuidado para ajudar os Bilionários de Lakefront (e o resto dos meus livros) a alcançar tantos leitores.

Christa, Letty, Gretchen e o resto da equipe da Bloom: obrigada por colocar todo o seu empenho na história de Julian e Dahlia desde o primeiro esboço de desenvolvimento até o rascunho final. Pam, Katie e Madison, obrigada por ajudar a tornar o lançamento do livro um sucesso.

Dom, obrigada por me receber na família Bloom e acreditar nas minhas histórias. Sou muito grata por fazer parte do legado incrível que você está criando com a Sourcebooks.

À equipe da Piatkus, incluindo Ellie e Anna, obrigada por ajudar a lançar meus livros não apenas no Reino Unido, mas em todo o mundo. Vocês tornaram tantos dos meus sonhos possíveis, e mal posso esperar por esta aventura com vocês.

Nina, Kim e todos na Valentine PR, não tenho certeza de onde estaria sem vocês, mas estou feliz por nunca ter que descobrir. Vocês são dedicados a tornar cada lançamento um sucesso, e aprecio tudo o que fazem nos bastidores para tornar isso possível.

Erica, não posso acreditar que este é o oitavo livro em que trabalhamos juntas. É louco pensar que provavelmente não estaria fazendo isso se não fosse por *Throttled*, e é algo que nunca esquecerei. Amo você (e M).

Becca, é difícil expressar toda a minha gratidão em poucas linhas, então vou ter que te enviar uma mensagem de voz. Como agradecer por me incentivar a ser a melhor versão de mim mesma? É impossível, mas aqui estou eu, tentando!

Sarah, obrigada do fundo do meu coração por tudo que você faz para me ajudar com minhas histórias. É realmente notável pensar que estamos trabalhando juntas há anos com revisão e edição, e mal posso esperar pelo próximo livro.

Mary, *tequeño mucho**. Obrigada por ser a melhor de todas. A rainha do design gráfico. A amiga em quem sempre posso confiar, mesmo quando sua bateria social está criticamente baixa. Você recebe tudo o que jogo para você com a figurinha de WhatsApp perfeitamente escolhida, e realmente não sei o que faria sem você.

Jos, não tenho certeza de que teria mantido minha cabeça no lugar durante esse processo sem você e nossa amizade. Você é a melhor animadora, leitora crítica, palestrante motivacional e uma solucionadora de problemas genial. E muito obrigada por me salvar da *The Secret Life of Love Redesigned*.

Nura, é difícil acreditar que este é o quarto livro que você leu como leitora crítica para mim, mas aqui estamos! Sua empolgação, energia e sugestões incríveis ajudaram a levar este livro para o próximo nível, e sou grata por você querer fazer parte do meu processo.

Para minhas incríveis leitoras beta, Amy, Elizabeth, Fernanda, Jan, Kendra, Janelle, Isabella, Katelyn e Mia — Obrigada por aceitar o desafio de serem leitoras beta para mim. Cada uma de vocês trouxe algo único ao processo, e sou grata por compartilharem suas habilidades incríveis e seu tempo valioso comigo. Por causa de seus feedbacks, este livro foi elevado para o próximo nível, e nunca vou me esquecer disso!

Leticia, obrigada por revisar este livro. Você é tão talentosa e se preocupa muito com o seu trabalho, e tenho sorte de Elsie ter nos apresentado.

À minha família, obrigada por embarcar nesta jornada maluca comigo. Seja ajudando com pacotes ou ouvindo-me divagar sobre ideias de enredo, vocês estão sempre lá para me apoiar em tudo.

Ao futuro Sr. Asher, obrigada por tornar a vida e esse processo assustador divertidos. Por sua causa, me lembro de rir mais e de me estressar um pouco menos.

---

* Tequeño mucho: Eu te amo muito.

Impressão e Acabamento:
GRÁFICA GRAFILAR